녹두장군 8

지은이 ㅣ 송기숙
펴낸이 ㅣ 김성실
편집주간 ㅣ 김이수
책임편집 ㅣ 손성실
편집기획 ㅣ 박남주 · 천경호
마케팅 ㅣ 이동준 · 이준경 · 강지연 · 이유진
편집디자인 ㅣ 하람 커뮤니케이션(02-322-5405)
인쇄 ㅣ 중앙 P&L(주)
제본 ㅣ 대흥제책
펴낸곳 ㅣ 시대의창
출판등록 ㅣ 제10-1756호(1999. 5. 11)

초판 1쇄 인쇄 ㅣ 2008년 7월 1일
초판 1쇄 발행 ㅣ 2008년 7월 10일

주소 ㅣ 121-816 서울시 마포구 동교동 113-81 (4층)
전화 ㅣ 편집부 (02) 335-6125, 영업부 (02) 335-6121
팩스 ㅣ (02) 325-5607
이메일 ㅣ sungkiller@empal.com(책임편집자)

ISBN 978-89-5940-119-2 (04810)
      978-89-5940-111-6 (전12권)
값 10,800 원

녹두장군

8
농민군, 행동강령을 세우다

송기숙 역사소설

시대의창

| 일러두기

1. 이 책은 1994년 창작과비평사(현 창비)에서 완간한 《녹두장군》
   을 개정하여 복간한 것이다.
2. 지문은 원문을 최대한 살리되 현행표기법에 따라 표준말을 기
   준으로 바로잡았다. 대화에서는 사투리와 속어를 포함한 입말
   의 느낌을 살리기 위해 한글맞춤법에 맞지 않더라도 그대로 두
   기도 했다.
3. 외국인 인명人名은 외래어표기법에 따라 고쳤으나, 옛사람들이
   쓰던 발음과 크게 달라지는 경우 그대로 두었다.
4. 독자들에게 생소한 어휘와 사투리 및 속담은 어휘풀이를 달았
   다. 동사 및 형용사는 사전에 등재된 기본형을 표제어로 삼았으
   나, 그 밖의 용어나 사투리 및 잘못된 표현은 본문 표기를 그대
   로 표제어로 삼은 것도 있다.

차 례

제8권 농민군, 행동강령을 세우다

이 전쟁에 이기느냐 지느냐는 우리 한 사람 한 사람이 얼마나 서로 뜻을 단단히 합쳐 굳게 뭉치느냐, 이것이 바로 승패의 열쇠입니다. 우리가 제대로 힘을 합쳐 싸우면 이 전쟁은 반드시 이깁니다.

1. 쑥국새

들판에는 보리가 무럭이 자라고 산에는 진달래가 흐드러지게 피었다. 겨우내 얼었던 대지가 기지개를 켜며 아지랑이가 춘곤의 늘어진 하품처럼 부옇게 피어오르고 있었다. 완강하게 얼었던 땅을 뚫고 새싹들은 저마다 온힘을 다해서 돋아났다. 쑥, 냉이, 고수 등 갖가지 나물들이 긴긴 겨울잠을 자고 나서 그동안 나는 여기 있었노라는 듯 마른 잎새들 사이에서 제 모습을 드러냈다. 달래도 한몫 연약한 줄기를 잡초 속에 솟아올리며 따스한 바람에 한들거리고 있었다. 보리밭은 온통 제 세상 만난 듯 풍성했다. 곱게 매고 북을 주어 이랑마다 가득가득한 보리는 숨소리라도 들릴 듯 기세 좋게 솟아오르고 있었다. 보리밭의 *은성스런 푸름을 시새우듯 진달래는 꽃망울을 지천으로 터뜨려 온 산이 온통 붉게 물이 들어버렸다. 이 산 저 산에서 쑥국새 소리가 구슬프게 산을 울렸다.

10

대지는 이렇게 풀려 힘차게 기지개를 켜고 산과 들에는 새싹이 소리치며 솟아나도 매양 나물죽으로 허기가 지던 기나긴 봄, 그러나 지금 고부는 그냥 서럽기만 하던 봄이 아니었다. 온 고을이 처참한 공포와 신음으로 꽁꽁 얼어 지옥처럼 조용했다. 먼 산에서 쑥국새만 통곡 뒤의 늘킴처럼 지친 소리로 조심스럽게 울고 또 울었다.

연엽과 남분은 천태산과 두승산 사이 산비탈 바위 뒤에서 숨을 죽이고 있었다. 동네가 불타는 것을 보며 가슴을 뜯던 두 처녀는 이 제는 얼빠진 사람들처럼 말없이 동네를 내려다보고 있었다. 둘이 다 양쪽 볼에 말라붙은 눈물 자국이 남아 있었다. 집을 삼킨 불길이 잦 아들고 지금은 한가하게 연기를 피워올리고 있었다. 쑥국새는 한층 구슬프게 울었다. 죽 한 그릇 까탈로 피를 쏟아 그 피가 진달래가 되 었다는 쑥국새가 지금은 고부의 처참한 모습을 내려다보며 울고 울 었다. 쑥국새 소리는 막혔다가 터지고 막혔다 터지고 고부의 설움을 저 혼자 울고 울고 또 울었다.

꿈결인 듯 쑥국새 소리를 듣고 있던 연엽은 발 밑 진달래 무더기 에서 무심하게 진달래 한 가지를 꺾었다. 꽃 이파리를 볼에 문질렀 다. 꽃 이파리에서 부드러운 감촉과 함께 냉기가 싸늘했다.

"쑥국 쑥국."

그쳤던 쑥국새 소리가 갑자기 가까이서 들렸다. 연엽은 실없이 깜짝 놀라 안고 있던 옷 보퉁이를 더 바짝 껴안았다. 주변을 휘둘 러보았다. 산 밑으로 난 길을 살폈다. 아무도 없었다. 마치 쑥국새 가 역졸들이 온다고 다급하게 알리는 것 같았던 것이다. 길을 살피 던 남분도 토끼처럼 놀란 눈으로 연엽을 보았다. 두 사람은 다시 동네를 내려다보았다. 남분은 조심스럽게 일어서서 동네 뒷동산 길목을 살폈다. 그는 아까부터 아래를 내려다보며 앉았다 섰다 부접 못했다.

"쑥국 꾹꾹 쑥국 꾹꾹."

"어무니는 얼른 오시제 왜 안 오셔? 뭘라고 가셔갖고?"

남분이 애타는 소리로 뇌었다. 집이 불타는 것을 가슴을 뜯으며 내려다보고 있던 부안댁은 역졸들이 사람들을 묶어 동네를 나가자 정신없이 동네로 달려갔다. 남분이 가지 말라고 붙잡았으나 얼른 갔다 오겠다며 뛰어내려갔다. 역졸들이 또 몰려올 것만 같아 남분은 쫓아가며 말렸으나 어머니는 거기 가만히 있지 못하느냐고 소리를 질러놓고 달려갔다. 처음에는 어머니가 실성한 것이 아닌가 했으나, 주변을 두리번거리며 가는 것이 실성한 것 같지는 않았다. 불타버린 집터라도 가까이 가서 보고 싶은 것 같았다. 두 처녀는 가슴을 졸이며 길목을 내려다보고 있었다. 다행히 역졸들은 다시 동네로 들어가는 것 같지 않았으나 어머니는 무얼 하는지 아직도 오지 않았다.

동네 사람들한테 비하면 그들은 붙잡히지 않은 것만도 얼마나 다행인지 몰랐다. 오늘 이른 아침 부안 외가로 가자고 부랴부랴 서둘러 바삐 옷 보따리를 챙겨 동네를 나왔던 게 정말 잘한 일이었다. 연엽은 옷 보따리가 너무 크면 거추장스럽고 궁색 맞을 것 같아 갈아입을 옷 한 벌하고 누비고 있던 전봉준 배자만 싸서 들었다. 며칠 전부터 새로 누비기 시작한 배자였다. 남분 모녀도 옷 보퉁이가 *간동했다. 동네 사람들한테 온다간다 인사할 겨를도 없었다. 그런데 자랏고개를 넘어섰을 때였다. 탑선리 사람들이 수십 명 헐레벌떡 고개로 달려오고 있었다. 역졸들이 몰려와 마구잡이로 사람들을 잡아간다는 것이다. 탑선리는 농민군에 나간 사람이 몇 사람 되지 않았는데 그런 동네 사람들까지 잡아간다는 것이다. 보통 일이 아니었다.

남분 모녀와 연엽은 발길을 돌려 다시 고개를 넘어왔다. 어디로 가자고 작정도 없이 탑선리 사람들 속에 끼여 고개를 넘다가 그들은 또 우뚝 발길을 멈추고 말았다. 역졸들이 도매다리 쪽으로 시커멓게 몰려가고 있었다. 20명도 넘는 것 같았다. 저 건너편 황토재 가는 길에도 역졸들이 쫙 깔려 있었다. 겁먹은 눈으로 서로를 돌아봤다. 앞뒤로 길이 막히고 말았다. 숨을 곳은 산속밖에 없었다. 탑선리 사람들은 천태산으로 붙었다. 부안댁은 반대쪽 천치재 쪽 산자락을 가리키며 앞장서서 올라붙었다. 산 중턱 바위 뒤에 숨었다.

숨을 헐떡이며 바위 뒤에서 동네를 내려다보았다. 역졸들이 동네로 들어가서 악다구니를 쓰는 것 같더니 동네 사람들을 고기 두름 엮듯 엮었다. 좀 만에 동네 여기저기서 연기가 치솟았다. 동네는 삽시간에 불바다가 되고 말았다. 자기 집에서 불길이 오를 때 모녀는 발을 동동 구르며 가슴을 쥐어뜯었다. 이내 역졸들이 묶은 사람들을 끌고 동네를 나갔다. 그때 남분 어머니가 느닷없이 동네로 뛰어내려갔던 것이다.

"쑥국 꾹꾹 쑥국 쑥국."

연엽은 옛날 자기 동네가 불타던 모습이 눈앞에 떠올랐다. 동네 앞으로 조그마한 시내가 흐르고 동네 양쪽으로 흘러내린 산자락이 동네를 포근하게 싸안고 있는 평화롭고 아늑한 동네였다. 그 동네가 하룻밤 사이에 하학동처럼 쑥밭이 되었다. 칼날같이 매서운 북풍에

눈발이 휘날리던 밤이었다. 나뭇가지를 쌩쌩 울리던 바람에 불길은 미친 듯이 하늘을 핥았다. 춤추듯 휘날리는 불길은 무슨 짐승의 피 묻은 혓바닥 같았다. 밖으로 내몰린 동네 사람들은 신음소리도 제대로 내지 못했다. 옷도 제대로 주워 입지 못한 사람들은 껍데기에서 뽑혀나온 달팽이처럼 식구들끼리 뒤얽혀 살을 에는 추위에 발발 떨고만 있었다. 그렇게 얽혀 맞아죽고 추위에 얼어죽었다. 말을 타고 온 감영 군사들은 동네 사람들한테 무슨 철천지 원한이라도 있는 원귀들 같았다. 원한이 사무쳐도 천년만년 사무친 원귀들 같았다. 그런 원귀들이 수천 길 저승에서 무쇠 같은 원한을 씹으며 이무기처럼 웅크리고 있다가 제일 춥고 어두운 밤을 기다려 세상에 튀어나와 마음껏 원한을 푸는 것 같았다. 도대체 사람으로야 저럴 수가 있을까 싶었다.

연엽은 그 뒤로 자기 동네가 불타던 꿈을 자주 꾸었다. 자기 몸뚱이가 그 미친 듯한 불길에 싸여 공중으로 두둥실 실려 올라가다가 땅으로 곤두박이기도 하고, 동네 사람들이 불 속에서 허우적거리며 악을 쓰는 꿈이었다. 며칠 전에도 그런 꿈을 꾸었다. 이번에는 엉뚱하게 전봉준과 달주, 정길남 등 고부 젊은이들이 불길에 실려 하늘로 하늘로 둥실둥실 올라가고 있었고 자기는 땅에서 전봉준을 쳐다보며 미친 듯이 달려가고 있었다. 전봉준과 젊은이들은 춤을 추듯 둥실둥실 하늘로 한없이 올라가고 있었다. 전봉준은 연엽을 향해 손을 흔들며 멀어지고 있었다. 연엽은 누비던 배자를 펼쳐 보이며 이 옷이나 입고 가시라고 소리소리 지르며 달려갔다. 그때 갑자기 군사들이 수천 명 말을 타고 달려왔다. 맨 앞에 말을 타고 온 장수는 뜻밖에도 고향 오빠였다. 연엽은 오빠하고 달려가다가 꿈을 깨고 말았다.

"장군님이 무사하셔야 할 텐데."

"뭐라고 했어?"

남분이 똥그란 눈으로 뒤를 돌아봤다.

"아, 아녀."

연엽은 소스라치게 놀라며 고개를 저었다. 남분은 또 일어서서 아래를 내려다보았다.

연엽은 꿈에 보았던 오빠를 생각했다. 어째서 까맣게 잊고 있던 오빠가 꿈에 나타났을까? 오빠는 그동안 어디선가 원한을 씹으며 칼을 갈고 있다가 고부 소식을 듣고 농민들을 모으고 있을는지 모른다. 그러다가 요사이 고부가 이 꼴이 되었다는 소식을 듣고 정말 꿈속에서처럼 말을 타고 달려오는지도 모를 일이었다. 정말 그래 주었으면 얼마나 좋을까? 그러나 그 오빠는 이미 자기 오빠가 아니었다. 자기가 옛날 영병들한테 당했던 바로 그 순간, 더구나 수정옥 기생으로 들어간 다음부터, 자기는 이미 그 오빠의 누이동생이 아니었다. 한낱 화냥년일 뿐이었다. 유독 집안을 내세웠던 오빠한테 화냥년이 되어버린 자기는 오빠의 불꽃같은 성질에 이미 훨훨 타서 자취도 없이 사라져버리고, 오빠 머릿속에는 먼 옛날 귀여웠던 누이동생의 기억만 죽은 아버지와 어머니 영상 곁에 한 움큼 재로 싸늘하게 식어 있을 것 같았다. 양가집 규수가 정조를 빼앗기면 정조를 빼앗긴 바로 그 순간 혈육 간의 *윤기도 깡그리 끊어져버렸다. 정조를 잃은 여자는 아내라도 아내가 아니고 딸이라도 딸이 아니고 누이동생이라도 누이동생이 아니었다. 한낱 허섭스레기일 뿐이었다. 정조를 잃고 기생으로 들어갔던 자기는 오빠 눈에는 그 몸뚱이 크기만큼 커다란 치욕 덩어리일 뿐이었다. 사람이 죽어 송장이 되면 몸뚱이만 사람 형용이듯 옛날 연엽과 정조를 잃은 연엽은 사람과 송장의 거리만큼 오빠에게는 머나먼 저편이었다.

찾아가서 목숨을 부지할 수 있는 세상은 한 군데밖에 없었다. 연엽은 그 세상을 찾아 울며불며 수정옥으로 들어갔다. 그 세상에서는 이름도 '영산홍'이었다. 연엽이 아니고 영산홍으로 다른 세상에 다시 태어났던 것이다. 그러던 어느 날 달주와 용배를 만나 '영산홍'이 다시 연엽이 되었다. 그들을 따라 고부까지 흘러와 보니 뜻밖에도 또 다른 세상이 있었다. 그것은 놀라움이었고 환희였으며, 그리하여 자기는 또 한 번 새로운 세상에 다시 태어났던 것이다. 더구나 그 세상 한가운데 전봉준 장군이 산처럼 우뚝하고 든든하게 버티고 있었다. 전봉준 장군을 먼 거리에서나마 하늘처럼 쳐다보며 살았던 이 얼마 동안은 정말 행복한 나날이었다. 오로지 전봉준 장군을 쳐다보며 가슴 졸이고, 애가 타고, 조바심치고, 그래서 지칠 줄 몰랐던 하루하루였다.

"쑥국 쑥국 쑥국꾹."

"아이고 저기 또 묶어오네!"

황토재 쪽에서 역졸들이 또 사람들을 묶어오고 있었다.

"오매 오매, 우리 어무니 잡히면 으짜까?"

남분은 애가 달아 가슴을 쥐어뜯었다.

"염려 말어. 저 동네는 한 번 휩쓸고 갔는데 뭘라고 또 오겠어?"

연엽이 어른스럽게 남분을 달랬다. 연엽은 남분을 달래는 자기 말소리가 공중에서 겉돌고 있는 것같이 낯설게 느껴졌다. 이런 험한 일을 당하면 사람이 이렇게 허탈해지기도 하는가, 눈앞에 보이는 광경들이 자기와 전혀 무관한 세상같이 느껴지기도 했다. 불타버린 집터와 묶여가는 사람들과 푸른 보리밭과 온 산에 흐드러진 진달래와 쑥국새 소리와 옛날 불타던 자기 집과 그런 것이 한데 얼려 자기는 지금 무슨 꿈을 꾸고 있는 것 같았다.

'무사해야 할 텐데.'

연엽은 옷 보퉁이를 끌어안았다. 전봉준은 무장으로 갔다는 것 같았다. 어제저녁 남분 어머니가 부안으로 가자고 할 때 연엽의 마음은 이미 무장으로 달리고 있었다. 부안까지만 무사히 빠져나가면 남장을 하고 무장으로 갈 참이었다. 전봉준 장군 곁에는 자기가 꼭 있어주어야 할 것 같았다. 연엽은 며칠 동안 전봉준 장군을 생각할 때마다 위급한 장면에 몰린 전봉준 장군 모습이 여러 가지 모양으로 떠올랐고, 그때마다 난세 때 위기에 몰린 남자들을 여자들이 기지로 살려냈다는 옛날이야기들이 생각났다.

위급한 일은 힘만 가지고 모면하는 건 아니었다. 당장 어제저녁만 하더라도 자기가 역졸들한테 붙잡혀 방으로 끌려갈 때 처음에는 막막하기만 했다. 그러다가 어느 순간 이놈 불알을 훑어버리자는 생각이 번개처럼 머리를 스치고 지나갔던 것이다. 옛날에 험한 꼴을 한 번 당해 봤던 터라 그런 위급에서 벗어나는 공상을 그만큼 많이 했던 까닭에 그런 생각이 떠올랐던 것 같고 그만큼 침착할 수 있었던 것 같았다. 호랑이에게 열두 번 물려가도 정신만 차리면 산다는 말이 실감났다. 연엽은 전봉준이 지금 당장 위험에 처해 있을지 모른다고 생각하자 새삼스럽게 마음이 다급해졌다. 배자 싼 옷 보퉁이를 가슴에 꼭 껴안았다.

"저기 오신다."

남분이 벌떡 일어서며 눈을 밝혔다. 남분 어머니가 동네 뒤 잔등을 넘어오고 있었다.

"같이 오는 이는 누구여, 스님 같은데?"

남분이 연엽을 돌아봤다.

"월공 스님인가?"

연엽도 벌떡 일어서며 뇌었다. 월공이었다. 남분 어머니가 월공 스님과 산으로 올라오고 있었다. 뒤에는 설만두가 따라오고 있었다. 무얼 끼듯 팔을 오그리고 부지런히 뒤를 따라왔다.

"오매, 저것은 또 먼 사람들이여?"

도매다리 쪽에서 사람들이 이쪽으로 달려오고 있었다. 거의가 여자들이었다. 그 뒤에 역졸들이 쫓아오고 있었다.

"얼른 오시오. 저기 역졸들 오요."

남분이 어머니한테 소리를 질렀다. 남분 소리에 얼핏 뒤를 돌아본 부안댁 일행은 정신없이 비탈로 올라붙었다. 저쪽에서는 여자들이 역졸들한테 붙잡히고 난장판이었다.

"오매, 우리는 어디로 숨으까?"

남분이 겁먹은 눈으로 주변을 두리번거렸다.

그때 만석보 건너 강둑에서는 고부 별동대원들이 발을 구르고 있었다.

"죄 없는 식구까지 저렇게 잡아가는데 손 개얹고 있잔 말이냐?"

자기 동네를 건너다보고 있던 정길남이 달주한테 악을 썼다. 예동은 강둑 건너 가장 가까운 동네였으므로 사람들을 묶어가는 광경이 바로 건너다보였다.

"임마, 너까지 이러고 나오면 일판을 어떻게 만들자는 거냐?"

달주가 더 크게 소리를 질렀다.

"여기 있는 수면 당장 예동 사람들은 구할 수 있잖아?"

정길남은 주먹을 쥐며 악을 썼다. 눈에는 핏발이 서 있었다. 곁에 있는 별동대원들도 눈에서 이글이글 불이 타고 있었다. 정길남은 아까 자기 집이 불탈 때까지도 참고 있었다. 으득으득 이를 갈면서도 몸을 떨며 참는 것 같았다. 그러나 자기 동네 사람들이 묶여나오는 것을 보자 눈이 뒤집히고 말았다. 그 속에는 정길남 아내와 어머니, 그리고 누이동생이 끼여 있을 게 분명했다.

"우리끼리 가자."

갑자기 별동대원 하나가 소리를 질렀다. 눈이 툭 불거진 조딱부리였다.

"가자."

나머지 젊은이들이 소리를 지르며 나섰다. 여남은 명이었다.

"가만있지 못해!"

달주가 소리를 질렀다.

"여자들까지 묶어가잖아?"

조딱부리는 악을 쓰며 달주한테 대들었다.

"눈앞만 보고 덤벙거릴 테냐? 장군님 지시를 따라야 해! 한두 놈 죽이고 죽어버릴 테냐? 전봉준 장군은 두령들하고 저놈들 쓸어버릴 계책을 짜고 계신다. 우리는 농민군 가운데서도 별동대다. 우리를 이리 보낼 때 역졸들하고 붙지 말라는 장군님 영이 얼마나 엄했냐? 식구를 잡아가도 죽이지는 못한다. 조금만 참자."

달주가 단호하게 소리를 질렀다. 별동대원들은 코를 씩씩 불고 있었다. 핏발이 선 눈에서는 불이 이글이글 타고 있었다. 예동서도 여남은 채에 불이 붙어 불길이 미친 듯이 하늘을 핥고 있었다. 말목 서도, 창동서도, 산매서도 불길이 치솟고 있었다. 이어서 이 동네 저 동네서 사람들이 묶여나오고 있었다. 역졸들은 어느 동네서나 잡아 갈 사람들은 먼저 불러내서 묶은 다음 집에 불을 질렀다.

"장군님 영은 가만있는 놈들 건드리지 말라는 소리제, 저런 무지 막지한 놈들까지 가만두라는 소리는 아녀."

조딱부리가 악을 썼다.

"우리는 당장 수가 여남은 명밖에 안 된다. 저놈들 수가 몇이냐?"

달주가 맞받아 소리를 질렀다. 얼음장같이 차고 날카로운 달주 고함소리에 젊은이들은 무춤했다. 그러나 모두 코를 씩씩 불고 있었 다. 메주볼이 진 김장식 눈에도 벌겋게 핏발이 서 있었다. 잡혀가다 가 도망치면서 역졸들과 한바탕 야무지게 붙었던 것이다. 몽둥이에 맞은 왼쪽 팔은 제대로 놀리지 못했다.

달주와 정길남은 무장에서 전봉준 영을 받고 어제 밤 이리 달려 왔다. 고부에서 피해나오는 농민군들을 모으러 온 것이다. 어제 저 녁부터 밤낮을 달려와서 조금 아까 아침 겸 점심을 먹다가 불길이 솟아오른 것을 보고 뛰어나왔다.

"식구까지 잡혀가는데 구경만 해? 그것이 사람이냐? 나 혼자 간다."

조딱부리가 악을 쓰며 돌아섰다.

"야, 임마!"

달주가 조딱부리 덜미를 낚았다. 대번에 주먹이 올라붙었다. 조딱부리가 저만큼 나가떨어졌다.

"새꺄, 그렇게 목숨이 아깝냐?"

조딱부리가 벌떡 일어서며 달주한테 창을 들이댔다. 그대로 찌를 기세였다. 정길남이 조딱부리 팔을 낚아챘다.

"병신들아, 나는 간다."

조딱부리가 정길남 손을 획 뿌리치며 내달았다. 정길남이 소리를 지르며 쫓아갔다. 다른 대원들도 쫓아갔다. 조딱부리는 우리에서 튀어나간 토끼 같았다. 조딱부리는 만석보에 걸린 복찻다리를 평지 달리듯 내달았다. 정길남이 한참 쫓아가서 붙잡았다. 조딱부리는 땅바닥에 덜퍽 주저앉았다. 정길남이 한참 달랬다. 이내 일어섰다. 조딱부리는 코를 씩씩 불며 따라왔다. 달주는 대원들을 향했다.

"지금부터 아까 우리가 작정했던 대로 한다. 길남은 대원들을 데리고 여기서 주천삼거리까지 사이를 맡고, 장식은 여기서 화호 나루까지 사이를 맡아 그리 피해오는 사람들을 원평으로 보낸다. 나는 여기를 맡겠다. 모두 지금 간다. 절대로 허튼 생각 말고 이 일만 한다."

달주는 절대로에다 힘을 주어 허튼 생각 말라고 단호하게 뒤를 눌렀다. 정길남과 김장식이 대원들을 데리고 출발했다. 일행은 불길이 휘젓는 동네를 돌아보며 무겁게 발걸음을 뗐다. 정길남이 대원 네 명을 데리고 갔고, 김장식은 세 명을 데리고 갔다. 달주 곁에는 다섯 명이 있었다.

태인 쪽 동네에서는 동네마다 사람들이 허옇게 몰려나와서 불구 경을 하고 있었다. 그때 우령동 쪽에서 30여 명이 몰려왔다. 맨 앞에 달려오는 사람은 조만옥과 김승종이었다. 조금 아까 이리 모인 고부 농민군들을 데리고 원평으로 떠났는데, 불길이 솟는 것을 보고 되돌 아온 것 같았다. 그들도 숨을 씨근거리며 다가왔다. 모두 제정신이 아니었다.

"저놈들이 불까지 질러?"

조만옥이 소리를 질렀다.

"가서 쳐 죽이자."

김승종이 덩달아 소리를 지르자 다른 사람들도 악을 썼다. 달주 는 차디찬 표정으로 그들을 건너다보고 있었다. 달주 표정에 모두 무춤했다. 달주가 일행쪽으로 향했다.

"우리가 여기서 가볍게 움직이다가는 죽도 밥도 안 됩니다. 집에 불은 더 지를 것 같지 않습니다. 식구는 잡아가도 죽이든 못합니다. 며칠만 참읍시다."

달주는 침착하게 말했다. 조만옥 일행도 아까 별동대원들처럼 대 들었지만 달주는 안 된다고 냉정하게 잘랐다.

"맞네. 참세."

이내 조만옥이 달주한테 동조를 하고 나섰다. 농민군들은 숨을 씨근거리면서도 숙어들었다.

22

"저게 누구여?"

방금 주천삼거리 쪽으로 갔던 정길남 일행이 되돌아오고 있었다. 네댓 명이 더 붙어 여남은 명이었다. 장호만 패였다. 장호만 뒤에는 용배와 이천석, 김만복이 따르고 있었다. 달주가 노려보고 있었다. 장호만 패 얼굴은 고부 패하고는 달랐다. 분노를 가라앉히고 노기만 차돌같이 굳어 있었다. 왔느냐 마느냐 인사도 없었다.

"역졸들 작살을 내자. 호만이 형이 계책이 있다. 지금까지 호만이 형 계책은 실패한 적이 없다."

용배였다. 용배는 성질이 났을 때는 표정이 되레 착 가라앉았다. 달주는 장호만을 건너다보고 있었다. 같이 왔던 정길남도 남의 판에 끼어든 꼴로 덩둘하게 달주만 보고 있었다.

"천치재 꼭대기에서 해치우면 된다. 우리 넷만 나서도 한꺼번에 여남은 명씩은 귀신도 모르게 해치울 수 있지만 너희들이 네댓 명만 나서서 거들어라. 너희들은 곁에서 거들기만 하는 것이다. 틀림없는 계책이다."

장호만은 장담부터 한 다음 역졸들 칠 계책을 차근히 설명하기 시작했다. 천치재 꼭대기에 숨어 있다가 역졸들이 동네 사람들을 끌고 재 꼭대기에 올라서면 넘어오는 족족 작살을 낸다는 것이다. 역졸들은 한패가 많아야 여남은 명들일 테니 재 꼭대기에 숨어 있다가 그들이 꼭대기로 올라서면 갑자기 튀어나가며 표창으로 작살을 낸다는 것이다. 한 패를 작살내서 밑으로 치워놓고 또 숨어 있다가 다음 패가 올라오면 또 작살을 내고 그렇게 하면 오는 족족 작살을 낼 수 있지 않느냐고 했다. 작살은 자기들이 낼 테니 별동대원들은 네댓 명만 따라가서 거꾸러진 놈들을 치워주기만 하라는 것이다.

"우리 표창 솜씨 알잖아?"

장호만이 자신 있게 말했다.

"안 돼요. 장군님 영이오. 무슨 일이 있어도 지금은 역졸들하고는 절대로 맞붙지 말라고 추상같이 영을 내렸소."

달주가 단호하게 말했다.

"그러면 우리만 가겠어. 역졸들은 창 한번 제대로 잡아본 적이 없는 생무지들이다. 우리 솜씨면 저런 놈들 백 명도 당한다."

장호만이 눈알을 번득이며 말했다. 그도 어지간히 거칠게 숨을 내뿜으며 이를 악물었다. 조만옥과 김승종은 어리둥절한 표정이었다.

"나는 표창이 열 개에 단검이 하나다. 표창 열 개만 던져도 열 놈은 작살이 난다."

이천석이 표창을 손가락 끝으로 핑그르 돌리며 뇌었다. 표창이 팔랑개비 돌듯 손가락 사이에서 전후좌우 위아래로 정신없이 돌고 있었다.

"장군님 영이 있다는데 왜 이래?"

달주가 거칠게 쏘았다.

"그러니까 우리만 간단 말이야."

용배가 나섰다.

"이것은 고부 사람들 싸움이다. 장군님 명령을 어기려면 끼어들지 말아!"

달주가 버럭 소리를 질렀다.

"이제 와서 네 사당 내 사당이냐?"

24

"네 사당 내 사당이 아니니까 장군님 영에 따르란 말이다."

달주는 벼락같이 고함을 질렀다. 그때 장호만이 나섰다.

"무슨 말인지 알겠다. 알겠는데 저놈들은 누가 꺾어도 기를 한번 꺾어놔야만 한다. 저놈들한테 우리가 당할 염려는 없다. 우리 솜씨 알잖아?"

"설건드려 노면 잡혀간 가족이 당장 어떻게 되겠어?"

"저놈들은 혼이 한번 나야 가족들한테도 사정을 둔다."

장호만도 지지 않고 맞섰다. 달주는 잠시 머리가 띵했다. 무작정 말리기만 하는 것도 너무 고지식한 것 같고 어째야 할지 얼른 판단이 서지 않았다. 조만옥을 돌아봤다. 조만옥도 멍청하게 보고만 있었다.

"너희들은 여기서 너희들 일을 봐라. 우리만 가겠다."

장호만은 만석보 쪽을 향해 앞장을 섰다. 네 사람이 바람같이 내달았다.

"우리도 나서겠다. 영을 어겼다고 무슨 벌을 받아도 좋다."

정길남이 주먹을 쥐며 따라나섰다.

"임마, 너는 달라."

달주가 소리를 질렀다.

"안다."

정길남은 소리를 지르며 달려갔다.

"더 말리지 말게."

조만옥이 끼어들었다. 정길남은 대원들을 달고 정신없이 달려갔다. 정길남까지 저러고 나서는 데야 어쩔 수가 없었다. 그는 유독 자기 아내하고 금슬이 좋기로 소문난 사람이었다. 일행은 장호만 패네 명과 정길남 패 다섯, 모두 아홉 명이었다. 넋 나간 꼴로 그들을 보고 있던 달주가 조만옥과 김승종을 돌아봤다.

"나도 가겠소. 일을 크게 벌이지 못하게 하려면 내가 가야 합니다. 더구나 길남 패가 도무지 안심이 안 됩니다. 나도 내 앞 하나는 가릴 수 있소."

달주가 소매 끝동에서 돌멩이를 내보였다. 달걀처럼 반들반들했다.

"다른 사람은 더 못 나서게 하고 여기 일은 두 분이 맡으시오."

말을 마친 달주는 냅다 뛰었다. 예동 앞에서 일행을 따라잡았다. 가까이 보니 불탄 집들은 더 처참했다. 정길남 집은 행랑채만 남아 있었다. 내려앉은 집에서는 죽어가는 짐승이 마지막 숨을 할딱거리듯 여기저기서 하염없이 연기가 피어오르고 있었다. 골목에서는 개가 눈을 멀겋게 뜨고 죽어 있고, 곳곳에 핏자국이 낭자했다.

"이놈들아, 다 쥑애라. 멀라고 끗고 가냐? 여그서 쥑애라."

말목삼거리에 이르자 끌려가는 사람들 속에서 악다구니가 쏟아졌다. 고기 두름처럼 엮여가던 사람들 가운데서 할머니 한 사람이 미친 듯이 악을 썼다.

"오냐. 쥑애주마."

역졸 하나가 쫓아가서 할머니 등짝에다 사정없이 방망이를 휘둘렀다. 할머니는 그 자리에 풀썩 주저앉았다. 저절로 행렬이 멈추었다. 곁에서 할머니를 부축해서 일으켰다. 묶여가는 사람은 30여 명이고, 끌고 가는 역졸들은 일곱 명이었다. 묶여가는 사람들은 대부

26

분 여자들과 노인들이었다. 모두 옷이 찢어지고 *낭자가 풀어지고, 옷이 피범벅이었다.

"웬 놈들이냐?"

장교 하나가 장호만 앞을 막아서며 날카롭게 쏘았다.

"나는 태인 창촌 사는 유배걸이란 사람 서사인데 진선리 정참봉 집에 치상 치러 가요. 정참봉이 민란꾼들한테 험하게 세상을 뜨자 그 자당께서 심화를 끓이다가 돌아가셨는데 그 동네는 치상 칠 사람이 없어서 내가 우리 동네 사람들을 데리고 가는 길이오."

장호만이 그럴 듯하게 둘러댔다.

"치상이고 지랄이고 이 판이 어느 판이라고 함부로 휘지르고 댕겨? 싸게 꺼져!"

장교는 잡아먹을 듯이 악을 썼다.

"미안합니다."

장호만은 허리를 크게 굽실거리며 주먹이라도 피하듯 잽싸게 장교 앞을 빠져나왔다. 일행은 천치재를 향해 벼락같이 내달았다. 하학동 가까이 이르자 두 패가 묶여가고 있었다. 뒤에 가는 사람들이 예동 사람들 같았다.

이번에는 장호만이 미리 장교 앞으로 나섰다. 아까처럼 능청스럽게 수작을 걸어 그들도 무사히 지나갔다.

"으으."

묶여가는 사람들은 우는 소리 비슷한 소리를 내며 가고 있었다. 행렬을 지나치던 정길남 눈에 빛이 번쩍했다. 자기 아내와 눈이 부딪친 것이다. 행렬을 지나친 정길남이 다시 뒤를 돌아봤다. 아내의 똥그란 눈이 정길남을 보고 있었다. 어머니와 누이동생은 정신을 잃은 사람들처럼 비틀거리며 걷고만 있었다. 정길남 아내는 발이 하나 맨발이고, 어머니는 저고리가 찢어져 앞가슴이 보였다. 묶여가는 사람들은 마치 염라대왕 앞으로 끌려가는 저승길 행렬 같았다.

하학동 앞을 지났다. 달주는 동네를 보며 길을 재촉했다. 자기 집, 김이곤 집, 조망태 집, 장춘동 집 등 다섯 채가 타버렸다. 여기서도 내려앉은 집터에서는 마지막 연기가 피어오르고 있었다. 경옥 집도 대문이며 안채가 숨을 죽이고 있는 것 같았다. 동네 골목에는 아무도 보이지 않았다. 개들만 끌려가는 행렬을 보며 컹컹 짖어대고 있었다. 달주는 정작 자기 동네 꼴을 보자 몸뚱이가 공중으로 한참 떠오르는 것 같았다. 순간, 지금 자기들이 이렇게 섣불리 나대서는 안된다는 생각이 다시 머리를 쳤다. 전봉준은 앞으로 싸울 계획을 대쪽처럼 확실하게 세울 것 같았고, 전봉준의 계획대로 싸우면 틀림없이 이길 것 같았다. 그 판에 이렇게 나대다가 모두 붙잡히기라도 하면 어떻게 될까? 그러나 지금 일행을 말릴 길은 없었다. 이미 시위 떠난 화살이었다.

일행은 천치재 꼭대기에 올라섰다. 몸을 숨기고 잿길을 내려다보았다. 바로 아래 금방 지나쳐온 사람들이 재를 올라오고 있었다.

"여기서 저놈들을 작살냅시다. 내 지시대로 하시오."

장호만은 숨을 발라쉴 겨를도 없이 가쁜 숨을 쉬며 말했다. 모두 숨이 턱에 차서 얼굴이 창백했다.

"우리 네 사람은 표창 명수고 달주는 돌팔매 명수요. 오면서 봤지만, 역졸들은 열 명 안팎이오. 재로 올라오면 바로 그 순간, 우리 다섯 명이 표창과 돌팔매로 역졸들을 작살내겠소. 나머지 사람들은 몽둥이를 하나씩 만들어가지고 숨어 있다가 우리가 작살을 내노면 당신들이 다시 작살을 냅니다. 너무 패서 뻗어버리면 옮기기가 힘듭니다. 힘을 못 쓸 만큼 작살을 낸 다음에 동네 사람들 묶어온 오랏줄을 풀어 역졸들을 묶습니다. 재갈을 물려 저 아래로 끌고 가서 나무 밑동에다 단단히 잡아맵니다. 다음 패가 재 꼭대기에 올라서기 전에 일을 끝내야 합니다. 얼른 몽둥이부터 만드시오!"

장호만 지시가 떨어지자 이천석과 김만복이 단검으로 나무를 잘라 던졌다. 모두 하나씩 집어 대충 가지를 꺾어버리고 꼬나잡았다.

"온다. 이쪽은 이리, 그쪽은 길 밑으로! 내가 저자들하고 수작을 걸다가 손을 번쩍 들면 그때 공격을 한다."

장호만과 용배, 김만복은 제 위 짬으로 달주와 이천석는 아래 짬에 숨었다. 정길남 패는 가운데 짬에 숨었다.

"이년들아, 싸게 싸게 안 걸어? 시방 춘향이가 광한루로 이도령 찾아가는 줄 아냐?"

역졸들이 소리를 지르며 재 꼭대기로 올라섰다. 묶여가는 사람들은 말목 사람들이었다. 행렬이 한참 지나갔다. 장호만이 썩 나섰다.

"야, 똥개들아!"

장호만이 앞가슴을 쩍 벌리고 소리를 질렀다. 역졸들이 깜짝 놀라 뒤를 돌아봤다.

"말 똥구멍이나 따라댕기던 놈들이 고부 와서 설친게 극락 만난 것 같냐?"

장호만이 껄껄 웃었다.

"너 누구냐? 워매, 너 멋하는 자식이냐, 응?"

장교가 소리를 지르며 다가왔다. 역졸들도 창을 꼬나들고 몰려왔다.

"말해 줄게. 너희들은 고부가 극락인 줄 아는데 여그는 극락이 아니다. 나는 너희들을 진짜 극락으로 보내 줄 사람이다."

"저 새끼 죽여라."

장교가 악을 썼다. 장호만이 웃으며 손을 번쩍 들었다. 역졸들이 무춤했다. 자기들더러 잠깐 멈추라는 시늉인 줄 안 모양이었다.

— 쉿!

— 쉿!

"워매!"

"아이고!"

— 쉿!

— 쉿!

"워매!"

작자들은 모두 어깨와 가슴을 싸안고 나동그라졌다. 얼굴을 싸안은 사람도 있고 목을 싸안은 사람도 있었다. 설맞은 자들한테는 한 대씩 더 쏘았다. 삽시간에 여남은 명이 전부 나동그라졌다. 꼭 무슨 장난처럼 보기 좋게 나동그라졌다. 그때 정길남 패가 몽둥이를 들고 뛰어나왔다. 있는 힘을 다해서 후려갈겼다.

"워매 사람 죽네."

"아이고, 살려주시오."

장호만과 달주는 재 꼭대기로 달려가 저쪽을 내려다봤다. 김만복과 이천석은 표창을 뽑아 챙겼다. 어깨나 가슴에 맞은 자들은 자기들이 표창을 뽑았으나 얼굴에 맞은 자들은 뽑지 못하고 얼굴을 싸안고 죽는 시늉을 하고 있었다. 한 놈은 콧잔등에 정통으로 꽂혀 코와 표창을 같이 싸안고 발발 떨고 있었다. 이천석이 사정없이 뽑았다. 작자는 죽는다고 악을 썼다.

다음 동네 사람들이 재를 반쯤 올라오고 있었다. 정길남 패는 역졸들을 어지간히 작살을 낸 다음 동네 사람들한테서 오라를 풀어 역졸들을 묶었다.

"새끼들아, 전부 일어서서 따라와!"

정길남이 소리를 질렀다. 역졸들을 끌고 밑으로 내려갔다. 오라가 풀린 말목 사람들은 겁먹은 눈으로 *두렷거리고 있었다. 도대체 어찌된 일인가 어리둥절한 표정들이었다. 달주가 앞으로 나섰다.

"고생들 하셨습니다. 저쪽 천태산 쪽으로 붙어 도망치시오. 며칠만 참으면 전라도 사람들이 전부 들고일어나서 역졸들을 모두 쫓아내고 전주로 쳐들어갑니다. 그때까지만 다른 데 가서 피하시오. 어서들 내빼시오."

달주가 다급하게 말했다.

"우리가 내빼면 어디로 내빼겠는가? 다리도 다치고 허리도 다치고, 역졸들이 쫓아오면 금방 잽힐 것인데 어디로 내빼겠어?"

나이 먹은 할머니가 징징 우는 소리로 말했다.

"여보게, 제발 이러지들 말게. 역졸들을 저로코 모질게 닦달하면 저 사람들이 가만있을 성부른가? 이러지 말게. 이러지 말어. 저 사람들을 더 독사만 맨드네. 이 분풀이를 누구한테하겠는가? 그냥 놔두게. 우리가 잡혀간들 우리가 먼 죄가 있다고 죽이기사 하겠는가?"

다른 할머니가 달주 손을 잡으며 다급하게 주워섬겼다. 절레절레 고개를 젓고 손사래까지 활활 치며 제발 그만두라고 빌듯이 말렸다. 달주는 머쓱해지고 말았다. 장호만도 어리둥절한 표정으로 할머니들을 건너다보고 있었다. 풀어주기만 하면 붙잡혔던 산짐승처럼 정신없이 도망칠 줄 알았는데 너무도 뜻밖이었다.

"이러고 계시면 안 돼요. 어서 저쪽으로 도망치시오."

장호만이 소리를 질렀다. 젊은 여자들은 도망치려 했으나 노인들은 움직일 생각을 하지 않았다. 장호만이 거듭 소리를 지르자 겨우 저만치 자리를 피했다.

"온다. 숨어."

저쪽을 내려다보던 장호만이 소리를 질렀다. 아까처럼 모두 몸을 숨겼다. 동네 사람들한테도 길 아래로 숨으라고 소리를 질렀다. 그러나 할머니들은 그만두라고 애가 달았다.

"저리 숨으시오."

조딱부리가 할머니들을 길 아래로 밀고 내려갔다.

"저것들이 왜 저래?"

그때 두승산 중턱에서 천치재 꼭대기를 내려다보고 있는 역졸들이 있었다. 두승산으로 도망친 읍내 근방 사람들을 쫓던 역졸들이었다.

"저쪽으로 간 사람들 이리 오라고 해라!"

우두머리인 듯한 자가 저쪽으로 간 역졸들을 불러오라고 했다.

그때 천치재에는 역졸들이 동네 사람들을 끌고 재 꼭대기로 올라섰다. 역졸들은 빨리 가지 못하느냐고 소리를 질렀다.

"이 똥개들아!"

장호만이 아까처럼 앞으로 썩 나서며 소리를 질렀다. 아까하고 똑같이 수작을 걸었고, 똑같은 모양으로 역졸들을 처치했다. 장교 하나에 역졸 여남은 명을 보기 좋게 작살냈다. 마치 가을 봇도랑에 게살을 쳐놓고 앉아 있다가 올라오는 참게 주워 담는 꼴이었다. 다음은 예동 사람들이 올라오고 있었다.

"오매 오매, 인자 참말로 그만두소. 큰일 나네. 큰일 나."

아까 그 할머니들이 다시 쫓아와서 손을 붙잡고 통사정을 했다. 두 동네 할머니들이 몰려들어 장호만과 달주 손을 잡고 그만두라고 징징 울며 야단법석이었다. 우리가 도망을 치면 어디로 도망을 칠 것이며 도망치다 잡히면 무슨 꼴이 되겠느냐고 이번에는 숫제 통곡을 터뜨렸다. 젊은이들은 모두 맥이 빠지고 말았다. 목숨을 걸고 자기들을 구하고 있는데 치하는커녕 원망이라니 어리둥절할 수밖에 없었다.

"그만합시다. 안 되겠소."

달주가 장호만한테 고개를 저었다. 그때였다.

"이놈들아, 꼼짝 마라!"

두승산 중턱에서 역졸들이 소리를 지르며 쏠려 내려왔다. 모두 그쪽을 봤다. 30여 명이었다.

"한 사람이라도 잡히면 안 된다. 튀어라!"

달주가 소리를 질렀다. 모두 뛰었다. 장호만 패는 두승산 산자락을 돌아 상학동 쪽으로 뛰고, 정길남과 달주 패는 도매다리 쪽을 향

해 뛰었다. 맨 앞에 달리던 달주가 우뚝 발을 멈췄다. 바로 앞에서
동네 사람들이 역졸들한테 쫓겨 이쪽으로 도망쳐오고 있었다. 앞뒤
가 막히고 말았다. 달주와 정길남 패는 하학동 쪽 산비탈로 뛰었다.
비탈을 뒹굴며 기며 내달았다.

"저놈들 잡아라."

뒤쫓던 역졸들이 도매다리 쪽 역졸들한테 소리를 질렀다. 그쪽
역졸들이 앞을 막으려고 산비탈을 뛰어내려갔다. 달주하고 정길남
은 도매다리 쪽으로 뛰고 조딱부리 등 다른 대원들은 하학동 쪽으로
뛰었다. 달주와 정길남은 비탈을 앞지르려는 역졸들을 겨우 피해서
논둑길로 내달았다. 두 사람 뒤에는 역졸들이 여남은 명 쫓아왔다.
거리가 어지간히 벌어졌다.

"아이고."

앞서 달리던 정길남이 발을 삐뜩하며 논바닥으로 나동그라졌다.
벌떡 일어났다. 그러나 한 발을 쓰지 못했다.

"달려라!"

달주가 소리를 질렀다. 정길남은 한 발을 들고 팔짝팔짝 뛰었다.
그러나 도무지 맥을 추지 못했다.

"잡아라!"

역졸들은 악을 쓰며 달려왔다. 달주는 양손에 하나씩 돌멩이를
나눠 들었다. 길을 막아서며 정길남더러 어서 달리라고 소리를 질렀
다. 정길남은 있는 힘을 다해서 달렸으나 거의 한 발로 *앙감질을 하
고 있었다. 역졸들은 한껏 기세가 올라 저놈 잡으라고 소리를 지르
며 달려오고 있었다.

"죽고 싶은 놈은 나와라."

달주가 길에 떡 버티고 서서 돌멩이를 쥐고 소리를 질렀다.

"저 새끼, 죽여!"

역졸들이 창을 겨누며 다가왔다. 달주가 돌멩이를 날렸다.

ㅡ윽!

맨 앞장을 선 작자가 상판을 싸안고 나둥그러졌다. 돌멩이가 얼굴에 정통으로 맞은 것이다.

"죽고 싶은 놈은 또 나서라!"

달주가 버티고 서서 소리를 질렀다. 역졸들은 무춤했다. 정길남은 죽어라고 뛰고 있었으나 걷는 꼴밖에 되지 않았다. 역졸들은 창을 *꼬느며 논바닥으로 내려섰다. 달주를 둘러싸려 했다. 달주는 한 걸음 한 걸음 뒤로 물러섰다. 달주 손에는 돌멩이가 하나뿐이었다. 길바닥을 두리번거렸으나 길에는 돌멩이가 없었다. 역졸들은 점점 가까이 옥죄어들었다. 역졸들은 달주를 둘러싸려고 논으로 내달았다. 달주는 돌멩이를 찾아 길바닥을 연방 두리번거리다 그만 돌아섰다. 정길남은 이미 틀린 것 같았다. 돌멩이가 하나뿐이라 어떻게 해 볼 재간이 없었다.

"길남아, 할 수 없다. 잡혀가서 며칠만 견뎌라."

달주는 정길남한테 소리를 질러 놓고 도망쳤다. 역졸들은 정길남을 붙잡았다. 나머지 역졸들은 달주를 쫓았다. 달주가 다시 멈춰 서서 돌멩이를 던질 자세로 으르자 역졸들은 무춤했다. 달주는 한참 도망치다 뒤를 돌아봤다. 역졸들은 더 쫓아오지 않았다. 정길남은 오라에 꽁꽁 묶여 절뚝거리며 끌려가고 있었다. 재 꼭대기에 올라섰다.

"저 새끼 죽여!"

정길남이 묶여오자 천치재에 있던 역졸들이 우르르 달려들었다. 장교가 말렸다. 한 놈이 정길남 옆구리를 걷어찼다. 몽둥이가 날아왔다.

"죽이면 안 돼. 문초를 하고 죽여사 써."

장교가 악을 쓰며 몸으로 막았다. 저쪽에서 보고 있던 여자들이 갑자기 웅성거리기 시작했다. 예동 여자들이었다. 정길남 눈이 얼핏 그쪽으로 갔다. 아내가 똥그란 눈으로 이쪽을 보고 있었다.

"어무니."

그때 찢어지는 비명소리가 났다. 정길남의 누이였다. 정길남 어머니가 아들이 잡혀온 것을 보고 까무러친 것이다. 정길남 아내와 누이는 오라에 묶인 손으로 어머니를 부축했다. 장교가 오라를 끌러 주라고 했다. 좀 만에 또 한 사람이 잡혀왔다. 조딱부리였다. 그는 얼굴과 옷이 피투성이였다. 그때 저쪽에서 또 잡혀오는 사람들이 있었다. 월공과 설만두가 잡혀오고 있었다. 연엽과 남분 그리고 달주 어머니도 잡혀왔다. 그들도 낭자가 흐트러지고 치마폭이 타져 있었다.

"중놈의 새끼까지 한패였단 말이냐?"

역졸 하나가 창자루로 월공 가슴을 푹 쑤셨다. 월공이 날렵하게 몸을 피했다. 창자루가 빗나갔다.

"누구한테 손을 대려 하는가? 불제자 몸에 손을 대면 자손 대대로 무간지옥에 떨어지는 줄을 모르는가?"

월공이 눈알을 부라리며 자손 대대에다 힘을 꼬아박으며 소리를

36

질렀다.

"꼴에 매화타령 한번 요란스럽네. 먼 지옥이 으째?"

역졸이 다시 창을 꼬나들었다.

"가만둬라. 거미 똥구멍에서 기어나오는 것은 거무줄이고 중놈 아가리에서 기어나온 것은 염불 아니면 그런 소리제 멋이겠냐?"

장교가 핀잔을 주며 웃었다. 동네 사람들이 계속 붙잡혀왔다.

"나 좀 봅시다."

월공이 장교 곁으로 가며 의젓하게 말했다. 장교가 월공을 봤다.

"나는 보시다시피 불제자요. 고부에 야단이 났다길래 지나는 길에 신도 집 안부가 궁금해서 저 젊은이를 데리고 가던 길이오. 나는 고부하고는 아무 상관이 없는 사람이오."

월공이 침착하게 말했다. 장교는 월공 위아래를 훑어보았다.

"중놈이 할 일이 없으면 염불이나 하제, 이런 데는 멀라고 얼씬거려! 얼른 가부러."

장교가 버럭 악을 썼다. 월공은 멀겋게 웃었다.

"웃어?"

장교가 빠듯 눈초리를 추켜올렸다.

"할 말이 있소. 잠깐 저쪽으로 갑시다."

월공이 은근한 표정으로 말하자 장교는 잠깐 당황하는 표정이더니 무슨 말이냐는 듯이 한쪽으로 갔다.

"저기 저 곰배팔이는 내가 데리고 온 놈이고, 저쪽에 키 큰 처녀 말이오."

월공이 연엽을 가리켰다. 둘이 수작하는 것을 역졸들과 동네 사람들이 모두 보고 있었다.

"지닌 것이 3백 냥뿐이오."

월공이 몸으로 뒤를 가리며 들고 있던 주머니를 장교한테 슬그머니 디밀었다. 장교는 잠시 당황하는 표정이었다. 설마 중이 이런 흥정까지 하랴 했던 것 같았다.

"저 처녀는 전봉준 첩이라요."

저쪽에서 역졸 하나가 소리를 질렀다. 같이 온 고부 나졸이 역졸한테 말해 준 것 같았고, 역졸은 무슨 흥정인지 눈치 채고 왜장을 친 것 같았다. 모두 깜짝 놀라 연엽을 보았다.

"음, 그러고 본게, 네가 예사 중이 아니구나."

장교는 내밀던 손을 채가듯 거둬들이며 뒤로 한 발 물러섰다.

"이 중놈을 잡아 묶어라."

장교가 버럭 소리를 질렀다. 역졸들이 우르르 달려들었다.

"이놈들, 육환장 맛을 한번 보려느냐?"

월공이 육환장을 꼬나들며 소리를 질렀다. 역졸들이 무춤했다. 장교가 어서 붙잡지 못하느냐고 악을 썼다. 역졸들이 창을 겨누며 우르르 달려들었다. 월공 손에서 육환장이 후닥닥 바람을 갈랐다. 역졸 둘이 머리를 싸안고 나동그라졌다. 육환장이 다시 후닥닥 바람을 일으켰다. 역졸들은 앗 뜨거라 뒤로 물러섰다.

"나를 잡으려다가는 사람만 여럿 상한다."

월공이 의젓하게 소리를 질렀다. 육환장 내두르는 솜씨가 보통이 아니었다. 장교와 역졸들은 멍청하게 월공을 건너다보고 있었다.

"한마디만 이르고 가겠다. 전봉준 장군은 하늘이 낸 영웅이다. 금방 조선 팔도가 모두 들고일어난다. 이용태는 기왕 미친놈이거니와 이제부터 너희들이라도 너무 드세게 설치지 마라. 너희들은 지금 내 세상을 만났다고 별의별 못된 짓을 하고 있다마는 지금 한 짓이 열 배 스무 배 보복으로 돌아갈 것이다. 팔도 사람들이 일어날 때 고부 사람들이 너희들을 가만두겠느냐? 너희들 집은 장흥 역말, 뿌리박고 있는 자리가 뻔하다. 거기 집이 있고 사랑하는 가족이 있다. 뛰어야 벼룩이다."

월공은 껄껄 웃었다. 역졸들은 모두 뜨끔한 표정이었다. 월공은 이번에는 하늘을 한번 쳐다보고 나서 다시 그들을 향했다.

"내 말 잘 들어라!"

월공은 다짐을 한번 둔 다음 목소리를 가다듬었다.

"미친개가 달을 보고 짖으니 뭇 개가 따라 짖도다. 옛언덕古阜에 꿀이 가득하나 꿀이 아니고 독이로다. 업원의 끈이 질길 터인즉 이 아니 슬픈 일인가?"

월공은 가성을 써서 큰소리로 읊조린 다음 다시 껄껄 웃고 돌아섰다. 역졸과 동네 사람들은 모두 넋 나간 사람들처럼 월공 뒷모습만 보고 있었다.

2. 통문

군아 동헌은 이용태가 안방을 차지하고 있었다. 신임 군수 박원명은 한쪽 방으로 나앉아 농민군들이 가져간 곡물이며 무기 물목 따위를 검사하고 있었다. 그는 이용태 곁에는 얼씬도 못하고 이속들이나 해야 할 이런 허드렛일이나 하고 있었다. 글자 그대로 꾸어온 원이었다.

마당에는 잡혀온 동네 사람들 3,4백 명이 이엉과 볏짚을 깔고 콩나물처럼 촘촘히 박혀 앉아 오들오들 떨고 있었다. 다 죽어가는 상판들이었다. 찢어진 옷이며 흐트러진 머리며 매무새들이 말이 아니었다. 옷에 피가 낭자한 사람도 있었다. 거의가 여자들과 늙은이들이었다.

호방이 마당을 가로질러 바삐 이용태 방으로 들어갔다.

"돌려보냈소?"

형방을 앞에 앉혀 놓고 문서를 보고 있던 이용태가 호방을 흘끔 쳐다보며 퉁명스럽게 튀겼다.

"어사또 나리께서는 바빠서 도저히 만나뵐 수가 없다고 겨우 돌려보냈사오나 뒤가 개운찮습니다."

호방이 굽실거리며 조심스럽게 꼬리를 남겼다.

"개운찮다니, 개운찮으면 제깟 놈이 어쩌겠다는 거요? 개 팔아 감역인지 돝 팔아 감역인지, 향청 머슴 놈 짚벙거지만큼도 못한 감역 감투 하나 주워 쓴 작자가 뭣을 믿고 설치는 게요?"

이용태는 시퍼렇게 호방을 쏘아보며 퉁겼다. 이주호가 이용태를 만나자고 떼를 쓴다고 하자 호방을 보내 적당히 구슬려 돌려보내라고 했던 것이다.

"조용히 드릴 말씀이 있네."

호방이 이용태 눈치를 보며 형방을 돌아봤다. 형방이 알았다며 자리에서 일어섰다.

"사또 나리 말씀이 옳습니다. 재산도 겨우 벼 천이 될까 말까 하고 감투도 기껏 감역이오며, 조정에 뒷줄도 거미줄 하나 걸친 것이 없는 자이옵니다. 하오나, 크게 믿는 구석이 한 군데 있는 것 같사옵니다. 작자 마누라가 천주학쟁이올시다."

"천주학쟁이? 그게 어쨌단 말이오?"

이용태는 꺾쇠눈으로 눈자위를 모으며 호방을 건너다보았다.

"저는 이 고을에서 이속으로 대를 이어온 사람이어서 이 고을 대갓집 사정이라면 안팎을 가릴 것 없이 대충 내막을 아옵니다. 하온데 아까 궐자 으르는 소리가 하도 요란스럽기에 아무래도 무슨 뒤가 있는 것 같사와, 무엇을 믿고 저러는가 이리저리 구슬려 보았더니 궐자가 제 성깔을 주체 못하고 *춘치자명春雉自鳴으로 속살을 내뱉고 말았사옵니다. 궐자가 내뱉는 소리인즉, 후취로 얻은 지금 마누라 친정이 대를 물린 천주학쟁이 집안이온데, 그 친정 아비가 전주 남문 밖 베네톤가 하는 양대인하고 이만저만 가까운 사이가 아닌 듯 하옵니다. 그 마누라가 천주학쟁이라는 것은 저도 알고 있었사오나 그 장인이 양대인하고 그렇게 가까운 줄은 몰랐습니다. 궐자가 두고 보라고 땅땅 으르대는 것이 아무래도 그냥 있어서는 안 될 것 같사옵니다."

호방은 이용태 눈치를 살피며 야살스럽게 꼬아올렸다.

"불랑국 천주학 신부, 그 양대인 말이오?"

이용태는 대번에 눈이 둥그레졌다. 마치 뺨이라도 한 대 맞은 것처럼 정신이 화닥닥 나는 모양이었다.

"그렇사옵니다. 전라도에서 천주학이 맨 먼저 뿌리를 내린 고을이 이 고산인 줄로 아온데, 후취 마누라 친정이 바로 고산이옵고, 장인 되는 자가 고산 천주학쟁이들을 좌지우지하는 우두머리라 하옵니다."

"그래?"

이용태는 눈이 튀어나올 것 같았다. 호방은 이용태가 이렇게 겁먹는 꼴을 여태까지 본 적이 없었다.

"궐자가 고집 하나는 타고난 옹고집이라 다루기가 만만찮으나, 이 일을 소인한테 맡기신다면 제가 요령껏 작자를 구슬려 볼까 하옵니다."

호방은 이용태 눈치를 살피며 은근한 가락으로 뇌었다.

"방도가 있소?"

이용태가 한걸음 다가앉으며 물었다.

"저한테 맡겨 주시면 있는 힘을 다해서 구슬려보겠습니다."

"지금 당장 쫓아가시오. 웬만한 일이라면 다 들어 준다더라고 하시오."

이용태가 다급하게 말했다. 호방은 이용태 얼굴을 보며 내심 놀라는 표정이었다. 천주학 신부들 위세가 대단하다는 소리는 들었지만, 이렇게 대단한가 새삼스럽게 놀랐다.

"분부대로 거행하겠사옵니다. 그 일은 제가 힘껏 하겠사옵고 따로 몇 가지 드릴 말씀이 있사옵니다."

호방은 이때다 싶은지 차근히 제 장 볼 채비를 하는 것 같았다.

"당장 그 일이 바쁜데, 할 말이 뭐요? 어서 말해 보시오."

이용태는 뜨거운 것 집은 사람처럼 제정신이 아니었다.

"구관 나리께서 이 고을 상인 몇 사람한테 돈을 맡겨 돈놀이를 하고 있었사옵니다. 하온데, 돈놀이하던 자들이 지난번에 난군들한테 닦달을 당할 때 돈은 이미 구관 나리께서 챙겨가셨다고 둘러대고 그 돈을 고스란히 그대로 지키고 있는 줄로 아옵니다. 그런데 그 자들이 지금 와서는 그 돈을 몽땅 난군들한테 빼앗겼다고 왜장을 친다 하옵니다. 그 속셈이 뻔하지 않사옵니까? 어사또 나리께서 그 자들을 잘 닦달하시는 것이 좋을 듯하옵니다."

호방은 간사스럽게 씽긋 웃었다. 이용태 눈에서 빛이 번쩍했다. 잘 다스리면 호박이 덩굴째 굴러들어올 판이었다.

"그러하옵고 지난번 난군들이 설칠 때 여기 부자 놈들 몇이 전봉준 등 난군 두목들한테 술이야 고기야 이바지를 해다 바쳤다 하온데 그때 돈도 적잖이 바쳤을 것으로 생각되옵니다."

호방은 별산 영감이며 말목 이진삼 등 그때 전봉준을 찾아왔던 사람들 이름을 모두 댔다.

"그런 불측한 놈들, 그놈들부터 당장 잡아들여야겠구만."

이용태는 버럭 화를 냈다. 그러면서도 눈에서는 아까와는 또 다르게 빛이 났다.

"또 한 가지 여쭙고자 하는 것은, 구관 나리께서 소실을 살렸던 집이 비어 있사온데, 어사또 나리께서 거느리고 오신 기녀들을 곁에 두시기가 혹 간에 불편하시면 그 집에 기거하도록 하는 것이 어떨까 하옵니다."

호방은 이용태 눈치를 한층 날카롭게 살피며 조심스럽게 뇌까렸다. 지금 이용태는 박원명을 객사로 몰아내고 내사를 자기가 쓰고 있었다. 그런데 호방이 혹 간에 불편 어쩌고 한 것은 어제저녁부터 이 근처에 끌어온 처녀들을 서너 명씩 이용태 방에 넣고 있었기 때문이다.

"허허. 호방이 거기까지 맘을 쓰는 것을 보니 천원역에서 있었던 일이 마음에 퍽이나 걸렸던 게로구만."

이용태는 껄껄 웃었다.

"죄송하옵니다. 그 집에는 찬모가 그대로 집을 지키고 있사오니 불편이 없을 것이오나 말동무 겸해서 제 첩년도 그 집에 같이 있도록 할까 하옵니다."

"하하하. 알았소. 알았어. 무슨 말인지 이제 알았소. 걱정 말고 그 집을 쓰시오."

이용태는 거듭 껄껄 웃었다. 골칫거리인 이주호를 제 사날로 맡고 나선데다 큼직한 돈줄을 둘이나 잡아 주자, 이용태는 호방이 대번에 장짐 맡은 조카같이 예쁜 모양이었다.

그때 장교 하나가 숨을 헐떡거리며 뛰어들었다.

"어사또 나리께 아뢰옵니다. 큰 낭패가 있사옵니다."

"낭패라니?"

이용태 눈이 둥그래졌다.

"배들 쪽에서 난군 식구들을 잡아오다가 웬 화적패 같은 놈들한테 역졸 20명 가까이가……."

장교는 숨을 헐떡거리며 천치재에서 벌어진 일을 단숨에 늘어놨다. 이용태는 양쪽 눈초리가 대번에 칼날처럼 하늘로 곤두섰다.

"뭣이? 여남은 놈한테 20여 명이 표창에 작살이 났다고? 이 병신 같은 놈들!"

이용태는 주먹으로 책상을 꽝 쳤다.

"죄송하옵니다. 하오나, 그 중 두 놈을 잡아서 끌고 오는 중이옵니다. 이놈들 표창 던지는 솜씨가 수십 년 그 길로만 살아온 놈들 같사온데 아무래도 화적패 일당이 아닌가 하옵니다. 한 놈은 전봉준 심복이라 하옵니다."

"지금 끌고 오느냐?"

이용태가 자리에서 벌떡 일어섰다.

"조금 있으면 당도할 것이옵니다. 급히 아뢰려고 제가 먼저 달려왔사옵니다."

"＊밥으로 패죽일 놈들, 아직까지 변변한 우두머리 하나 잡아들이지 못한 놈들이 이번에는 그렇게 병신같이 당해?"

이용태는 마른 땅에 새우 뛰듯 발을 구르며 악을 썼다. 이용태는 악이 받칠 법도 했다. 농민군이라고 수없이 잡아들이기는 했으나, 진짜 농민군은 오분의 일도 안 되고, 더구나 우두머리급은 동네 우두머리 하나 제대로 잡아들이지 못했다. 웬만한 사람들은 박원명이 베푸는 잔치판에서 나오다 소식을 듣고 도망쳐버렸고, 다른 사람들은 어사가 왔다는 소식을 듣고 어사가 어떻게 나오나 동정을 살피고 있다가 앗 뜨거라 모두 줄행랑을 놔버렸던 것이다. 관속배들 눈치만 보며 난세를 살아온 사람들이라 그런 낌새에는 겁 많은 짐승보다 더 민감했다. 잡혀온 사람들 가운데 좀 변변하다는 사람이라면 하학동 조망태 정도였고, 나머지는 김한준이나 양찬오처럼 농민군에 나가지 않은 사람들이 태반이었다. 죄 없는 나를 어쩌랴 하고 태평하게 있던 사람들만 잡혀왔다.

좀 만에 정길남과 조딱부리가 군아 마당으로 끌려 들어왔다. 마당으로 끌려오던 정길남은 저도 모르게 우뚝 걸음을 멈추었다. 마당에 가득히 앉아 있는 동네 사람들을 보자 숨이 꺽 막히는 것 같았다. 동헌 마루에는 이용태가 이글이글 타는 눈으로 두 사람을 노려보고 있었다. 마루 아래는 장흥서 온 장교들과 고부 아전들이 서 있었다.

"죄인들 대령이옵니다."

"저놈이 전봉준 심복이 맞느냐?"

이용태가 동헌 마루에 서서 고부 아전들한테 소리를 질렀다. 동

46

헌 마당에 찬바람이 휘몰아쳤다. 마당에 앉아 있는 동네 사람들은 숨을 죽이고 보고 있었다.

"그런 줄로 아옵니다. 예동 사는 정만조란 자 아들로 하학동 김달주라는 자와 함께 전봉준 옛날 서당 훈장질할 때 가르친 제자라 하오며, 지난번 봉기 때는 전봉준 비서로 손발 노릇을 했다 하옵니다. 같이 잡혀온 자는 조딱부리란 자로 그도 역시 전봉준 제자라 하오며 저자를 따라다니던 같은 동네 놈이라 하옵니다."

장흥 장교는 자세하게 꼬아올렸다. 오면서 나졸들한테 들은 것 같았다.

"형리들은 들어라. 저놈들을 당장 엄중하게 문초를 하여 어사 거행에 언감생심 항거한 *소종래를 소상히 밝혀내도록 하라. 문초가 끝나거든 칼을 씌우고 차꼬를 채워 단단히 하옥을 하도록 하라. 당장 거행하라."

이용태는 목청껏 소리를 질렀다.

"분부대로 거행하겠사옵니다."

마당에 앉아 있던 여인들은 넋 나간 눈으로 이용태를 건너다보고 있었다. 이용태를 보고 있는 동네 사람들은 마치 저승에 잡혀와 염라대왕 앞에서 차례를 기다리는 사람들 꼴이었다.

형리들은 정길남과 조딱부리를 끌고 돌아섰다. *작청으로 가는 것 같았다. 다리를 절룩거리며 마당가로 끌려가던 정길남은 이번에는 담 밑에 앉아 있는 사람들한테 얼핏 눈길이 쏠렸다. 담 밑에다 줄줄이 말뚝을 박고 그 밑에 앉혀놓은 사람들 앉음새가 좀 이상했다.

"워매!"

정길남 뒤를 따라오던 조딱부리가 그들을 보고 저도 모르게 소리를 질렀다. 정길남도 그들을 보고 소름이 오싹 끼쳤다. 뒷결박진 손이 말뚝 밑동에 묶인 그들은 날이 시퍼런 오지그릇 쪼가리 위에 앉아 있었다. 더구나 무릎 위에는 맷돌짝까지 올려놨다. 다섯 사람이나 그런 꼴을 하고 고개를 떨어뜨리고 있었다. 죽은 것이 아닌가 싶게 꼼짝 않고 앉아 있었다. 얼핏 얼굴을 훑어보던 정길남은 다시 한번 놀랐다. 맨 가에 앉아있는 사람은 오기창 동생이고, 그 곁은 최낙수 조카였으며 또 한 사람은 정삼득이었다. 나머지 두 사람도 요사이 오기창과 얼려 다니던 사람들 같았다. 정삼득은 전에 인징 까탈로 문초를 당하다가 얼결에 '니기미' 라고 상소리를 내뱉었다가 조병갑한테 경을 친 사람이었다. 그도 한때 오기창과 같이 얼려 다녔다. 그러니까 이들은 정참봉 살인 혐의자로 몰린 것 같았다.

정길남은 새삼스럽게 몸에서 힘이 쭉 빠졌다. 아까 장호만이 정참봉 집에 초상 치르러 간다고 둘러댄 일이 생각나며 그것이 빌미가 되어 자기들한테도 그 불똥이 튀겨오지 않을까 싶었다.

그들을 지나친 정길남은 맨 뒤에 서 있는 동네 사람들한테도 눈이 갔다. 자기 아내가 자기를 보고 있었다. 해쓱한 아내 얼굴이 한껏 처참해 보였다. 어머니와 누이동생도 마찬가지였다. 아까 까무러쳤던 어머니는 하얗게 사색을 뒤집어쓰고 있었다. 설만두도 동네 사람들을 묶고 남은 오랏줄에 성한 손이 하나 묶여 추레한 얼굴로 정길남을 보고 있었다. 연엽과 부안댁 모녀도 마찬가지였다.

"ㅇㅇㅇㅇ, ㅇㅇㅇㅇ."

그때 마당에 앉아 있던 군중 속에서 이상한 소리가 났다. 추위에 떠는 소리 같은 음산한 소리가 물결치듯 가볍게 일고 있었다. 얼핏 신음소리 같았으나 신음소리는 아니었다. 가볍게 음조가 들어 있었다. 할머니들이 물레를 돌리며 흥얼거리는 흥어리 소리 같기도 하고 울음에 지친 뒷소리 같기도 했다. 무겁고 음산한 소리가 땅속으로 파고 들어가는 것 같았다.

"시끄러!"

장교가 악을 썼다. 소리가 뚝 그쳤다. 그러나 좀 만에 다시 그 소리가 조용히 파도처럼 일고 있었다. 들릴 듯 말 듯하던 소리가 다시 조금씩 커지고 있었다. 어찌 들으면 원한에 사무친 신음소리 같기도 하고 지옥에서 울려나오는 귀신 울음소리 같기도 했다.

이용태 앞에서 나온 호방은 김치삼을 달고 작청 자기 방으로 들어갔다.

"지난번 난리 통에 이주호 아들이 없어진 것은 그 동네 사람들 소행이라는 소문이 있다고 했지?"

호방이 물었다.

"예. 작자가 색을 너무 밝혔다는데 그 때문에 당했을 것 같다는 소문도 있고, 소작 까탈로 이주호한테 원한을 품은 작인들이 보복을 한 것 같다는 소문도 있습니다."

김치삼은 호방이 장흥으로 어사를 맞으러 갔다 오느라 여기를 비운 동안 그 사이에 일어났던 일을 하나하나 꼬아바치면서 이상만이 행방불명된 사건도 이야기했던 것이다.

"솜씨 좋은 형리들을 뽑아 어제 잡아온 하학동 놈들하고 방금 잡아온 하학동 여자들을 야무지게 닦달을 하게. 이주호 아들 없어진 소문이 동네에 어떻게 돌고 있는가 그것부터 사정 두지 말고 다그치라 하게. 그리고 이 문초는 어사 영을 받아 하는 것으로 해두게. 문초를 맡긴 다음에 자네는 지금 바로 하학동 이주호한테 다녀와야겠네. 이주호보고 내가 자기 죽은 아들 범인을 찾자고 한다더라고 그자를 이리 데리고 오게. 더 캐묻거든 무슨 단서를 잡은 것 같다고 눈치껏 대답해서 꼭 데리고 와야 하네."

김치삼은 알겠다며 일어섰다.

"첩이 잽혀와버렸으면 전봉준 속은 고루고루 젓 담아논 속이겠구만. 낄낄낄."

역졸들이 큰소리로 낄낄거리며 작청 앞을 지나갔다.

"뭣이? 전봉준 첩이라니?"

호방이 깜짝 놀라 김치삼을 쳐다봤다. 김치삼도 놀라 문을 벌컥 열었다.

"전봉준 첩이 잡혀왔다니 충청도 큰애기 말인가?"

김치삼이 역졸들한테 물었다.

"첩인데 큰애기는 먼 큰애기겠소?"

역졸들은 낄낄거리며 바로 그 첩이 금방 잡혀왔다고 했다.

"음, 일이 차츰 재미있게 되어가는구나."

호방은 또 무슨 그럴 듯한 흉계라도 떠오르는지 빙긋 웃었다. 호방은 김치삼더러 어서 하학동부터 다녀오라고 했다.

김치삼이 나간 뒤, 호방은 밖에 번을 서 있는 나졸을 불러 얼른 수교를 불러오라고 했다. 좀 만에 수교 은덕초가 달려왔다.

"전봉준 애첩이 잡혀왔다는데 사실인가?"

"저도 금방 보고 오는 길입니다."

"애첩에다 제자 놈까지 잡혀왔다면 좋은 수가 있을 법하지 않겠는가?"

호방은 은덕초를 이윽히 건너다보며 빙그레 웃었다. 수교는 느닷없는 소리에 덩둘한 표정으로 호방을 건너다보고 있었다.

"간단히 말을 하겠네. 고기 낚는 이치를 한번 생각해 보게나. 붕어는 붕어가 제일 좋아하는 지렁이로 낚고, 은어는 떼로 몰려다니는 놈들이라 몰려다니는 습성을 이용해서 잡네. 또 가물치란 놈은 어떻게 잡는가? 그놈들은 새끼 탐이 센 놈이라 새끼 탐을 이용해서 잡지 않는가? 전봉준 애첩이 잡혀왔고 제자가 잡혀왔네. 애첩은 애첩이니 두말할 것도 없고, 그자는 제자들을 몹시 챙겨왔다는데 지금 잡혀온 제자는 그중에서도 심복일세."

호방은 껄껄 웃었다. 수교는 아직도 눈만 끔벅이고 있었다.

"애첩하고 제자 놈을 잘 이용하면 전봉준을 낚을 방도가 있잖을까?"

"그런 신통한 계책이 있단 말씀입니까?"

수교가 이내 눈을 밝혔다.

"가물치란 놈을 어떻게 잡는 줄 알지? 낚시에다 개구리를 끼워 가물치가 까논 알 위에서 총창거리네. 그러면 개구리가 알을 먹으려고 그런 줄 알고 가물치란 놈이 덥석 물어버리지. 그자 애첩하고 제자 놈을 입갑으로 가물치 잡듯이 전봉준을 잡을 수가 없을까?"

은덕초는 건성으로 고개를 끄덕였다.

"정익수란 놈 있잖은가? 정익수란 놈을 낚시로 이용하는 것이네.

정익수가 두 연놈 가운데 하나를 탈옥시켜가지고 전봉준한테로 데리고 가는 걸세. 정익수가 그놈을 끌고 가면 우선 전봉준이 숨어 있는 데부터 알아낼 수가 있을 것이고, 정익수는 그걸로 전에 잃었던 신용을 회복하지 않겠는가? 전봉준 있는 데만 알아도 그게 얼마나 큰 소득인가?"

호방은 아주 쉽게 말했다. 제가 무슨 대단한 책사라도 되는 것같이 뻗대는 가락이었다.

"중죄인인데 어떻게 탈옥을 시킨단 말씀입니까?"

"탈옥을 시킨 것으로 꾸미는 걸세. 전봉준을 잡자는 계책이라면 어사또께서 허락하다뿐이겠는가?"

수교는 그제야 웃물이 도는 듯 쥐눈같이 똥그란 눈을 사뭇 씀벅이며 여러 번 고개를 끄덕였다.

"하여간, 그 둘은 크게 쓰일 데가 있을 테니 너무 심하게 닦달하지 말도록 하게."

"전가 애첩은 소문대로 인물이 헌칠하고 땟국이 쪽 빠졌더만요."

수교가 웃으며 이죽거렸다.

"*마음은 걸걸해도 왕골자리에 똥 싼다더니 전봉준은 그동안 옹골진 재미는 고루 보고 있었구만."

"어사또 나리께서 그년한테도 입맛을 다실지 모르겠는데 그러면 어찌할까요?"

"어찌하다니, 어사가 입 벌리기 전에 자네가 미리 손을 써서 진상을 하게나. 코 아래 진상이 제일이라지만 그것은 모르는 소리고 진상은 배꼽 아래 진상을 덮을 것이 없네. 더구나 어사또 나리는 내가 잠시 겪어 봤으니 말이지만 그 식성 하나는 아낙말로 변강쇠 뺨치는 분일세."

호방은 껄껄 웃었다.

"그 계집이 쉽게 들을까요?"

"가시가 셀 거란 소린가? *가시 센 고기가 맛도 좋지. 여자란 더구나 그렇지 먼가? 가시를 꺾고 먹는 맛을 자네도 알 만한 나이 아닌가? 미리 웬만큼 요리를 해서 바치게나. 그때부터 어사 유세는 반은 자네 것일세. 하하."

호방은 가성까지 섞어 한층 큰소리로 웃었다. 호방 웃음소리는 옆방에서 들려오는 비명소리보다 더 요란스러웠다. 은덕초는 따라 웃으면서도 고개를 약간 갸웃거렸다.

"식자깨나 들었다는데 예사 계집 같겠습니까요?"

"식자? 제 년이 식자가 들었으면 몇 우큼어치나 들었는지 모르지만, 식자 든 년은 목숨 아까운 줄 모른다던가? 춘향이가 골마다 난다면 춘향이 춘향이 하겠는가?"

"행실이나 기품이 소문나잖았습니까?"

"행실? 가마귀가 웃다가 아래턱 떨어질 소리 작작 하게. 곤쇠아비 딸년인지 몽구리 개구멍받이인지 근본도 모르는 년, 더구나 충청도서 예까지 굴러와서 전봉준 품에 안긴 년이라면 사내가 지나갔어도 몇 뭇이 지나갔는지 모르는데, 행실이 어쩌다니? *하지 지난 장독에 골마지 같은 소리 작작 하게. 춘향이는 소릿가락에나 있는 이야기고, 목숨 앞에는 춘향이가 없네. 자네도 상피로 잡혀온 년들 다룰 만치 다뤄 봤잖은가? 시시덕이는 재를 넘어도 새침데기는 골로 빠진다

는 말이 빈말이던가? 당장 문초받고 있는 일에는 혀를 깨물고 요조
숙녀인 척 팔팔 잡아떼면서도 둘이만 알자면 매 하나 피하자고 활활
벗는 년이 한두 년이던가?"

호방은 또 혼자 크게 웃었다. 작자는 여자 이야기가 나오자 갑자
기 말가닥에 기름기가 자르르 흘렀다. 연방 고개를 끄덕이며 웃고
있던 은덕초는 알았다며 밖으로 나갔다.

무장 손화중 집에서 전봉준, 손화중, 김개남 등 두령들이 모여 대
책을 의논하고 있었다. 강경중, 송경찬, 송문수 등 무장 두령들이며,
정익서를 비롯한 고부 우두머리들도 거의 모였다. 고부 사람들 가운
데 우두머리급으로 역졸들한테 붙잡힌 사람은 거의 없었다. 백산에
서 해산할 때 웬만한 사람들은 전봉준과 함께 이리 피해왔기 때문이
었다. 동네 우두머리들도 서너 명밖에 붙잡히지 않았다. 여기에 백
여 명이 모였다가 지금은 거의 고부 농민군들을 모으러 갔다. 흥덕,
태인, 정읍 등 고부 이웃 고을로 가서 고부에서 피해 온 사람들을 모
으기로 한 것이었다.

전봉준, 손화중, 김개남 세 사람은 따로 방을 하나 차지하고 심각
한 표정으로 이야기를 하고 있었고, 최경선과 무장 강경중, 그리고
고부 정익서 등은 다른 방에서 전라도 각 고을 접주들한테 보낼 통
문을 베끼고 있었다. 그리고 흥덕 이싯뚜리와 영광 고달근, 이만돌
은 젊은이들을 데리고 와서 통문 가지고 갈 고을을 정하고 있었다.

"법소에서 도소 명칭을 쓰고 있는데, 우리도 그런 명칭을 쓴다면
법소하고 맞서는 꼴이 되지 않겠습니까? 그렇게 되면 앞으로 법소하

고 관계도 복잡해지려니와 법소 눈치를 보고 있는 접주들이 주저할 것 같습니다."

손화중이었다. 이미 세 사람은 전라도 전 고을이 봉기해야 한다는 데는 이의가 없이 합의를 했다. 감영군이 쳐들어오면 전라도 전체가 봉기하자는 것은 지난달 24일 고부 읍내에서 이 근방 접주들이 모두 모였을 때 이미 합의해 놨으므로 그것은 길게 논의할 것도 없었다. 세 사람은 손화중이 초를 잡은 통문 내용에도 이견이 없이 찬동을 하여 그걸 지금 베끼고 있었으나 거기에 쓸 명칭이 문제였다.

"법소는 대도소라는 명칭을 쓰고 있으니 우리는 대자를 빼고 그냥 도소라고 하면 되잖겠소? 법소 눈치 보는 사람들은 그런 것이 아니더라도 눈치를 봅니다."

김개남이 말했다. 농민들이 봉기하자는 문제는 법소와 의논할 시간도 없지만 의논해 보았자 법헌 최시형을 비롯한 모든 두령들이 펄펄 뛸 것이므로 의논할 필요가 없었다. 그러나 동학 조직을 이용해야 하므로 법소에 신경을 쓰지 않을 수가 없었다. 그런데 도소라는 명칭은 지금까지 삼례집회나 보은집회 등 형식상 동학교단이 주재하는 집회를 할 때 써온 명칭이므로 여기서도 그 명칭을 쓰면 교단을 참칭하는 인상을 줄 것 같아 마음이 쓰였다.

"그러면 도소라는 말을 피하고 그냥 '호남창의소' 라고 하면 어쩌겠소?"

"거 좋습니다."

전봉준 제의에 두 사람은 대번에 좋다고 했다. 호남창의소라는 명칭을 쓰면 여러 가지 효과가 있을 것 같았다. 봉기 지역을 우선 호남으로 한정시켜 북접과는 상관없다는 사실을 분명히 하는 효과가 있을 것 같고, 창의소라는 명칭은 여태 쓰지 않았던 명칭이므로 이전에 동학교단이 주재했던 여러 집회와는 성격이 다르다는 독자성을 강조하는 뜻을 드러낼 수도 있었다. 호남이라고 하면 호남 사람들만 일어난다는 소리가 되었으나 현실적으로 당장은 호남 농민들밖에 일어날 수가 없으므로 우선 그래 놓고 호남에서 확대되면 그때는 그때대로 달리 바꾸면 될 것 같았다. 꺼림칙하던 명칭 문제가 쉽게 해결되고 말았다.

"또 한 가지 정해야 할 것이 있습니다. 호남창의소라고만 막연하게 쓸 것이 아니라 누가 앞장을 서는가, 앞장선 사람들 이름을 확실하게 밝혀야 모두 안심을 할 것 같습니다. 우선 우리 세 사람 이름을 밝힙시다. 그러자면 우리부터 앞으로 농민군을 지휘할 서열을 정해야 합니다. 제 의견부터 말씀드리겠으니 양해하십시오."

손화중은 새삼스럽게 어조를 가다듬었다.

"전봉준 접주를 맨 윗자리에 써야 할 것 같습니다. 전에 삼례집회나 보은 혹은 원평집회 때 보았으니 말씀입니다마는, 이번에는 그때보다 일반 농민들이 동학도들보다 훨씬 더 많이 모여들 것입니다. 전에처럼 겉으로 내세우는 명분이라도 신원이든 뭐든 동학교단 일을 내세운다면 두말할 것도 없이 우리 대접주 이름을 윗자리에 놓고 동학이 주관을 해야겠지만, 이번에는 명분도 동학교단 일이 아니고 모여들 사람들도 동학도들보다 일반 농민들이 훨씬 더 많을 것인데 동학교단 서열을 가지고 따진다는 것은 이치에 맞지 않습니다. 지금 전봉준 접주 이름은 팔도에 퍼져 세 살 먹은 어린아이들도 녹두장군 전봉준이라면 모르는 사람이 없습니다. 전봉준 접주를 맨 먼저, 그 다음에 김개남 접주, 그 다음에 저, 이런 순서로 씁시다."

손화중의 말은 조용조용했으나 힘이 있었다.

"그것은 접주들이 여러 분 모인 자리에서 정하는 것이 어떻겠습니까?"

전봉준이 말했다.

"저는 손접주하고 생각이 다릅니다. 아무리 일반 농민들이 많이 나선다 하더라도 각 고을에서 앞장을 서서 이끌고 나올 사람들은 동학 접주들이고 그 주축 또한 동학도들입니다. 일반 농민들이 아무리 많아도 그 사람들은 동학에 묻어나오는 곁다리에 불과합니다. 사정이 이러한데 동학 서열을 무시하면 접주들이 납득을 하겠습니까?"

김개남이 고개를 절레절레 저었다.

"저는 낮에 우리 두령들을 모아 이 문제를 의논해보았습니다. 방금 말씀하신 김접주 말씀하고 같은 의견도 나왔으나, 무슨 일이든지 일을 할 때는 그 일에 맞는 능력에 따라 소임을 맡겨야 한다는 데로 의견이 모아졌습니다. 이번에 봉기는 아까도 말씀드렸듯이 동학교단의 무슨 행사를 하자는 것이 아니고 농민들이 도탄에서 헤어나기 위해서 목숨을 걸고 전쟁을 하자는 것입니다. 구멍을 뚫는 데는 도끼가 끌만 못하고 쥐 잡는 데는 호랑이가 고양이만 못한 법입니다. 전쟁에야 원효대사가 충무공만 하겠습니까? 지난번 고부봉기 때 우리가 곁에서 지켜보았으니 말이지만, 전봉준 접주는 한 고을에서 그 많은 사람들을 끌어내서 그 많은 사람들을 한 덩어리로 꽁꽁 묶어 무서운 투지를 불러일으켰습니다. 그것은 아무나 쉽게 흉내 낼 수

없는 일입니다. 김개남 접주도 그런 능력이라면 전접주 못지않다는 것을 잘 알고 있습니다. 그러나 김접주는 아직 세상 사람들한테 그런 능력을 보일 기회가 없었습니다. 더 긴 말씀 마시고 제 말씀대로 이번에는 전접주를 총대장으로 추대합시다."

손화중은 총대장이라는 말까지 한걸음 내쳐버렸다. 그러면서 '이번에는' 이라는 말을 썼다. 전봉준과 김개남의 관계를 잘 아는 까닭에 김개남에게 그만큼 신경을 쓰는 소리 같았다. 그러나 김개남은 선뜻 동의를 하지 않았다. 잠시 무거운 침묵이 흘렀다. 촛대에서 촛불 타는 소리가 들렸다.

"이것은 당장 급한 일이 아니니, 김덕명 접주 등 여러분이 모였을 때 다시 의논을 하지요."

전봉준이 침묵을 깼다.

"당장 지금 이름 쓸 자리를 남겨놓고 통문을 베끼고 있습니다. 우리 셋이 합의를 했다면 누가 반대를 하겠습니까? 제 말씀대로 합시다."

손화중이 김개남을 보며 다그쳤다.

"접주들이 납득을 하겠습니까?"

김개남이 굳은 표정으로 물었다.

"납득합니다. 전쟁이란 목숨을 내걸고 죽이고 죽는 일입니다. 전쟁에는 대장이 누구냐가 절대로 중요합니다. 농민군을 불러 모으는 데도 그러려니와 농민군 전체를 호령하는 데도 그렇습니다. 전라도 접주들 열에 아홉은 이견이 없을 것입니다. 뻔한 일을 가지고 여러 접주들이 모일 때까지 시간을 낭비할 필요가 없습니다."

손화중이 단호하게 말했다.

"그러면 순서를 이렇게 하지요. 제 이름을 손접주 다음으로 씁시다. 달리 생각 마시고 제 말씀대로 합시다."

김개남이 무겁게 말했다. 김개남은 전봉준을 총대장으로 내세우는 데 대한 불만을 그런 식으로 드러내는 것이 아닌가 싶었다.

"허허, 그럼 그래 둡시다."

손화중은 선선하게 받아들였다. 손화중은 외모가 시골에서 글만 읽은 선비처럼 온화하고 조용했으나 이럴 때 보면 속은 속대로 여간 단단하지가 않았다. 그런 겉과 안이 묘한 조화를 이루어 이렇게 딱한 일을 조정을 할 때는 절묘한 설득력을 발휘했다. 그는 어지간히 어려운 일은 별로 어렵게 생각하지 않고 쉽게쉽게 대했고 또 그만큼 자연스럽게 풀어나갔다. 전봉준과 김개남 사이가 지금까지 크게 부딪치지 않고 이만한 관계라도 유지해온 것은 손화중과 김덕명의 노력 때문이었다.

손화중은 문을 열고 강경중을 불렀다. 통문 끝에는 호남창의소라 쓰고, 전봉준, 손화중, 김개남 순서로 이름을 쓰라고 일렀다.

문을 닫으려던 손화중이 마당을 보고 있었다. 마당으로 들어오는 사람들이 있었다. 영광 오하영과 오시영이었다. 모두 반갑게 손을 잡았다. 곧이어 흥덕 고영숙과 고창 손여옥이 젊은이들을 달고 왔다.

"잘들 오셨소."

손화중이 그들에게 그동안 논의한 일을 대충 설명한 다음 통문을 한 장 가져오라 했다. 저쪽 방에서 통문을 베끼던 최경선이 통문을 가지고 와서 합석했다.

"언제 일어나는 겁니까?"

건성으로 통문을 보고 난 고영숙이 물었다.

"빨라도 보름은 걸리지 않겠소?"

전봉준이 대답했다.

"보름이오? 지금 고부는 생지옥인데 보름이라니요?"

고영숙이 소리를 질렀다.

"우리가 어사를 치면 감영군이 나설 수밖에 없고, 감영군을 치고 나면 조정군이 나설 것입니다. 결국 이번에는 조정을 상대로 한 전쟁입니다. 그러자면 처음부터 전라도 모든 고을이 일어나야 하고 농민들도 그만큼 많이 나서야 합니다. 고부 사정이 급하다고 몇 고을만 일어나서 치면 낭패를 보기 십상입니다."

김개남이 차근하게 말했다.

"우선 역졸들부터 작살을 내고 봐야지 않겠소? 나는 내 눈으로 보고 왔습니다. 역졸들은 지금 사람을 개 끌듯이 끌어가고 집을 태우고 생지옥도 이런 생지옥이 없습니다. 우선 고부 사람들을 살려놓고 봐야 할 게 아니오?"

고영숙이 거듭 큰소리로 다그쳤다.

"처음이라 기세가 그렇지 잡아간 사람들을 죽이든 않을 것이고 집도 더 태우지는 않을 것입니다. 우리가 어설프게 일어났다가 초판에 깨지면 죽도 밥도 아닙니다. 우선 통문을 보내놓고 우리가 각 고을로 다니면서 접주들을 설득해야 합니다. 지금 어정쩡한 접주들이 열에 예닐곱은 됩니다."

"그런다고 보름이나 걸립니까?"

"여기서 거리가 먼 고을일수록 이 근방 사람들하고는 열기가 다릅니다. 당장 북부지역을 보십시오. 부안 김낙철 접주는 놔두고 고산 박치경 접주나 익산 오지영 접주, 김방서 같은 분들은 지난번 고부봉기 때 얼굴도 내밀지 않은 사람들입니다. 그런 사람들이 쉽게 일어나겠으며, 그 사람들하고 같이 의논하는 이웃 고을 접주들이 그 사람들을 제치고 일어나겠습니까?"

손화중이 조용히 말했다. 박치경과 오지영, 김방서, 그리고 부안 김낙철 같은 거두들은 농민들의 봉기를 반대하는 북접에 동조하는 사람들이고, 북부지역 접주들은 거의 그들의 영향권에 있었다. 남접 속의 북접파라 할 수 있었다.

"어차피 그분들은 설득하기가 어렵겠지만, 평소에 큰소리쳤던 접주들도 정작 목숨을 걸고 봉기를 하자고 하면 꽁무니를 뺄 사람들이 한둘이 아닙니다. 우리가 찾아다니면서 일어나자고 다그쳐야 합니다."

손화중은 말을 마치고 나서 대충 이렇게 하면 어떻겠느냐고 구체적인 제의를 했다. 전봉준, 손화중, 김개남, 김덕명, 장흥 이방언 등 봉기를 지지하는 전라도 우두머리급 두령들 5명이 전라도 일대 각 고을을 나누어서 돌며 접주들을 설득시키되 이 근방 접주들은 그들과 동행을 하자는 것이었다.

"물론 다른 고을로 설득하러 나설 접주들은 자기 고을 일은 단단히 다져놓고 나서야겠지요. 믿을 만한 사람을 내세워서 동네마다 돌면서 두레를 중심으로 봉기를 독려하도록 해야 할 것입니다."

손화중은 거두들 5명이 맡을 지역도 제안했다. 전봉준과 장흥 이 방언은 남도 일대, 김개남은 남원, 진안, 장수 등 북도의 좌도 일대, 김덕명은 전주, 익산, 함열 등 북도의 중부 일대, 자신은 김제, 임피 등 북도의 우도 일대였다. 그리고 흥덕 이싯뚜리와 금구 송태섭, 전 주 고덕빈과 전여관, 영광 고달근과 이만돌 등 민회 패는 그들대로 민회 패 줄을 찾아 연비연비 고을을 돌도록 하자는 것이다.

"전봉준 접주하고 나는 얼마 동안 여기에 머물면서 이용태와 감 영 움직임을 살피며 이리 찾아오는 두령들을 만나겠소."

손화중이 말을 맺었다.

"여기 오래 있으면 위험하지 않겠소?"

손여옥이 물었다. 자리를 옮겨다니며 은밀하게 연락을 하겠다고 했다. 그들은 오늘만 하더라도 낮에는 다른 데서 의논을 하다가 고 부 사람들을 보낸 다음에는 곧바로 이리로 옮겼던 것이다.

그때 달주가 땀을 뻘뻘 흘리며 달려왔다. 달주는 같이 온 대원들 을 밖에다 세워두고 두령들 방으로 들어왔다. 코끝에는 땀방울이 맺 히고 얼굴은 잔뜩 질려 있었다.

"죽을죄를 졌습니다."

달주는 전봉준 앞에 무릎을 꿇고 고개를 떨어뜨렸다. 모두 눈이 둥그레졌다.

"천치재에서 역졸들을 치다가 정길남하고 조딱부리가……."

달주는 천치재 일을 죽 설명했다. 두령들은 벼락 맞은 표정들이 었다.

"내가 그렇게 단속을 했는데 내 말을 어느 귀로 들었단 말이냐?"

전봉준이 고함을 질렀다. 달주는 고개를 떨어뜨리고 있었다.

"지금 판이 어느 판이냐? 이럴 땔수록 시키는 대로 일을 해주어야 할 게 아니냐? 도대체 너희들까지 이러면 누구를 믿고 일을 하란 말이냐?"

전봉준 입에서는 불이 쏟아지고 있었다. 전봉준이 이렇게 화를 내는 것을 달주는 여태까지 한 번도 본 적이 없었다. 달주는 그저 죽은 듯이 고개만 떨어뜨리고 있었다.

"세상에 이런 지각없는 놈들이 어디 있단 말이오? 일판을 알 만한 놈들까지 당장 눈앞밖에 못 보고 설치니……."

전봉준은 손화중과 김개남을 돌아보며 장탄식이 땅에 꺼졌다. 달주는 연엽과 자기 어머니 등이 잡혀간 사실은 까맣게 모르고 있었다. 자기들이 도망친 뒤에 잡혀갔기 때문이었다.

"자네 같은 사람이 이 어려운 판에 그런 실수를 하다니 믿어지지가 않는구만."

손화중도 입술을 빨았다. 최경선과 정익서가 큰소리에 놀라 옆방에서 달려왔다. 고미륵과 송늘남 등 별동대 대장들도 들어왔다.

"좀 경솔하다 싶으면서도 집에다 불을 지르고, 더구나 여자들까지 험하게 묶어 끌고 가는 것을 보자 그만 앞뒤를 분간하지 못했습니다."

달주는 모든 책임을 자기가 뒤집어썼다.

"자네 식구들도 잡혀갔는가?"

최경선이 물었다. 달주 식구 안부라기보다 연엽의 안부를 묻는 것 같았다. 최경선은 항상 전봉준 곁에 있었으므로 연엽에 대한 전봉준의 마음을 환히 짐작하고 있었고, 세상이 웬만큼 조용해지면 자기가 다리를 놓아 두 사람을 맺어줄 생각이었다.

"잘은 모르겠습니다마는, 미리 부안 외가로 피하지 않았는가 싶습니다. 정길남 식구들은 잡혀가는 것을 봤습니다. 그 아버지는 피하신 것 같은데 어머니하고 누이동생하고 처가 잡혀가고 있었습니다."

"기왕지사 어찌합니까? 수습할 방도나 생각해봅시다."

손화중이 전봉준을 달랬다. 전봉준은 연방 고추 먹은 소리를 했다. 전봉준이 이렇게 화를 내는 데는 다른 까닭도 있었다. 오기창이 오늘 저녁 당장 쳐들어가자고 떠들다가 전봉준이 허락을 하지 않자, 자기들끼리 쳐들어가겠다고 멋대로 사람들을 모아가지고 가버렸기 때문이었다. 오기창을 따라간 사람들이 20여 명이나 된다고 했다. 그 말을 들은 전봉준은 절대로 지금 역졸들을 건드려서는 안 된다고 불같이 서둘러 장특실을 곧바로 뒤쫓아 보냈다. 그러나 오기창 성미에 호락호락 돌아올 것 같지 않아 걱정을 하고 있는 참이었다. 오기창뿐만 아니라 가족들이 잡혀가고 집이 불탔다는 소식을 들은 고부 사람들은 너나없이 악이 받칠 대로 받쳐 모두 제정신들이 아니었다.

"역졸들이 20여 명이나 상했다면 당장 두 사람 목숨이 위태로울 것 같습니다."

손화중이 말했다.

"이용태란 놈 행티로 보아 당장 목을 벨지도 모르겠습니다. 내가 지금 고부 읍내로 호방을 찾아가서 한번 의논을 해보겠습니다. 호방은 흉물이지만 앞뒤를 가릴 줄 아는 자라 은밀하게 만나면 무슨 수

64

가 생길지도 모릅니다."

정익서였다. 모두 눈이 둥그레졌다. 호랑이굴에 들어가도 유분수지 지금 고부에 가서 호방을 만나겠다니 제정신이냐는 표정들이었다.

"염려 마십시오. 호방은 낙엽이 파도 타듯 난세를 헤쳐가는 작자라 설사 내 청을 들어주지는 않더라도 나를 밀고하지는 않을 것입니다. 그런데 이자들한테 먹혀들 것은 역시 돈이 아니겠습니까?"

그는 고부에 들어가는 것쯤 아무것도 아니라는 듯이 돈 이야기로 말을 돌리며 전봉준을 건너다봤다.

"돈이야 아낄 것 없습니다마는, 모두 눈에 불을 켜고 있을 텐데 그 소굴에 어떻게 들어갑니까?"

전봉준이 고개를 저었다.

"너무 염려 마십시오. 한바탕 맞닥뜨려 보겠습니다."

전봉준은 다른 사람들을 돌아봤다. 이용태의 서슬이 너무 살벌한 판이라 다른 사람들도 말이 없었다. 정익서가 다시 염려 말라고 했으나 전봉준은 그대로 정익서를 건너다보고만 있었다. 지난번 자기 동생 정익수가 저지른 못난 짓 때문에 이런 엉뚱한 무리를 하는 것이 아닌가 싶은 모양이었다. 정익서는 그동안 그 일을 늘 마음에 끼고 있었다.

"쉽잖은 일입니다."

전봉준은 고개를 저었다. 마음에 그런 짐이 있으면 무리를 하기 십상이고 무리를 하다 보면 일을 그르치기 쉽다는 생각이었다. 전봉준은 지난번에 장진호를 태안사로 보낸 것은 말썽을 일으킨 데 대한 벌이기도 했지만, 그런 잘못을 벌충하려고 무리를 하다가 또 엉뚱한 일을 저지를까 싶어서였다. 정익서는 다시 염려 말라며 자기를 믿으라고 했다.

그때 김승종 역시 숨을 헐떡거리며 들이닥쳤다. 그는 달주를 보자 깜짝 놀랐다. 김승종은 만석보 쪽으로 도망쳐온 용배와 장호만한테서 들은 대로 말을 했다. 젊은이들 가운데 두 사람말고는 더 잡히지는 않았다고 했다. 새로운 사실이라면 장춘동이 50여 명을 모아가지고 역졸들을 치러 가려는 것을 조만옥이 알고 막았다는 사실 정도였다. 김승종도 연엽과 부안댁 모녀가 잡힌 일을 모르고 있었다.

"아무래도 고부에 들어가는 것은 무리요. 작자들을 설건드려 놨으니 경계가 그만큼 삼엄하지 않겠소?"

김승종 말을 듣고 난 전봉준이 다시 정익서를 건너다봤다.

"나대로 생각이 있으니 너무 염려 마십시오."

정익서가 웃으며 대수롭지 않게 말했다.

"이런 일일수록 허설쑤지요. 시끄러울 때는 빈 구석도 많은 법입니다."

김개남이 정익서한테 동조를 했다.

"자네들 가운데서 누가 나하고 동행하지 않겠는가?"

정익서가 젊은이들을 돌아봤다. 그는 금방 온 김승종한테 자기가 호방을 만날 계획이라고 설명했다.

"제가 모시고 가겠습니다."

김승종은 기다렸다는 듯이 대뜸 나섰다. 정익서가 고미륵과 송늘남을 봤다. 두 사람은 나설 생각이 없는 것 같았다.

66

"늘남이 너도 가자."

정익서가 지명을 했다. 송늘남은 정익서 말이라면 쉽게 거절할 수 없는 처지였다. 송늘남은 어정쩡 고개를 끄덕였다. 전봉준은 아직도 내키지 않는 듯 고개를 갸웃거리다가 이내 마음을 정한 듯 자리에서 일어섰다. 벽장문을 열었다. 거기 보자기가 하나 있었다. 보자기를 끌러 그 속에서 조그마한 주머니를 하나 꺼냈다. 올망졸망 크고 작은 주머니 네댓 개 가운데서 중간치였다.

"그럼 조심해서 다녀오시오."

전봉준 주머니를 건네며 정익서의 손을 잡았다.

"이 동네 들어오면서 보니 저 앞에 *영호 모신 집이 있습디다. 그 집에서 상복하고 방갓을 좀 빌려주시오."

정익서는 주머니를 받아 들고 일어서면서 곁에 앉아 있는 송경찬한테 말했다. 송경찬이 알겠다며 먼저 나갔다.

3. 이용태는 들어라

연엽은 작청 골방에 갇혀 있었다. 형리가 이 방으로 끌고 와서 문초를 하다가 가두어두고 나간 것이다. 문초라기보다 이용태李容泰의 수청을 들라는 협박과 회유였다. 두들겨패지는 않았으나 무지막지한 상소리가 매보다 더 견디기 어려웠다. 구렁이처럼 능글능글 웃으며 알몸이라도 만지듯 험한 상소리를 거침없이 내뱉었다. 인두겁을 뒤집어썼다고 이런 작자도 사람일까 싶었다. 주근깨가 잔뜩 낀 형리는 쪽 빨린 턱하며 툭 튀어나온 눈알이 생긴 것부터가 이만저만 표독스러워 보이지 않았다.

"나는 잡힐 때부터 죽을 각오를 한 사람인게 알아서 하셔유. 이 말밖에는 더 할 말이 없은게유 죽이든 살리든 마음대로 하셔유."

연엽은 작자를 똑바로 건너다보며 단호하게 말했다. 정말 죽음을 각오한 사람이 아니면 그럴 수 없을 만큼 침착했고 단호했다. 그는 옛날에 이미 죽을 결심을 한 일이 있었다. 수정옥으로 들어가기 전이었다. 그러나 정작 죽으려고 하니 죽는다는 것이 생각만큼 쉬운 일이 아니었다. 몇 번이나 이를 악물었다가 한발 물러선 것이 수정옥이었다. 그러나 지금은 뒤로 물러설 데가 없었다. 이용태 수청을 드는 따위 수모를 겪으면서까지 살고 싶지는 않았다. 더구나 어떤 식으로 소문이 났건 전봉준과 자기 관계가 소문이 난 처지에 전봉준의 체면을 생각하더라도 천부당만부당한 일이었다.

"허허, 죽는다는 소리가 먼 소린지 내가 자알 안다. 당년한 큰애기 시집 안 간다는 소리하고 나이 찬 늙은이 죽어야겠다는 소리하고 똑같은 소리다. 내가 사통하고 상피 문초에는 이골이 난 사람이다. 여자 속이라면 똥창까지 들여다보고 있다. 처음에는 죽어버린다고 버티고, 그 담에는 울고, 그 담에는 나는 모른다고 내맡기고, 그 담에는 우는 시늉을 한번 하고, 그 담에는 꼴랑지 회회 젓음시로 제 사날로 기어들고, 그 담에는 여우가 된다. 이것이 여자여. 낄낄낄."

연엽은 더 대꾸하지 않았다. 주근깨가 한참 능글맞게 독기를 피우다가 마지막으로 남기고 간 말이 가슴을 옥죄어왔다.

"이년아, 아무리 버텨봤자 본전 못 찾는다. 혼연스럽게 어사 수청을 든다고 고개만 끄덕이면 쥐도 새도 모르게 수청만 들고 여기 와서 편히 자라고 할 것이다. 기어코 고집을 피우면 너는 더 험하게 당한다. 이것이 먼 소린 줄 아냐? 역졸들 방에 처넣어버려. 지금까지는 호의로 대했다마는 두고 봐라. 조금 있다가 다시 올 텐게 그때까지 맘 정해라. 나는 여자 조지는 데는 이골이 난 놈이라고 말했다. 길게 수작하지 않는다. 이따 다시 올 때도 버티면 내가 오늘 저녁 네년 첫

서방이 될 것이다. 내 뒤로는 역졸 서방이 서른 명도 더 될 것이다. 서방을 어사 나리 한 서방만 맞든지 서른 서방을 맞든지 그것은 네가 정해라. 낄낄낄."

주근깨는 음충맞게 낄낄거리며 나갔다. 낄낄거리던 웃음소리가 지금도 몸뚱이에 친친 감기는 것 같았다. 연엽은 품속으로 손을 넣어 장도를 만져보았다. 어제저녁 경옥 집에서 경옥한테서 얻은 것이었다. 연엽은 장도가 부러져라 꽉 움켜쥐며 이를 악물었다. 벽에 꽂고 있는 연엽의 눈길이 벽을 뚫어버릴 것 같았다.

옆방에서는 여태 악다구니를 쓰던 하학동 여자가 비명소리를 그쳤다. 웬만큼 버티는 것 같더니 하는 수 없이 부는 모양이었다. 조금 아까 문초 받은 여자들도 거의가 그랬다. 성깔이 남다른 두전댁도 길게 버티지 못했다.

"장춘동 마누라하고 이상만하고 으짠다는 소문을 들었으면 그 소문은 언제 들었냐?"

문초 받는 여자가 뭐라 대답을 하는 것 같았으나 들리지 않았다.

"그러면 이상만이 동네서 없어진 뒤에 동네 사람들은 멋이라고 수군거렸냐?"

여자가 뭐라고 또 모깃소리로 대답을 하는 것 같았다.

"그래도 사람이 없어졌으면 멋이라고 말이 있었을 것 아니냐? 장춘동이 이상만을 잡아서 어디로 끌고 가는 것을 누가 봤달지, 누구를 시켜서 죽여버린 것 같달지, 무슨 소문이든지 소문이 있었을 것이 아니냐 이 말이다."

여자가 뭐라고 우물거리는 것 같았다.

"이년 또 한번 죽어볼래?"

"아이고 아이고, 말할라요. 말할란게 때리지만 마시오."

여자가 질겁을 했다. 이내 뭐라고 기어들어가는 소리로 말을 하는 것 같았다.

"알았어. 여기서 나한테 한 말은 새나갈 염려가 없는게 그것은 안심 혀. 그런 것은 걱정 말고 바른 대로만 대답해!"

여자가 뭐라고 한참 부는 것 같았다.

"음, 그런게 밤중에 개가 짖길래 가만히 나가서 울타리를 넘어다본게 누가 손에다 몽둥이를 들고 동네로 들어오더라, 그런데 그 사람이 누군지, 어디로 갔는지 그것은 모르겠다 이 말이구나. 야, 이년아, 손에 든 것이 몽둥인 줄은 알아봤는데, 그 사람이 누군지는 모르겠다니, 그것이 시방 말이라고 하고 자빠졌냐? 내가 누군지 아냐, 문초로 밥 먹고 사는 놈이다. 다시 빈말이 나오면 이참에는 말이 안 나가고 이 몽둥이가 나간다. 어서 말해라. 그것이 누구냐?"

딱, 몽둥이가 방바닥 때리는 소리가 났다. 여자가 뭐라고 징징 우는 소리로 말을 하는 것 같았다.

"음, 장춘동이라 이 말이지."

작자는 여자가 한 말을 닭 서리꾼 씨암탉 안듯 오달지게 챙겼다. 여인은 그 소리를 자기가 했다는 말은 제발 말아달라며 흑흑 흐느꼈다. 연엽은 잠시 자기 처지를 잊고 큰일 났다는 생각이 들었다. 가슴이 마구 뛰었다.

그 여자를 내보내고 다른 여자를 데려오라고 했다. 이 방 저 방에서 낭자하던 비명소리가 조금 뜸해졌다. 밤중이 지난 것 같았다. 서

너 방 건너에서 나는 남자 비명소리는 정길남 소리 같았는데, 거기서도 비명 소리가 더 들려오지 않았다.

연엽은 무얼 잊어버린 것같이 갑자기 허전한 느낌이 들었다. 실없이 주변을 살폈다. 아무것도 없었다. 부안댁한테 맡기고 들어온 옷 보퉁이가 생각났다. 그 때문이었구나 생각하는 순간 연엽은 가슴이 미어지는 것 같았다.

'정말 이제 길은 외길뿐인가?'

연엽은 또 품속에서 장도를 만졌다. 아무리 생각해도 길은 외길뿐이었다. 지금까지 이용태 서슬로 미루어 주근깨가 하고 간 말이 조금도 헛말이 아닐 것 같았고, 그러면 자기가 할 수 있는 일은 한 가지뿐이었다. 내 인생이 이렇게 허무하게 끝나는가 싶었다. 눈물이 주르르 볼을 타고 흘러내렸다. 고부에 와서 지내온 얼마간의 생활이 하나하나 눈앞에 그윽하게 다가왔다. 유독 농민군 장막에서 밥을 하며 지내던 일이 꿈만 같았다. 끼니때가 가까워 오면 전봉준이 나타날 것이라 생각하며 그때마다 얼마나 가슴이 뛰었던가? 전봉준의 눈은 장막에 들어설 때마다 한 번도 어김없이 자기를 스쳐갔고, 그때마다 자기는 항상 전봉준의 눈이 올 자리에 있어 주었고 자기를 스치는 눈을 한 번도 놓치지 않았다. 전봉준은 그냥 장막을 한번 둘러보듯 자기를 스치는 것이었지만 자기는 실버들 가지 봄바람 맞듯 여러 사람 속에 끼여 전봉준의 눈을 맞았다. 전봉준의 눈은 무심한 듯 가볍게 자기를 스쳐갔고 자기도 무심한 듯 맞았지만, 산새들이 서로 무심한 듯 지저귀는 소리가 너 어디 있느냐는 소리고 나 여기 있다는 화답이듯, 그렇게 한 번씩 눈길을 마주치고 나면 그 사이 가슴에 차올랐던 숨이 내려가고 마음도 가라앉았다.

전봉준 눈에 고독이 서려 있을 때는 전봉준이 돌아간 다음에도 그 눈길이 그대로 머리에 남아 가슴을 눌렀다. 전봉준이 어려운 결단을 앞두었을 때나, 곤경에 빠졌을 때 자기는 어김없이 전봉준의 눈에서 그것을 알아차렸고, 그런 눈길이 스치고 간 다음에는 그런 어려움에 자기도 똑같이 애를 태웠다. 마치 전봉준한테서 잘 생각해 보라는 부탁이라도 받은 듯 골똘히 생각하며, 밥 짓는 여자들이 무심히 조잘대는 말 한마디도 허투루 흘리지 않고 하나하나 챙겨 들으며 생각하고 또 생각을 했다. 아무리 생각을 해도 그럴 듯한 대책이 떠오르지 않을 때는 일을 하면서도 마음과 손이 따로 놀았고, 밤에는 잠을 이루지 못했다. 다음 끼니때까지 무슨 실마리가 잡히지 않으면 마치 게으름피운 하인처럼 마음이 움츠러들었고, 그러다가 가닥이 잡혀 나름대로 대책이 떠오를 때면 바위에 눌렸다가 풀려난 듯 마음이 가벼웠으며 다음날은 가슴을 두근거리며 전봉준의 눈을 맞았다. 자기 생각을 말로 전해주지는 못하지만 틀림없이 전봉준한테 자기 생각이 전해질 것 같았고, 지내놓고 보면 신통하게도 자기가 생각했던 대로 전봉준도 결정을 내리고 있었다. 그러는 사이 연엽은 전봉준 바로 곁에서 그를 거들고 있는 느낌이었다. 최경선보다 더 가까이 앉아 있는 것 같았으며 전봉준 곁에는 자기가 없으면 안 될 것 같았다.

지난번 백산에서 농민군이 해산을 하느냐 그대로 버티느냐로 의견이 엇갈렸을 대도 연엽은 전봉준만큼 가슴을 태웠다. 그때 연엽은 자기를 스치는 전봉준의 눈길에서 너무도 커다란 고독을 느꼈다. 수백 길 소沼 저 밑바닥에 웅크리고 있는 바윗돌 같은 적막이 전봉준의 온몸에 드리워 있었다. 그런 모습을 보는 순간 연엽은 가슴이 미어지는 것 같았다. 곁에 가까이 앉아 위로를 해주고 의논 상대가 되어 주지 못하는 자기가 그때처럼 안타까운 때도 없었다. 밥을 먹은 전봉준의 눈길을 스치고 나간 다음 연엽은 마음이 *건둥거려 도무지 손에 일이 잡히지 않았다. 연엽은 무엇에 이끌리듯 밖으로 나갔다. 장막 뒤로 돌아가 도소가 있는 백산을 쳐다보았다. 뜻밖에도 전봉준이 백산 꼭대기에 있었다. 뒷짐을 지고 김제만경 들판을 멀거니 바라보고 있었다. 연엽은 저도 모르게 전봉준을 뚫어지게 건너다보고 있었다. 그때 전봉준이 이쪽으로 눈을 돌렸다. 연엽은 그대로 전봉준을 보고 있었다. 전봉준도 연엽을 알아보고 놀라는 것 같았다. 그도 똑바로 연엽을 보고 있었다. 두 사람은 먼 거리에서 꼼짝도 않고 서로 보고 있었다. 두 사람은 서로 바라보며 마치 망두석처럼 굳어버렸다. 누가 곁에서 자기들을 보고 있을지 모른다는 생각도 까맣게 잊고 그대로 건너다보고 있었다. 항상 참새가슴으로 주변 사람들 눈에 마음을 쓰던 연엽도 그때는 그런 눈길을 까맣게 잊고 있었다. 항상 스치기만 하던 전봉준이 맞바로 자기를 본 것도 이것이 처음이었고, 자기가 전봉준을 맞바로 바라본 것도 이것이 처음이었다. 한참만에야 연엽은 눈길을 거두었다. 사람들이 몰려왔기 때문이었다.

꿈같이 아득한 옛날 일 같았으나 생각해 보니 바로 엊그제 일이었다. 바로 엊그제 일이 이제는 아득한 꿈이었다. 이제 자기 앞에는 죽음이 있을 뿐이었다. 그 죽음이 한 걸음 한 걸음 다가오고 있었다. 연엽은 다시 장도를 틀어쥐었다.

"내가 죽으면⋯⋯."

장도를 틀어쥐고 있던 연엽의 손에서 갑자기 힘이 풀렸다. 자기가 자결했다는 소문이 나면 전봉준이 어떻게 나올까 하는 생각이 퍼뜩 머리를 친 것이다. 물불 가리지 않고 고부로 쳐들어올는지도 모를 일이었다. 바위 같은 사람이지만 그런 사람일수록 한번 화가 나면 걷잡지 못한다는 생각이 들었다. 그렇게 중심이 흔들리면 자칫하다가 일을 크게 그르칠지 모른다는 생각이 뒤미쳤다. 연엽은 숨이 가빠왔다. 그렇게 성급하게 움직였다가는 아무래도 일을 그르치고 말 것 같아 몸뚱이가 옥죄어 오며 숨이 차올랐다.

"ㅇㅇㅇㅇㅇ ㅇㅇㅇㅇㅇ."

그때 마당에서 신음소리 같은 흥어리 소리가 물결쳤다. 또 여자들을 끌고 가는 모양이었다. 문초랍시고 여자들을 끌어갈 때마다 마당에서는 여인들 흥어리 소리가 울려퍼졌다. 추워서 떠는 소리 같은, 한이 맺혀 하소연하는 것 같은, 분을 못 참아 치를 떠는 것 같은, 듣기에 따라서 어느 소리로도 들릴 수 있는 소리가 음산하게 물결치고 있었다. 아까 연엽이 끌려올 때도 그랬다.

"그치지 못해!"

벙거지들이 악을 썼다. 소리가 잦아들었다. 그러나 조금 지나자 흥어리 소리가 다시 가볍게 일기 시작했다. 굴뚝에서 나오던 연기가 돌개바람에 그치듯 호령소리에 그쳤던 소리가 다시 연기 나오듯 가느다랗게 나와 점점 퍼져 마당을 뒤덮었다.

"문 열어!"

연엽은 무릎 위에 얹고 있던 얼굴을 얼핏 들었다.

"누구요?"

"이년아, 누구는 누구여? 네 서방이다."

연엽이 문고리를 따주었다. 주근깨는 손에 오라를 한 뭉텅이 들고 들어왔다. 연엽은 가슴에서 철컥 쇠덫 내려앉는 소리가 났다. 주근깨는 오라를 책상 곁으로 던지며 지레 벙긋 웃었다. 연엽은 오라와 주근깨를 번갈아 보았다.

"내가 왜 웃는 줄 아냐? 이쁜 꽃에는 가시가 있다등마는 그 소리가 생각나서 웃는다."

작자는 능글맞게 벙글거리며 책상 앞에 앉았다. 연엽은 아까 작자가 남기고 간 말이 떠올라 등줄기가 써늘했다.

"오늘 저녁 하학동 큰애기들 문초하다 먼 이야기가 나온 줄 아냐? 네 이야기가 나왔다. 밤중이 넘었은게 그저께구나. 그저께 밤에 하학동 이감역인가 이주혼가 그놈 집에서 그 동네 처녀들이 이주호 딸년까지 다 당했는데 그중에서 너 하나만 안 당했다더구나. 낄낄낄."

주근깨는 한참 낄낄거렸다. 태도가 아까하고는 생판 달랐다. 연엽은 옆으로 고개를 돌리고 있었다.

"내가 왜 웃는지 알겠지야?"

주근깨는 또 한참 낄낄거렸다.

"그 역졸 놈 잘해부렀다. 생각해 본게 여자가 겁탈을 모면할라면 붕알 홅어부는 수가 젤이겠드라. 나도 전에 어떤 놈한테 붕알을 한번 잽혀봐서 붕알 잽힌 맛을 안다. 붕알을 한번 잽혔다 하면 맥 안 놀 장사가 없제. 붕알 앞에는 참말로 장사 없어. 안 잽혀본 사람은 속을 모른다."

주근깨는 고개를 절레절레 저으며 낄낄거렸다.

"그러고 본게 너는 소문대로 두루 똑똑한 년이더라. 세상에 그 소문이 나면 인자부텀 함부로 여자들 겁탈할 놈 없겠다고 한참 웃다 왔다. 어디 한번 물어보자. 어떻게 봉알을 잡았더냐? 그놈이 겁탈을 할라고 한게 날 잡아잡수시오 하고 천연스럽게 누워 있다가 이놈이 안심하고 헐떡거리고 올라올 적에 봉알을 슬쩍 잡아서 쭉 훑어버렸냐?"

주근깨는 연방 낄낄거리며 다그쳤다. 연엽은 그대로 고개를 돌리고 있었다.

"내 말이 틀림없지야? 기왕 훑은 김에 칵 *잉깨지게 훑어불제 그래도 사정을 뒀든가 그놈이 죽지는 안했다더라."

주근깨는 이를 앙다물고 손으로 사정없이 훑는 시늉까지 하며 낄낄거렸다.

"그것은 그렇고 말이다. 그 덕분에 내가 네 첫 서방이 되게 생겨버렸다. 오늘 저녁에 너를 어사 방에다 집어널라고 했는데, 억지로 집어넣었다가는 어사 봉알도 훑어불면 큰일 아니냐고 오늘 저녁에는 다른 년들을 보냈다."

주근깨는 또 한참 낄낄거리고 나서 오라 뭉텅이를 들었다.

"이 오라가 먼 오란 줄 아냐? 너를 묶어서 어디로 끌고 갈라고 갖고 온 줄 알 것이다마는 그것이 아니다. 너를 묶기는 묶는데 다른 데로 끌고 가는 것이 아녀. 어깨도 묶고 발도 꽁꽁 묶고 입에 재갈도 물린다. 그렇게 움쭉달싹 못하게 묶어갖고 내가 으짜겠냐? 가만히 네 얼굴이나 구경하고 자빠졌겠냐?"

주근깨는 오라를 들어 보이며 능글맞게 낄낄거렸다. 연엽은 이제 마지막이라는 생각이 들었다. 가슴 앞에 껴안은 손에는 장도를 쥐고 있었다. 주근깨는 능란한 솜씨로 오라에다 고를 두 개 냈다.

"으짤래, 묶여갖고 당할래 그냥 편히 당할래? 억지로 당했다고 해사 네 체면이 서겄냐?"

연엽은 가쁜 숨만 내쉬고 있었다.

—징징징징징.

그때 느닷없는 징소리가 났다. 주근깨가 웃음소리를 뚝 그치고 문을 열었다. 징소리는 뒷산에서 나는 것 같았다. 몹시 다급하게 울리고 있었다. 예사 징소리가 아니었다. 주근깨가 문을 열었다. 고요한 적막을 뚫고 징소리가 한참 울리고 있었다. 징소리가 뚝 그쳤다.

"어사 이용태는 들어라."

뒷산에서 소리를 질렀다. 아스라하게 들렸으나 충분히 알아들을 수 있었다.

"이용태 너는, 고부 농민군이 무서워서, 이불을 뒤집어쓰고, 꾀병을 앓음시로 벌벌 떨고 있던 병신 같은 놈이다. 네가 시방, 고부 농민군 식구를 잡아오고, 집에 불을 지르고, 고부를 쑥대밭으로 만들고 있다마는, 우리 농민군들은, 시방 화등잔 같은 눈알을 부릅뜨고, 시퍼렇게 살아서 이를 갈고 있다. 이용태 너 이놈, 그 무지막지한 짓을, 당장 그치지 않으면, 우리도 가만있지 않을 것이다. 너희 식구는 두말할 것도 없고, 너희 처가 식구, 외가 식구까지, 다 잡아죽이고, 사돈네 팔촌까지, 다 죽여버릴 것이다. 너희 선산까지 전부 파 젖혀서, 십대 이십대 할애비 할미, 뼉다구까지 전부 파내서, 가루를 내버릴

78

것이다. 이용태 이놈 잘 들어라. 너희 본가 식구, 외가 식구, 처가 식구, 사돈네 식구, 다 죽이고, 너희 애비 할애비, 십대 이십대 조상 뼉다구까지, 다 파서 갈아 마셔 버릴 것이다. 정신 바짝 차려라."

카랑카랑한 목소리가 고요한 적막을 뚫고 또렷또렷 들려왔다.

"모두 쫓아가서 저놈을 잡아라."

마당에서 장교들이 악다구니를 썼다. 장교들은 정신없이 소리를 질렀다. 벙거지들이 우르르 아문으로 뛰어나갔다. 뒷산에서는 계속 외쳐대고 있었다.

"장흥 역졸 놈들하고, 고부 아전, 장교, 나졸들도 잘 들어라. 시방 전라도 쉰세 고을, 골골마다 농민군들이 다 일어나고 있다. 만약 더 설치면, 너희 놈들도 씨를 말릴 것이다. 너희들이 어디로 도망치겠냐? 장흥 역졸 놈들 너희가 사는 역말을 우리가 모를 줄 아냐? 그 동네는 터도 안 남길 것이고, 너희 식구도 전부 작살을 내버릴 것이다. 고부 이속붙이들도 마찬가지다. 지난번에는 용서했지만, 이번에는 절대 용서가 없다. 명심해라."

— 징징징징징.

"워매, 저놈들이 불까지 피우네."

산꼭대기에서는 징소리가 계속 울리고 불길까지 오르고 있었다. 장교들은 어서 쫓아가지 않느냐고 악을 쓰며 뛰어갔다. 역졸들이나 나졸들은 호떡집에 불난 것 같았다. 뒷산에서 왜장치는 소리는 더 나지 않았다. 소리를 질러놓고 도망친 것 같았다. 여기서 뒷산으로 쫓아올라가려면 읍내를 저쪽으로 한참 돌아야 했다.

"허허, 어떤 놈인가, 훼창毁唱 한번 흐드러지네. 겁 없는 놈도 가지가지구만."

주근깨가 문을 닫으며 어색하게 웃었다. 주근깨도 그들이 외친 소리에 겁이 나는지 얼굴이 조금 일그러졌다.

못된 수령이나 양반들한테 저렇게 잘못을 낱낱이 들어 고래고래 왜장치는 것을 훼창이라 했다. 욕설만 퍼붓는 경우도 있고, 잘못을 조목조목 들어 왜장을 치는 경우도 있고, 조상이나 본인의 수치스런 일을 폭로하기도 했다. 이 훼창이 한때는 크게 시류를 이룬 적이 있었다. 옛날에 나주에서 최환락이라는 나졸이 아전들과 짜고 목사의 비행과 창피한 사생활을 훼창한 일이 있었는데, 그것이 빌미가 되어 목사의 목이 잘렸다는 이야기가 옛날이야기처럼 꾸며져 전해오기도 했다.

"저놈의 자식 훼창 소리를 듣고 난게 쪼깨 껄쩍지근하기는 한디……."

주근깨가 일그러진 표정으로 연엽을 보며 이죽거렸다.

"그러제마는 나중에야 삼수갑산을 갈망정 사내자식이 받아논 밥상을 내치고 물러나겄어. 다 이런 것도 연분인게 그런 줄 알어라."

주근깨는 능글맞게 이죽거리며 오라를 들고 무릎걸음으로 다가왔다.

"앙탈해봤자 소용없어. 어쩔 것이여? 순순히 누울 것이여, 오라를 받고 누울 것이여? 그냥 벗기가 체면상 어렵겠다면 시늉이라도 묶어줄 수도 있다. 낄낄낄."

주근깨는 네 속을 내가 다 안다는 가락이었다. 연엽은 팔짱 낀 손에 장도를 더 힘 있게 틀어쥐고 한쪽만 보고 있었다. 숨이 가빠오

르고 있었다. 몸에 손만 대면 작자를 찌르고 자기 가슴도 찌를 참이
었다.

"으으으으 으으으으."

마당에서 갑자기 홍어리 가락이 일고 있었다. 어느 때보다 소리
가 높았다. 마치 지층이 조용히 들려 올라가는 것 같았다.

"재수대가리 없이, 저런 제미."

주근깨가 방문을 발칵 열었다. 동헌 양쪽 추녀 끝에 걸린 희미한
장명 등 아래 사람들이 촘촘히 몰려 앉아 있는 광경은 마치 지옥의
한 장면 같았다.

"뭣하고 있어!"

주근깨가 마당에서 서성거리는 벙거지들한테 소리를 질렀다.

"으으으으 으으으으."

소리가 점점 커졌다.

"시끄러!"

지키고 있던 벙거지가 소리를 질렀다. 그러나 소리는 더 커졌다.
마치 벙거지 호령에 대답이라도 하듯 소리가 더 커졌다.

"입 안 다물어!"

저쪽에서 장교가 달려와서 발작하듯 악을 썼다. 그러나 소리는
점점 더 커질 뿐이었다. 입을 열고 내는 소리가 아니라 코로 내는 소
리였다. 땅으로 기어들어갈 듯 무거운 소리가 악이라도 쓰듯 높아지
자 싸늘한 귀기마저 풍겼다.

"야, 너희덜, 가서 물 떠와. 칵 찌끄러불랑게."

장교가 악을 썼다.

"얼른 떠와!"

장교는 벙거지들한테 물을 떠오라고 거푸 악을 썼다. 벙거지들이 달려갔다. 좀 만에 물을 떠왔다. 그러나 홍어리 소리는 점점 더 커졌다. 장교는 바가지로 물을 떠서 앉아 있는 여자들한테 사정없이 뿌렸다. 홍어리 가락은 더 커졌다. 마치 타는 불에 물을 끼얹는 것 같았다.

"이놈들아!"

그때 좌중 한가운데서 벌떡 일어서며 소리를 지르는 사람이 있었다. 환갑이 훨씬 넘어 보이는 할머니였다.

"이놈들아, 나는 살 만치 살았은게 쥑일라면 쥑애라. 큰애기들은 멋하러 데려갔냐? 당장 데려오너라. 지금 생때같은 우리 자식들이 화등잔 같은 눈을 부릅뜨고 이를 갈고 있다."

할머니는 칼날 같은 목소리로 고함을 질렀다. 그때 달주 어머니도 벌떡 일어났다.

"데려간 여자들 전부 데려온나. 문초를 할라면 대낮에 해라."

"데려온나."

여자들이 모두 악을 썼다. 중구난방 악다구니가 쏟아졌다.

"알았은게 시끄러."

장교가 한발 물러서며 악을 썼다. 장교는 고함을 지르면서도 얼굴은 새파랗게 질려 있었다.

"어서 데려온나."

여자들은 계속 소리를 질렀다. 어서 데려오라고 중구난방으로 소리를 질렀다. 벙거지들이 정신없이 싸댔다. 이 방 저 방에서 처녀들을 데리고 나왔다.

"으 으 으 으 으 으 으 으 으"

다시 소리가 일었다. 아까보다 더 커졌다. 소리가 커지자 마치 이를 가는 소리 같았다.

"제미, 재수없는 과부는 봉놋방에 들어도 고자 옆에 눕는다등마는, 재수가 없을란게 별일이 다 벌어지네. 너는 그냥 여그 있어라. 바깥에 나가면 춘께."

주근깨는 많이 염려해 주는 듯이 연엽한테 뇌까리며 오라를 챙겨 들고 일어섰다.

그때 고부와 흥덕 경계 어름에 있는 정석남 동네서도 비슷한 훼창 소리가 적막을 뚫고 동네로 울려 퍼지고 있었다.

"정참봉 똥개 정석남은 들어라."

목청이 우람했다. 아까 군아 뒷산에서 내지른 목소리하고는 달랐다.

"네놈이 시방, 애먼 사람을 살범으로 지목해서, 그 사람들이 지금 군아에서 압슬을 당하고 있다. 그 사람들을 당장 풀어놓지 않으면, 우리도 가만있지 않겠다. 세상이 덩덩한게, 네놈이 사람 무서운 줄 모르고 설치는데, 내 말 잘 새겨들어라. 만약 그 사람들을 풀어놓지 않고, 더 설쳤다가는, 네놈 식구는 말할 것도 없고, 네놈 처가 식구들, 외가 식구들까지 닥치는 대로, 몽땅 몰살을 시키고, 너희 집구석도 몽땅 불을 질러버릴 것이다. 다시 한 번 똑똑히 들어라."

서릿발같이 살기 어린 소리가 차디찬 밤하늘을 찢고 있었다. 외치던 사내가 곁에 있는 사람들한테 뭐라 속삭였다. 다시 한마디씩 소리를 질렀다.

"정석남은 들어라."

"정석남은 들어라."

한 사람이 선창을 하자 예닐곱 사람이 따라 외쳤다.

"네놈 식구들은 두말할 것도 없고,"

"네놈 식구들은 두말할 것도 없고,"

아까 했던 소리를 한마디씩 목청껏 소리를 모아 내질렀다. 고함 소리가 고래고래 밤하늘을 찔렀고, 동네 개들이 미친 듯이 짖어댔다. 그때 그 집 문간채에서 불길이 올랐다.

"오늘은 네놈 문간채만 태우고 간다. 두고 보자."

"정석남 잘 들어라. 오늘 저녁 이것은 맛뵈기다. 두고 보자."

그들은 불길을 뒤로 하고 바람같이 동네를 빠져나갔다. 흥덕으로 가는 길에 이르렀다. 큰길에 이르자 저쪽 논두렁 밑에서 불쑥 사람들이 나왔다. 일행은 깜짝 놀라 멈춰 섰다.

"잘 타는구만."

오기창이었다. 뒤에서 패거리 여남은 사람이 한마디씩 하며 따라 나섰다.

"무사했어? 아까 군아 뒷산 불도 훤하더만."

최낙수였다. 그 패거리도 모두 껄껄 웃었다.

"정석남 가슴이 뜨끔할걸."

장춘동이 껄껄 웃었다. 그들은 어둠 속으로 사라졌다.

4. 탈옥

"동정을 벌써 달았어? 솜씨도 싸다. 갓도 좀 챙기라구."

호방은 머리를 곱게 빗어올려 머리 꼭대기에서 머리를 한 모숨씩 잡아 쥐며 유월례를 보고 웃었다. 유월례는 갓집 속에서 갓을 꺼내 손질을 했다.

호방은 장흥에서 오자마자 유월례를 장문리 조병갑 첩이 살던 집에 있도록 했는데 어제 이용태를 만나 이 집을 독차지하게 되자, 그는 매양 꽃봉오리 따 담은 얼굴로 입이 함지박으로 벌어졌다. 그동안 자기 집에는 한 번만 슬쩍 들렀다 왔을 뿐이다. 지난 세안부터 중풍으로 누운 마누라는 강짜는커녕 떠먹여 주는 밥도 제대로 못 넘기는 형편이었다.

조병갑 첩은 살림을 고스란히 그대로 놔두고 옷가지만 싸들고 갔으므로 농이며 경대며 방안 살림은 그대로 있었다. 호방이 이용태더러 장흥과 장성서 데리고 온 기생들을 이리 나앉히지 않겠느냐고 물은 것은 그 기생들한테 큰방을 차지하게 했다가 이용태가 물러간 다음에는 자기가 독차지하려는 속셈이었다. 조병갑 첩 살림은 찾으러 오면 돌려주면 그만이고, 찾으러 오지 않으면 꿩 먹고 알 먹고였다. 이제 조병갑쯤 무서울 것이 없었다. 조병갑을 한양으로 잡아올리라는 영이 떨어졌다니 제가 아무리 뒷줄이 세곡선 닻줄이라 한들 적어도 귀양은 면치 못할 것이므로 이미 이빨이 빠져도 어금니까지 빠진 호랑이였다. 젊었을 때부터 수많은 수령들을 겪는 사이 권력의 부침을 눈이 무르게 보아온 호방은 그만한 물때 짐작은 척하면 삼천리였다.

어제저녁에는 유월례하고 마지막 담판을 하기도 했다. 만득이를 옥에서 풀어주되 장흥 경계를 떠나지 않도록 한다는 조건이었다. 만약 만득이가 장흥 경계를 떠나거나 엉뚱한 짓을 하면 상전을 치고 도망친 옛날 죄를 그대로 덮씌워 두말없이 목을 베겠다고 했다.

"그 작자 목을 베지 않은 것만 천만다행으로 알고 이제부터 털끝만큼도 다른 생각을 말아야 한다. 언감생심 종놈이 어떻게 감히 너 같은 여자를 데리고 산단 말이냐? 너를 넘보는 사람이 어찌 나 혼자겠느냐? 다 적저금 타고난 분수와 팔자대로 살아야 한다. 지금 우리 집 형편은 여편네가 저 모양이겠다, 네가 어엿한 내 정실로 들어앉을 날도 며칠 남지 않았다."

유월례는 그동안 눈물로 지새웠으나, 요사이는 눈에서 눈물이 말라가고 있었다. 호방 말마따나 타고난 팔자대로 살아갈 수밖에 없다고 파탈을 했다. 세상을 살아가고 싶은 대로 살아가려면 태어나도 하필 종 팔자로 태어났겠느냐 싶었다. 더구나 여기 와서 들어보니 호방 마누라는 지난겨울에 중풍에다 다른 병까지 겹쳐 오늘내일 하는 모양이었다. 이런 것까지가 두루 자기 팔자와 상관이 있는 것이 아닌가 싶기도 했다.

"전주 *영저리 자리가 났으니 내가 그리 자리를 옮겨 앉을 생각이다. 어디서 살든 종문서를 네 앞에서 태워 면천을 시킬 생각이지만, 더구나 그런 낯모르는 데 가서 살면 어엿한 영저리 나리 안방마님인데 누가 괄시를 하겠느냐? 어디 네 생각은 어떠냐, 시원스럽게 말을 해보아라."

호방은 껄껄 웃으며 유월례 손을 잡았다.

"잘 알겠습니다요. 그이 목숨을 살려주신다니 더 바랄 것이 없사옵니다. 소원이라면 그 사람은 성질이 나면 앞뒤 안 가리는 사람이오니 혹 간에 무슨 실수가 있더라도 너그럽게 접어주십시오."

유월례는 처음으로 정색을 하고 또박또박 말을 했다. 호방은 눈이 휘둥그레졌다. 유월례가 제 사날로 이렇게 마음을 열고 나온 것은 처음이었다. 여태까지 고삐에 끌려온 짐승처럼 묻는 말에나 외마디로 대답할 뿐이었고, 몸을 껴안으면 맡겨놓은 보따리 내놓듯 몸뚱이를 내맡겼을 뿐이다. 그러나 호방은 내색을 하지 않고 목소리를 높였다.

"혹 간에 실수라니 당치않은 소리다. 만약 장흥 경계를 벗어나는 날에는 추호도 용서가 없을 것인즉 그것은 명심하여라."

호방은 단호하게 말했다. 유월례는 옷고름으로 눈물을 찍어냈다.

"하여간, 장흥에서 한 발도 경계 밖으로 나오지 못하도록 조처를 단단히 하도록 할 것이니 그리 알아라. 그리고 또 한 가지, 정읍에서 종살이를 하고 있는 네 어미 나이가 몇이냐?"

갑작스런 소리에 유월례가 젖은 눈을 똥그랗게 뜨며 호방을 건너다봤다.

"쉰흔다섯이옵니다."

유월례는 조심스럽게 대답했다.

"아직도 한창 부려먹을 나이라 속량전을 꽤나 달라겠구만. 거기도 좋은 방도가 생길 것인즉 기다려보아라."

호방은 은근하게 말했다.

"감사하옵니다."

유월례는 얼결에 고개를 깊이 숙였다.

"앞으로 너한테도 눈먼 돈이 수월찮게 들어올 것이다."

호방은 껄껄 웃으며 유월례를 껴안았다. 유월례는 자기 어머니 속량 이야기를 듣자 제정신이 아니었다. 어머니가 그 험한 종살이에서 풀려난다 생각하니 몸뚱이가 공중으로 둥둥 뜨는 것 같았다. 어머니가 면천하여 종 신세만 면할 수 있다면 무엇을 못하랴 싶었다. 장흥에서 새살림을 시작할 때 만득이가 처음 다짐한 것도 어머니 속량전을 모으자는 것이었다. 그러나 아무리 이를 악물고 농사를 지어도 산다랑이 몇 마지기에 소작 네댓 마지기로는 너무도 아득한 꿈이었다.

"오늘 *드팀전에서 비단 가져올 테니 아끼지 말고 옷을 여러 벌 *마르도록 하여라. 그리고 목수가 올 테니 홍덕댁하고 여기저기 고칠 데 봐서 기왕 손댈 때 고칠 데를 제대로 고쳐."

호방은 상투를 곱게 틀고 나서 거울 앞에서 고개를 요리조리 돌려 상투 모양을 살피며 말했다. 홍덕댁은 전부터 이 집에 있던 찬모였다.

"어디 얼굴 한번 보자."

호방은 돌아앉으며 유월례 얼굴을 두 손으로 싸안았다.

"어쩌면 이리도 이쁘냐? 나는 어제저녁부터 세상을 새로 태어난 것 같다. 네 몸이 처음으로 나를 제대로 받아주었으니 이제 무엇을 더 바랄 것이 있겠느냐? 닭살같이 까치럽기만 하던 네 몸이 *능수버들 봄바람 맞듯 하더구나. 이제부터 나는 매양 꽃 속에 나비잠이렷다."

호방은 유월례 입에다 입을 쪽 맞췄다.

"아이고, 홍덕댁이 문 여요."

유월례가 골을 붉히며 빠져나가려 했다.

"내 마누라한테 입을 맞추는데 그것이 무슨 흉이 되겠느냐?"

호방은 다시 우악스럽게 유월례를 껴안았다. 유월례는 몸을 내맡기고 지그시 눈을 감았다. 호방은 유월례 얼굴을 내려다보며 앞가슴을 만졌다.

"아이고, 홍덕댁이 문 여요."

"가만있거라."

호방은 숨을 헐떡거리며 정신없이 몸을 만졌다. 그때 대문에서 누가 소리를 질렀다. 유월례가 훌쩍 일어났다. 홍덕댁이 달려가서 대문을 따는 것 같았다. 유월례가 매무시를 가다듬는 사이 호방이 문을 열었다. 나졸이 다급하게 달려왔다.

"오늘 아침에는 조사를 일찍 시작한다고 빨리 나오시랍니다."

나졸은 던지듯 소리를 질러놓고 바삐 돌아섰다.

"흠, 어제저녁 훼창을 당하고 독이 올랐구나."

호방은 피글 웃었다. 조사 전에 이용태를 만나려고 미리 서둔 것인데 한발 늦은 것 같았다. 이주호 일 때문이었다. 어제 김치삼은 하학동에 갔다가 헛걸음을 치고 왔다. 벌써 전주로 떠나고 없더라는 것이다. 그런데 어제 밤 엉뚱한 발고가 들어왔다. 이주호가 전주 가다가 태인에서 누구한테 거의 죽을 만큼 얻어맞아 반송장이 되어 집으로 업혀왔다는 것이다. 마침 아는 사람이 지나가다가 숨이 꼴딱거리는 이주호를 업어 왔다고 그 집에서 밤늦게 군아에 알린 것이다. 이주호가 맞은 곳은 이주호 소작인들이 사는 동네 근처라 했다.

"허허, 손 안 대고 코 풀게 생겼구만."

그 소식을 듣자 호방은 속으로 무릎을 쳤다. 이주호가 그 꼴이 되었다면 자기가 맡은 일은 저절로 끝이 날 수도 있고, 양대인이 나선다 하더라도 이제 얼마든지 할 말이 있을 것 같았다.

'이번에 이주호를 그렇게 두들겨팬 것은 그 근방 소작인들이 틀림없다. 그렇다면 지난번에 이주호 집에 가서 분탕질을 친 것도 역졸들이 아니라 이번에 이주호를 두들겨팬 바로 그 소작인들 소행일지 모른다. 역졸들이 양반집에 가서 그런 무지막지한 행패를 부렸을 리도 없지만, 아무리 조사를 해보아도 역졸 가운데서 그런 놈들은 없다. 이번에 이주호를 욕보인 소작인들이 지난번에도 이주호를 작살내려고 역졸을 가장하고 이주호 집에 들이닥쳤다가 이주호가 없으니까 집에 분탕질만 쳐놓고 간 것이다. 이번에 이주호를 팬 놈들을 잡아내면 지난번 일도 제절로 밝혀질 테니 감영에서는 태인 현감

한테 영을 내려 그놈들부터 찾아내라고 하자.'

"양대인이 아니라 양대인 할애비라도 덤빌 테면 덤벼봐라."

호방은 번개처럼 돌아가는 자기머리에 스스로 감탄했다. 이주호 집 분탕질친 일은 우선 그 혐의를 태인 소작인들한테 덮씌워 사건을 태인 현아로 떠넘겨버린 다음, 어제저녁 하학동 여자들 앞에서 이상만 살인사건 윤곽이 드러났으므로 이주호가 조금 회복되면 아들 살범을 잡자는 쪽으로 관심을 돌려 분탕질친 일은 적당히 후무릴 수있을 것 같았다. 이런 계책을 진언하면 이용태는 입이 바지게가 될것이고, 또 연엽인가 전봉준 첩인가 그년을 욱대겨 수청만 들게 하는 날에는 군아에 잡혀온 놈들 돈은 자기가 반타작은 할 것 같았다. 또 어제 수교한테 이야기했던 가물치 계책을 써서 전봉준을 잡기만한다면 그때는 자칫하면 어느 귀빠진 고을 현감 자리라도 하나 굴러들어올지 모를 일이었다.

"아침은 다녀와서 먹지. 커흠."

호방이 유월례가 내민 갓을 쓰고 유월례한테 다시 입을 쪽 맞춘다음 껄껄 웃으며 방문을 열었다. 유월례 손을 놓고 마루로 나서던호방이 깜짝 놀랐다. 대문으로 성큼 들어서는 사람이 있었다. 방갓으로 얼굴을 가린 사람이 종자들을 달고 거침없이 마당을 가로질러오고 있었다.

"웬 사람들이오?"

홍덕댁이 소스라치게 놀라 뛰어나갔다. 아까 나졸이 나간 뒤에대문을 걸지 않았던 것 같았다. 방갓을 쓴 사람이 성큼 마루 앞으로다가왔다.

"오랜만이올시다."

마루 앞으로 다가선 사내가 방갓 앞을 걷어올렸다. 정익서였다. 호방은 입을 떡 벌렸다.

"불시에 실례를 하게 되었습니다."

정익서가 침착한 표정으로 의젓하게 뇌자 호방은 놀란 눈으로 대문부터 얼른 살피고 나서 어서 방으로 들라고 서둘렀다. 호방은 누가 보지 않는가 연방 대문 쪽으로 눈을 희번덕이며 방으로 등을 밀었다. 김승종과 송늘남도 따라 들어갔다. 유월례는 정익서 얼굴을 얼핏 보고 부엌문으로 나갔다.

"바쁘신 것 같으니 할 말만 하겠소이다. 어제 역졸들한테 잡혀온 젊은이들을 살려야겠습니다. 호방 힘을 빌립시다. 우선 이것으로 흥정을 해 보시오. 더 달라면 더 드리겠소."

정익서가 돈주머니를 호방 앞에 내밀었다. 호방은 아직도 제정신이 아니었다. 정익서와 돈주머니를 다급하게 번갈아 보았다.

어제 밤에 무장을 떠난 정익서는 오늘 새벽에 읍내 근처 동네 아는 집을 찾아가서 그 집에서 군아 사정을 대충 들은 다음 날이 밝기를 기다렸다가 이리 찾아온 것이다. 호방이 유월례를 이 집에 두고 여기서 기거를 한다는 말도 그 집에서 들었다. 아침부터 길목마다 기찰이 삼엄했으나 상제 차림에 방갓이면 기찰에 숙맥인 역졸들 눈쯤 도롱이 입고 이슬비 긋기였다. 양반 상제가 종자를 데리고 출행하는 본새가 영락없었다.

"며칠만 있으면 전라도 모든 고을이 일어납니다. 두 젊은이를 빼내기가 어려우면 그동안 죽이지만 못하게 해도 좋소. 음지가 양지

92

되고 양지가 음지 되는 것이 세상 이치입니다. 호방은 그만한 분별이 있는 분인 줄 아는 까닭에 믿고 찾아왔소. 이럴 때 우리 쪽에도 그루 하나 크게 앉히시오."

정익서는 자신만만하게 말했다.

"충청도 처자는 어찌하실 참입니까?"

호방이 물었다. 호방은 흉물답게 결단도 빨랐다.

"연엽이란 처자 말이요, 그 처자도 잡혀왔습니까?"

정익서가 깜짝 놀라 물었다. 호방은 고개를 끄덕였다. 정익서는 두 젊은이들을 돌아봤다. 김승종과 송늘남도 놀라는 표정이었다.

"그 처자가 잡혀온 줄은 모르고 있었소. 그 처자도 같이 흥정을 해주시오."

정익서가 얼른 표정을 가다듬으며 다급하게 말했다. 여태 의젓하던 정익서가 연엽 이야기를 듣자 갑자기 목소리가 떨렸다.

"한번 해보리다. 그렇지만, 역졸들이 20여 명이나 험하게 다친데다가, 더구나 어제저녁 훼창 때문에 일이 쉽잖을 것 같습니다. 지금 어사가 노발대발 제정신이 아닙니다. 혹 간에 제가 들어 일이 풀릴 단서가 잡힌다 하더라도 또 그런 엉뚱한 불집을 일으키면, 제 노력은 물거품이 될 것입니다. 두말할 것도 없이 그 보복이 잡혀온 사람들한테 돌아갑니다."

정익서는 훼창이란 소리에 어리둥절했다. 번뜩 오기창이 떠올라 무슨 일이냐고 묻지 않았다. 잘 알았다고 고개만 끄덕였다.

"나는 지금 아침 조사에 나가는 길입니다."

호방은 여기 들어올 때 누가 보지 않았느냐고 물은 다음 자기가 다녀올 때까지 여기서 기다리라고 했다. 돈은 가지고 있으라며 정익서 앞으로 밀어놓고 바삐 나갔다. 정익서 일행은 굳은 표정으로 호방 뒷모습만 보고 있었다. 대문을 나서려던 호방이 부엌 앞으로 가서 무어라 속삭였다. 아침밥을 대접하라고 하는 것 같았다.

호방은 헐레벌떡 군아로 내달으며 다급하게 머리를 굴렸다. 가물치 계책을 쓸 때는 바로 이때라는 생각이 들었다. 가물치 계책을 제안하면 이용태는 틀림없이 들을 것이고, 그 계책을 쓰려면 지금 정익서가 흥정하러 온 세 사람 가운데 한두 사람쯤은 내보내야 할 것이므로 그러면 당장 정익서 요구를 들어준 셈이므로 우선 정익서가 가져온 돈은 귀신도 모르게 자기 호주머니로 꼽칠 수가 있었다. 가물치 계책이 맞아떨어져서 전봉준을 잡는다면 가물치가 제 발로 마당에까지 달려와서 물어주는 꼴이 될 판이고, 계책이 들통이 나더라도 그런 일은 모두 이용태가 한 일이 될 것이므로 자기한테는 정익서 청을 들어준 것만 공으로 남게 될 판이었다. 정익서 말대로 세상이 뒤집힌다 하더라도 자기가 농민군 쪽에 앉힌 그루는 낙락장송보다 더 든든할 테니 앞으로 샛바람이 불든 높바람이 불든 자기는 *돌진 가재 산 진 거북이었다.

"허허, 화는 홀로 안 오고 복은 쌍으로 안 온다더니, 나한테는 복이 쌍에다 겹으로 덮치는구만. 금년 토정비결이 그럴 듯했었지."

호방은 커엄 기침을 하며 내사로 들어섰다. 뜰아래는 벌써 이속들이 거진 모여 있었다. 고부 아전들과 장교, 그리고 장흥 장교들이 전부 모인 것 같았다. 안방문은 닫혀 있고 모두 얼굴빛이 얼음장 같았다. 군수 박원명도 마루 밑 토방에 어정쩡하게 서 있었다.

부사는 종3품이고 군수는 종4품이므로 등급으로는 두 등급 차이고 직분으로 따지면 둘이 다 고을 수령인데 마루 밑에 서 있는 박원명 모양새는 도무지 꼴이 아니었다. 이용태가 방으로 불러들이지 않아 그냥 어정쩡 서 있다 보니 이런 험한 꼬락서니가 된 것 같았다. 박원명은 요사이 완전히 꾸어온 사또였다. 이용태는 무슨 일이든지 박원명 의사 따위는 묻지도 않고 혼자 독장을 쳤으며, 박원명도 이용태가 하는 일에 전혀 참견을 하지 않았다. 박원명은 지난번 농민군들이 어질러놓은 일만 조사를 하면서, 고을 사정을 파악하고 있을 뿐이었다.

"모두 모였사옵니다."

닫혀 있는 방문을 향해 이방이 조심스럽게 뇌었다. 방 안에서는 아무 기척이 없었다. 한참만에야 방문이 열렸다. 이용태는 일어서지도 않고 보료를 끌어당겨 방 안에 그대로 비스듬히 앉은 채 담뱃대를 물고 내려다보았다.

"고부 수교는 묻는 말에 대답하렷다. 어제저녁 그놈들이 산에서 뭐라고 외치던가?"

이용태는 잡담 제하고 수교 은덕초를 건너다보며 나직한 소리로 물었다. 고개를 숙이고 있던 수교가 한발 앞으로 나섰다. 이용태는 어제 저녁 훼창 소리를 못 들었는지 들었으면서도 무슨 언턱거리를 잡으려고 수작을 부리는지 알 수 없었다.

"어사 나리를 심히 폄하고 협박하는 무엄한 소리를 했사옵니다."

은덕초는 낮은 소리로 말했다.

"소상히 말을 해보렷다."

이용태 말꼬리가 조금 올라갔다. 이용태가 방 안에 앉아서 거만을 떨자 아전들 속에 섞여 있는 박원명 꼴이 더 처참했다. 그러나 박원명은 그대로 서 있었다.

"고부 사람들을 더 괴롭히면 어사 나리 가족이며 친척들한테까지 보복을 하겠다고 하였사옵니다."

수교는 올라간 이용태 말꼬리가 어떻게 튀길지 몰라 살얼음을 디딘 표정으로 연방 이용태 얼굴을 살피며 기어들어가는 소리로 뇌었다.

"그놈들이 하던 대로 소상히 말을 하지 못하는가?"

이용태가 대통으로 깡 재떨이를 치며 언성을 높였다. 꽹과리만큼 큼직한 재떨이가 얼음장 깨지는 소리를 냈다.

"아뢰옵기 황송무지하오나, 어사 나리 가족은 물론이요, 처갓집 식구들, 외갓집 식구들, 사돈네 팔촌까지 찾아가서 걸리는 대로 다 죽이겠다고 하였사옵니다. 그리고 조상들 묘도 낱낱이 찾아 *굴총을 하겠다고 하였사옵니다."

이용태는 담배를 빨며 눈길을 허공에 두고 남의 이야기 듣듯 듣고 있었다.

"또?"

"그뿐이었사옵니다."

"나를 폄하했다고 하지 않았는가?"

"예 예."

은덕초는 다시 두어 번 고개를 주억거리며 잠시 망설이다가 입을 열었다. 이용태는 그런 소리쯤 아랑곳하지 않는다는 태도 같기도 했고 어찌 보면 왜장쳤다는 소리를 즐기는 것도 같았다.

"아뢰옵기 황송하오나, 어사 나리께서 어사 발령을 받으시고도 제 놈들이 무서워서 이불을 뒤집어쓰고 칭병을 했다는 말로 폄하를 하였사옵니다."

은덕초는 제가 훼창을 하고 잡혀와서 문초라도 받는 사람처럼 쩔쩔맸다. 꾀병도 칭병이라고 말을 곱게 빚는 등 이용태 비위를 건드리지 않으려고 안간힘을 썼다.

"그놈들이 하는 소리를 그렇게 소상히 들을 수 있었다면, 그놈들이 바로 코앞에까지 와서 수작을 한 것인데, 그놈들을 못 잡은 까닭은 무엇인가?"

이용태는 한껏 낮은 목소리로 물었다. 바로 이것이었구나 싶은지 수교는 찔끔하는 표정이었다.

"아뢰옵기 황송하오나 소리를 지르고 있을 적에 즉시 나졸들을 전부 쫓아 날이 샐 때까지 추적을 했사오나, 종적을 알 수가 없었사옵니다."

수교는 허리를 사정없이 굽실거리며 대답했다.

"허허허허."

이용태는 무슨 생각을 하는지 껄껄 웃었다. 모두 눈이 휘둥그레졌다.

"그놈들이 왜장치는 소리가 꼬소해서 낄낄거리느라고 잡을 염인들 제대로 났겠냐? 면책거리로 호령소리나 요란스럽게 지르면서 설레발을 치다가 말았겠지."

이용태는 네놈들 속을 내가 뻔히 안다는 듯이 빈정거렸다.

"아니올시다. 정석남 씨 집에 불이 났다는 말을 듣고 그것도 그놈들 소행 같사와 홍덕까지 쫓았사옵니다."

수교가 소리를 높여 자신 있게 말했다.

"잔소리 마라! 내가 허수아빈 줄 아느냐? 어사는 며칠간 설치다 갈 사람이니 하는 꼴 구경이나 하자고 수령에서 관노 사령들까지 모두 구경하는 심보가 아니고 무엇이냐? 무슨 일이든지 의붓아비 장짐 지듯 지르퉁하는 꼴을 내가 빤히 보고 있어."

이용태가 버럭 고함을 질렀다.

"내 말 잘 듣거라. 수교는 어제 훼창한 놈을 기어코 잡아내야 한다. 그놈은 고부 놈이 분명하고, 그놈 목소리를 여기 잡혀와 있는 고부 놈들이 다 들었을 것인즉, 그놈이 누구인지 빤히 알고 있을 것이다. 오늘 당장 그놈이 누구인지 밝혀 3일 안으로 잡도록 하여라. 못잡는 날에는 그 놈 대신 수교 목이 날아갈 것이다. 알겠느냐?"

이용태는 내사 기왓장이 들썩이게 호령을 했다. 수교는 멍청하게 이용태만 건너다보고 있었다.

"알았느냐고 묻지 않는가?"

이용태가 거듭 고함을 질렀다. 이용태 얼굴이 시뻘게졌다. 은덕초는 입술을 들썩이며 건성으로 허리를 주억거렸다.

"그리고 고부 이속들은 듣거라. 지금까지 전봉준은 고사하고 동네 우두머리 한 놈도 변변한 놈을 못 잡은 까닭을 이제야 환히 알겠다. 그것은 이속들 모두가 난군들하고 한통속으로 놀고 있기 때문이다. 너희들이 지난번 난군들한테 돈을 바친 것은 목숨 도모로 별 수 없이 한 짓이라 하였지만, 이제 보니 그것이 아니다. 모두가 그놈들하고 한통이다. 내 말 잘 들어라. 오늘부터 아전이나 장교 할 것 없이 동네 우두머리급을 한 놈씩 잡아와야 한다. 그놈들을 잡아와야 지난번에 돈 준 것도 본심이 아니라는 발명이 될 것이다. 3일 안으로 한 놈씩 붙잡아오지 못하면 모두가 목이 달아날 것이다. 알겠느냐?"

이용태는 착 가라앉은 소리로 말했다.

"3일이다. 명심하여라."

이용태는 거듭 다짐을 했다. 그때 수교가 고개를 들었다.

"황송하오나 한마디만 여쭙고자 합니다."

은덕초가 잔뜩 굳은 얼굴로 이용태를 쳐다봤다.

"뭣이냐?"

"아뢰옵기 황송하오나, 여기 나졸들은 일이 너무 과중하옵니다. 잡아온 사람들 지키는 일이며 문초 수발하는 일이며 군아 안팎 경계며 난군 붙잡는 데 원근 동네 안내며 또 잡다한 심부름 등 나졸들은 대거리할 겨를이 없어 이틀 동안 꼬박 뜬눈으로 밤을 지새웠사옵니다. 황송한 말씀이오나 어제 그놈이 훼창을 할 때만 하더라도 군아는 거의 비워놓다시피하고 나졸들이 모두 쫓아갔사옵니다. 그런 일이 일어나지 않아 천만다행이었사오나, 잡혀온 사람들이 그 틈을 타서 도타라도 하려 했다면 감당을 못했을 것이옵니다. 그리고 아랫사람을 거느리는 데는 소관이 있고 위계가 있는 법이온데, 장흥 장교들이 여기 장교와 나졸들 대하기를 원수 대하듯 하옵고, 심지어는 부하들 앞에서 장교들을 모욕하는 일까지 빈번하옵니다. 외람스럽게 이런 말씀을 드리옵는 것은 이만한 어려움을 어려움으로 여겨서가 아니오라, 나졸들이 며칠간 뜬눈으로 지새우고 나니 피로가 겹치고 겹쳤사온데 불만이 쌓이기로 하면 수의사또 나리 위의와 지엄한 어명 수행에 차질이 있을까 저어되옵기로 충정에서 드린 말씀이오니 통촉하시기 바라옵니다."

수교는 죽을 용을 쓰고 말을 했다. 그래도 할 말을 다한 다음 끝에 가서는 번드레한 아첨으로 마무리를 지었다. 수교 말은 사실이었다. 역졸들은 사람을 잡아오는 일과 길목 기찰만 했을 뿐 다른 일은 전혀 모르쇠였고, 수교 말대로 고부 장교와 나졸들을 원수 보듯 하며 *드나나나 종보다 더 험하게 부렸다.

"역졸들은 장흥서 여기까지 먼 길을 온데다가 여기는 타관이라 길도 서툴고 물정도 모르지 않는가? 여기 장교하고 나졸들 하는 짓은 내 눈에도 거슬리는 것이 한두 가지가 아닌데, 불만이 쌓이면 어쩌다니 그런 무엄 방자한 소리를 어디서 뇌까린단 말인가? 오늘 이후부터는 걸음걸이만 조금 느려도 당장 그 자리에서 엄벌에 처할 것인즉 명심하도록 하여라."

이용태는 되레 호통을 쳤다. 은덕초는 말을 꺼냈다가 본전은커녕 되레 장흥 장교들 앞에서 쇠발에 짓밟힌 망건 꼴이 되고 말았다. 고부 이속들은 얼굴이 새파래졌다.

"또 한 가지, 내가 하는 말을 똑똑히 들어라. 어젯밤 그놈들이 한 말에 대답을 해주고자 한다. 그놈들이 그런 무엄 방자한 짓을 한 것은 아직도 어사 위엄이 그놈들한테 먹히지 않았다는 증거이다. 잘 듣고 똑똑히 거행토록 하여라."

이용태는 말을 멈추고 표독스런 눈으로 뜰아래를 한번 훑었다. 모두 숨을 죽이고 있었다. 이용태는 위압적인 표정으로 잠시 뜸을 들인 다음 입을 열었다.

"어제 잡아온 전봉준 심복 두 놈을 오늘 읍내 삼거리에다 효수를 한다. 그 두 놈은 난군 괴수 전봉준 수족으로, 언감생심 어사가 영솔한 역졸들한테 대적을 한 자들이다. 그 두 놈들부터 삼거리에다 효수하여 놈들에게 지엄한 국법과 어사의 위엄을 보이고자 한다. 알았느냐?"

이용태가 한껏 위엄을 갖춰 소리를 질렀다. 모두 손끝 하나 까딱하지 않고 고개만 주억거렸다.

"오늘 미시(오후 1시에서 3시)에 거행할 것인즉 형방은 효수할 준비를 하고, 이방은 효수하는 까닭을 알리는 방을 써서 내걸도록 하라. 방문에는 전봉준과 난도들에게 더 이상 경거망동을 하지 말고 한시바삐 어사 앞에 현신하여 죄를 빌라고 할 것이며, 무엄한 짓을 더 했다가는 여기 잡혀온 가족들 목을 열 명이고 스무 명이고 연달아 달아맬 것이라고 엄중하게 경고하라."

이속들은 숨을 죽이고 있었다. 사람을 효수하는 일에는 박원명 의사를 물을 법도 했으나 이용태는 박원명한테 의논은커녕 그 말을 하면서도 박원명 쪽으로는 눈길 한번 돌리지 않았다. 박원명은 절간에 따라온 새댁 꼴로 다소곳이 서 있었다.

"효수 준비가 끝나는 대로 아뢰어라. 모두 물러가렷다."

이용태는 말을 마치며 방문을 철컥 닫아버렸다. 박원명과 아전들은 모두 벼락 맞은 표정으로 멍청하게 방문을 보고 있다가 한참만에야 움직였다. 이속들 맨 꽁무니에 붙어 대문을 나서려던 호방은 대문을 나서려다 말고 발을 멈췄다. 잠시 생각에 잠겼다가 방문 앞으로 갔다. 고개를 갸웃거리다가 다시 돌아섰다. 잔뜩 눈살을 모으며 대문을 나서려다 말고 다시 발을 멈췄다. 또 잠시 머뭇거리더니 이내 고개를 절레절레 저으며 대문을 나오고 말았다. 호방은 바삐 자기 집을 향했다.

"틀렸소이다. 오늘 미시에 두 젊은이를 삼거리에 효수하라는 영이 떨어졌습니다. 방금 조사 자리에서 내린 영입니다."

"효수요?"

정익서는 벼락 맞은 표정으로 물었다.

"무슨 방법이 없겠소?"

정익서는 다급하게 물었다.

"죽은 사람을 저승에 가서 데려올 방도라면 몰라도 당장 미시에 효수한다는데 무슨 방법이 있겠소?"

호방은 절레절레 고개를 저었다. 정익서와 두 젊은이는 튀어나올 것 같은 눈으로 호방만 건너다보고 있었다.

"그렇게 살려야 할 사람이 잡혀왔으면 조심을 해야 할 게 아닙니까? 호랑이 콧구멍에 불침을 놔도 유분수지, 그러지 않아도 독이 오를 대로 오른 어사한테 그렇게 무지막지한 소리로 훼창을 해놨으니 그 분풀이를 어디다 하겠습니까?"

호방은 도대체 당신들이 지각이 있는 사람들이냐는 표정이었다.

"우리 쪽 사람들도 독이 올라노니, 우리 손아귀에 들어오지 않는 사람이 많습니다. 기왕지사는 기왕지사고 방도를 한번 생각해보시오."

"화살은 이미 시위를 떠났소이다."

마른 나무가 부딪치듯 메마른 소리들이 오갈 뿐이었다.

"파옥을 하면 안 될까요? 저희들 두 사람이 목숨을 걸고 나서겠습니다. 재작년에도 누가 옥사쟁이하고 짜고 박목수란 사람을 탈옥시킨 일이 있잖았습니까? 이 돈이면 우리를 거들어줄 옥사쟁이가 없을까요?"

김승종이 눈을 밝히며 호방을 건너다봤다. 그는 송늘남 목숨도 제 것인 듯 그에게는 물어보지도 않고 두 사람이 목숨을 걸겠다고 했다. 김승종은 전에 자기 손위 처남이 애먼 죄로 옥에 갇혔을 때 밥을 가지고 옥에 한번 들어가 본 적이 있었으므로 옥안 사정을 알고 있었다.

"이 사람아, 누구한테 무엇을 의논하고 있는가? 포도대장한테 가서 포도청 들보 뽑을 의논을 하게. 다급한 심정은 알겠네마는 말을 해도 방불한 소리를 해야지."

호방은 허옇게 웃었다.

"방도가 없습니다. 내가 장흥서부터 겪어봤으니 말입니다마는 어사는 이만저만 독종이 아닙니다. 지난번 칭병을 하고 있던 어느 날, 조사 자리에서 장교 하나가 말대답을 하자 재떨이로 아가리를 박살 낸 사람입니다. 이리 오라고 하더니 장교 상투를 잡고 큼직한 재떨이로 입을 찍어버렸습니다. 장교는 이빨을 서너 개나 뱉어내며 그 자리에 고꾸라졌습니다. 그래놓고도 눈썹 하나 까딱하지 않습니다. 바로 내 눈으로 본 일입니다."

호방은 몸서리를 치며 절레절레 고개를 저었다.

"오죽하면 *오뉴월 닭이 지붕을 후비겠소? 돈에 침 뱉는 사람 못 봤습니다. 돈이 얼마면 운을 떼볼 수 있겠소?"

"훼창으로 뒤틀릴 대로 뒤틀린 어사한테 잘못했다가는 내 목이 달아납니다. 이미 깨진 그릇, 더 만져봐야 뭘 합니까? 이 돈 가지고 연엽인가 그 처자나 무사하도록 해보겠습니다. 저는 지금 바로 가봐야 합니다. 조심해서 가십시오."

호방은 정익서가 보료 밑에 놔둔 돈주머니를 문갑에다 챙겨놓으며 자리에서 일어서버렸다. 세 사람은 닭 쫓던 개 지붕 쳐다보듯 호방 뒷모습만 멍청하게 바라보고 있었다. 방문을 나가던 호방이 다시 돌아섰다.

"한 가지 다시 일러두겠소. 또 어제저녁 같은 엉뚱한 짓을 하거나 달리 어사 비위를 건드리면, 그 처자 목숨도 장담 못합니다. 경거망동을 하면 가족들 목을 연달아 달아매겠다고 방을 내붙이라 했습니다. 저 사람은 열 명이고 백 명이고 백성 목숨쯤은 파리 목숨보다 더 쉽게 여기는 사람입니다."

호방은 단단히 일러놓고 나갔다. 세 사람은 멍청하게 앉아 호방 뒷모습만 보고 있었다.

"여기 잠깐 기다리고 계십시오. 다녀올 데가 있습니다."

잠시 눈을 씀벅이고 있던 김승종이 벌떡 자리에서 일어섰다. 정익서가 깜짝 놀라 어디 가느냐고 물었다. 김승종은 금방 다녀오겠다며 바람같이 방을 나갔다. 김승종은 신을 신자마자 부엌 앞으로 갔다.

"아주머니, 이 골목에 황부래미라는 나졸 살지라우?"

홍덕댁한테 물었다.

"사요. 이번에 장교 되었소."

"그 집이 어디요?"

바로 이 골목 마지막 집이라고 했다. 김승종이 알았다며 달려갔다. 아까 골목으로 들어올 때 곁으로 스치는 벙거지가 어디서 본 듯한 얼굴 같아 누군가 했더니 아는 사람이었다. 재작년 겨울 조병갑이 동학 두령들 체포령을 내렸을 때 형방 심부름으로 전봉준한테 피하라는 귀띔을 하러 왔던 나졸이었다. 그때 말목으로 찾아온 그를 정길남하고 조소리까지 데리고 간 적이 있었다. 그때 그는 전봉준 앞에서 자기도 동학도라고 이름을 대면서 무슨 일이든지 자기한테 시킬 일이 있으면 언제든지 시키라고 했으며, 지난번 봉기 때는 자기가 거들 일이 없겠느냐고 했다는 소리를 들은 적이 있었다. 아까 호방한테 탈옥을 시키자고 했던 것도 벙거지들 가운데는 황부래미 같은 사람도 있다는 생각이 들었기 때문이다.

김승종이 마당으로 들어가자 부스스한 눈으로 밖을 내다보고 있던 황부래미가 깜짝 놀랐다. 아침밥을 먹고 잠깐 눈을 붙였다가 일어난 모양이었다. 황부래미는 눈이 대번에 주발만해졌다. 전에 만났던 사실을 말하자 가볍게 고개를 끄덕이며 더 경계하는 표정이었다. 아까 지나칠 때 그도 김승종을 알아본 듯했으나 내색을 않고 지나쳤던 것 같았다.

"어제 잡혀온 정길남은 재작년 전봉준 장군 집에 갈 때 나하고 같이 갔던 사람이오. 형장께서는 아침 일찍 군아에서 나오셔서 못 들으신 것 같은데, 그 두 사람을 오늘 미시에 삼거리에다 효수하라는 영이 떨어졌답니다."

"효수요?"

황부래미는 깜짝 놀랐다.

"그렇소. 그 사람들을 살려야겠습니다. 나하고 내 친구 두 사람이 목숨을 걸기로 했습니다. 탈옥을 시킬 작정입니다."

"탈옥이오?"

둥그레진 황부래미 눈이 이번에는 튀어나올 것 같았다. 김승종은 아까 호방한테 말했던 박목수 탈옥 이야기를 했다. 그 사건은 고부 사람들 사이에서 지금까지도 심심찮은 화젯거리였다. 그 장본인이 달주와 용배라는 사실은 김승종도 모르는 일이었다.

"나하고 친구 두 사람이 장흥서 온 장교와 나졸로 가장하고 옥으로 들어가서 어사가 끌고 오라 한다고 두 사람을 끌고 나와 도망치 겠습니다. 형장은 두 가지만 거들어주시오. 한 가지는 장교하고 나졸 옷 한 벌씩만 구해 주시고, 또 한 가지는 계책을 더 자세히 말씀 드리겠으니 들어보시고 계책에 빈틈이 있으면 말해 주시오. 고부 나졸이나 옥졸들은 아직 장흥 장교 얼굴을 다 모르잖습니까? 그러니 우리가……."

김승종이 대충 계책을 설명했다. 황부래미는 넋 나간 사람처럼 듣고 있었다. 너무도 황당무계한 소리에 그는 몽둥이 맞은 꼴로 눈만 멀뚱거리고 있었다.

"만약 우리가 잡혀도 내가 여기 와서 형장 만난 것은 절대로 불지 않겠소. 그것은 안심하십시오. 옷은 우리가 여기 올 때 무장에서 가지고 왔다고 하겠소."

"너무 위험하요."

황부래미는 절레절레 고개를 저었다. 김승종은 잡히면 죽기밖에 더 하겠느냐며 제발 거들어달라고 간청을 했다. 황부래미는 한참만에야 결심을 한 듯 자기 아내를 불러 동생 집에 가서 나졸 옷을 한 벌 가져오라고 한 다음 눈을 밝혔다.

"낯선 장교가 옥으로 불쑥 들어가면 옥졸들은 대번에 장흥 장교인 줄 알고 쩔쩔맬 것이오. 그때 잘해야 합니다. 장흥 장교들 앞에서 고부 벙거지들은 기죽은 똥개나 마찬가진게 그런 줄 알고 옥에 들어갈 때는 서슬이 시퍼렇게 들어가시오."

황부래미도 장흥 장교들한테 원한이 쌓일 대로 쌓인 것 같았다. 그가 거들어주는 것도 농민군들한테 호감을 가져서만이 아니라, 그 작자들을 그렇게라도 골탕을 먹이고 싶은 심사 같았다.

"들이당짝 무슨 트집을 잡든지 잡아 개 패듯 패시오. 이 일 성패는 옥에 들어가서 얼마나 본때 있게 옥졸들 기를 꺾느냐에 달렸소. 사정없이 패서 기를 꺾어놓고 옥문을 끄르라고 하시오. 형씨가 장교로는 나이가 어려서 조깨 멋하요마는 장흥 장교 가운데는 형씨 또래가 한 사람 있습디다."

황부래미는 옥졸들을 개 패듯 패라고 할 때는 패는 시늉까지 하면서 장흥 장교들이라도 패듯 이를 악물었다. 황부래미 아내가 옷을 가져와서 방으로 디밀었다. 황부래미는 자기 옷을 한 벌 내려 보퉁이에 싸주었다. 김승종은 고맙다며 옷 보퉁이와 육모방망이를 들고 바삐 호방 집으로 달렸다. 정익서한테 다급하게 계책을 말했다.

"이 사람아, 그 무슨 정신없는 소린가? 그러다가 자네까지 잡혀노면 무슨 꼴이 되겠는가?"

정익서는 손사래까지 활활 치며 생파리 떼듯 했다.

"염려 마십시오. 절대로 하늘이 무심하지 않을 것입니다. 틀림없이 끌고 나올 텐게 두고 보십시오."

김승종은 옷 보퉁이를 끌러 송늘남한테 옷을 던지며 바삐 옷을 입었다.

"나는 못 하겠어. 나는 통이 작아서 그런 일 못해."

송늘남이 겁먹은 눈으로 고개를 저었다.

"뭣이여?"

김승종이 옷 입던 손을 멈추고 송늘남을 봤다.

"나같이 통 작은 놈이 따라갔다가는 산통만 깰 것 같아."

송늘남이 뒤로 물러앉으며 고개를 저었다.

"일은 틀림없이 된단 말이여. 틀림없은게 따라가기만 해!"

김승종이 소리를 질렀다. 그러나 송늘남은 사뭇 거세게 고개를 저었다. 자기는 겁이 나면 얼굴색부터 새파래지는 사람이라 대번에 표가 날 것이라 했다.

"그럼 나 혼자 갈라요. 은선리 쪽 길목에 은신하고 계십시오."

김승종은 허리끈을 졸라매며 정익서한테 말했다. 꼭 무엇에 썬 사람 같았다.

"이 사람아, 더구나 혼자 어떻게 그런 일을 한단 말인가?"

정익서가 다시 말렸으나 김승종은 들은 척도 않고 뛰어나갔다. 육모방망이를 옆구리에 찬 김승종이 태연스럽게 거리로 나섰다. 삼거리에 이르자 동네 사람들이 길쭉한 장대를 날라오고 있었다. 효수할 준비를 하는 것 같았다. 벙거지들이 몇 지나쳤으나 아무도 눈여겨보지 않았다. 여기 역졸들도 자기 얼굴을 아는 사람은 없었다. 군아 문으로 들어갔다. 파수 선 나졸들 앞도 무사히 지나쳤다. 그들도 장흥 장교이거니 하는 것 같았다. 군아 마당으로 들어갔다. 마당에도 장교와 나졸들이 왔다갔다했으나 바삐 싸댈 뿐 김승종을 눈여겨보는 사람은 없었다. 군아 마당에 동네 사람들은 한 사람도 없었다. 자꾸 홍어리 소리를 내자 모두 향교로 옮겨버린 것이다.

김승종이 옥문 앞에 이르렀다. 혹시 안에 형리나 장교가 와 있을지 모른다는 생각이 들었으나 이판사판이었다.

"문 열어라!"

방망이로 옥문을 꽝꽝 두들기며 날카롭게 소리를 질렀다. 자기 소리가 그럴 듯하다고 생각했다. 거푸 소리를 질렀다. 좀 만에 문이 열렸다. 옥졸은 무얼 먹고 있었던지 옥문을 열며 입을 다급하게 우물거려 꿀꺽 삼켰다. 떡이라도 먹고 있는 것 같았다.

"빨리 열잖고 뭘 꾸물거리고 있어, 새꺄?"

김승종는 방망이로 옥졸 등짝을 사정없이 후려갈겼다. 다른 옥졸들이 저쪽에서 눈을 둥그렇게 뜨고 이쪽을 보고 있었다. 저쪽 옥졸 곁에는 죄수인 듯한 사람이 두 사람 앉아 역시 무얼 먹다가 입을 다물고 있었다. 얼핏 보니 예동 동임 정왈금이었다. 김승종은 그를 보는 순간 가슴이 뜨끔했다. 그도 김승종을 알아보고 눈알이 커졌다. 순간 여기 잡혀온 사람들이 전부 자기를 알 것이라는 생각에 가슴이 철렁했다. 빤한 일을 미처 예상하지 못했다는 생각이 들며 일이 엉뚱하게 이런 데서 산통이 깨질 수도 있다는 생각이 머리를 쳤다.

"저건 누구야?"

김승종이 방망이로 정왈금을 가리키며 소리를 질렀다. 옥졸은 잔뜩 주눅이 들어 얼른 대답을 못했다. 미처 치우지 못한 떡보자기가 앞에 그대로 펼쳐져 있었다.

"새끼들아, 멋을 처먹일라면 안에다 넣어놓고 처먹여얄 것 아냐? 이러다가 먼 일이 나면 어쩔 참이야? 엉."

김승종은 이를 앙다물고 옥졸들 등짝을 사정없이 후려갈겼다. 옥졸들은 몸을 뒤틀며 기죽은 똥개처럼 비슬거렸다. 김승종은 표독스런 눈으로 옥 안을 한 바퀴 휘둘러봤다. 모두 벼락 맞은 꼴로 김승종을 보고 있었다. 정길남과 조딱부리도 마찬가지였다. 두 사람은 목과 두 발에 큼직한 칼과 차꼬를 차고 칼 구멍으로 목만 내놓고 김승종을 보고 있었다. 두 사람이 너무 놀라는 것 같아 김승종은 그것도 불안했다.

"이 새끼들아, 더구나 오늘 같은 날은 정신 바짝 차려얄 게 아냐?"

김승종이 다시 옥졸들을 노려보며 소리를 질렀다. 이내 정길남 쪽으로 돌아섰다.

"정가하고 저 새끼들 둘 다 끌어내서 묶어!"

김승종은 방망이로 허공을 꾹꾹 찔러 정길남과 조딱부리를 가리켰다.

"옛!"

옥졸들은 살았다는 듯이 열쇠를 가지고 정신없이 옥문으로 달려갔다. 옥졸은 떨리는 손으로 옥문을 끌렀다. 옥졸들은 다급하게 칼과 차꼬 열쇠도 끌렀다. 칼에 채워진 열쇠를 끄르고 칼 양쪽 판자를 잡아 벌리자 완강하게 목을 물고 있던 판자가 입을 벌리며 목을 뱉어냈다. 차꼬도 마찬가지였다.

"일어서 새꺄!"

역졸이 실없이 큰소리로 악을 썼다. 김승종한테 당한 분풀이를 그들한테 하는 것 같았다. 정길남과 조딱부리는 비틀거리며 일어서서 밖으로 나왔다. 옥졸들은 능란한 솜씨로 두 사람한테 오라를 지웠다.

"오늘은 유독 정신 똑바로 차려야 한다! 알겠냐?"

"옛!"

김승종이 소리를 지르자 역졸들은 꼿꼿한 자세로 힘차게 대답했다. 알았다는 소리가 아니라 살았다는 환성 같았다. 김승종은 두 사람을 앞세우고 옥문을 나섰다. 옥문을 나온 두 사람이 새파랗게 질린 표정으로 김승종을 돌아봤다.

"이제 아문만 제대로 빠져나가면 된다. 정신 똑바로 차려야 한다. 내가 칼로 오라를 한 가닥씩 잘라놓을 텐게 아문을 나가다가 여차직하는 날에는 그대로 튄다."

김승종은 주변을 한번 살피고 나서 품속에서 단검을 꺼내 두 사람 손목에서 오라를 한 가닥씩 잘랐다. 김승종은 흐트러진 머리카락으로 그들 얼굴을 덮어준 다음 등을 밀었다.

"고개를 폭 숙이고 가자!"

김승종은 두 사람을 앞세우고 천연스럽게 동헌 모퉁이를 돌았다. 정길남은 다리를 몹시 절었다. 군아 마당에는 다행히 벙거지들이 없었다. 저쪽 창고 앞에 파수 선 나졸들뿐이었다. 김승종은 두 사람을 앞세우고 천연스럽게 마당을 가로질렀다. 문초 받을 죄수를 작청으로 끌고 가는 꼴이었다.

작청 모퉁이를 지나쳤다. 순간, 김승종은 속으로 아이고 했다. 저쪽에서 호방이 장교 둘을 달고 이야기를 하며 이쪽으로 다가오고 있었다. 호방은 김승종와 얼핏 눈이 마주쳤다. 순간 호방은 고개를 돌리며 장교들에게 뭐라고 했다. 장교들은 호방 말을 듣느라 이쪽을 보지 못했다. 그들 곁을 지나쳤다. 김승종 가슴속에서 연방 쿵쿵 기둥나무 내려앉는 소리가 났다. 발이 공중으로 떠가는 것 같았다. 아문이 가까워졌다. 김승종은 또 아이고 했다. 역졸들이 사람들을 여남은 명 묶어오고 있었다. 장교는 두 명이고 나졸들은 대여섯 명이었다.

"저기 오는 장교들이 우리를 잡아온 장교들이다."

정길남이 고개를 떨어뜨리고 걸으며 절망적인 소리로 김승종한테 속삭였다. 김승종은 발이 땅바닥에 얼어붙는 것 같았다.

"고개만 숙이고 가!"

김승종은 낮은 소리로 속삭이며 당당하게 걸어갔다. 아문 파수꾼 앞을 지나려 할 때였다.

"거기 멈춰!"

김승종은 두 사람에게 날카롭게 내질러 놓고 파수꾼들 앞으로 갔다. 정길남과 조딱부리는 자연스럽게 저쪽에다 등을 돌릴 수 있었다.

"조금 있다가 말이지……."

김승종이 큰소리로 파수꾼들에게 말했다.

"장교 둘이 문초철을 들고 올 테니까, 어사또 나리께 가서 내가 드리고 온 것도 가져오라더라고 해. 그렇게만 말하면 안다."

뒤로 지나가는 장교와 역졸들이 충분히 들을 수 있는 목소리였다. 김승종이 말을 마치고 돌아섰다. 그 사이 장교와 역졸들은 지나가버렸다.

"가!"

김승종이 두 사람한테 소리를 질렀다. 아문에서 길거리까지가 십 리도 넘는 것 같았다. 아문 앞길을 다 빠져나왔다. 삼거리 쪽을 향했다. 삼거리에는 효수할 장대를 세우느라 말뚝을 박고 있었다. 그 앞을 지나 장문리 쪽으로 향했다.

용배와 이천석이 강경 객줏집에서 돈을 챙겨가지고 나오고 있었다. 천치재에서 도망쳐서 원평으로 갔던 용배 등 장호만 패거리는 김덕호한테 눈이 빠지게 혼찌검이 났다.

"도대체 타는 불에다 기름을 끼얹어도 유분수지 그런 지각없는 짓을 하다니 너희들이 정신 있는 놈들이냐?"

김덕호는 어이가 없어 말이 안 나온다는 표정이었다. 패거리는 코가 석 자나 빠져 아무 말도 못하고 고개만 떨어뜨리고 있었다. 그들은 기죽은 강아지 꼴로 잠자리에 들었는데, 오늘 새벽 첫닭이 울자마자 김덕호가 용배와 이천석을 깨워 어음쪽을 주며 강경으로 쫓았던 것이다. 매사를 돈으로 생각하는 사람이라 정길남과 조딱부리를 꺼내는 데 쓸 돈인 것 같았다.

임군한이 있었더라면 정말 무사하지 못했을 텐데 그는 마침 대둔산으로 임문한을 만나러 가고 없었다. 임군한은 고부가 저 꼴이 되자 녹림객들은 어떻게 대처할 것인가 의논하러 간 것이다.

"용배 아녀?"

골목을 나오던 용배는 깜짝 놀라 뒤를 돌아봤다.

"아이고 폰개구나."

용배는 반색을 하며 쫓아가서 폰개 손을 붙잡았다. 경천점 자기 집 머슴 폰개였다.

"부모님들 만났어?"

폰개가 느닷없는 소리를 했다.

"부모님이라니, 여그 오셨냐?"

용배는 실없이 주변을 둘러봤다.

"워매, 그란게 지금까지 못 만났구만잉. 용배가 찾고 있는 용배를 난 아부지하고 성님이 지난번에 경천점까지 왔단 말이여. 전주 불량국, 그 멋이냐, 천주학쟁이들, 그 대가리 말이여, 그 사람이 용배 부모를 찾아냈다여."

폰개가 바삐 주워섬겼다. 용배는 똥그란 눈으로 폰개만 보고 있었다.

"순창서 살고 있다는데, 아부지란 이 얼굴 본게 용배를 빼다박았등만. 형님도 많이 타겠고……."

"언제 왔어?"

용배는 완전히 넋 나간 꼴이었다.

"보름 가까이 되았구만. 경천점 아부님이 용배한티 기별을 한다고 했는디, 어쩌다가 아직까지 기별이 안 닿았을까?"

용배는 여전히 폰개만 건너다보고 있었다. 부모가 나타났다는 말이 도무지 실감이 나지 않았고, 아버지나 형님이란 말도 여간 생소하지 않았다. 그렇게 찾고 다니기는 했지만 정말 자기한테 아버지와 어머니가 있어 그런 사람들이 나타날 것인가 실감이 가지 않았는데, 그런 사람들이 정말 이 세상에 있어서 나타났다니 도무지 믿어지지가 않았다.

전주 베네트 신부에게 자기 부모를 찾거든 경천점으로 연락을 해달라고는 했지만, 요사이는 그 일을 까맣게 잊어버리고 있었다. 더구나 이 얼마 동안은 바삐 쏘다니느라 경천점에 들른 것이 반년도 넘었다.

"순창서 부자로 산다는데, 누이동생도 하나 있고 그런디여."

"순창?"

순창이란 데도 좀 엉뚱했다. 어디서 살고 있을 것이라고 무슨 짐작을 한 것은 아니었지만, 순창이란 데는 자기 부모들이 살고 있을 곳으로는 너무 생소하게 느껴지기도 했다. 전에 한번 지나면서도 그런 데서는 살고 있을 것 같잖아 건성으로 지나쳤던 곳이다.

"시방 여그는 먼 일로 왔어? 엔간하면 경천점부터 다녀가. 순창서 온 아부지하고 성님이 남기고 간 이얘기도 듣고 말이여."

폰개가 말했다. 그러나 용배는 돈을 가지고 갈 일이 바빴으므로 그럴 경황이 없었다.

"살다 본게 묘한 일도 다 있구마이. 나 같은 놈은 부모가 하나도 없는데 부모가 둘 있는 사람도 있구만. 두말하는 놈만 두 아부지 아들인 중 알았등마는, 히히히."

폰개는 경황 중에도 한가한 소리를 하며 우스워 죽겠다는 듯이 깔깔거렸다. 대둔산까지 셋인 줄 알면 더 웃을 것 같았다.

"갈라면 경천점을 갈 것이 아니라, 순창부터 가야겠구만. 가면서 전주서 신부도 만나고."

이천석이 끼어들었다.

"내가 지금 바빠서……."

용배는 지금 바쁜 일이 있어 경천점에는 들를 겨를이 없다며 전주 가서 베네트 신부부터 만나겠다는 말을 남기고 쫀개와 작별을 했다.

용배는 바쁜 걸음을 치면서도 내내 순창서 살고 있다는 부모 상상에 잠겼다. 형제는 몇이나 될까? 부자라니 끼니 걱정은 않고 사는 것 같은데, 그때 할머니는 무엇하러 나를 업고 가다가 그 꼴이 되었을까? 친척들도 있을까? 용배는 가슴이 뛰었다. 당장 쫓아가고 싶었다. 그러나 정길남 목숨이 왔다갔다하는 판이라 지금은 갈 수가 없었다. 더구나 자기가 부추겨 저지른 일이었다.

"너 말이다. 전주 가서 양대인 만나거든 이 일도 의논해 봐라. 양대인한테 정길남을 부탁해 봐. 요새 양대인 위세는 감사를 종놈 부리듯 한다더라. 그 앞에서 어사가 맥을 추겠냐?"

이천석이 말했다.

"글쎄, 나도 그 생각을 하고 있는데, 부모를 찾으려고 할 수 없이 찾아다니기는 했지마는, 그 작자들 보면 생긴 쌍통부터 비위짱이 상해서……."

용배는 벌레 씹은 표정이었다.

"임마, 사람 목숨이 왔다갔다하는 판에 무슨 소리여?"

이천석이 버럭 소리를 질렀다.

"하기는 그렇지만 서양 놈한테 고개 숙이고 들기가 구정물 뒤집어쓰는 것 같아서 말이 입에서 지대로 기어나올란가 모르겠그만."

"이 자식아, 지금 구정물 찾고 맹물 찾을 때냐? 이용태 그놈 성질에 지금이라도 목을 치지 않았는가 모르겠어. 어서 가자."

이천석은 거듭 퉁바리를 놓으며 서둘렀다.

"하여간 가보자."

용배는 바삐 내달았다.

그때 용배와 이천석이 들렀다 나온 강경 객줏집에서는 그 집 서사 겸 일본말 *통사通事가 편지 한 장을 들고 아까부터 고개를 갸웃거리고 있었다. 용배가 주인한테 전해주고 온 김덕호 편지였다.

"어디서 내가 꼭 한번 본 필첸데, 내가 어디서 봤을까? 클 호鎬 자 운획運劃을 이렇게 하는 사람을 그때 한번 보고 처음이거든. 이렇게 큰 거래 하는 걸 보면 장사치 같기도 한데, 장사치 가운데 이런 달필도 드물 것 같고⋯⋯."

작자는 편지 알맹이를 뽑아서 글씨를 맵쓸러 보며 연방 고개를 갸웃거렸다.

"김덕호라? 틀림없이 인천서 봤을 텐데 이렇게 큰 거래를 하고 있는 사람이라면 내가 모를 리가 없거든."

작자는 성이 장가여서 장통사로 통했다. 강경으로 일본 장사치들이 많이 몰려들면서 통역할 일이 많아지자 이 집에서도 인천에서 이 사람을 데려온 것이다. 장통사는 한양 경강이며 인천에서 객줏집 밥으로 뼈가 굳은 사람이었다. 그의 이름에 김덕호와 같이 클 호 자가 들어 있어, 그 글씨의 독특한 운획에 대한 기억이 있는 모양이었다.

"가만있자, 혹시 김필호란 작자가 이런 데 숨어 살면서 가명을 쓰고 있는 게 아닐까?"

작자는 눈길이 안으로 한참 잦아들며 눈이 감길 듯 가늘어졌다.

"옳거니, 틀림없다. 그자 필체가 틀림없어. 그렇다. 그래. 아직도 그 작자가 붙잡혔단 소리를 들은 일이 없지. 가만있자. 그때 그 작자 모가지에 걸린 상금이 얼마더라. 천 냥이었다가 오백 냥이 너 얹혔던가? 10년 전 천 냥이라면 지금 돈값으로는 만 냥도 넘잖은가? 일본 놈들이 내건 상금이니 아직도 10년 전 돈값을 그대로 지니고 있잖을까?"

정통사는 혼자 중얼거리다가 편지를 챙겨 얼른 주인 문갑 속에 넣어놓고 자리에서 벌떡 일어났다.

"그놈들이 벌써 가버렸겠구만. 어디로 가는가 뒤를 재는 것인데 그만 놓치고 말았구나. 언젠가 또 오겠지. 그런데 그 작자를 어떻게 발고한다?"

장통사는 호랑이굴 맞춘 포수처럼 혼자 고개를 갸웃거리다, 손을 맞잡았다, 주먹을 쥐었다, 제정신이 아니었다.

"일본 놈들 죽이고도 지금까지 무사하다니 역시 대단한 작자구만. 더구나, 그렇게 숨어서 이런 큰 거래를 하고 있다니 정말 무서운 작자야. 여기 와서도 왈패들을 거느리고 있을까? 장사를 하면서도 왈패들을 거느렸는데, 목숨이 왔다갔다하는 판에 왈패들을 안 거느릴 리가 없지. 거느려도 크게 거느리고 있을지 모르겠구만. 그렇지마는 내가 감쪽같이 발고를 하면 일본 놈들 입에서 발고한 사람 이름이 새어나갈 리는 없어. 일본 놈들이라면 의리 하나는 똑 소리가 나는 놈들이거든."

장통사는 연방 혼자 중얼거렸다.

"그 상금으로 한밑천 잡으면 그 밑천에 그 연으로 일본 놈들과 거래를 튼다? 그런 연이면 거래도 거래지만, 그자들 돈도 웬만큼 돌려다 쓸 수 있겠지."

장통사는 연방 혼잣소리로 씨월거렸다.

"가만있자, 아까 여기 온 놈들은 눈빛부터가 예사롭지 않았어. 이 다음에 그놈들 뒤를 재려면 여기서도 왈패들을 내세워야 할 텐데, 그만한 눈치가 있고 배짱이 있는 놈이라면 누가 좋을까?"

장통사는 또 한참 고개를 갸웃거렸다.

"강경 바닥 왈패들을 내세우면 소문이 나기 쉽고, 줄포 이갑출이 어떨까? 옳거니, 이갑출이라면 배짱도 배짱이고 얼레발도 참새 얼러 굴레도 씌울 놈이지. 그놈이 좋겠어. 그놈이 어제 여기서 보였는데 지금도 여기 있나?"

여태 혼자 씨월거리던 장통사가 갑자기 대문으로 휑하니 나갔다. 이갑출은 이용태가 오자 강경으로 피해 와서 숨을 죽이고 있었다. 말목에서 전주 영병 죽인 게 들통날까 싶어서였다. 그는 일본 상인 심부름으로 강경을 이웃집 들락거리듯 하는 처지라 장통사하고도 가까이 지내는 사이였다.

김덕호는 전라도에 와서 지금 처음으로 장통사한테 꼬리가 잡힌 셈이었다. 김덕호는 10여 년 전에 인천에서 내로라하던 개항장 객주였다. 개항 초에 일본 사람들은 개항장 무역을 거의 독점하고 있었으나 조계에서 사방 10리를 벗어나서는 거래를 할 수가 없었으므로 그들을 상대로 수출입 상품을 위탁 매매하는 개항장 객주가 새로 생겨났던 것이다. 조정에서 허가를 한 것이다. 개항장 객주는 기왕에 있던 객주와는 달랐는데, 그 허가 자체가 엄청난 이권이었다. 그런데 1882년 7월부터 외국인들이 개항장에서 장사할 수 있는 범위가 10리에서 50리까지 늘어나고 3년 뒤부터는 사실상 그런 규제가 풀려버리자 조선상인들 상권이 크게 위협을 받을 수밖에 없었다. 누구보다 타격이 큰 것이 개항장 객주들이었다. 이때부터 여태 협력 관계에 있던 일본 상인 및 청나라 상인들과 개항장 객주들 사이에는 협력 관계가 경쟁·대립 관계로 변하고 말았다. 김덕호는 그때부터 그들을 상대하지 않고 명태 따위 건어와 미역 등 해산물로 물목을 바꾸어 외국인들이 드나들 수 없는 미개항장을 상대로 장사를 하고 있었다. 그런데 일본 상인과 청나라 상인들은 관세를 물지 않으려고 미개항장까지 드나들며 조선 상인들이 취급하는 상품까지 밀무역을 하기 시작했다. 그들은 미개항장에서 이런 상품만 사고파는 것이 아니라 쌀과 콩 등 곡물을 사들이기도 하고 심지어는 아편까지 밀매하는 등 제 세상인 듯 마음대로 설쳤다. 조정에서는 밀무역이 심한 지역에 검사관을 파견했으나 그들도 일본 상인들 횡포에는 맥을 추지 못했다. 일본 상인들은 조선인 왈패들을 앞세워 검사관들을 칼로 위협하기도 하고 각 포구 진장鎭將들과 결탁하여 검사관들이 데리고 간 장교들한테 괜한 트집을 잡아 몰매를 치기도 했다. 그들은 조선 조정쯤 골방에 들어앉은 *버커리만큼도 여기지 않았다.

인천에는 일본 왈패들이 들어와서 일본 상인들을 끼고 설쳤다.

그들은 조선인 똘마니들을 수십 명씩 거느렸다. 조선 상인과 일본 상인 사이에 문제가 생길 때마다 그들이 나서서 위협을 했다. 개항장 객주들도 왈패들을 거느리기 시작했다. 조선 객주들도 기왕에 왈패들과 손을 잡고 있었지만 일본 상인들이 노골적으로 왈패들을 앞세우자 조선 객주들도 본격적으로 왈패들을 거느린 것이다. 힘이 없는 조정을 믿을 수가 없으므로 믿을 것은 주먹뿐이었다.

자연히 왈패들 사이에 충돌이 벌어지기 시작했다. 더러는 목숨을 거는 살벌한 싸움이 벌어지기도 했다. 그런데 일본 왈패들은 일본 큰 상인들 앞잡이 노릇을 하는 한편 자기들끼리 독자적으로 아편을 밀매하여 따로 이익을 챙기고 있었다.

"아편만은 안 됩니다. 저놈들을 싹 쓸어야 합니다."

김덕호가 거느린 왈패들은 단순히 주먹만 휘두르는 건달들이 아니었다. 적어도 일본 왈패들을 상대할 때는 나라를 위해야 한다는 의분심이 있었다. 김덕호는 다른 것은 국력을 한탄하며 눈감을 수 있었으나 아편 밀매는 그대로 볼 수가 없었다. 더구나 왈패들이 더 흥분하고 나오는 데는 더 이상 모르쇠로 고개를 돌리고 있을 수가 없었다. 아편은 일본 왈패들이 독점하는 물목이었는데 그들이 밀매하는 양이 만만치가 않아 벌써 아편은 노름 다음으로 심각한 사회문제로 번지고 있었다.

김덕호는 흥분하는 왈패들을 달래면서 아편 밀매 실상과 밀매 조직을 소상히 알아내라고 했다. 그것을 제대로 알아내기는 여간 어렵지 않았으나 밀매 양은 엄청난 것 같았다. 예상했던 것보다 몇 배 많았다. 김덕호는 관가에다 발고를 했다. 관가에서는 눈가림으로 단속을 하는 척하다가 말았다. 나중에는 더 높은 데다 발고를 했으나 마찬가지였다. 관리들은 그냥 눈만 감고 마는 것이 아니라 발고를 하는 사람이 김덕호라는 것까지 일본 왈패들한테 흘린 것 같았다. 그 속셈은 뻔했다. 더 높은 데다 쑤시면 자기들 모가지가 위태롭기 때문에 일본 왈패들 손을 빌려 김덕호를 없애버리자는 배짱이 틀림없었다.

"허허, 일판이 이렇게 되는가?"

김덕호는 어이가 없기도 하고 겁이 나기도 했다. 자기가 너무 겁 없이 덤볐다고 생각하며 더 참견하지 않았다. 그러나 일본 왈패들은 한번 김덕호를 찍은 다음이라 가만있지 않았다. 일일마다 티격을 붙고 나왔다. 김덕호와 일본 왈패들 사이에는 무슨 일이든지 매양 눈에 핏발이 섰다. 그동안 김덕호는 몇 번이나 협박을 당하기도 했고, 밤길을 가다가 죽을 뻔하기도 했다. 조선 관속들까지 한패가 되어버렸으므로 막바지에 몰린 꼴이었다.

"두 놈만 없애버리면 됩니다."

일본 왈패 우두머리 둘만 없애버리자고 왈패들한테서 제의가 들어왔다. 김덕호는 그런 제안을 여러 번 받았다. 김덕호는 이내 결심을 했다. 이판사판이었다. 일판은 이미 갈 데까지 가버렸는데 잔꾀 쓰다가는 되레 추한 꼴만 보이다가 귀신도 모르게 없어질 것 같았다. 김덕호는 재산을 정리하기 시작했다. 가족이 단출한 게 다행이었다.

"준비를 해라."

김덕호는 왈패들한테 명령을 내렸다. 낌새를 챈 일본 왈패들 쪽에서 *선손을 걸어왔다. 김덕호더러 만나자고 했다. 절호의 기회였다. 자기 집으로 오라고 했다. 일본 왈패 두목 둘이 김덕호 집으로 왔다. 달랑 둘뿐이었다. 밖에다 부하들을 세워놨는지, 설마 자기 집에서 일판을 벌이랴 생각하고 방심했는지 모를 일이었다. 그러나 이미 김덕호는 충분한 준비를 하고 있었다.

"첨 뵙겠습니다."

왈패들 두목답게 예절이 깍듯했다.

"잘 왔소. 반갑습니다. 나는 일본 사람들하고 상대하는 사이에 여러 가지 배운 것이 많습니다. 그 가운데서도 일을 *앗싸리 하는 일본 사람들 기질이 제일 맘에 듭디다. 하하."

김덕호가 일본말로 유창하게 말하며 껄껄 웃었다. 순간, 병풍 뒤에서 왈패 여남은 명이 불쑥 나타나며 칼이 날았다. 일본 왈패 두목은 둘이 다 온몸에 칼을 맞고 나둥그라졌다. 왈패들은 날랜 솜씨로 시체를 포대에 쌌다. 방에는 피 한 방울 떨어지지 않았다. 왈패들은 시체를 담 너머로 넘겼다. 김덕호도 시체와 함께 담을 넘었다. 그 길로 인천을 등져버렸던 것이다.

5. 효수

　오기창은 컴컴한 다락 속에서 잠이 깼다. 한낮이 된 것 같았다. 최낙수는 세상모르고 자고 있었다. 어제저녁 고부와 흥덕 경계 어름에서 패거리와 헤어져 그 근처에 있는 이 집으로 최낙수하고 두 사람만 숨어들었다. 오기창은 누운 채 천정에다 눈을 박고 있었다. 꿈이 너무 뒤숭숭했다. 자기 동생이 역졸 총에 다리를 맞고 도망치다 붙잡힌 꿈이었다. 오기창이 쫓아가서 역졸 덜미를 붙잡았으나 역졸이 얼굴을 들이 받아버리는 바람에 악을 쓰다 잠이 깬 것이다. 꿈이 너무도 선명했다. 줄거리도 뚜렷하고 장면도 생시인 듯 역력했다.

　오기창은 어제 저녁 훼창이 두 군데 모두 실수 없이 끝나자 이제 이용태와 역졸들도 겁을 먹었을 거라며, 다음 일은 군아 소식을 들어본 다음에 오늘밤 다시 모여서 의논하자고 패거리와 헤어졌다. 수가 20여 명이나 되었으므로 한 군데 숨어 있을 곳도 없고 너무 표 나게 몰려다니면 들통이 날 염려가 있어 모두 아는 집을 찾아 은신하기로 한 것이다.

'정석남이 어떻게 나올까? 이용태한테 사정을 해서 압슬을 풀어줄까? 이용태가 이만저만 독종이 아니라 거꾸로 더 험하게 나올지도 몰라.'

오기창은 훼창을 하고 온 뒤로 이 생각뿐이었다. 그렇다면 동생을 살리자고 한 일이 더 죽이는 꼴이 될 것 같아 조마조마했다.

그때 다락 아래 골방에서 무슨 소리가 나는 것 같았다. 오기창은 가만히 윗몸을 일으키며 다락문 쪽에다 귀를 모았다. 바로 다락 아래 골방에서 나는 소리였다. 아이들 소리 같았다. 불도 때지 않고 허드레 살림이나 재어놓는 방인데, 아이들이 무엇하러 들어왔을까? 아이들 말소리는 숨어서 속삭이는 소리였다. 이 집 아들 형제일까? 주인 내외는 오늘이 고부장이라 고부 소문도 들어볼 겸 제사장을 보아오겠다며 아침 일찍 장에 가고 없었다.

"야, 갑자미다."

한 놈이 크게 소리를 지르며 좋아라 했다. 이 집 아이들이 틀림없었다. 소리를 지른 놈은 형 같았다.

"갑자민게 두 숟가락 묵는다잉."

"묵을라면 묵어."

동생은 잔뜩 볼멘소리였다. 오기창은 고개를 갸웃거리며 다락문 쪽으로 살금살금 기어갔다. 갑자미라면 요사이 투전꾼들이 가보를 이르는 말이었다. 얼마 전부터 '가보甲午는 갑자미甲子尾'라는 비결이 나돌아 지금 그 비결로 세상이 한창 떠들썩한 판이었다. 심지어 투전꾼들 사이에서까지 가보가 나오면 '갑자미'라고 소리를 지를 지경이었다. 갑자미가 가보의 변말이 된 것이다. 이 비결은 전부터 오래 나돌고 있던 '천리연송 일조진백千里連松 一朝盡白'과 짝을 이루어 '천리연송 일조진백이요 갑오지수는 갑자지미甲午之數甲子之尾'라 일컬어지고 있었다. 금년인 갑오년 운수는 갑자년의 꼬리라는 소리였다. 그런데 갑오년 운수가 갑자년 꼬리라니 이게 무슨 소리냐고 모두 고개를 갸웃거렸으나 그것이 무슨 뜻인지 그것은 아무도 몰랐다. 요사이는 가는 데마다 그것이 화제였고, 별의별 해석이 다 나돌고 있었다. 그러나 아직까지 과연 그렇구나 할 만한 해석이 나오지 않고 있었다.

오기창은 다락문을 비짓이 열고 방 안을 내다보았다. 밥을 한 숟갈 떠먹고 난 형이 입맛을 다시며 투전 짝을 서툴게 섞고 있었다. 헐어빠진 투전 짝이었다.

"떼기를 잘 떼어사 써."

형이 투전을 섞어 동생 앞에 내밀며 낄낄거렸다. 곁에는 먹다 둔 밥그릇과 김치 그릇이 놓여 있었다. 고구마와 취나물 반지기에 어쩌다 쌀알이 하나씩 박힌 밥이 밥그릇에서 반쯤 굶어 있었다.

"나는 글자를 모른게 성이 지대로 안 갤쳐주고 속여묵구만."

동생이 투전 짝을 받아들며 볼 부은 소리로 투그렸다.

"새꺄, 다 지대로 갤쳐줬어."

"그라면 왜 나는 자꼬 져? 배가 고파 죽겄그마는."

"니가 운수가 없은게 그러제. 킬킬. 어디 봐!"

형이 고개를 내밀자 동생이 쥐고 있던 투전 짝을 펴 보였다.

"이것은 5자고 이것은 2잔게 일곱 끗이다. 나는 이것은 2자고 이것은 3잔게 다섯 끗이다. 이번에는 니가 이겼은게 한 숟가락 묵어."

동생은 좋아라 밥그릇을 끌어다가 숟가락으로 밥을 가득 떠서 입이 미어지게 틀어넣었다.

"새꺄, 그렇게 많이 떠묵으면 이따 나는 더 많이 묵어분다잉."

동생은 밥을 우물거리며 또 형이 나눠준 투전 짝을 받았다. 아침에 이 집 주인 내외가 장에 가면서 여기 다락에도 점심을 올려놓고 갔다. 아이들 점심은 한 그릇만 챙겨놓으며 같이 먹으라고 한 모양인데, 투전을 해서 이긴 놈이 한 숟갈씩 먹고 있는 것 같았다.

세상이 뒤숭숭하자 몇 년 전부터 노름과 아편이 극성을 부렸다. 지난겨울만 하더라도 노름이 버썩 성해서 여기저기서 논밭이 넘어가고 살림이 거덜난 사람이 수두룩했고, 아편으로 패가망신한 사람도 한둘이 아니었다.

"야, 또 갑자미다."

형이 크게 소리를 지르며 웃었다.

"아앙, 나는 두 숟가락뱃이 못 묵었는데 다 묵어불라고."

동생이 끝내 울음을 터뜨렸다. 그럼 한 숟가락만 먹겠다고 형이 달랬다. 녀석들은 한참 떠들썩하다가 밥그릇을 챙겨들고 골방에서 나갔다. 오기창은 최낙수를 깨워 점심을 먹고 누워 있다가 또 잠이 들었다. 밤낮 열흘을 자면 통잠이 온다더니, 그동안 너무 못 자서 그런지 오늘은 잘 만큼 잤는데도 금방 잠이 들고 말았다.

부스럭거리는 소리에 오기창이 눈을 뜨자 최낙수가 곰방대를 물고 앉아 있었다. 서쪽 판자문 사이로 햇빛이 들어왔다. 벌써 해가 설

핏한 것 같았다. 오기창이 바지말기를 끄르며 요강 곁으로 갔다. 최낙수가 킬킬 웃었다. 요강이 금방 넘칠 것 같았다. 오기창이 요강을 우더안고 다락문을 열었다. 골방으로 내려가 뒤란 동정을 살폈다. 조심스럽게 문을 열고 뒤란으로 나갔다. *남새밭에다 요강을 쏟았다.

"고부 세거리에다 농민군 목을 달아맸단 말이여?"

골목으로 지나가는 행인들 말소리가 울타리를 넘어왔다. 오기창은 저도 모르게 *까대기 옆으로 몸을 숨기며 귀를 기울였다.

"아이고 징그러워서 못 보겄등만. 고부 강고리라던가 거그 오가라는데, 엊저녁에 고부 군아 뒷산에서……."

그들은 더 뭐라 하며 지나갔으나 다음 말은 들을 수가 없었다. 오기창은 강고리 오가라는 말과 고부 뒷산이란 말에 하마터면 손에 들고 있던 요강을 떨어뜨릴 뻔했다. 오기창은 그대로 한참 제자리에 서 있었다. 귀에서 앵하고 매미소리가 나는 것 같았다. 틀림없이 어제저녁 훼창이 빌미가 되어 자기 동생한테 일이 벌어진 것 같았다. 오기창은 그 자리에 말뚝이 박혀 꼼짝도 않고 서 있다가 한참만에야 비칠거리며 방으로 들어갔다.

"아니, 왜 그려? 어디 아퍼?"

오기창 얼굴을 본 최낙수가 깜짝 놀라 물었다. 다락에 올라온 오기창은 갑자기 넋 나간 사람처럼 멍청하게 앉아 있었다. 최낙수는 너무도 갑작스런 일에 오기창 얼굴만 멀거니 건너다보고 있었다. 최낙수가 왜 그러느냐고 다시 조심스럽게 물었으나 오기창은 대답하지 않다. 최낙수는 이 사람이 갑자기 실성한 것은 아닌가 겁을 먹은 표정이었다. 최낙수가 조심스럽게 또 물었다. 그러나 오기창 입

128

은 뚜껑 닫은 달팽이처럼 열리지 않았다. 벽을 바라보고 있는 오기창의 눈은 시선이 그대로 벽에 꽂힌 것 같았다. 한참 만에 마당에서 인기척이 났다. 장에 갔던 주인 내외가 돌아오는 모양이었다. 오기창이 후닥닥 일어났다.

"가만있어. 금방 이리 올 거여."

최낙수가 오기창 바지말기를 틀어잡으며 다급하게 뇌었다. 이내 골방 문이 열리는 소리가 났다. 방으로 들어서는 소리가 나고 다락문이 열렸다. 두 사람은 주인만 뚫어지게 보고 있었다. 주인은 소태 먹은 상판이었다. 오기창은 호랑이라도 건너다보듯 주인 얼굴만 보고 있었고, 최낙수는 주인과 오기창을 번갈아 보고 있었다.

"좋잖은 소식이라 입이 안 벌어지요."

주인은 잔뜩 상을 찌푸리며 고추 먹은 소리를 했다.

"이용태란 놈이 오늘 고부 읍내 삼거리에다 두 사람 효수를 했소. 들어본게 한 사람은 오생원 동생이라는 것 같고, 또 한 사람은 최생원 조카라는 것 같소."

주인은 침통한 소리로 뇌었다. 두 사람은 벼락 맞은 꼴로 주인만 건너다보고 있었다.

"누가 엊저녁에 군아 뒷산에서 훼창을 했던 모양인데, 역졸들이 동네 사람들을 무작정 팸시로 훼창한 사람이 누구냐, 느그들은 한 고을 사람인게 목소리를 알 것이다, 이러고 무지막지하게 닦달을 했답디다. 첨에는 모두 모른다고 버티다가 하도 험하게 조진게 오생원 이름이 나왔다는 것 같소."

두 사람은 눈만 멀뚱거리고 있었다.

"첨에는 천치재에서 역졸들 작살내다 붙잡힌 전봉준 심복들을 달아맬라고 했는데, 잡혀간 사람들 입에서 오생원 이름이 나오자 두 사람으로 바꿨다는 것 같습디다. 거리에 붙여 논 방을 본게 이 뒤에도 경거망동을 하면 열 명이고 스무 명이고 연달아서 달아매겠다고 써놨습디다."

주인은 시르죽은 소리로 말을 마쳤다.

"으음."

오기창이 갑자기 무슨 짐승 소리 같은 신음소리를 내며 상투 아래 머리카락을 두 손으로 움켜잡고 발발 떨었다. 최낙수는 아직도 실감이 안 가는지, 조카라 한 다리가 멀어 그러는지 그대로 눈알만 뒤룩거리고 있었다.

"이놈의 새끼들 두고 보자. 다 죽여버릴 것이다."

오기창 눈에서 시퍼런 살기가 칼날같이 내질러지고 있었다. 입에서 다시 짐승의 신음소리 같은 괴상한 소리가 비져나왔다.

"정석남 동생이 여그 옹골 산다고 했지? 오냐, 정석남 너도 눈에서 피가 한번 나봐라."

오기창은 부드득 이를 갈며 주먹을 쥐었다. 오기창 입에서 개암알 으깨지는 소리가 나고 돌멩이처럼 틀어쥔 두 주먹이 가슴 앞에서 부르르 떨고 있었다. 핏발이 벌건 눈에서는 금방 피가 쏟아질 것 같았다.

이용태는 지금 두 사람을 달아매고도 화가 풀리지 않았다. 처음 정길남과 조딱부리가 탈옥했다는 소리를 듣자 이용태는 몽둥이 맞은 사람처럼 보고하는 장교 얼굴만 잠시 건너다보고 있었다.

"옥에서 끌고 나간 시간이 얼마나 됐느냐?"

이내 이용태가 다급하게 물었다.

"담배 서너 대 피울 참은 된 것 같습니다."

이용태는 연거푸 몇 가지를 물었다. 탈옥시키러 온 놈이 장흥 장교로 가장하고 와서 끌고 간 것이 틀림없느냐, 그 사실을 다른 사람한테는 말하지 않고 지금 나한테 처음 보고한 것이냐, 그자들이 어느 쪽으로 도망쳤다고 하더냐, 지금 얼마쯤 갔겠느냐, 이런 소리를 다급하게 물었다.

"그자들을 뒤쫓지 마라. 그 두 놈은 내가 은밀하게 전주 감영으로 보낸 것으로 해둔다. 그놈들한테서 새로운 중죄가 탄로 나서 감영으로 보냈다고 하는 것이다. 뒤를 쫓는다고 시끄럽게 수선을 피우면 탈옥했다는 사실이 소문이 날 것이고, 금방 효수하려던 중죄인이 대낮에 탈옥을 했다면 어사 체면이 말이 아니다. 어제 밤에 훼창한 오뭣이라는 놈 동생이 정참봉 살범으로 잡혀왔다고 했지? 그놈하고 한 놈을 더 골라 두 놈을 정참봉 살범으로 효수한다."

이용태는 바삐 주워섬겼다. 그는 미리 이런 일을 예상하고 계책을 생각해 두기라도 했던 것처럼 재빠르게 대처를 했다. 장교는 급히 허리를 주억거리고 뛰어나갔다. 이용태는 술수와 억척으로 난세를 헤치며 부사까지 올라온 사람이었다.

이용태는 오기창 동생 효수를 지시한 다음 책실과 한참 동안 머리를 맞대고 속닥였다.

"이 다음에 달아맬 차례는 고부 이속 놈들이다. 대낮에 그런 터무니없는 탈옥사건이 벌어졌다면 틀림없이 내통이 있다. 이런 사건이 내통 없이 이루어질 수는 없다. 틀림없이 여기 이속 놈들과 내통이 있어. 어떤 방법을 쓰든지 그놈을 잡아내라. 지난번 난군들이 설칠 때 여기 이속 놈들이 난군들한테 어떻게 잡혀와서 어떻게 풀려났으며 돈은 얼마를 내었는지 그것부터 다시 소상하게 캐도록 하여라."

고부 군아에 새로운 살기가 감돌기 시작했다.

3월 5일. 밤이 이슥했다. 전봉준은 정길남과 조딱부리가 탈옥했다는 소식을 듣고 한시름 놓았다. 두 사람을 심하게 닦달했다면 혹시 여기 두령들 있는 곳을 불었을지 몰라 자리부터 송경찬 동네서 강경중 친척들이 사는 동네로 옮겼다.

지금 두령들은 바삐 움직이고 있었다. 김개남은 자기가 맡은 지역으로 접주들을 설득하러 출발했다. 김덕명은 그가 말해서 나서도록 하겠다고 했다. 정읍 송희옥과 차치구도 다녀갔다. 이싯뚜리와 영광 고달근, 이만돌 등 민회 패는 민회 패대로 각 고을로 연줄을 찾아 나섰다. 그들은 남도 일대를 돌겠다며 장성으로 출발했다.

손화중이 전봉준 방으로 들어섰다. 뒤에 세 사람이 따라 들어왔다.

"아이고, 오랜만이오."

전봉준이 일어서며 반색을 했다. 뒤따라 들어온 사람들이 모두 전봉준 앞에 너부죽이 절을 했다.

"배명창하고 정처사는 이미 아시는 처지고, 이 이는 전에 말씀드렸던 남사당패 우두머리 홍처사올시다."

남사당패 꼭두쇠 홍계관이었다. 나머지 두 사람은 사당패 꼭두쇠

정판쇠와 명창 배의근이었다.

"높으신 성망을 멀리서 우러러 모시기만 하다가 이렇게 뵙게 되니 이런 영광이 없습니다."

홍계관은 앉은 채로 허리를 깊숙이 굽히며 의젓하게 말했다.

"반갑소."

전봉준이 홍계관 손을 잡았다.

"이 사람들은 원래가 거지부처로 떠돌아다니는 사람들이라 벙거지들 기찰에 개의할 것이 없고, 더구나 남사당패는 웬만한 동네는 거의 드나들며 상민들을 상대로 노는 까닭에 이번 일에는 이 사람들 구실이 여간 클 것 같지 않습니다."

손화중 말에 전봉준이 두 번 세 번 고개를 끄덕였다. 사당패와 남사당패는 구성이나 놀이가 전혀 달랐다. 남사당패는 남자들로만 패를 짜서 땅재주나 버나 등 재주가락을 위주로 놀았으므로 동네까지 드나들며 판을 벌였다. 상민들이 사는 이른바 민촌에서만 받아들였으므로 농민들을 선동하는 데는 남사당패가 안성맞춤이었다.

여자들을 위주로 패를 짜서 주로 춤과 노래로 판을 벌이는 사당패는, 매음까지 했으므로 동네는 드나들 수 없고 장거리 같은 데서만 놀았다. 그러나 그들도 판을 끌어가자면 재담이 그럴 듯해야하기 때문에 정판쇠 같은 재담꾼이 있었으므로 얼마든지 농민들을 선동할 수 있었다. 정판쇠는 사당패 꼭두쇠고 홍계관은 남사당패 꼭두쇠였다.

"홍생원하고 배명창은 재담이 청중을 쥐락펴락하고 말주변이 청산유수입니다. 천하대세를 재담으로 농민들 귀에다 쏙쏙 박아 줄 것입니다. 두 패 모두 남도 일대를 돌기로 했습니다. 배명창은 정처사 패에 끼겠답니다."

전봉준은 고맙다며 다시 손을 잡았다. 동학 두령들과 민회 패 두령들은 그들대로 각 고을을 돌며 고을 두령들을 만나 설득을 하고, 사당패는 사당패대로 농민들을 모아놓고 재담에 얹어 천하대세를 암시하는 방법으로 농민들 마음을 움직이자는 계획이었다.

"우리는 알량한 재주 하나를 밑천으로 세상 밑바닥을 훑고 다니던 미천한 사람들이옵니다. 버러지처럼 먹을 것밖에 못 보던 우리한테 손접주님께서는 전부터 각별한 사랑을 베풀어 우리 눈을 뜨게 해 주셨사온데, 이번에는 이런 큰일가지 맡겨주시니 그저 고맙고 황송할 따름이옵니다. 세상을 건지려는 두 분 영이라면 무슨 일이든지 살을 저미고 뼈를 깎아 봉행을 하겠습니다."

홍계관이 두 손을 방바닥에 짚고 두 사람 앞에 고개를 숙이며 또박또박 말을 했다. 내뱉는 말 마디마다 천대받고 살아온 천민의 한이 서려있었고, 진정이 물방울처럼 뚝뚝 떨어지고 있었다. 정판쇠와 배의근도 홍계관과 똑같이 고개를 숙이고 있었다.

"감사합니다. 굶주리고 고통 받는 내 설움은 내가 아니고는 누가 대신해서 덜어주는 사람이 없습니다. 천대받고 배고픈 이 나라 만백성 모두가 합심해서 싸워나가야 합니다."

전봉준은 한 사람씩 다시 손을 잡고 힘 있게 흔들었다. 세 사람은 거듭 고개를 주억거렸다.

"아까 말씀드린 대로 정처사는 영광에서부터 시작해서 나주, 함평 등 우도 쪽을 돌고, 홍처사는 담양, 순창, 곡성 등 좌도 쪽을 돌기로 했습니다."

그때 밖에 누가 온 것 같았다. 고부 소식을 알아보러 갔던 고미륵이 왔다. 손화중은 세 사람을 옆방으로 보냈다.

"오기창 동생하고 최낙수 조카를 효수했답니다."

"뭣이?"

모두 깜짝 놀랐다. 홍덕 경계 어름에 사는 자기 사촌형이 군아 서원이라 고미륵은 고부 읍내에 들어가지 않고도 군아 소식을 물어올 수 있었다. 정길남이 무사히 탈옥을 했다는 말을 듣고 안심하고 있던 판인데 이런 날벼락이 없었다. 어제저녁 군아 뒷산에서 이용태한테 훼창한 것이 오기창이라고 밝혀져 그랬다더라고 고미륵은 떠듬떠듬 말했다.

"오기창이 군아 뒷산에서?"

전봉준이 놀라 물었다.

"예, 앞으로도 경거망동하면 열 명이고 스무 명이고 연달아 목을 달아맨다고 방을 붙였답니다."

"오기창, 그 사람 큰일났구만. 그 사람 지금 어디 있다더냐? 장특실 씨는 못 만났느냐?"

전봉준이 거푸 물었다.

"장두령님도 못 만났고 오기창 씨 종적도 알 수가 없습니다."

"자기 동생 죽인 보복으로 또 일판을 벌이면 큰일인데……."

손화중이 입술을 빨았다. 오기창을 찾아나선 장특실은 어떻게 됐는지 아직까지 소식이 없었다.

"충청도 큰애기도 잡혀와서 험하게 문초를 받고 있답니다."

"뭣이?"

전봉준이 벌떡 일어설 듯 놀랐다. 그동안 고부 소식을 여러 갈래로 듣고 있었으나 처음 듣는 소리였다. 정길남과 조딱부리가 탈옥했다는 소식을 전한 정익서도 이 소식은 전해오지 않았다. 정익서는 탈옥 소식을 전하면서 우선 원평으로 갔다가 곧 이리 오겠다는 말만 전해 왔다.

"언제 잡혀갔단 말이냐?"

전봉준은 눈이 튀어나올 것 같았다.

"정길남하고 같이 잡혀갔던 것 같소. 김달주 식구들하고 천치재 근방에 피해 있다가 천치재에서 그 야단이 나는 바람에 잡힌 것 같 그만이라. 이용태가 수청을 들라고 닦달을 한답디다."

"뭣이? 그 때려죽일 놈!"

전봉준 눈에서 불이 번쩍했다. 평소 차돌같이 단단하던 전봉준이 연엽 소식을 듣자 도무지 제정신이 아니었다. 전봉준 입에서 욕설이 나온 것도 전에 없던 일이었다.

"정익서 씨가 하마 올 법한데……."

손화중이 혼잣소리로 뇌었다. 그때 달주가 들어왔다.

"이 지각없는 놈들아, 너희들이 낸 불집이 얼마나 험하게 번지고 있는 줄 아느냐? 너희 식구도 잡혀가고 다 잡혀갔어."

전봉준은 턱없이 커다랗게 소리를 질렀다. 달주는 멍하게 전봉준을 건너다보고 있었다.

"이용태, 이놈을 내 당장."

전봉준 눈에서 불이 이글이글 타고 있었다.

"고정하십시오. 정익서 씨가 오시거든 계책을 의논해 봅시다."

손화중이 조용한 목소리로 말했다.

"이럴 줄 알았으면……."

전봉준은 가쁜 숨을 내쉬며 말꼬리를 흐렸다. 이럴 줄 알았으면 오기창이 쳐들어가자고 할 때 당장 쳐들어가는 것인데 잘못했다는 소리를 하려다 만 것 같았다.

"나가들 있게."

최경선이 두 젊은이들에게 눈짓을 했다. 잔뜩 주눅이 든 달주와 고미륵이 방을 나갔다. 방문을 나섰던 고미륵이 전봉준 눈치를 보며 다시 들어왔다.

"하학동 이주호 아들 죽은 일도 불거졌다는 것 같소. 이주호 아들을 장춘동이 죽였다고 동네 여자들이 불었다고 하더만이라."

고미륵이 떠듬떠듬 말했다.

"지난번 그 동네서 없어졌다는 이주호 아들을 장춘동이 죽여? 왜?"

최경선이 놀라 물었다.

"이주호 아들은 색을 너무 밝혔는데, 그 작자가 장춘동 마누라하고 좋잖은 일이 있었다는 소문이 나돈 것 같소. 모두 그 동네 여자들 입에서 나온 소리랍디다."

고미륵이 시르죽은 소리로 말했다. 장춘동은 지금 오기창과 얼려 다니고 있었다. 두령들은 전봉준을 건너다봤으나, 전봉준은 그런 소리는 챙겨 듣지도 않는 것 같았다.

"그 처자 일은 정익서 씨가 오면 자세히 들어보고 의논을 합시다. 정두령이 호방을 만났다면 그 일도 의논을 했을 테니 좋은 소식이 있을 법합니다."

손화중은 달래듯 말해 놓고 강경중을 데리고 밖으로 나갔다. 재인 우두머리들이 들어 있는 방으로 가는 것 같았다.

"지금 고부 사람들을 모으면 얼마나 모으겠소?"

전봉준이 이글이글 타는 눈으로 최경선을 보며 물었다.

"얼추 200여 명은 될 것 같습니다마는……."

최경선은 말꼬리를 흐렸다. 그때 금방 나갔던 강경중이 뛰어들었다.

"무장 나졸들이 송경찬 씨 집을 덮쳤답니다. 우리도 피해야겠습니다."

모두 깜짝 놀랐다.

"송경찬 씨는 어찌 됐소?"

전봉준이 다급하게 물었다.

"아직은 모르겠습니다. 드잡이판이 벌어지니 것 같은데, 통문이 어찌 됐는지는 모르겠습니다."

"통문이 발각 났으면 큰일인데……."

최경선이 다급하게 말했다.

"여기도 어서 피합시다. 이 집 뒤란 울타리에 뒷문이 있습니다. 그리 나갑시다."

모두 뒷문으로 빠져나갔다.

3월 6일. 아침 일찍 원평을 나간 정익서 일행이 화호나루에 당도했다. 방갓에 상제 차림을 한 정익서는 장교 차림 두 사람과 종자 차림 세 사람을 거느리고 도선목으로 갔다. 장교 두 사람은 진짜 장교 한 사람과 김승종이었고, 종자 차림은 장호만, 김만복, 송늘남이었다. 진짜 장교는 송태섭이 평소 깊이 맥을 통하고 있는 금구 현아 장교였다.

정길남과 조딱부리는 천치재에서 도망칠 때 다리를 다친데다 문초를 받으면서 너무 많이 얻어맞았고, 또 옥에서 나와 도망칠 때 뼛속에 있는 힘까지 짜내서 도망친 바람에 원평에 당도하자마자 삶아놓은 푸성귀 꼴로 늘어져버렸다. 푹 쉬라고 두 사람은 원평에 남겨두고 오는 참이었다.

정익서가 늦은 것은 연엽에 대한 대책 때문이었다. 아무리 궁리를 해보았으나 돈밖에는 달리 계책이 없었다. 김덕호는 돈으로 우겨대는 수밖에 없겠다며 정익서한테 돈을 넘겼다. 용배와 이천석은 강경에서 바로 전주로 베네트 신부를 찾아갔으나 신부는 며칠 전에 한양 갔다고 없었다. 한양까지 가서 만나고 오려면 열흘도 넘겨 걸릴 판이었다.

화호나루에는 도선목 양쪽에 벙거지들이 대여섯 명씩 서서 기찰을 하고 있었다. 이쪽은 태인이라 태인 벙거지들이고 강 건너는 고부 벙거지들이었다. 때가 때라 기찰이 여간 엄하지 않았다. 행인들 짐을 풀어 뒤지고 몸수색까지 했다. 행인들이 20여 명 줄을 서서 차례를 기다리고 있었다.

정익서 일행은 누가 봐도 호령깨나 하고 사는 양반 상제가 종자를 거느리고 장교들 배행을 받으며 원행하는 행차가 영락없었다. 그래도 모두 얼굴이 굳어 있었다. 유독 김승종는 바지직바지직 간이 받았다. 이제라도 다시 원평으로 돌아갈까 뒤를 돌아보았으나 그럴 수도 없었다. 금구 장교하고 같이 간다는 것만 믿고 큰소리를 치며 나섰던 것인데 정작 기찰하는 장교들을 보자 꼭 저승사자를 보는 것 같았다. 송늘남도 얼굴이 새파랗게 질려 김승종을 힐끔거렸다. 자기보다 김승종이 더 걱정인 것 같았다. 정익서는 얼굴이 널리 알려진 사람이라 사실은 그가 제일 걱정이었다. 그도 가슴이 졸아드는지 연방 방갓 끝으로 손이 갔다. 금구 장교는 기찰을 기다리는 줄을 무시하고 앞으로 썩 나갔다. 모두 따라갔다.

"나는 금구 현아에 있소. 우리 사또 나리 영을 받고 이 어른을 흥덕까지 모시고 갑니다."

금구 장교가 의젓하게 수작을 걸었다. 기찰하던 장교는 일행을 힐끔 보더니 가라는 고갯짓을 했다. 김승종은 가슴이 툭 내려갔다. 옛날 천주학을 무섭게 닦달할 때 천주학 신부들이 기찰을 피하는 데 가장 안전한 방법이 상제 차림이었다는 소리가 실감났다. 벙거지들은 상복부터가 사위스러운지 상제 얼굴은 보려고도 하지 않았다.

나룻배를 탔다. 그렇게 보아 그런지 건너편 고부 벙거지들한테서는 싸늘한 살기마저 풍기는 것 같았다. 강바람이 매서웠다. 김승종은 자꾸 오그라붙는 어깨판에 힘을 주며 억지로 어깨를 폈다.

"그런게, 흥덕 사는 정참봉 마름 동생을 고부까지 끌고 가서 그 집 앞에다 쥑애놨단 말이여?"

곁에 앉은 선객들이 귓속말로 속삭였다. 김승종은 귀가 번쩍했다. 정익서도 방갓 속에서 귀를 기울이는 것 같았다.

"쥑애도 험하게 쥑애놨다더만."

"워매, 그람 어사는 또 애먼 사람들 목을 달아매잖겄어?"

"방에다 그렇게 써 붙였은게 하마 달아맸는지 모르제. 전봉준 밑에서 일하던 그 소문난 큰애기도 잽해 왔다는데, 이참에는 그 큰애기부텀 달아맬 것이라는 소문도 있더만."

김승종 가슴에서 쿵 소리가 났다. 연엽의 얼굴이 떠올랐다. 송늘남 얼굴도 잔뜩 굳었다.

"그래서 시방 가는 데마다 기찰이 이렇게 서릿발이구만."

나룻배가 도선목에 가까워지자 김승종은 가슴속에서 방망이질을 했다. 저 작자들 속에 혹시 옥졸이 끼여 있지 않을까 하는 생각이 머리를 쳤다. 장교 곁에 서 있는 땅딸막한 작자가 마음에 걸렸다. 옥 안에서 자기한테 맨 처음 얻어맞은 옥졸 같아 보였다. 김승종이 튀어나올 것 같은 눈으로 옥졸을 건너다봤다. 틀림없이 그자 같았다. 김승종은 강물을 내려다봤다. 강물로 뛰어들어 저쪽으로 다시 헤엄쳐 갈까? 그러나 저쪽은 너무 멀었다. 강물을 내려다보자 지레 몸뚱이가 얼어붙는 것 같았다.

'내가 미친놈이다.'

원평서 가지 말라고 할 때 주저앉는 것인데 객기를 부린 걸 발등을 찍고 싶었다. 김도삼이 화까지 내며 가지 말라고 했으나 괜찮다고 잘난 체하며 나섰던 것이다. 저자들한테 잡히면 어떻게 되지? 영락없이 모가지가 공중에 매달리겠지. 갑자기 아내 얼굴이 떠올랐다. 배가 도선목에 닿았다. 배에서 내린 사람들이 달려가 줄을 섰다.

'잡히면 죽기밖에 더 하겠냐. 내 배짱은 대낮에 탈옥까지 시킨 배짱이다. 여차직하면 방망이로 갈기고 튀자.'

김승종은 이를 사리물고 금구 장교 뒤에 바짝 따라붙었다. 땅딸
보를 봤다. 다행히 옥졸이 아니었다. 그러나 기찰 장교들 눈빛은 서
릿발 같았다. 벙거지들 저만치 뒤쪽에는 행인 네댓 명이 썰렁한 얼
굴로 이쪽을 보며 발발 떨고 있었다. 기찰에 걸려 한쪽에 젖혀놓은
사람들이었다. 그들은 눈 오는 날 굴 밖에 난 들쥐들처럼 처량하게
옹송그리고 서서 지나가는 사람들을 바라보고 있었다. 지옥에서 이
승을 바라보는 눈 같았다.

금구 장교는 여기서도 줄을 무시하고 앞으로 갔다.

"우리는 금구 현아 장교들이오. 우리 사또나리 영을 받들고 흥덕
까지 어른 배행을 하는 길이오."

금구 장교가 아까처럼 의젓하게 말했다. 정익서는 방갓 끝을 슬
쩍 드는 척하다 말았다. 장교는 정익서를 제대로 보지도 않고 강아
지 파리 쫓는 짓둥이로 고갯짓을 했다. 김승종는 가슴이 툭 내려앉
았다. 지옥에서 풀려난 기분이 이럴까 싶었다.

"저 사람이 누구더라?"

얼마큼 가다가 송늘남이 고개를 갸웃거리며 기찰에 걸려 한쪽에
제쳐놓은 사람들을 돌아봤다. 다시 뒤를 돌아보던 송늘남이 깜짝 놀
라 발을 멈췄다.

"두령님!"

송늘남이 정익서 옆구리를 꾹 찔렀다.

"전주 고덕빈이라고 아시지요?"

"나도 봤다. 그대로 가자."

정익서는 낮은 소리로 말하며 그대로 천연스럽게 걷고 있었다.

아까 정익서 방갓 끝이 잠깐 올라가는 것 같더니 그때 봤던 모양이었다. 고덕빈은 밤송이처럼 까칠한 얼굴로 옹송그리고 서서 지나가는 사람들을 멍청하게 건너다보고 있었다. 웬만했으면 돈으로 우겨댔을 법한데 된통으로 걸린 것 같았다. 백산 삼거리에 이르자 정익서가 주막으로 들어섰다.

"아이고?"

정익서가 방갓을 벗자 저쪽 자리에 혼자 앉았던 사람이 깜짝 놀랐다. 작자는 벌떡 일어나다가 뒤따르는 벙거지들을 보고 소스라치게 놀라 제자리에 주저앉았다. 일행이 벙거지들한테 잡혀가는 줄 아는 모양이었다.

"전두령 아니오?"

김승종이 알은체를 했다. 사내는 얼빠진 눈으로 김승종을 보고 있었다. 김승종도 얼른 못 알아보는 것 같았다. 고덕빈과 같은 전주 민회 패 두령 전여관이었다. 둘이 같이 오다가 고덕빈만 기찰에 걸린 모양이었다. 정익서가 어찌 된 일이냐고 다급하게 물었다. 전여관이 놀란 표정으로 금구 장교를 봤다. 정익서가 상관없다고 귓속말로 속삭이자 그제야 고개를 끄덕이며 얼굴이 펴졌다. 전여관은 얼마나 놀랐는지 아직도 장교를 힐끔거렸다.

"전주 감영에서 여기까지 용모파기를 보낸 것 같습니다. 키가 저렇게 큰데다가 얼굴에 있는 점 때문에 영락없이 찍혔습니다."

전주에서는 감사가 이제 와서야 새삼스럽게 지난번 전주에서 봉기한 사람들을 잡아들이고 있었다. 이용태가 고부에서 난장판을 벌이자 그 서슬을 업고 감사도 덩달아 설친 것이다. 묵은 일을 빌미로 돈을 우려내자는 수작이었다. 그때 봉기했던 사람들이 수십 명 붙잡혔으나, 두 사람은 용케 피해서 지금 무장으로 가는 참인데 재수 없이 여기서 붙잡혔다는 것이다. 여기까지 거미줄을 늘일 줄은 미처 몰랐다고 했다.

"호패도 보였소?"

금구 장교가 물었다. 호패는 가짜를 가지고 나녔는데 얼굴 특징이 너무 뚜렷해서 잡은 것 같다고 했다. 장교는 설레설레 고개를 저었다.

"돈으로 안 될까, 한 삼백 냥쯤이면?"

정익서가 장교를 보며 속삭였다.

"용모파기가 왔다면 죄명이 씌었을 것입니다."

장교가 고개를 저었다. 술이 왔다. 모두 잔을 기울이며 독 안에 든 두꺼비들처럼 눈만 멀뚱거리고 있었다.

그때 술손들이 한패 들어왔다. 그들도 장교와 김승종을 보자 잘못 들어왔다는 듯이 얼른 고개를 돌리며 잠시 서성거리더니 이내 자리를 잡아 앉았다. 그쪽에도 술이 나왔다.

"허, 이것이 누구여?"

패거리 가운데 이쪽을 날카롭게 살피던 사내가 알은체를 하며 이쪽으로 왔다. 전여관이 깜짝 놀라 반색을 했다. 사내는 턱으로 장교와 김승종을 가리키며 눈짓을 했다. 상관없다고 하자 오랜만이라며 우리끼리 한잔 하자고 따로 자리를 잡아 앉았다. 사내는 눈동자가 양쪽 다 안으로 모아지는 모들뜨기였다. 모들뜨기는 그동안 소식 잘 듣고 있다며 고생 많다고 전여관한테 잔을 넘겼다. 전여관은 웃으며

144

지금 어떻게 지내느냐고 물었다.

"*물장수 10년에 엉덩이짓만 남더라고, 배운 도둑질이라 남의 집 행랑채에서 강아지 대장 노릇하고 있구만. 저기도 모두 무자년 까치들일세."

작자는 아리송한 소리로 익살을 부리며 자기 일행을 턱으로 가리켰다. 전여관은 그러냐고 고개를 끄덕였다. 모들뜨기는 웃음을 웃자 눈동자가 안쪽으로 더 모아졌다. 그러나 모들뜨기치고는 그렇게 흉하지 않았다.

"용이 물 밖에 나면 개미가 침노한다듬마는 그 하찮은 관노 자리도 그만둔게 시골 벙거지들도 괄시를 하는구만. 저그 도선목에 기찰하는 고부 장교는 전에 감영에 파발 오면 한방에서 뒹굴던 작잔데 오랜만에 만난 놈이 안면을 싹 바꾸는구만."

모들뜨기는 이쪽 벙거지들을 힐끔거리며 낮은 소리로 이죽거렸다. 모들뜨기 말에 전여관 눈에서 빛이 번쩍했다.

"나하고 같이 일하던 내 친구가 지금 기찰에 걸렸네. 걸려도 되게 걸렸어. 용모파기까지 와 있네."

전여관이 낮은 소리로 속삭였다.

"아까 나도 봤구만. 지난번 민란 까탈인가?"

모들뜨기도 낮은 소리로 묻자 전여관이 고개를 끄덕였다.

"맨입으로는 어림도 없을 텐데?"

300냥쯤이면 어쩌겠냐고 하자 모들뜨기는 눈동자가 한껏 더 모아지며 그 돈이면 자기가 한번 나서보겠다고 했다. 전여관이 정익서한테로 가서 속삭였다. 정익서가 깜짝 놀라며 조그마한 주머니를 하나 건넸다. 전여관이 내민 주머니를 챙긴 모들뜨기는 막걸리를 주욱 들이켜고 일어섰다. 그는 도선목으로 가며 주머니를 끌렀다. 뒤를 한번 돌아보고 나서 돈을 나눠 반은 자기 주머니에 챙겼다. 도선목에 이르렀다. 기찰 장교 등짝을 두드렸다.

"나 모르겠어?"

모들뜨기는 오랜만이라며 요란스럽게 넉살을 떨었나. 한참 수작을 부리다가 장교를 한쪽으로 데리고 갔다. 뭐라고 한참 속삭였다. 주머니를 내밀었다. 장교는 고개를 끄덕이며 주머니를 챙겼다. 모들뜨기는 꽃봉오리 같은 웃음을 머금고 돌아섰다. 좀 만에 고덕빈이 달려왔다. 전여관이 저쪽에서 뛰어왔다. 세 사람은 환하게 웃으며 술청으로 들어섰다. 고덕빈은 저승길이라도 가다 돌아온 사람처럼 어리둥절한 표정이었다. 전여관이 전후 사정을 말하자 고맙다며 정익서와 모들뜨기한테 고개를 깊숙이 숙였다.

"가세."

고덕빈이 술을 한 잔 들이켜고 나자 정익서가 자리에서 일어섰다. 모들뜨기 일행 세 사람까지 한패가 되었다.

"돈이 있으면 금수강산이요 돈이 없으면 적막강산이라."

모들뜨기는 꽁무니에 따라오며 익살을 부렸다.

"무자년(1888년) 전주 경기전 까치 소동 아시지요? 바로 그때 쫓겨난 까치들입니다."

전여관이 웃으며 정익서한테 모들뜨기 일행을 소개했다.

"아, 그렇던가? 반갑네. 우리도 지금 그 까치 꼴이 되었느니 동병상련일세."

정익서가 방갓 앞태를 밀어올리며 허허 웃었다. 세 사람도 크게 웃으며 새삼스럽게 정익서한테 깊숙이 고개를 숙였다.

"까치 싸움은 무자년이고, 사람 싸움은 기축년(1889년)이니까, 기축경인 신묘 임진 계사, 아이고 벌써 5년이나 되었구만요."

전여관이 손가락으로 간지를 짚어 햇수를 세자 모두 씁쓸하게 웃었다.

"그럼, 지금은 어떻게들 지내는가?"

정익서가 물었다.

"우리 같은 놈들 사는 꼬라지 이르라고 그럭저럭이란 말이 있는 것 같습디다. 쫓기는 몸이 되어노니 노방에서 군치리집 중노미를 살 수가 있습니까, 관가 가서 매품을 팔 수 있습니까? 흥부 팔자보다 더 기박한 신세로 절간 불목하니도 하고 짐배 격졸 노릇도 하고 산중이건 바다건 관속들 눈만 피해 떠돌다가 중년에 와서야 겨우 한 곳에 엉덩이를 내려 놨지요. 아까도 말했습니다마는, 배운 도둑질이라 저는 관노가 사노 비슷하게 어느 대갓집 청지기로 들어앉았는데, 우리는 셋이 한 동으로 묶여 떠돌던 사이라 저 작자들은 계집을 데려다가 그 동네에 살림 명색을 꾸리고 내가 겸인 노릇하는 댁에 드난살이를 하고 있습니다. 고창 은대정 아시지요? 그 집입니다."

정익서는 은대정이란 말에 깜짝 놀랐다. 은대정은 고창뿐만 아니라 전라도 일대를 울리는 만석꾼이었다.

"안심하십시오. 비록 몸은 그 집에 매여 있습니다마는 마음까지 매였겠습니까?"

모들뜨기는 너스레를 떨며 껄껄 웃었다. 오늘은 그 집 사돈네 집에 제사가 있어 태인 읍내까지 제수거리 져다 주고 오는 길이라 했다.

무자년 까치 소동이란 희한하기 짝이 없는 사건이었다. 전주는 조선 태조 이성계 관향이라 부내에 경기전慶基殿이라는 묘당을 지어 거기에다 이성계 영정을 모시고 제를 지냈다. 경기전은 그 앞에서는 기침소리도 조심해야 할 만큼 신성하게 여기는 곳인데, 그 경기전에서 무자년에 여태 듣지도 보지도 못했던 희한한 일이 벌어졌다. 경기전 뜰에 있는 은행나무에 까치 수십 마리가 집을 짓고 살았는데, 그해 봄 어디서 느닷없이 백로가 천여 마리나 날아왔다. 거기 살던 까치들하고 싸움이 붙었다. 터 싸움이 벌어진 것이다. 은행나무를 중심으로 경기전 위에서 찍고 쪼고 엄청난 패싸움이 벌어졌다. 백로와 까치가 뒤엉켜 경기전 하늘이 난장판이었다. 평소에 순해 보이던 백로도 싸움이 붙어놓으니 앙칼지기가 까치에 못지않았다. 하늘에는 종이쪽지를 흩뿌려놓은 것 같았다. 전주 부내 사람들은 입을 떡 벌리고 이 희한하기 짝이 없는 싸움을 구경하고 있었다. 반나절 가까이 싸우던 싸움이 드디어 끝장이 났다. 까치가 도망친 것이다. 여름 겨울 없이 경기전에 붙박여 살던 까치들이 뜨내기로 날아온 백로들한테 쫓겨난 것이다. 굴러온 돌이 박힌 돌 뽑은 꼴이었다.

이런 희한한 일이 있고 나자 세상 사람들은 이게 예삿일이 아니라고 눈알이 퉁방울이 되었다. 그런데 그해 큰 가뭄이 들고 그 다음 해도 가뭄이 들자 무자 가축 양년 가뭄이라면 근래에 겪어보지 못한 무서운 가뭄이었다. 세상 사람들은 그 가뭄이 까치와 백로 싸움의 응험이라고 수군거리기 시작했다. 그런데 그 이듬해 그보다 더 희한한 일이 벌어졌다. 가뭄으로 굶주리다 못해 유리걸식을 떠난 사람들이 전주 부내로 몰려들어 전주 부내가 온통 거지 떼로 장이 섰다. 감영에서는 사대문 밖에 솥을 걸고 죽을 쑤어 소위 진휼을 했다. 그 소문이 나자 주린 백성이 너도 나도 몰려들어 사대문 밖은 난장판이었다. 얻어먹으러 달려드는 사람들은 서로 먼저 얻어먹으려고 난장판이고 감영과 부 이속과 관노들은 죽 쑤는 식량 꼼치느라 난장판이었다. 높은 관리들이 나와 눈에 불을 켜고 지켰으나 이속과 관노들은 서로 저놈들 짓이라고 떠넘기며 나중에는 치고 박고 패싸움이 벌어지기까지 했다. 주린 사람들이 너무 많이 모여든데다가 이런 말썽까지 생기자 감영에서는 도무지 감당을 할 수 없어 동지 무렵에는 아예 손을 털고 말았다.

죽 쑤던 솥에 눈이 쌓이던 다음해 정월, 이서와 관노들 사이에 그동안 쌓여온 불만이 폭발하고 말았다. 망해가는 집에는 분란만 남더라고 겹겹으로 쌓여온 묵은 불만까지 겹쳐 싸움은 엄청났다. 시정 사노들이며 각 층 천민들까지 관노들 편에 합세했다. 관노들은 몽둥이를 끌고 다니며 닥치는 대로 이속들을 두들겨팼다. 잔뜩 당하고 난 이속들이 똘똘 뭉쳐 이를 갈고 나섰다. 이속들은 눈에 불을 켜고 관노들을 반격했다. 기세등등하던 관노들이 밀리기 시작했다. 여기저기 맞아 죽은 관노들 시체가 즐비했다. 감사 이하 관리들이 고래고래 호령을 하며 말렸으나 독이 오를 대로 오른 이속들은 어느 개가 짖느냐였다. 그들은 관노들 집을 들쑤시고 다니다가 나중에는 불까지 질렀다. 이속들은 거의 미쳐버렸다. 닥치는 대로 불을 질렀다. 관노 사령들 집은 한 채도 남아나지 못했다. 나중에는 그 불길이 남문 밖 반송리까지 번졌다. 불은 험하게 번져 거의 천여 채가 타고 말았다. 관노와 천민들은 모두 도망쳐 뿔뿔이 흩어지고 말았다.

이런 어처구니없는 일이 터지자 이거야말로 까치와 백로 싸움의 응험이라고 했다. 그런데 이번에는 그런 소리가 거기서 끝나지 않았다. 까치와 백로 싸움이 태조 영정을 봉안한 경기전에서 벌어진 것으로 보아, 이서와 관노 싸움은 그 응험이기는 하되 그 응험의 단초에 불과하고 나라 전체에 이보다 더 헌한 일이 닥칠 조짐일 거라는 소리가 나돌기 시작했다. 그런 소리는 여러 가지로 곁가지를 쳤다. 그 은행나무에 원래 까치가 살았는데, 백로가 침노하여 쫓아낸 것을 보면 이씨왕조가 망하고 새 왕조가 들어설 조짐이라는 소리가 나돌기도 하고, 개항 이후 여러 나라들이 들이닥치는 기세로 보아 임진왜란 같은 외국 침략이 있을 징조라는 말도 떠돌았다. 하여간, 그 일이 있은 뒤 무슨 일이 일어나기만 하면 전주 사람들은 경기전 까치와 백로 싸움에다 갖다 대는 것이 버릇이 되다시피 했다. 요사이는 비결이 극성을 부리면서 이 이야기가 비결과 엉겨 새삼스럽게 사람들 입에 오르내리고 있었다.

"이렇게 만나뵀으니 말씀입니다마는, 이번에 고부 난리가 저 골이 된 것을 보고 우리도 주먹으로 가슴을 치고 있소. 전주로 쳐들어간다는 소리에 우리는 우리대로 이빨을 앙다물고 손에 땀을 쥐고 기다렸지라. 상제보담 복재기가 더 서럽다더라고 지금 우리 심사는 떡심이 줄 끊어진 물레살이오."

모들뜨기가 탄식을 했다.

"아니, 그런게, 시방 아무리 이용태가 으짠다고 전봉준 장군은 저렇게 당허고만 계실 것이라요?"

150

여태 말없이 따라오던 모들뜨기 패거리 하나가 어눌한 소리로 더듬거리며 눈알을 굴렸다. 유난히 큰 퉁방울눈이 금방 튀어나올 것 같았다.

"전봉준 장군이 가만히 있재도 백성이 가만히 있잖을 텐데 어떻게 가만히 있겠는가?"

정익서가 가볍게 받으며 웃었다.

"전봉준 장군이 다시 일어나서 전주로 쳐들어가기만 하면, 그때는 우리가 제일 먼저 나설 것인게 일어서기만 하라고 하시오. 고부서 동네 불타는 꼴을 우리도 봤소. 그런 일 안 당해본 사람은 속을 모르요. 나는 전에 우리 집이 불타는 것을 보고 있잖게 집이 타는 것이 아니라 속에서 오장이 타서 코에서 노린내가 나는 것 같습디다. 우리는 기어코 그 아전 놈들 집구석에도 불을 지르고 아전 놈들 씨를 말릴 것이오. 그놈들 집구석에 불을 지르기 전에는 나는 죽어서 송장이 되어도 송장이 안 썩을 것이구만이라."

퉁방울눈은 이를 앙다물며 독기를 피웠다. 그러지 않아도 큰 눈알을 한껏 뒤룩거리며 이를 앙다물었다. 자기 딴에는 독기를 피운다고 이를 앙다물었으나 원래 선량해 보이는 얼굴이라 별로 살기가 느껴지지 않았다.

정익서는 모들뜨기에게 그때 전주에서 도망친 관노들이 서로 연통이 있는가 묻고, 아까 말한 대로 농민들이 다시 봉기를 하면 따라 일어날 관노들이 얼마나 되겠느냐고 물었다.

"딱히 어쩌자고 *명토박아 연통을 하고 있는 것은 아니오마는, 모두가 속에 불이 타고 있은게 서로 말은 안 해도 척하면 삼천리지라우. 내가 줄이 닿는 사람만 어림잡아도 통을 짜기로 하면 당장 50명은 문제없소."

모들뜨기가 장담을 했다.

"5년이나 지난 일이라 웬만한 사람들은 알게 모르게 전주로 스며들어 새로 자리를 잡은 사람도 있소. 그런 사람들하고도 연비연비 줄을 대고 일을 도모할 수 있지라우. 그런 연줄도 연줄이고 전에 살던 데라 거리거리 발이 익은게 전주로 쳐들어갈 적에는 우리도 한몫 야물딱지게 할 것이오."

퉁방울눈이었다.

"서당 개도 삼 년이면 풍월을 하더라고 아무리 시원찮은 코푸렁이도 관가 물 삼 년이면 다 가락수가 한가락씩은 있소. 전주로 쳐들어가기 전에 먼저 스며들어가서 숨었다가 농민군이 쳐들어올 적에 사대문을 열 수도 있고, 하여튼지 간에 딱따구리 부적도 귀신 쫓는 법이 있은게 우리한테도 한 구실 맡기시오."

모들뜨기가 한발 앞질렀다.

"오냐. 그때는 아전 놈들 느그들은 살았달 것이 없다."

퉁방울눈은 지레 이를 앙다물었다. 그는 벌써 전주로 쳐들어가 아전들 집에 불을 지르고 있었다.

"너무 서둘지 말고 가까이 있는 사람들부터 은밀하게 통을 짜게. 이런 일일수록 입이 무거워야 하네. 무슨 일이든지 입보단 일을 앞세워야 하네. 이 점 명심하고 차근하게 통을 짜보게."

정익서가 점잖게 일렀다.

"무슨 말씀인지 자알 알겠습니다요. 이런 일이 어쩐 일이라고 함부로 입을 놀리겠습니까요. 당장 오늘부터 입은 그냥 *바라 친 뒤에 전주 풍남문 닫듯이 그런 소리라면 입을 사정없이 처깔을 해불란게 안심하십시오."

모들뜨기 호들갑에 모두 웃었다.

"저 사람이 손보다 입이 부지런한 것이 조께 흠이라면 흠이요마는 사람 후리는 *횟손 한나는 입 잰 값 하는 사람이오. 여닐곱이나 되는 은씨 집 머슴 놈들 주무르기를 인절미 *모태 주무르대끼 꼼짝 못하게 주무르는 사람이오."

퉁방울눈이 웃으며 모들뜨기를 추켜세웠다. 모들뜨기는 퉁방울 말대로 입이 너무 부지런한 것 같았으나, 아무렇게나 지분대는 *허릅숭이는 아닌 것 같았다.

"그런데 우리는 늘 걱정이 한나 있소."

모들뜨기 말에 정익서가 무어냐고 물었다.

"지난번 고부봉기 때도 우리끼리 그 걱정을 했는데, 전에 감영 영장 살던 김시풍이라고 이시지라우? 그 사람이 보통내기가 아니요. 이참에 농민들이 일어나도 감영에서 그 사람을 불러다가 농민군을 토벌하라고 앞장을 세우는 날에는 만만찮을 것이오. 그 사람이 시방 모가지는 떨어졌소마는 무서운 사람이지라우. 전에 그 사람이 화적을 칠 적에는 화적들이 김시풍 이름만 듣고도 발발 떨었다요. 감영 병졸들이 아무리 어리빙신들이라 하더라도 용장 밑에 약졸 없더라고 감영에서 그 사람을 데려다가 앞에 세우는 날에는 안심 못할 것이오."

"나도 그 사람 소문을 들었는데 그렇게 대단한 사람인가?"

모들뜨기 말에 정익서가 방갓 끝을 올리며 물었다.

"말도 마시오. 전주 사람들은 그 사람을 임경업 장군에 빗대기도 하고 조정이 정신을 차리면 병조판서 재목이라고도 하지라. 사람이 어떻게나 대가 차든지 감사들도 웬만한 감사는 떡 주무르대끼 주물렀지라우. 너무 대차게 놀다가 돈독이 올라서 쫓겨나기는 했소마는."

정익서는 고개를 끄덕였다. 전부터 듣던 소리였다. 담력이 대단하고 용병술이 뛰어나서 전에 한창 화적을 칠 때는 그가 나서면 산천초목이 떨었다는 소문이었다.

"그놈을 없애버릴 재주가 없으께라. 그 작자만 없애버리면 전주 영병은 걱정할 것이 없을 것이오."

김시풍을 아는 사람은 모두 똑같은 소리를 했다. 두령들 사이에서도 전부터 관심을 가지고 있는 사람이며 지금 김덕호도 김시풍이 어떻게 나오는가 귀를 쫑그리고 있었다.

"저것이 누구여?"

앞서 가던 김승종이 우뚝 걸음을 멈췄다. 오거무였다. 오거무가 두루마기 자락을 휘날리며 미끄러지듯 내달아 오고 있었다. 무슨 일인지 오거무는 예사 때보다 걸음이 더 빨랐다. 정익서가 방갓 앞테를 세워 얼굴을 내놓자 오거무는 대번에 알아보고 고개를 굽실거리며 다가왔다. 오거무의 굳은 얼굴에 이끌려 정익서가 한쪽으로 갔다.

"길이 엇갈려 못 만나면 큰일이다 했등마는 천만다행이오."

오거무는 숨을 헐떡이며 가슴부터 쓸었다.

154

"지금 무장에는 야단이 났습니다. 어제 무장 벙거지들이 송경찬 씨 동네를 덮쳐 통문이 들통 났답니다. 전봉준 장군하고 손화중 접주 잡으라는 영이 떨어져 무장 벙거지들이 지금 눈에 불을 켜고 싸 대고 있소. 현감 놈이 벙거지들한테 상을 걸었다는 소문도 있소."

정익서는 잠시 오거무 얼굴만 건너다보고 있었다.

"잡힌 사람은 없소?"

"몇 사람이 잡힌 것 같소마는 우두머리들은 괜찮은 것 같소. 장군 님은 자리를 옮긴다고 옮긴 데로 오시랍디다. 내일 배를 타고 남도 로 내려가서 여러 고을을 도실 것 같습디다. 옮겨 앉는 동네는 굴치 재 너머……."

오거무는 주변을 한번 살피고 나서 그 동네를 말했다.

"이제부터 고부 사람들은 금구하고 정읍 두 고을로 아는 집이든 동학도들 집이든 찾아가서 잠시만 피하고 있으라는 장군님 영을 김 도삼 씨한테 전하러 가는 길이오."

오거무가 다급하게 말했다.

"그러고 오다 들은게 오기창 그 작자가 또 불집을 낸 것 같소. 정 석남 동생을 죽였다요."

오거무가 상을 찌푸리며 말했다.

"우리도 나룻배에서 얼핏 들었소마는 그게 오기창이 한 짓이 틀 림없소?"

"*물레 말썽은 괴머리지라. 그 작자 아니면 누가 그런 짓을 하겠 소? 자꾸 그렇게 불집을 내면 연엽 그 처자부터 무사할지 모르겠소. 장군님은 오늘 떠나시려다가 그 처자가 마음에 걸려 안 떠나신 것 같은데, 오기창이 또 저런 불집을 냈다니 장군님이 그 소식 들으면 팔팔 뛰실 것 같소."

정익서는 새삼스럽게 소태 씹은 상판이었다. 말을 마치자 오거무는 안녕히 가시라며 고개를 꾸벅하고 가던 길을 미끄러지듯 내달았다. 오거무는 길 걷는 것도 신통했지만, 기찰에도 미립이 날 대로 나서 아무리 엄한 기찰도 발 그물에 뱀장어 꿰어나니듯 했다.

그때 일행이 가고 있는 굴치재에서 오기창이 또 일판을 벌이고 있었다. 사람을 하나 묶어놓고 몽둥이를 을러메며 닦달을 하고 있었다.

"이놈아, 너도 농민군에 들어갈라고 전봉준을 찾아간다고? 어드레 삶은 호박에 이빨도 안 들어갈 소리 마라. 내가 그런 소리에 넘어갈 것 같냐? 네가 느그 성님 정익서 떠세로 지금까지 목숨이 붙어 있는데, 나는 인자 정익서가 아니라 전봉준도 눈에 안 뵈는 사람이다. 다시 한 번만 더 말하는데, 내 눈 봐라. 핏발이 섰지야? 내 말이 먼 말인지 알겠냐? 바른 대로 대라."

오기창은 말을 꼭꼭 씹어서 내뱉으며 정익수 얼굴 앞에다 자기 눈을 댔다. 정말 핏발이 벌겋게 서 있었다. 재갈이 물린 정익수는 코피가 쏟아지고 몰골이 말이 아니었다. 오기창 곁에는 젊은이 두 사람이 서 있었다.

"한 번만 더 묻는다. 뭣 하러 가는 길이냐?"

정익수는 재갈 물린 입을 다급하게 우물거리며 고개를 흔들었다.

"아직도 설맞았다는 소리구나. 네가 보통 일로는 이판에 어디 갈 놈이 아니다. 제대로 불겠으면 손을 들어라."

오기창은 이를 앙다물며 사정없이 몽둥이를 휘둘렀다. 정익수는 대굴대굴 굴렀다. 오기창이 연거푸 갈겨댔다. 정신없이 여남은 대를 갈겼다. 이내 정익수가 축 늘어졌다. 곁에 섰던 사람들 눈이 둥그레졌다. 그러나 오기창은 몽둥이를 그치지 않았다. 정익수 몸뚱이가 위로 한 번 크게 뻗질러 올라갔다가 축 늘어졌다. 그러나 까무러치지는 않은 것 같았다. 숨을 헐떡거리는 것 같더니 이내 정익수가 힘없이 한 손을 드는 듯 했다.

"바른 대로 대겄단 말이냐?"

오기창이 사뭇 가쁜 숨을 씨근거리며 물었다. 정익수가 고개를 끄덕였다. 입에 물린 재갈을 풀었다.

"전봉준 장군한테 호방 심부름 가요."

정익수는 숨을 씨근거리며 대답했다.

"먼 심부름이냐?"

정익수는 풀무질 소리로 숨을 씨근거리며 토막말을 뱉어냈다. 그때마다 오기창은 토막말을 한마디씩 챙겼다. 오기창 눈에는 새롭게 살기가 감돌기 시작했다.

"그런게 호방 놈이 너보고 전봉준한테 가서 전하라는 말이, 정길남하고 조딱부리를 옥에서 데리고 나간 젊은이 말을 들어보면 내가 뉘 편인지 잘 알 것이다. 연엽인가 그 처자를 살릴라면 느그 성님 정익서가 놓고 간 돈으로 부족하겄은게 3천 냥을 더 보내라. 이랬다 이말이냐?"

"예. 예. 맞소."

정익수는 사뭇 고개까지 끄덕이며 숨을 씨근거렸다.

"그런게 느그 성님이 호방한테 돈을 갖다 주고 정길남하고 조딱부리를 빼내고 충청도 큰애기도 빼내달라고 돈을 주고 갔는데 그 큰애기를 빼내려면 3천 냥이 더 있어야 빼내겄다 이 말이구나. 그렇지야?"

오기창은 마디마디 똑똑 끊어서 되새긴 다음 정익수 코 앞에다 손가락을 들이대며 다그쳤다.

"그런 것 같소."

정익수는 숨을 씨근거리며 대답했다.

"정길남하고 조딱부리 빼낸 돈은 얼마고, 충청도 큰애기 빼내라고 놓고 간 돈은 얼마라고 하더냐?"

"액수는 잘 모르겠는데 적잖은 돈인 것 같소."

"으음, 그럴 것이다."

오기창이 허옇게 웃었다. 그는 이내 허공을 향해 허허하고 한참 웃었다. 마치 실성한 사람 같았다.

"나라가 어쩌고 백성이 어쩐다고 큰소리 탕탕 치던 천하에 전봉준이 알고 본게 자기 제자하고 자기 계집년밖에는 눈에 안 뵈는 사람이구만. 그런 돈이 어디서 난 돈이제? 굶다 먹다 불쌍하게 큰 내 동생도 목숨 걸고 나선 별동대여. 압슬당하고 있다는 소문을 뻔히 들었을 것인데, 자기 제자하고 계집년만 살려? 거룩하신 장군님이시구만. 허허허."

오기창은 실성한 사람처럼 또 허공을 향해 크게 웃었다.

"저 아래 벙거지들이 오요."

곁에 섰던 젊은이가 오기창한테 속삭였다. 정익서 일행이 올라오고 있었다. 오기창은 힐끔 내려다보더니 정익수 입에 재갈을 물렸다. 정익수를 한쪽으로 끌어다 놓고 숲 속으로 몸을 숨겼다. 정익서 일행이 가까이 올라왔다.

"저것이 송늘남 아니냐? 뒤에 벙거지 쓴 놈은 김승종이구만."

오기창이 젊은이들을 돌아보며 속삭였다. 젊은이들은 그렇다고 고개를 끄덕였다. 재갈이 물린 정익수는 저쪽에 널푸대기 늘어져 죽은 듯이 땅에다 고개를 처박고 있었다.

"그러고 본게 저것들이 호방 만난 패거리구나. 방갓 쓴 물건은 정익서 같고."

오기창은 이를 악물며 벌떡 일어서려 했다. 곁에 젊은이가 오기창 바지를 세게 잡아챘다. 오기창이 엉덩방아를 찧으며 시뻘건 눈으로 젊은이를 돌아봤다.

"지금 나서면 큰일 나요. 뒤에 따르는 것이 화적패 졸개들이오."

젊은이가 장호만과 김만복을 보며 다급하게 속삭였다. 오기창은 씨근거리며 다시 나가려 했다. 젊은이가 다시 틀어잡았다. 오기창은 입을 앙다물고 숨을 헐떡이며 정익서 일행을 보고 있었다. 정익서 일행은 도란도란 이야기를 하며 재 꼭대기로 올라갔다.

"나가자."

가쁜 숨을 씨근거리고 있던 오기창이 일어섰다. 뭔가 따로 크게 결심을 한 표정이었다. 젊은이들은 정익서 일행이 사라진 재 꼭대기 쪽을 보며 조심스럽게 길가로 나갔다. 오기창은 몽둥이를 꼬나들고 정익수 곁으로 갔다.

"이놈아, 너는 첩자 노릇이나 하는 걸레다. 전에 첩자 노릇이 짜

드락 났을 적에는 거룩하신 두령님들이 동생이고 제자라 고개 까닥임시로 눈감아 주었다. 나는 용서 못한다. 느그 성님 눈에서도 피가 한번 나봐사 쓰겠다."

오기창은 이를 악물고 힘껏 몽둥이를 추켜올렸다. 재갈이 물린 정익수는 처참한 표정으로 오기창을 쳐다봤다. 오기창 몽둥이가 정익수 머리통을 정통으로 갈겼다. 머리에서 퍽 소리가 났다. 오기창는 맥을 놓은 정익수를 한참 내려다보고 있다가 돌아섰다.

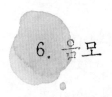

6. 음모

"세상에 저런 얼굴 타고나도 부러울 것이 있으까? 가난 가난 해도 인물 가난이 젤 서럽더라고 내가 장흥댁 인물 절반만 타고났으면 말년 신세가 이 꼴이겠어? 인물이 도둑질할 것이라면 나는 장흥댁 첨 봤을 적에 폴새 도둑년 되았을 것이구만."

홍덕댁은 너스레가 흐드러졌다. 제멋대로 장흥댁이라고 댁호까지 지어 불렀다. 원래 수다스럽고 요물스런 여자였다. 저런 여자가 혼자 집을 지키고 있을 때는 저 수다를 어떻게 재워뒀을까 싶을 지경이었다.

"그만 해두시오."

유월례는 씁쓸하게 웃으며 가볍게 튀겼다.

"저것이 먼 사람들이까? 잡아온 식구들을 내주는갑네."

깔깔거리며 마루로 나가던 홍덕댁이 담 너머로 거리를 보며 뇌었

다. 유월례도 훌쩍 일어나 밖으로 나갔다. 거지꼴을 한 여자들 여남
은 명이 영원 쪽으로 가고 있었다.

"죄가 조께 덜한 식구들은 내주는 것 같구만. 그럴 것이여, 가
둬놓제도 앉혀 놀 자리도 자리제마는 몇 날 며칠이고 밥을 굶길
수도 없잖겄어? 하도 사람이 많애논게 뒷간도 똥오줌으로 난장판
이더만."

이용태는 울궈낼 건덕지가 있는 사람들은 그대로 가둬두고 알거
지 같은 사람들만 추려서 내보내고 있었다. 내보내면서도 동네 밖으
로 한 발짝도 나가서는 안 된다고 엄명을 내렸다. 만약 나가면 집에
불을 질러버리겠다고 으름장을 놓았다.

"하학동 사람들도 나가께라?"

유월례가 다급하게 물었다.

"하학동 사람들은 말도 말어. 들어본게 그 동네 사람들은 동네 살
변 땀새 더 죽살이를 친다더만. 충청도 큰애기는 어사 나리 수청을
들고 무사하다는 것 같고."

"오매 오매, 그 유식하다고 소문난 그 처자 말이지라우?"

유월례는 연엽이 붙잡혀왔다는 것과 그가 예쁘고 유식하기로 소
문난 처녀라는 것도 홍덕댁한테서 들어서 알고 있었다.

"그 큰애기는 어사 수청 안 들었으면 장흥 역졸들한테 맞아죽었
겄등만."

홍덕댁이 음충맞게 낄낄거렸다.

"역졸들이 감역 집에 처들어가서 감역 딸도 겁탈을 해버렸는데,
그 큰애기는 역졸이 겁탈을 할라고 한게, 아나 해라 하고 천연스럽

게 누워있다가 역졸 붕알을 훑어놓고 내빼버렸다잖여?"

홍덕댁은 낄낄거렸으나 유월례는 경옥까지 당했다는 말에 눈이 주발만해졌다.

"붕알 훑어분 것이 누군지 몰랐는데, 이참에 그 동네 사람들 문초하다가 들통이 나서 역졸들이 시방 그 처자한테 이를 갈고 있다등만. 붕알을 훑어도 얼매나 되게 훑어부렀는가 그 역졸은 지금도 어기적어기적 걸음을 지대로 못 걷는대여. 깔깔깔."

지금 연엽의 소문은 읍내에 좍 퍼져 읍내 여자들은 앉으면 그 이야기라는 것이다. 겁탈을 하려는 놈이 있으면 그 수가 제일이겠다고 야단들이라며 깔깔거렸다.

"모두 저렇게 나가면 아까 밥 갖다 드린 부안댁 모녀도 혹시 나갔는가 모르겠소. 얼른 가서 알아보고 오실라요."

"아이고, 즈그 아들이 젊은이들 젤로 우두머리 대장 났다는데, 그런 사람들까지 내보내 주겠어?"

"그래도, 혹시 모른게 한번 가보고 오시오. 하학동 사람들 가운데서 다른 사람이라도 나간 사람이 있는가 알아보시오."

"그라면 그려. 군아에 한번 들어가기가 호랭이굴에 들어가기보담 더 징그럽제마는, 장흥댁 말인데 내가 뉘 말이라고 그냥 있겄어."

홍덕댁은 잔뜩 생색을 내며 치맛귀를 여미고 팔랑팔랑 집을 나갔다. 유월례는 가슴을 졸이며 기다리고 있었다. 한참 만에 홍덕댁이 돌아왔다.

"하학동 사람들도 몇 사람 나가기는 나갔는데, 부안댁 모녀는 그대로 있등만. 오매 오매. 그런데, 오기창인가 그 사람 큰일날 사람이구만잉. 그 사람 땀새 애먼 친척들이 시방 날벼락을 맞아도 험하게 맞았구만. 오기창 친척이라면 사돈네 팔촌까지 다 잡아들이고, 가까운 친척 집에는 몽땅 불까지 질러버렸다잖아."

홍덕댁은 호들갑에 숨이 막혔다. 유월례는 오매 오매 소리만 연발하고 있었다.

"오매. 그란데, 장흥댁, 내가 군아에 갔다 오다가 시방 또 짐을 한나 짊어져버렸구만. 우리 친정 사촌 조카가 걸려도 크게 걸렸다고 숨이 넘어가는데 으째사 쓰까?"

홍덕댁은 다시 숨이 넘어갔다.

"그 정신없는 놈이 덩덩한게 물 건너 굿인지 알고 놀아나도 험하게 놀아났던 모양이구만. 아들이 잽혀간게 엄씨도 자리 지고 반송장이 되어버렸다는데, 이러다가는 모자가 줄초상이 나게 생겼어. 으짤 것이여. 호방 나리한테 또 한 번 말을 해줘야 쓰겄구만. 이것 쌀 한 섬 값이여."

홍덕댁은 간드러지는 소리로 주워섬기고 나서 돈 보자기를 유월례 무릎 밑으로 밀어 놨다. 아까 유월례 인물 칭찬에 너스레가 흐드러질 때부터 속내가 환했는데, 심부름 다녀온 밑천을 금방 뽑자는 수작 같았다.

"그런 중죄인도 빼낼 수 있으께라우?"

유월례는 돈을 밀어내며 눈을 둥그렇게 떴다.

"호방 나리 말 한마디면 안 되는 일 있간대?"

홍덕댁은 이 사람도 자기 일가 푸네기라고 너스레가 요란스러웠으나 요란스런 소리만큼 자기가 받아먹는 구전이 걸걸한 모양이었다. 관청 주변에서 턱찌기 먹고 살아온 여자라 벌써 친정 동생에 조카에 일가 푸네기가 네댓 명이나 되었다. 지난번 자기 신세 한탄을 할 때는 고부 천지에는 친척이라고는 구정물 한 방울 튀어간 사람이 없다고 눈물까지 짰다.

"물은 낮은 데로 흐르고 공은 쌓는 데로 가는 법이여. 죽을 사람 살리는 공보다 더 큰 공이 어딨겄어?"

홍덕댁 호들갑이 또 요란스러웠다. 벌써 다섯 사람째였다. 그때마다 어찌나 숨이 넘어가든지 죽어가는 사람 살린다는 생각만 하고 깊이 새겨 볼 겨를도 없이 호방한테 말을 해서 빼냈다. 유월례가 입을 뗄 때마다 호방은 너털웃음을 터뜨리며 두말없이 알았다고 했고 그날로 거짓말같이 풀려나왔다. 물론 그럴 때마다 맨입이 아니고 돈보자기가 따랐다.

"어떻게 그런 소리를 자꾸 하겠소?"

유월례가 뜨악한 표정으로 말했다.

"나도 염치가 있는 년인데 웬만하면 이런 소리를 또 하겄어? 당장 내일이라도 목을 달아맬지 모른다고 숨이 넘어가는데, 사람이 죽는다는 데야 어떻게 손 개얹고 보고 있겄냐 말이여. 네 목숨이나 내 목숨이나 사람 목숨이 쉬운 일이여? 어렵겄제마는 한번만 더 말을 해 주겨."

홍덕댁은 간드러지는 소리로 *언구럭이 흐드러졌다.

"말이나 해볼란게 돈은 그냥 놔두시오."

"워매. 그것이 먼 소리여? 목숨이 왔다갔다하는 판에 쌀 한 섬 값이 돈이겄어? 이런 돈이야 사람 목숨 살리고 인사 받는 돈인게 받아도 되레 공으로 가는 돈이여. 그리고 호방 나리가 맨입으로는 그런 일 해줄 양반도 아녀."

유월례는 홍덕댁 호들갑에 얹혀 인정에 밀리다보니 이건 꼭 남 사정보다 애기 배는 꼴이 되고 있었다. 호방은 유월례가 받은 돈은 유월례 몫이라며 잘 챙기라고 했다. 호방은 그런 돈뿐만 아니라 정익서가 놓고 간 돈이며 다른 돈까지 얹어주었다. 유월례는 내가 이런 돈을 어떻게 챙기느냐고 하자 당장 어머니 속량전이 있지 않느냐고 호방은 너털웃음을 터뜨렸다. 이런 돈은 사람 살려주고 받는 돈이니 받고도 공이 되는 돈이라고 홍덕댁하고 똑같은 소리를 했다. 그렇게 생각하면 그럴 것도 같았으나 유월례는 커져가는 돈주머니를 볼 때마다 겁이 났다.

"호방 나리한테 그런 소리 하는 거 하나도 어려워할 것 없어. 가만 본게 호방 나리는 장홍댁이 그런 소리 안 해서 한이더만. 내 눈치도 척하면 삼천린데, 이런 돈 몇 푼이 문제가 아녀. 떡두꺼비 같은 아들만 하나 쑥 뽑아놔봐. 호방 살림이 뉘 것이겠어? 논이 3백 마지기여. 큰마누라한테 아들이라고 어리빙추기 같은 거 하나 있제마는 사람 노릇하기는 폴세 틀렸고, 그 집 여편네 병세 들어본게 장홍댁이 그 집 큰방 차지할 날도 며칠 안 남은 것 같더만."

홍덕댁은 한참 너스레를 떨며 깔깔거렸다. 그때 호방이 왔다. 얼굴이 훤한 게 무슨 기분 좋은 일이라도 있는 모양이었다.

"충청도 큰애기가 어사또 나리 수청 들었다는 말이 참말이라요?"

유월례가 조심스럽게 물었다.

"요새, 고부 사람들 귀는 그 큰애기한테만 쏠렸구만."

166

호방은 대수롭지 않게 받아넘기며 무슨 일인지 혼자 웃기만 했다. 그는 방금 이용태한테 이주호 사건에 대응할 계책과 전봉준 잡을 가물치 계책을 진언하고 오는 참이었다. 호방은 탈옥사건 뒤로 이용태가 속에서 얼마나 불이 나고 있는지 빤히 알고 있었으므로 작자 속내를 한번 떠볼 겸 두 가지 계책을 넌지시 들이댔던 것이다.

"허허, 호방 수도 대단하구만. 내가 지금 쓰고 있는 계책도 말하자면 가물치 계책이오. 내가 그년을 내 방에 넣으라고 한 것은 그년 몸이 탐이 나서 그런 것이 아니오. 그년이 내 품에 안겼다는 소문을 내노면 전봉준이 천길만길 뛰지 않겠소? 씨름도 움직여야 허가 보여 꾀를 넣을 수 있소. 잔뜩 독을 올려노면 제물에 이리 처들어올지도 모르지요. 호방은 그놈 있는 데를 알아가지고 쫓아가서 잡자는 것인데, 나는 제 발로 달려오도록 꾀어서 잡자는 것이오."

이용태는 껄껄 웃었다.

"역시 어사 나리 지혜에는 족탈불급이올시다."

호방이 고개를 주억거리자 이용태는 또 한 번 요란스럽게 웃었다. 호방은 같이 따라 웃으면서도 내심 당황했다. 탈옥을 당한 뒤 자기 체신 때문에 내놓고 옥졸 하나 닦달을 못하고 있으면서도 이렇게 여유를 보이다니 새삼스럽게 보통내기가 아니라는 생각이 들었다.

"하여간, 그년이 수청 들었다는 소문부터 널리 내고 그년 콧대를 기어코 꺾으시오."

이용태는 단호하게 말했다. 탈옥당한 분풀이를 거기다 하겠다는 심사 같았다.

"하온데 염려되는 것이 한 가지 있사옵니다. 성깔이 예사 계집

이 아닌 것 같사온데, 너무 심하게 닦달을 하면 혹시 *자문自刎이라
도 해버리지 않을까 싶어 그것이 걱정이옵니다. 그렇게 되면 일이
조금…….”

호방은 이용태 눈치를 보며 조심스럽게 말했다.

“사람이 죽기가 그게 그리 쉬운 일인가? 하여간, 이 일은 호방한
테 맡길 테니 어떻게든 콧대부터 꺾으시오.”

이용태는 단호하게 말했다.

“감사하옵니다. 있는 힘을 다하겠습니다. 그러하옵고, 지금 사람
을 놓아 전봉준 거처를 알아보도록 조처를 하고 있사오니 조금만 기
다려 주십시오.”

“하여간, 이주호 일하고 이 일은 호방한테 모두 맡길 터인즉 잘
해보시오.”

이용태는 두 가지 일에 대한 처리를 호방한테 통째로 맡겼다.

“감사합니다. 하온데 아뢰옵기 황송하오나 고부 이속들은 지금
너무 기를 펴지 못하고 있사옵니다. 지난번에 난군들한테 날벼락을
맞고 전전긍긍 목숨을 부지하며 어사또 오시기만 학수고대하옵다
가 어사또 나리께서 오시자 지옥에서 부처님을 만난 심사들이온데,
어사 나리께서 너무 닦달을 하시니…….”

호방은 그럴 듯한 말로 번드레하게 수다를 떤 다음 아전들에게
두령급 한 사람씩 잡으라는 영을 거두어달라고 넌지시 한발 내쳐보
았다.

“지난 일은 더 따지지 않을 터인즉 앞으로나 잘 하도록 하시오.”

“감사하옵니다.”

이용태가 너무 흔연스럽게 나오자 호방은 되레 당황했다. 그러나 탈옥 사건이 엉뚱한 효험을 내고 있는 것이 아닌가 싶기도 했다. 고부 이속들을 더 옥죄다가 또 무슨 병통이 터질지 모른다고 생각한 것이 아닌가 싶었다.

김덕호는 감영 행수기생 집에서 술판을 벌이고 있었다. 감영 병방 비장 정석희와 서문 밖 청나라 상인 서문모 등 세 사람이었다.

"김시풍 씨 한양 간 것 알고 계시오?"

술이 두어 순배 돈 다음에 김덕호가 정석희한테 잔을 건네며 물었다.

"한양이오?"

정석희는 대수롭지 않게 되물었다.

"적잖은 돈을 마련해 가지고 한양 갔다는 소문이오."

적잖은 돈이란 말에 정석희는 서문모를 건너다봤다. 서문모는 말 없이 술잔만 기울이고 있었다. 그는 조선에 나온 지가 오래 되어 우리말을 잘했다.

"짐작 가는 일 없소? 나는 아무래도 감투 사냥 같은데?"

김덕호가 정석희를 보며 웃었다. 정석희는 아직도 무슨 말인지 모르겠다는 표정이었다. 기생들은 들이지 않고 행수기생 혼자 술시중을 들고 있었다.

"농민군 불이 전라도 일대로 번진다면 조정에서는 그 불을 끌 소임을 누구한텐가 맡겨야 하지 않겠소? 감투가 생겨도 큰 감투가 생긴 것이지요."

"*초토사 말씀이오?"

정석희는 놀라 물었다. 그는 김시풍하고 앙숙이었다.

"자, 자네도 한잔 하게. 자네 마음속 안방에 저 양반이 들어앉아 있는 눈치던데, 요새같이 감투가 획획 날아다니는 세상에 저런 답답한 골샌님이라면 별 볼일 없을 걸세. 이제부터 그 안방 손님 바꿔 앉히게."

김덕호가 껄껄 웃으며 걸쭉하게 수작을 걸었다. 성석희는 혼자 생각에 잠겨 있는 듯했다. 정석희 표정을 본 행수기생은 김덕호 말에 대거리하지 않고 다소곳이 잔을 받았다.

"그런 일에는 돈보다 능력이 말하지 않겠습니까? 나도는 소문을 들어보면 농민군 토벌에는 김영장만한 인물이 없을 것이라고들 합디다."

서문모가 정석희한테 잔을 넘기며 한마디 끼어들었다. 전주 서문 밖에 포목 도가를 내고 있는 서문모는 전주 근처 10여 고을 포목상을 상대할 만큼 거래 규모도 컸고 현금도 많았다. 더구나 그는 한양 청나라 *통리아문에 뒷배가 든든해서 감사도 서문모라면 괄시를 못 하는 처지였다. 그래서 전주 사람들은 '남문 밖에 양대인 서문 밖에 서대인'이라고 외국 사람들 위세를 비꼴 지경이었다. 서문모는 거친 세상에서 장사를 하자니까 감영에도 줄을 고루 대고 있어 관가 소식이 누구보다 빨랐다. 김덕호가 삼례집회 때나 고부봉기 때 서문모를 통해서 감영 움직임을 뽑아낸 것만도 한두 가지가 아니었고 지금도 마찬가지였다. 그런데 그는 장사치답게 밑이 넓고 대인관계가 원만했으나 김시풍하고는 사이가 별로 좋지 않았다. 김시풍은 외국인이라면 누구든지 송충이보다 싫어했기 때문이다.

　김덕호가 인천에서 개항장 객주를 할 때는 서문모도 거기서 장사를 했으므로 두 사람은 그때부터 돈거래를 하며 가까이 지내는 사이였다. 김덕호가 일본 상인들과 대립을 할 때는 서문모가 은근히 뒤를 봐주기도 했고, 도피를 하면서 재산을 빼돌릴 때도 그가 크게 거들어 주었다. 7,8년간 잠적 생활을 하는 사이 김덕호가 상대한 사람 가운데 자기 과거를 아는 사람은 서문모 한 사람뿐이었다. 서문모는 장사하는 사람치고는 상당히 박식하고 국내외 정세에도 관심이 많아 그런 소식도 누구보다 빨랐으며 정세를 보는 눈도 상당히 날카로웠다. 그는 좀 한가할 때는 늘 김덕호를 불러 술을 마셨으므로 김덕호는 요사이 청나라와 일본 등 외국 소식은 거의 서문모한테서 듣고 있었다. 실은 김시풍 소식도 서문모가 전해 준 것이었다. 김시풍은 농민군이 일어날 것을 확신하고 초토사 자리를 따러 간 것이 틀림없다는 것이다. 그는 현금도 만만치 않다는 소문인데 서문 밖 상인들한테 논밭 문서까지 잡히고 돈을 긁어갔다면 단단히 벼르고 간 같았다. 김덕호는 그러지 않아도 앞으로 농민군이 봉기할 때 혹시 김시풍이 움직이는 날에는 큰일이다 싶어 김시풍 움직임에 귀를 쫑그리고 있는 참인데 서문모한테서 그 소식을 들었던 것이다. 그는 깜짝 놀라 곧바로 이 자리를 마련했다. 세 사람은 전에도 한두 번 술자리를 같이 한 적이 있었다.

　"김영장은 이번에야말로 호남 일대 농민들이 전부 들고일어날 것으로 본 것 같습니다. 야인으로 나와 있으니 백성 모습이 훨씬 더 제대로 보이는지도 모르지요."

서문모는 우리말이 거침없었다.

"김영장은 지금 감사 나리하고 앙숙이라던데 왜 그렇게 앙숙이랍니까, 김영장이 물러난 것은 이번 감사 나리가 오기 훨씬 전인데?"

김덕호가 정석희한테 넌지시 물었다.

"전관이라고 감사 나리께서 술자리를 한번 마련했던 모양인데, 제대로 감사 대접을 하지 않았던 것 같습니다."

정석희가 가볍게 웃으며 대답했다.

"김영장은 여기 다녀간 감사들은 한 사람도 감사답게 대접한 적이 없다더니 그게 헛소문이 아니구먼요. 그런 사람이 초토사가 되면 난민 초토하기 전에 감사하고 수령들부터 초토하겠구려."

김덕호 말에 모두 웃었다.

"원체 자기주장만 앞세우는 외골뼈인데다 사람 보는 것도 외곬이라 대원군밖에는 사람으로 보지 않는다던데 대원군하고는 거래가 깊었나요?"

서문모가 정석희한테 물었다.

"거래가 있을 턱이 있나요. 그런 소리도 그 사람 성미 때문에 떠도는 소리지요."

정석희는 김시풍 말이 나오면서부터 말이 적어졌다. 혼자 무슨 생각에 잠겨 있는 것 같았다.

"그 집 안방에는 쌍낙관이 찍힌 대원군 난초가 걸려 있다는 소문도 있더구만요?"

김덕호가 정석희한테 잔을 넘기며 물었다.

"그 사람 이야기할 때는 꼭 그 난초 이야기가 따라다닙니다."

정석희가 애매하게 대답했다.

"그 난초를 봤다는 사람이 많습디다. 그 집 안방에 덩그렇게 걸려 있다는데, 대원군 난초라면 누구나 욕심내는 귀물이지마는, 민가들 세상에 대원군 난초를 여봐란 듯이 걸어놓는 그 사람 배짱도 알아줘야겠지요?"

서문모가 껄껄 웃었다.

"대단한 배짱입니다."

김덕호가 맞장구를 쳤다. 대원군 난초 이야기는 김시풍이 사람들 입에 오르내릴 때마다 꼭 따라다니는 화제였다. 모함하는 사람은 모함하는 소리로, 호감을 가진 사람은 배짱 있다는 칭찬으로 그 난초가 화제였다.

"소문에는 김영장이 행수기생 부탁으로 산송에 끼어들었다가 모가지가 나갔다는 이야기도 있던데, 일판이 거기까지 갈 적에는 김영장하고 만리장성을 여러 개 쌓았던 모양이지?"

서문모가 눈을 게슴츠레 뜨고 행수기생을 보며 웃었다.

"아이구, 소문 한번 걸쭉하구려. 제가 한때 산송에 끼어든 적은 있습니다마는, 뒷골 스님을 찾아가서 사정을 하고 말지 김영장한테 송사 부탁을 하겠습니까? 송사는 감사 소관인데 김영장이 감사한테 이 송사 잘 봐주십시오, 이러고 고개 숙일 위인이던가요?"

김시풍 성격으로 보아 행수기생 말이 그럴 법했다.

"기생들이라면 국으로 노래하고 술 따르다 주는 행하나 챙길 일이지, 전주 기생들은 웬 산송에 그리 많이 끼어드나 그래? 큰 산송치고 기생 이름 안 낀 산송 없더구만. 진안 어느 산송에는 남문 밖 양

대인하고 무슨 난 자 이름 쓰는 기생이 붙어 힘을 겨루느라 볼 만하
고, 금산 산송은 천석꾼 김지호란 자하고 거기 양반 나리가 붙었다
는데, 이 집 쥔장이 김지호 편을 들어 행수기생 위세로 양반 코쭝배
기를 누르고 있다는 소문도 자자하고⋯⋯."

서문모는 산송 몇 개를 세며 기생 이름을 하나씩 댔다.

"점잖으신 분이 어디서 그런 굴축스런 소문만 듣고 다니세요?"

행수기생이 서문모한테 잔을 넘기며 깔깔거렸다. 이야기가 좀 엉
뚱한 데로 흘러갔다. 송사 중에서 가장 시끄럽고 대물림을 하는 송
사가 묏자리 다투는 산송이었다. 요사이는 산송이 한층 극성을 부렸
다. 처음 제소하는 송사도 많았지만, 묵은 송사가 새삼스럽게 뒤집
어져서 야단이었다. 예나제나 무슨 일이든 길흉화복을 묏자리 소응
으로 치는 판이라 난세일수록 묏도락이 더 극성을 부렸다.

"금산 김부잔가 그자는 산송에 이골이 난 사람이라던데 거기다
이 집 쥔장 같은 든든한 뒷배까지 업었다면 그자하고 맞붙은 양반
나리는 골로 갔구만."

금산 부자 김지호는 길례 아버지가 산송이 붙어 패가망신한, 바
로 그 장본인이었다.

"제가 뒷배는 무슨 뒷배란 말씀이세요. 금산 김처사가 전주 오
시면 가끔 우리 집에 들르시기 때문에 그런 험한 소문이 난 것 같
구만요."

"그게 그거지 뭔가? 감추고 숨길 것 없어. 산송이란 처음부터 돈
싸움 아닌가? 어차피 공중으로 붕붕 떠다니는 돈, 그런 작자 하나 치
마폭에 싸다노면 도깨비방망이겠지."

"아이고……."

김덕호 말에 행수기생은 곱게 눈을 흘겼다. 이야기는 잡담으로 이어졌다. 그러나 정석희는 김시풍 소리를 들은 뒤로 굳은 얼굴이 얼른 펴지지 않았다. 술자리는 밤이 이슥해서 좀 싱겁게 끝났다. 서문모와 정석희가 먼저 신을 신고 마당으로 나섰다.

"어, 취한다. 기분 좋게 마셨구만."

김덕호는 술이 많이 취한 척 비틀거리며 행수기생한테 행하를 듬뿍 쥐어주었다. 행수기생은 깜짝 놀랐다.

"아까 감투 사냥 이야기하고 난초 이야기는 감사 나리가 들으면 아주 좋아하실 게야. 그 소리 들으면 감사 나리 행하는 이보다 더 두둑할 거라구. 하하."

김덕호는 행수기생 손을 꼭 쥐며 껄껄 웃었다.

"예. 예. 무슨 말씀인지 잘 알았습니다요."

행수기생도 김덕호가 잡은 손에 힘을 주며 요란스럽게 깔깔거렸다. 관가 주변에서 모사만 구경하고 살아온 여자라 눈치가 척하면 삼천리였다. 김덕호는 비틀거리는 걸음으로 대문을 나섰다. 김덕호는 앞으로 행수기생을 이용할 일이 많을 것 같아 그동안 행하를 푼푼하게 주어 왔는데 오늘 저녁에는 겸사겸사 더 두둑하게 안겼다. 하여간, 어떻게 하든 김시풍이 초토사 되는 것은 가로막아야 할 판이었다. 정석희한테도 귀띔을 한 셈이니 그도 나름대로 생각이 있을 것이고 서문모하고는 따로 의논을 할 생각이었다.

김덕호는 요사이 전주에서 감영과 조정 동정에 귀를 쫑그리고 있었다. 서문모를 내세워 연엽을 빼내볼까도 생각했으나 그 일은 서문모가 나서도 쉽지 않을 것 같았고, 자기가 농민군 일에 그렇게 깊이 개입하고 있다는 사실을 서문모한테 드러내는 것도 좋지 않을 것 같았다. 이제 자기는 당분간 온힘을 기울여 김시풍이 초토사 되는 것을 방해할 참이었다. 오늘 정석희한테 직접 귀띔을 하지 않고 서문모 앞에서 말을 한 것은 정석희와 자기 사이가 그렇게 가깝지 않다는 것을 서문모한테 보이자는 것이기도 했다. 김덕호는 오랫동안 자기를 숨기고 살다 보니 누구한테나 자기를 숨기는 게 습성이 되다시피 했다.

황방호와 박성삼이 고산 당마루 김오봉 주막으로 들어섰다. 두 사람은 고부 소식을 듣고 전봉준을 만나러 원평으로 달려갔다가 김도삼을 만나 전봉준은 만나기 어려울 것이라는 말에 통문만 얻어가지고 돌아오는 길이었다. 중노미가 깜짝 반색을 하며 주인 김오봉이 몹시 기다린다고 안방으로 쪼르르 달려갔다. 김오봉이 뛰어나오며 두 사람을 안방으로 맞아들였다. 웬일인지 김오봉 얼굴이 잔뜩 굳어 있었다. 봉노가 비어 있는 것 같은데 안방으로 맞아들이는 것부터 전하고 달랐다.

"우선 고부 소식부터 들읍시다."

황방호는 김도삼한테서 들은 고부 참상과 전라도 전부가 일어나기로 했다는 말을 했다. 김오봉도 이미 임군한한테서 들은 소식이었다. 임군한은 남원 임진한을 만나고 지금 산채에 와 있었다.

"진산하고 금산서도 야단이 난 것 같소. 동학도들을 마구잡이로 잡아들인답니다."

176

거적눈이 와서 전한 이야기라고 했다. 두 사람은 깜짝 놀랐다. 김오봉은 중노미를 불러 빨리 가서 거적눈을 데려오라고 했다.

"망둥이가 뛰니까 절간 빗자루도 뛴다더니 이용태가 고부에서 북새질 쳤다는 소문을 듣고 이자들도 덩달아 설치는 것 같소. 하기야 감사까지 이용태 기세를 업고 날뛰는데 민영숙閔泳肅이라고 가만있겠소? 거적눈은 여기 잠시 피해 있으라고 저 안동네로 보냈소."

민영숙은 금산 군수였다.

"그 때려죽일 놈들, 그놈들 저승길이 바쁜 것 같소. 이걸 보시오."

황방호가 통문을 김오봉 앞에 펼쳤다. 통문을 읽는 사이 김오봉 눈에서 빛이 번쩍이고 있었다. 황방호와 박성삼은 잠시 김오봉을 건너다보고 있었다.

금산 군수 민영숙은 영광 군수 민영수, 감영 판관 민영승, 나주 목사 민종렬 들과 함께 민가 *지스러기들이었다. 그는 민가 떠세로 이웃 진산 군수까지 옆구리에 끼고 놀았다. 그때 밥상이 들어왔다. 좀만에 거적눈이 헐레벌떡 뛰어들었다.

"아이고 댕겨오시오? 진산은 난리가 나부렀소. 나졸들이 밤중에 들이닥쳐 잠자는 사람들을 몽땅 잡아갔소. 나도 깐딱했더라면 잽히는 것인데, 밤똥 누는 버릇 땀새 살았소. 뒷간에 있는데, 골목에서 수상한 소리가 나길래 뒷산으로 내빼부렀지라. 방학주 왈패들까지 나서서 그놈들이 나졸들보담 더 무지막지하요."

거적눈은 숨이 넘어갔다.

"방학주 그놈이 또 설쳐?"

황방호 눈에서 불이 튀겼다.

"이놈들을 그냥 둘 수 없다. 당장 사람들을 모아서 작살을 내고 말 테다."

황방호는 김오봉이 따라놓은 막걸리를 벌컥벌컥 들이켰다.

"그건 좀 생각할 일이오. 시방 한참 발악을 하고 있는 판이오. 꽃 등은 피했다가 그놈들 기세가 한풀 숙어든 담에 일을 도모해도 늦 잖소."

김오봉이 침착하게 말했다.

"이용태 기세 업고 날뛰는 판이라 잽혀간 사람들 몸뚱어리가 온 전하지 못할 것 같소. 전봉준 장군이 다시 일어난다는 소식 들으면 웬만한 사람들은 다 일어날 것이오."

황방호가 주먹을 쥐며 말했다. 김오봉은 그게 쉽겠느냐고 고개를 갸웃거렸다.

"금산 동학도들이 가만있지 않을 것이오. 그쪽 동학도는 수가 진 산보다 많고 기세도 만만찮소. 먼저 그리 가서 의논을 하겠소. 거기 서 일어나면 진산서도 덩달아 일어납니다."

황방호는 자신 있게 말하며 밥을 우겨넣었다. 박성삼도 부지런히 밥을 먹었다.

"금산 사람들은 민영숙한테 모두 이를 갈고 있소. 고부 사람들이 조병갑한테 이 가는 것보다 더하요."

박성삼도 그렇다고 맞장구를 쳤다. 김오봉은 더 말리지 않았다.

"아이고, 저는 따라가고 잡은 생각이 한나도 없소. 지난 참에 잽 혀가서 맞은 뒤로는 이런 일에는 곁에도 안 갈라고 맘 묵었소. 나는 다 견뎌도 매는 못 견디겠습디다."

거적눈은 몸서리를 쳤다.

"너는 기왕에 피해왔은게, 그대로 여기 있거라."

황방호가 자리에서 일어서며 말했다. 김오봉과 거적눈도 대문까지 따라나와 배웅을 했다. 김오봉은 황방호와 한참 이야기를 하다가 돌아섰다. 거적눈은 먼저 와서 목로에 앉아 있었다.

"이놈아, 너는 왜 그렇게 물 건너 외손주 죽은 늙은이 상판을 하고 있냐?"

김오봉이 웃으며 거적눈한테 핀잔을 주었다.

"아따, 참말로 환장하겠그만이라. 따라갈 수도 없고, 안 가고 뒤에 처져 있을란게 병신 같고, 미치겠소."

거적눈은 고개를 비틀고 앉아 상판을 잔뜩 으등그렸다.

"그래서 세상사는 것이 쉽잖은 법이다."

김오봉은 껄껄 웃으며 안방으로 들어갔다. 그때 큰길을 내다보고 있던 중노미 눈이 둥그레졌다. 처녀 하나를 앞세우고 오던 장정들이 이쪽을 힐끔 보며 길 건너 술집으로 들어가고 있었다. 앞서가던 처녀도 얼핏 이쪽을 돌아봤다. 처녀를 본 중노미는 부리나케 김오봉한테로 뛰어 들어갔다.

"그저께 갔던 방학주 똘마니들이 복골 큰애기를 잡아갖고 오요. 앞 주막으로 들어갔소. 김연삼 씨 딸 말이오."

"뭣이?"

김오봉이 깜짝 놀랐다.

"잡아오는 놈들은 그저께 갔던 두 놈이오."

"방학주 이놈도 아주 제 세상 만난 줄 아는 모양이구나. 두 놈 다

맨손이더냐?"

김오봉 얼굴이 대번에 굳어지며 물었다. 그렇다고 했다. 김오봉
은 알았다고 중노미를 내보냈다.

"방학주 이 작자가 장을 고루고루 보자는 배짱이구나. 그 처녀를
잡아온다면 그들 중간에 내가 끼였다는 것도 이제 드러나겠지. 작자
들이 묘하게 발길을 재촉하는구나. 그러지 않아도 작정을 하고 있는
참이다."

김연삼의 딸이 잡혀온다면 그들 일가족이 여기서 도망친 것이 자
기 수작이었다는 사실이 모두 방학주한테 알려질 판이었다. 발길을
재촉한다는 소리는 세상에 나서라고 재촉한다는 소리 같았다. 김오
봉은 보고 있던 치부책을 거두어 문갑 속에 챙기며 일그러진 웃음을
또 한 번 웃었다. 자리에서 일어났다.

시렁에서 고리짝을 내렸다. 고리짝 속에서 무슨 털가죽을 꺼냈
다. 털가죽 배자였다. 누런 게 불곰 가죽 같았다. 그 밑에 또 털가죽
이 있었다. 오소리감투였다. 김오봉은 불곰가죽 배자를 한번 맵쓸러
본 다음 어깨를 꿰었다. 오소리감투도 눌러썼다. 대번에 다른 사람
이 되어버린 것 같았다. 또 고리짝에서 무얼 꺼냈다. 표창이었다. 다
섯 개를 챙겼다. 끝이 시퍼런 표창을 왼손 토시에 꽂았다. 단검도 집
어 들었다. 단검을 뽑아 시퍼런 날을 맵쓸러보고 칼집에 꽂아 바지
말기 안쪽에 챙겼다. 수건을 허리에 차며 벽에 걸린 거울 앞으로 갔
다. 오소리감투를 벗었다 다시 쓰며 모습을 살폈다. 때깔이 자르르
했다. 손질을 잘해 두었던지 불곰 털가죽에서는 윤기가 흐르고 오소
리감투에서는 솜 같은 속털에서 성기게 솟아오른 겉털이 실바람에

도 날릴 것 같았다. 영락없는 산적 두목이었다. 그러나 털가죽에 자르르 흐르는 윤기와 뻬딱하게 젖혀 쓴 오소리감투에서 옛날에 돈을 흩뿌리고 다니던 한량기가 상큼하게 남아 있었다.

"산에 다녀오겠어."

김오봉은 눈이 둥그레진 아내한테 한마디 툭 던져놓고 집을 나갔다. 산에 다녀온다는 소리는 대둔산 임문한 산채에 다녀온다는 소리였다.

"아직 안 갔지?"

중노미는 김오봉 차림에 깜짝 놀라며 그렇다고 고개를 끄덕였다. 김오봉은 건너편 주막을 힐끔 보며 집을 나서 잿길로 내달았다. 산굽이를 돌자 저 앞에 누가 달려가고 있었다. 거적눈이었다. 혼자 고민 고민하다가 하는 수 없이 따라가기로 작정을 한 모양이었다. 김오봉이 빙긋 웃었다. 거적눈은 허위허위 산굽이를 돌고 있었다. 김오봉은 연신 뒤를 돌아보며 바삐 내달았다. 산굽이를 돌 때였다. 방학주 똘마니들이 김연삼의 딸을 앞세우고 저만치 오고 있었다.

김오봉은 산굽이를 조금 돌다가 길을 버리고 숲 속으로 들어갔다. 몸을 숨길 자리를 봐놓고 곁에 있는 잡목을 맵쓸러보았다. 가지가 가위처럼 벌어진 때죽나무 곁가지를 잡았다. 팔뚝보다 조금 굵었다. 가지를 밑으로 사정없이 잡아당겼다. 가지가 속살을 허옇게 드러내며 찢어지다가 *구새먹은 옹이쯤에서 뚝 꺾였다. 단검을 뽑아 줄기를 가다듬었다. 거꾸로 잡아 한번 꼬나본 다음 길가로 던져놓고 수풀 속으로 몸을 숨겼다. 저쪽에서는 황방호 일행이 거적눈을 만나 반기고 있었다. 그들은 이내 바삐 잿길을 치달았다.

방학주 똘마니들이 산굽이를 돌아왔다. 앞장선 김연삼 딸은 붙잡힌 날짐승처럼 조그맣게 옹송그리고 걷고 있었다. 옷 보퉁이도 들지 않았고 입던 옷 그대로였다. 솔개 닭 채듯 채오는 것 같았다. 김오봉은 수건으로 얼굴을 가려 단단히 동여맸다. 수건을 제대로 발랐다. 토시에서 표창을 뽑아 한 손에 하나씩 골라 쥐었다. 작자들이 앞을 지나갔다. 김오봉은 살금살금 길가로 내려갔다. 작자들 뒤로 따라붙었다. 맨 뒤엣놈 뒤통수를 향해 표창을 겨누었다.

— 쉿.

목덜미에 정통으로 꽂혔다.

— 윽.

작자가 비명을 지르며 목을 싸안았다. 곁엣놈이 깜짝 놀라 뒤를 돌아봤다. 쉿, 또 표창이 날았다. 순간 작자가 옆으로 날래게 얼굴을 피했다. 역시 왈패다웠다. 작자는 김연삼 딸을 얼른 껴안으며 칼을 뽑아 김연삼 딸 가슴에 겨누었다.

"죽여!"

대번에 사태를 알아차린 것 같았다. 김오봉은 무춤했다. 표창 맞은 자는 표창을 두 손으로 싸쥐고 무릎을 꿇고 있었다.

"오면 죽여버려!"

김연삼 딸을 안은 작자가 소리를 지르며 칼을 더 바짝 김연삼 딸 가슴에 댔다. 표창을 든 김오봉은 작자를 노려보고 있었다. 두 사람은 말없이 한참 노려보고 있었다. 둘이 다 꼼짝 않고 노려보고 있었다. 그대로 굳어버린 것 같았다. 머리카락만 움직여도 벼락 치는 소리가 날 것 같았다. 김오봉 손이 휘딱했다. 순간 슛, 표창이 날았다.

표창이 작자 코 옆에 꽂혔다.

"으윽!"

작자는 이를 악물고 악을 쓰며 김연삼 딸 가슴에다 칼을 꽂았다. 작자가 김연삼 딸을 껴안은 채 땅바닥에 주저앉았다. 김오봉이 달려가서 김연삼 딸의 가슴에 꽂힌 칼을 뽑았다. 그러나 칼은 반나마 깊이 꽂혀 있었다. 김연삼 딸은 옆으로 고꾸라지고 작자는 얼굴을 싸안고 있었다.

"이런 독종!"

김오봉이 낭패한 표정으로 칼을 들고 작자를 내려다보며 뇌었다. 김오봉은 저쪽에 가서 몽둥이를 주워들고 왔다. 그는 얼굴을 싸안은 작자 머리통을 갈겼다. 머리통에서 퍽 소리가 나며 옆으로 쓰러졌다. 저쪽으로 가서 또 갈겼다. 둘이 다 똑같은 꼴로 쓰러졌다. 그들 목덜미와 얼굴에 박힌 표창을 뽑았다. 김오봉은 표창을 옷에 문질러 토시에 챙겼다. 몽둥이를 길 아래로 던졌다. 김오봉은 작자들 다리를 양손에 하나씩 붙잡고 길 아래로 끌고 내려갔다. 마치 호랑이가 사냥한 짐승을 물고 가는 것 같았다. 누런 털배자를 입고 오소리감투를 쓴 김오봉 모습은 영락없이 그렇게 생긴 짐승 같았다. 좀 만에 길 아래서는 퍽, 퍽, 익은 호박이 몽둥이 맞는 둔탁한 소리가 났다. 둔탁한 소리가 연거푸 났다.

김오봉은 길 위로 올라섰다. 김연삼 딸은 이미 숨이 넘어가버렸고, 흘러내린 피가 길바닥으로 스며들고 있었다.

"불쌍한 것."

김오봉은 수건을 벗어 김연삼 딸의 얼굴을 가린 다음 피 묻지 않는 데를 가려 두 손으로 몸뚱이를 떠안았다. 길 위로 올라갔다. 아까 몽둥이 꺾은 곁에 파묘 구덩이가 하나 있었다. 거기 눕혔다. 손으로 흙을 밀어 내렸다. 어지간히 덮은 다음 손을 털었다.

"허허."

김오봉이 무슨 생각을 하는지 혼자 가볍게 웃었다. 안으로 잦아든 눈길에 쓸쓸한 빛이 감돌았다. 그는 파묘 구덩이를 한번 내려다보고 나서 발길을 돌렸다. 김오봉은 산채를 향해 가파른 골짜기를 올라갔다.

김오봉 눈에는 지나온 세월이 그림처럼 지나갔다. 그는 이 근래 4,5년간은 아주 속편한 세상을 살았다. 한 집에 두 아내를 거느리고 살았으나 둘이 다 성격이 무던해서 크게 티격이 없었다. 그런 한가한 생활이 두령들이나 졸개들한테 미안하기도 했다. 김연삼 딸을 임군한한테 강권하다시피 했던 것은 임군한이 그런 쪽으로는 너무 가엾기도 하고 자기 혼자 편하게 사는 것이 미안하기도 해서였다.

김오봉은 김연삼을 전주로 빼돌린 뒤에 그사이 서너 번 그 집에 들렀다. 방필만한테 빚을 갚아주려고 마련했던 돈을 그들에게 주어 살림을 꾸리게 하고 아는 사람을 시켜 소작도 여남은 마지기 얻어주었다. 김연삼 부부는 김오봉이 갈 때마다 친사돈보다 더 반기면서 그때마다 혼사를 치르자고 채근했다. 찬물 한 그릇 떠놓고 머리라도 올려달라고 통사정을 했다. 그러나 임군한은 어떻게 생겨먹은 작자인지 응응하면서도 그때마다 이 핑계 저 핑계로 오늘까지 뒤물림만 해왔다. 딱히 거절은 하지 않으면서도 지금까지 그 꼴이었다. 그러나 오늘 일은 임군한한테는 이야기할 수가 없었다. 유독 여자 일이라면 물불을 가리지 않는 임군한 성질에 무슨 엉뚱한 짓을 벌일지 알 수 없었다. 지금은 그런 사감으로 움직일 때가 아니었다.

김오봉은 옛날 집을 나온 뒤, 15,6년 동안 두어 번 크게 돈을 모았다가 뒤엎었고 그동안 살림을 차렸다가 걷어치우기도 여러 번이었다. 술집을 차린 것도 이번까지 두 번째였다. 객기라면 모두가 객기 때문이었다. 살림을 차릴 때마다 이제는 정말 다소곳이 살아가려니 했지만 뜻대로 되지 않았다. 제 몸 부려 제가 번 것을 제 몫으로 지키고 살자는 것인데 그게 그렇게 쉽지가 않았다. 그래서 여기다 주막을 차릴 때는 처음부터 언제든지 헌신짝처럼 내던지고 떠날 작정을 했다. 재산이란 지키려고 아등바등 *타울거리기만 한다고 지켜지는 것이 아니었다.

김오봉이 처음 집을 떠난 것은 좀 유별난 사건 때문이었다. 형수가 간통하는 장면을 발견하고 현장에서 남녀를 죽여버리고 집을 떠났다. 형님은 거의 *반편이었고, 형수는 인물이나 사람됨이 형님하고는 너무 차이가 났다. 자기 집이 부자였으므로 억지혼사를 했던 것이다. 형수 얼굴에는 늘 그늘이 짙게 드리워 있었고, 김오봉은 그런 형수를 볼 때마다 항상 죄를 진 것 같았다. 그러다가 느닷없이 간통 현장을 발견했다. 순간 눈이 뒤집혀버렸다. 여태까지 형수한테 느꼈던 동정과 그 순간 느낀 배신감은 전혀 다른 것이었다. 머리에서 휭 바람소리가 나는 것 같았다. 두 사람을 어떻게 죽였는지도 모를 지경이었다.

그 길로 집을 나와 세상 밑바닥을 떠돌았다. 자기처럼 뿌리 뽑힌 사람들과 어울려 떠도는 사이 세상을 보는 눈이 달라졌다. 밥을 굶주리며 살아본 적이 없는 김오봉은 밑바닥으로 떠도는 사람들이 모두가 한결같이 밥, 밥, 밥이라는 사실에 놀랐다. 전에는 지주들과 관리들 횡포에 막연한 분노를 느꼈으나, 지금은 그들의 횡포가 얼마나 많은 사람을 처참하게 만들고 있는가 생각하면 생각할수록 숨이 막힐 지경이었다.

김오봉 집은 장사를 하고 살았던 터라 임문한을 따라다니면서도 김오봉 눈에는 이것저것 돈벌이감만 눈에 들어왔다. 세상 곳곳에 널려 있는 것이 돈벌잇감이었다. 20대 말에 경강 주변에서 크게 돈을 모았다. 그런데 계집 까탈로 말썽이 생겨 관가에 끌려가 안 죽을 만큼 매를 맞고 재산까지 홀랑 날렸다. 낯선 데를 찾아 강경으로 와서 또 돈을 모았다. 이번에는 수령하고 거래를 하다가 수령 농간에 걸리고 말았다. 겁 없이 수령한테 대들었다가 또 무지막지하게 얻어맞고 여기서도 재산을 홀랑 날렸다. 그 작자는 얼마 전까지 여산 부사를 지내다가 지금은 강경에다 객줏집을 내고 있는 자였다. 물론 앞에는 다른 사람을 내세워 돈을 모으고 있었다.

김오봉은 다시 임문한을 찾아들었다. 갈재 임군한을 만난 것은 그때였다. 임군한은 임문한과는 또 다른 의혈지사였다. 그의 불같은 정열은 여름 한낮 산골 냇물같이 신선했다. 김오봉은 임군한을 보자 사람답게 사는 것은 저것이다 싶었고, 자기가 원래 타고난 모습도 저것이라는 생각이 들었다.

당마루에서 장사를 시작하면서도 가슴 한가운데서는 이 세상을 향해 항상 칼을 겨누고 있었고, 지금까지 그런 자세를 흐뜨려본 적이 없었다. 당마루 주막은 김오봉의 돈벌이 재주와 의협심이랄까 성깔의 절묘한 조화였다. 그의 장사 솜씨는 이 좁은 바닥에서도 놀랍게 드러나 얼마 사이에 여기를 지나는 손님을 거의 자기 주막으로 끌어들였고, 이 근방 주막이며 동네 사람들도 돈으로 얽어 거의 손아귀에 넣고 쥐락펴락하고 있었다. 전쟁이 터지면 자기는 이 근방 사람들을 모아가지고 나설 판이었다. 100여 명은 너끈할 것 같았다. 임씨 세 형제가 녹림객을 이끌고 나선다면 그 속에서도 할 일이 많겠지만, 자기는 우선 동네 사람들을 이끌고 싸울 참이었다.

7. 가보세 가보세

3월 10일 해거름. 전봉준 일행은 순창으로 가고 있었다. 그들은 영광, 함평, 나주, 광주, 창평, 담양을 거쳐 오늘은 옥과를 다녀오는 길이었다. 최경선과 김확실, 그리고 달주와 김만수 등 여남은 명이 수행을 하고 있었다. 김확실 패는 시또와 기얻은복이었고 기만수 부 하는 5명이었다.

달주는 순창에 가면 용배부터 만날 생각이었다. 부모를 찾은 일 도 축하해야겠지만 무엇보다 연엽 문제를 의논하고 싶었다. 지금 연 엽 때문에 달주는 살얼음을 밟는 기분이었다. 고부 소식은 오거무가 계속 물어오고 있는데 이용태 수청을 들었다거니 자결을 하려다 말 았다거니 별의별 험한 소문이 다 나돌고 있다는 것이다. 달주는 그 런 소문이 전봉준 귀에 들어갈까 싶어 날마다 생심지 타는 기분이었 다. 오거무는 설만두를 사이에 놓아 호방하고 줄을 대고 소식을 물어오고 있었는데, 호방은 매양 연엽이 편히 있다며 안심하라고만 한다는 것이다. 그러나 원체 흉물이라 그의 말을 곧이곧대로 믿을 수가 없었다. 길은 용배를 내세워 베네트 신부 힘을 빌리는 방법밖에 없을 것 같았다. 서양사람 힘을 빌린다는 게 께름칙했으나 지금 그런 걸 따질 수가 없었다.

"저런!"

앞장서서 가던 전봉준은 길가 밭둑에서 나물 캐는 아이 하나를 보며 깜짝 놀랐다. 계집아이들 서넛이 나물을 캐다 일행을 보고 있었다.

"너, 이리 오너라."

전봉준은 방갓을 걷어올리며 허름한 옷을 입은 여남은 살짜리 계집아이한테 손짓을 했다. 눈이 둥그레진 계집아이는 전봉준을 보고만 있었다. 그 아이는 입이 한쪽으로 몹시 비틀어져 있었다. 전봉준이 성큼성큼 아이 곁으로 갔다.

"너 입이 언제 이렇게 비틀어졌느냐?"

전봉준은 계집아이 앞에 쭈그려 앉으며 물었다.

"지난 참에 자고 일어난게 그로코 삐틀어져부렀다요."

곁에 앉은 아이가 말했다.

"내가 고쳐주마."

전봉준은 허리에 차고 있던 침통에서 침을 꺼냈다. 침을 보자 계집아이가 울상을 지었다.

"안 아프다. 따끔하고 만다."

일행은 빙 둘러서서 내려다보고 있었다. 전봉준은 계집아이 몸뚱이 여기저기에 침을 서너 대 꽂고 나서 얼굴 여남은 군데다 침을 꽂았다. 아이는 침을 찌를 때마다 움찔움찔 놀랐으나 울지는 않았다.

"입을 이렇게 해봐라."

전봉준은 침을 꽂고 나서 아이를 향해 입 움직이는 시늉을 했다. 아이가 입을 움직였다.

"쪼금 나아진 것 같지?"

곁에 아이들한테 물었다.

"우매, 돌아와부렀네."

곁에 있던 아이들이 탄성을 질렀다. 제대로 돌아오지는 않았으나 아까보다 훨씬 나아졌다. 전봉준은 다시 침을 몇 대 더 꽂았다가 모두 뽑았다. 전봉준은 옆으로 돌아앉아 주머니에서 종이와 붓을 꺼냈다. 허리에 찬 먹통에 붓을 찍어 몇 자 적었다.

"읍내 약방에 가면 침놓는 분들이 계실 것이다. 그리 가서 이걸 보이고 두어 번만 더 맞아라. 그러면 나을 것이다."

아이한테 종이를 넘겨주었다. 전봉준은 계집아이 얼굴을 다시 한번 본 다음 등을 두드려 주고 돌아섰다.

"자칫했더라면 멀쩡한 아이 병신 될 뻔했구만."

전봉준은 기분 좋은 듯 웃으며 방갓을 내리고 앞장을 섰다.

"그렇게 큰 병 고쳐주시고도 돈을 안 받으십니까?"

최경선 말에 모두 웃었다. 조금 가자 동네로 들어가는 세거리에 주막이 나왔다.

"목이나 좀 축이고 가지."

순창 읍내를 10여 리 남겨놓은 곳이었다. 일행이 주막으로 들어갔다. 술청에 사람들이 대여섯 명 떠들썩하게 술을 마시고 있었다.

"갑오는 갑자 꼴랑지란 소리가 인자 이씨조선은 끝장이 났다, 이 소리란 말이여?"

"내 풀이를 들어봐."

전봉준 일행은 떠들썩한 술청을 지나 봉노로 들어갔다. 자리를 골라 앉으며 술청에서 떠드는 소리에 모두 비짓이 웃었다. 요사이 어디를 가나 한창 떠드는 비결 이야기였다.

"지금 임금이 용상에 올라앉은 햇머리가 갑자년인데 금년이 갑오년이거든. 그러면 갑오년이 갑자년 꼴랑지란 소리가 먼 소리겠어? 꼴랑지란 소리는 끝장이다, 이 소리란 거여, 끝장!"

"아하, 그렇게 갑자년에 용상에 오른 임금이 금년에 끝장이 난다, 이 소리구만."

얼마 동안 이용태 소문으로 찬바람이 몰아치던 전라도 일대는 이 갑자미 비결풀이가 나오자 발칵 뒤집히고 있었다. 농민군이 일어나서 끝장을 낸다는 것이다. '갑오는 갑자 꼬리'란 소리가 도대체 무슨 소리냐고 오랫동안 고개를 갸웃거렸던 만큼 이 풀이가 나오자 모두 무릎을 치며 감탄을 했다. 이 풀이가 잔디밭에 불길처럼 무서운 기세로 퍼져나갔다. 불과 2,3일 사이에 전라도 일대에 쫙 퍼진 것 같았다.

그 비결보다 먼저 나왔던 '천 리에 걸친 소나무가 하루아침에 하얗게 희어진다'는 비결도 이 비결풀이와 함께 풀이가 나왔다. 이것은 소나무가 느닷없이 하루아침에 희어진다는 소리가 아니라 전라도에서 한양까지 천릿길이므로, 흰옷 입은 농민군들이 천릿길에 줄

줄이 늘어서서 한양에 쳐들어가는 모습이 마치 천 리에 걸친 소나무가 하루아침에 갑자기 희어진 것과 같다는 소리라는 것이다. '이 비결이 세상에 나오는 날 한양이 망한다'는 재작년 선운사 미륵비결과도 그대로 맥이 통하는 소리였다.

이 비결풀이는 너무 어마어마한 소리라 처음에는 귓속말로만 속삭였으나, 지금은 모두 내놓고 왜장을 쳤다. 무자년 전주 까치 소동과도 연결지어 가는 데마다 야단법석이었다. 그 기세가 재작년 선운사에서 미륵비결이 나왔다고 할 때보다 더 엄청났다.

그때 술청에는 또 술손 한패가 들어오는 것 같았다.

"전봉준이 풍수질을 누구한테 배왔관대? 그 사람이 나를 꼭 3년간 따라다녔구만."

새로 들어온 술손들이 술을 시키며 걸쭉하게 떠들어댔다.

"전봉준 그 사람 총기가 얼마나 좋든지 하나를 가르쳐 주면 열을 아는 사람이 바로 그 사람이라구. 이 사람이 2,3년 나를 따라다니다가 묏자리를 짚어내기 시작허는데 족집게로 집어내듯 쏙쏙 뽑아내는구만. 더 가르칠 것이 없더라구. 청출어람이란 그런 사람을 두고 나온 말이더만. 이 사람이 또 얼마나 꼼꼼한 사람이든지 작년까지만 하더라도 쓸 만한 자리를 잡으면 기어코 나를 찾아와서 나보고 쇠를 한번 놔달라고 조르는구만. 내가 쇠를 놓는 걸 봐야 안심을 하겠다는 소리지. 나도 바쁜 사람이지마는 그 사람 괄시를 할 수가 있나? 가서 쇠를 놔보면 자리마다 똑똑 소리가 나네그랴."

작자는 호들갑이 요란스러웠다.

"스승한테 가서 인사드려야지 않겠습니까?"

최경선이 웃자 전봉준도 술잔을 입으로 가져가며 빙긋이 웃었다.

"병서야 의서도 통 뀐다매요?"

"병서? 말도 말어. 병서라면 그쪽으로는 그 사람이 내 선생이구만. 병서로야 조선 팔도에서 그 사람 덮을 사람이 있으면 나와보라고 혀. 내 이야기를 한번 들어보라구. 그 사람이 나를 따라댕길 적 일인데, 무주 산속을 싸대다가 어느 암자에서 하룻밤 자게 되었구만. 암자에 썩 들어서니 절에 노승만 한 분이 계시는데 첫눈에 도태가 훤하더라구. 예사 스님이 아니구나 했더니 이런저런 이야기를 하다가 이야기가 병담으로 돌아가지 않았겠나? 두 사람이 몇 마디 주고받더니 노승이 벽장에서 책을 한 권 꺼내더라구. 전봉준이 책을 받아서 두어 장 넘겨보더니 대번에 눈이 화등잔이 되는구만. 노승이 빙그레 웃으며 하는 말이, '백 년을 기다려 드디어 임자를 만났구나' 이러고 껄껄 웃잖겠어? 그 책이 임자를 만났다는 소리지."

술청에 있는 사람들이 아! 하고 탄성을 질렀다. 일행은 이와 비슷한 소리를 함평 주막에서도 들은 적이 있었다. 전봉준이 젊었을 때 지리산 어느 도승한테서 병서를 한 권 얻었는데, 그 책을 지금도 지니고 있다는 식이었다.

일행은 모두 긴가민가하는 눈으로 전봉준을 건너다보았으나 전봉준은 그냥 웃고만 있었다. 저 사람도 틀림없이 허풍쟁이 같았다. 전봉준과 자기가 절친한 사이라고 떠벌리는 저런 허풍쟁이가 요 며칠 사이에 저 사람까지 벌써 세 사람째였다.

"도술은 으짜요? 도술도 똑 떨어지겠지라우."

젊은이 하나가 물었다.

"도술? 백산서 감영군이 쳐들어왔을 적에 으쨌다는 이얘기 안 들어봤어?"

"그 소리는 우리도 들었소."

모두 까르르 웃었다. 작자는 연방 호들갑이 요란스러웠다.

"그런 소리는 그만 하고 내 이야기도 하나 들어보실라우. 재미있는 얘기요."

동네 사내가 나서는 것 같았다.

"전봉준이 지난 정월 고부서 봉기할 적에 동네마다 돌아댕김시로 사람들을 뫼놓고 모두 일어나자고 말을 하고 댕겼던갑습디다. 어떤 동네서도 전봉준이 와서 말을 한다고 한게 사람들이 구름같이 모여들었구만이라. 그 동네 어떤 잭인도 전봉준 말을 들으러 갈라고 방문을 나서다가 마당에서 놀고 있는 아들놈들을 보자 퍼뜩 올깃한 생각이 하나 떠올랐그만이라. 이 잭인이 집이 가난해서 방이 한나뿐이라 밤이면 새끼들 땀새 한 번도 마누래를 맘놓고 품어본 적이 없었거든. 옳다, 되았다. 속으로 무릎을 침시로 마당에서 놀고 있는 아들놈들을 불렀구만이라. '아야, 시방 전봉준이 동네 와서 말을 한다는데 나는 몸이 찌푸둥해서 못 가겠다. 느그들이 가서 전봉준이 먼 소리 한가 들어보고 온나' 이라고 새끼들을 쫓았구만."

모두 지레 낄낄거렸다. 사내는 입담이 구수했다.

"잭인는 아들놈들을 쫓아 보낸 담에 오랜만에 맘 푹 놓고 일을 한번 치렀든갑습디다. 일을 치르고 나서 담배를 한 대 태물고 커엄 큰 지침까지 함시로 바깥을 내다본게 아들놈들이 벌써 와서 마당에 서 있거든. '그새 왔냐, 전봉준이 뭣이라고 하댜?' 이란게, 큰놈이 낼

름, '조병갑 쫓아낸 다음에는 오늘 같은 날 그런 자리에도 안 나오고 벌건 대낮에 마누래 품고 잠잔 놈들은 싹 잡아들인다고 합디다.'"

폭소가 터졌다. 전봉준도 입으로 가져가던 술잔을 놓고 폭소를 터뜨렸다. 한참 웃다가 다시 웃었다. 한참 만에 술청에서 웃음소리가 잦아지자 전봉준 일행은 웃으면서 술집을 나왔다. 젊은 축들은 걸으면서도 킬킬거렸다.

"그 너스레 떠는 사람은 혹시 얼굴이라도 아는 사람입니까?"

최경선이 전봉준을 돌아보며 물었다.

"나를 3년 동안이나 데리고 다녔다지 않소?"

전봉준 말에 모두 배를 쥐었다.

"저도 이렇게 장군님 모시고 댕겼은게 그 밑천이면 촌에 댕김시로 술잔깨나 얻어묵을 것 같소."

여태 말이 없던 김확실 말에 일행은 다시 폭소를 터뜨렸다. 여기까지 오는 사이 술집에만 들어가면 전봉준 전봉준이고, 맹랑한 허풍쟁이도 한둘이 아니었다.

일행은 오늘 저녁 순창 읍내 여각에서 순창 두령들을 만나고 거기서 잘 참이었다. 여태 관아가 있는 읍내는 지나친 일도 없고 더구나 읍내서 자본 적이 없는데 오거무가 우겨 순창서는 읍내 여각에서 자기로 한 것이다. 그 여각은 오거무 단골이라며 주인이 믿을 만한 사람이라고 설레발을 쳤다. 여각 주인은 거기 이속으로 있다가 물러나 여각을 하고 있는 사람으로 전봉준을 유독 흠모하고 있다는 것이다. 최경선은 괜찮겠느냐고 몇 번이나 다짐을 받았으나 오거무는 나야 세상을 그런 눈치 하나로 살아온 사람이 아니냐고 거듭 장담을 했다. 그런 눈치라면 오거무만한 사람이 없을 것 같기도 했다. 읍내는 처음부터 어두워서 들어가자고 미리 노정을 잡았으므로 길이 바쁘지 않았다. 초열흘이라 달도 웬만하겠다, 안성맞춤이었다.

일행은 여기까지 오는 사이 되도록 *소삽한 샛길만 골라 왔다. 젊었을 때부터 후암 선생을 따라 세상을 주유한 전봉준은 그런 샛길을 손바닥에 그린 듯이 소상히 알고 있었다. 도대체 얼마나 많이 다녔으면 오솔길에 그렇게 발이 익은지 너구리나 다님직한 오솔길까지 통 꿰고 있었고 가는 데마다 아는 사람이었다. 동학 접주들은 두말할 것도 없고, 서당 훈장이며 술막 주인에 사냥꾼에 심지어는 약초꾼들까지 두루두루 얼굴이 넓었다. 그런다고 그런 사람들을 다 만나는 건 아니었다. 직접 찾아가서 만나는 사람들은 두령급들이었고, 다른 사람들한테는 지나치면서 편지와 함께 통문만 보냈다.

지금까지 다녀온 고을은 거의가 방불하게 움직이고 있었다. 영광은 오하영, 오시영 두 사람이 거의 조직을 끝냈고, 그들과는 따로 김국현이 민회 패를 중심으로 법성포 쪽 농민들과 어민들을 거의 묶고 있었다. 더구나 그곳 사람들은 지난번에 군아를 습격하여 군수한테 대창까지 찌른 사람들이라 기세가 만만치 않았다. 고달근은 고을 일은 이만돌한테 맡겨놓고 이싯뚜리와 함께 다른 고을로 민회 패를 만나러 떠날 정도로 여유가 있었다.

함평은 영광에 비하면 좀 맥이 빠졌다. 영광 고달근과 이싯뚜리가 젊은이들을 만나고 간 뒤 젊은이들이 조금 움직이고 있을 뿐이었다. 전봉준은 임술년(1862년) 봉기 때 너무 희생이 많아 그런 것 같다며 다른 고을이 일어나면 그 운김에 따라나설 셈치고 천천히 일을 하라고 했다. 함평은 임술봉기 때 전라도에서 봉기한 38개 고을 가운데서 익산과 함께 가장 거세게 일어났던 곳이었다. 정한순이라는 탁월한 지도자를 중심으로 농민들이 그만큼 단단히 뭉쳐 물불 가리지 않고 싸웠던 것이다. 관은 정한순도 험하게 처형을 했지만, 정한순을 앞세우고 일어났던 농민들도 무지막지하게 죽여버려 함평 사람들은 그때 당한 공포 때문에 지금까지 기를 펴지 못한 것 같았다.

나주는 오권선과 오중문 등이 통문이 가기 전부터 움직이고 있었으나, 목사 민종렬이 만만찮게 단속을 하고 있었으므로 일이 쉽지 않았다. 민종렬은 민가들 가운데서는 영광 민영수나 금산 민영숙하고는 달리 식자며 뭐며 수령 깜냥이 두루 방불한 자였다. 그도 백성 늑탈은 다른 수령들하고 다를 것 없지만, 영장이며 아전들을 손아귀에 틀어쥐고 내두르는 횟손이 어지간해서 나주는 관의 기강이 그런대로 웬만큼 잡혀 있는 셈이었다. 전봉준은 나주는 고을이 넓으므로 변두리에서부터 묶어 들어가라고 지시를 했다. 나주에는 전봉준보다 이싯뚜리 패가 먼저 지나갔는데 그 영향도 컸다. 이싯뚜리는 삼례집회와 원평집회 때 얼굴이 팔려 그만큼 말발이 선 것 같았다.

광주도 방불하게 움직이고 있었으며, 창평은 광주 곁에 있는 작은 고을이었으나 작은 고을치고는 기세가 대단했다. 여기는 양반들 떠세가 어느 고을보다 심한 곳이라 양반들에 대한 농민들 원한이 깊어 그 기세가 물밑으로 한창 번져가고 있다는 것이다.

담양에서는 마침 이싯뚜리와 고달근이 거기 왔다가 전봉준이 온다는 말을 듣고 젊은이들을 30여 명이나 모아놓고 기다리고 있었다. 그런데 젊은이들 기세와는 달리 동학 두령들 태도는 어정쩡했다. 담양 동학 두령급들은 식자깨나 들고 볏섬지기나 하는 사람들이라 전봉준에 대한 거탈부터가 자지바지했다. 그들은 일어나면 승산이 있겠느냐고 한가하게 묻고 나왔다.

"승산이오? 있습니다. 백성 소리를 듣지 않소? 천하 인심은 익을 대로 익어 이미 자위가 떴습니다. 건드리기만 하면 떨어집니다. 그들을 잘만 묶으면 틀림없이 이깁니다. 감나무 밑에 누워도 삿갓 미사리를 두르라는 소리가 무슨 소립니까? 구슬이 서 말이라도 꿰어야 구슬입니다. 백성 한 사람 한 사람을 구슬로 꿸 사람들이 누굽니까? 어째서 아직까지 구슬을 구슬로 보지 못하고 있습니까?"

전봉준은 열변을 토했다. 여태 다른 고을에서는 그 고을 사정을 듣고 조용조용히 의논을 했으나 여기서는 전혀 달랐다. 전봉준 눈에서는 번갯불이 번쩍이는 것 같았다.

"장군님, 이제야 눈이 제대로 뜨이는 것 같습니다. 장군님을 위해서 신명을 바치겠습니다. 장군님은 하늘이 낸 영웅이십니다."

느닷없이 한 사람이 마치 임금 앞에 군령다짐이라도 하듯 고개를 주억거렸다. 이건 또 너무 뜻밖이었다.

"아니올시다. 나를 위해서 신명을 바칠 것이 아니라 우리 자신을 위해서 신명을 바치고 만천하 백성을 위해서 신명을 바칩시다. 나를 하늘이 냈다고 하셨는데, 나만 하늘이 낸 것이 아니라 당신도 하늘이 냈고, 만천하 백성 한 사람 한 사람 다 똑같이 귀하게 하늘이 냈습니다. 요새 가는 데마다 전봉준 전봉준이고, 내가 천서를 받았다느니 도술을 부린다느니 야단들입니다마는 나는 천서를 받은 일도 없고 당신들하고 똑같이 무슨 도술을 부릴 줄도 모릅니다. 그런 소리는 지난번에 내가 고부에서 앞장을 섰으니 이번에도 앞장을 서라고 등을 미는 소리이고, 내가 앞장을 서면 다 같이 나서겠다는 소리올시다. 그것이 어찌 나한테만 하는 소리겠습니까? 내 이름이 널리 난 까닭에 내 이름을 내세운 것일 뿐, 그것은 바로 당신들한테도 하는 소리올시다. 이것은 겸사가 아닙니다. 백성이 지금 무엇을 원하고 있는가 생각하면 내 말은 너무도 뻔하지 않습니까?”

전봉준 말에 두령들은 고개 부러진 허수아비가 바람에 끄덕이듯 연방 고개를 끄덕였다. 전봉준은 사실을 설명할 때는 말소리가 시냇물이 흐르는 듯 잔잔하게 흐르고 천하대세를 논할 때는 넉넉한 강물처럼 느긋하다가, 지금이야말로 백성이 일어설 때가 아니냐고 주먹을 쥘 때는 강물이 산굽이를 휘감고 굽이치듯 정신없이 몰아치며 육박해 들어갔다. 그럴 때는 항상 듣는 최경선과 달주도 말에 취해 멍청하게 입을 벌리고 있을 지경이었다. 그의 말 한 마디 한 마디에서는 진실이 물방울처럼 뚝뚝 떨어졌고 그 물방울이 방울방울 사람들 마음을 흥건히 적시는 것 같았다.

옥과는 이싯뚜리 일행과 같이 갔다. 여기는 고을이 작기도 했지만, 두령들이 전혀 열기가 없었다. 요사이 비결풀이에 세상이 방방 들떠 있으므로 웬만한 고을은 두령들한테 긴 말을 할 필요가 없었으나, 옥과 접주들은 전부터 동학 주문이나 외우며 경문에 매달리던 사람들이라 쉽게 움직일 것 같지 않았다.

“무리하지 말고 일어서겠다는 사람은 한 사람 한 사람씩 이름을 적어 문서에다 도장을 받으시오. 일어나겠다는 수가 방불할 때 일어납시다.”

전봉준은 여기서는 담양에서 하던 소리와는 달리 젊은이들에게 너무 서둘지 말라고 했다. 그러면서 이싯뚜리더러 여기서는 하루 더 머물렀다 가라고 했으며, 창평 사람들 도움을 받으라고 손수 창평 두령들한테 보내는 편지까지 써주었다. 너무 뒤져 있으므로 바닥에서부터 손을 잡아 일으켜야 하겠다고 생각하는 것 같았다.

달주는 여러 고을을 도는 사이 농민들 성화에 놀랐다. 기세가 그렇게 거셀 줄도 미처 몰랐고, 전봉준에 대한 세상 사람들 기대가 그렇게 큰지도 미처 몰랐다. 그런 기대가 여러 가지 모습으로 나타나고 있었다. 아까 술집에서 허풍쟁이가 허풍을 떤 것처럼 전봉준이 젊었을 때 도승한테서 병서를 얻었다거니, 전봉준 고향이 고창 당촌인데 그 아버지가 그 동네 뒤에 있는 소요산을 삼키는 꿈을 꾸고 전봉준을 낳았다거니, 일곱 살 때 백로를 보고 지은 시라며 시까지 줄줄 외우기까지 했다. 그리고 고부봉기 때 일들도 터무니없이 과장이 되거나 얼토당토않게 꾸며지고 있었다. 일테면, 백산으로 감영군 수백 명이 양총을 쏘며 몰려오자 전봉준은 어디 맘대로 쏘아보라고 가슴을 떡 벌리고 서 있다가 감영군 총알이 다 떨어진 다음에 옷소매를 탈탈 털자 소매에서 총알이 콩자루에서 콩 쏟아지듯 쏟아졌다거니, 백산에 봉홧불을 피울 때 하늘에서 갑자기 뇌성번개가 치며 빨간 보자기가 하나 떨어졌는데 풀어보니 선운사 미륵 배꼽에서 나온 비결하고 똑같은 비결책이 나왔다거니, 백산에 주둔했을 때는 백산 백룡사 절 마당에 있는 바위 구멍에서 밤중이면 하얀 쌀이 하루에 수십 섬씩 쏟아져나와 그 많은 농민군들이 날마다 쌀밥만 배가 터지게 먹고도 남아 해산할 때는 모두 한 섬씩 지고 갔다는 따위였다.

전봉준이 천서를 받았다는 이야기와 태몽 이야기는 여러 갈래였다. 그 아버지 전창혁 씨가 동네 뒤에 있는 소요산을 한입에 삼키는 꿈을 꾸고 전봉준을 낳았다기도 하고, 전창혁 씨가 소요산 바위굴 속에서 도를 닦고 있는데 천인이 나타나 천서를 주고 가는 꿈을 꾸고 낳았다기도 했다. 이것은 동학 교조 최제우 아버지 최옥이 바위굴 속에서 천서를 받았다는 이야기가 전이된 소리였다. 거기다 며칠 전부터 '갑오는 갑자미'라는 비결풀이가 나오자 세상은 하늘로 둥둥 떠오르는 것 같았다.

그러나 전봉준은 그런 기세에 전혀 들뜨지 않았다.

"고양이 목에 방울 달자는 기세로 보아야 합니다. 정작 나서자고 할 때는 열에 하나도 어렵습니다. 한 고을에서 500명만 일어나면 많은 편입니다."

전봉준은 차근하게 말했다. 최경선은 그럴 리가 있겠느냐고 웃었으나 전봉준은 고개를 저었다.

"당장 영광 같은 고을에서는 2천 명도 더 일어나지 않겠습니까?"

"고을에 따라 차이는 있을 것입니다마는 사람을 움직이기가 쉬운 일이 아닙니다."

전봉준은 등소도 여러 번 해보았고, 고부에서 봉기를 했던 경험이 있으므로 겉으로 들뜬 분위기를 그대로 믿지 않는 것 같았다. 대창을 들고 나왔다가 전쟁에 지는 날에는 자기 목숨은 두말할 것도 없고 온 가족이 몰살을 당할 판인데 그런 결단이 쉬울 까닭이 있겠느냐는 것이다. 당장 임술봉기 영향이 있는 함평 같은 데를 보라고 했다. 그러나 전반적인 분위기는 낙관해도 좋을 것 같았다. 지금 원평을 중심으로 금구, 정읍, 태인에는 고부에서 피해온 사람들 천여 명이 여기저기 박혀서 전봉준이 백산에 봉화 올리기만 칠년대한 비 바라듯 기다리고 있었고, 무장을 중심으로 흥덕, 고창, 영광 사람들도 시위 먹은 화살 꼴이었다.

그런데 고부는 지금도 딴 세상이었다. 이용태는 살기가 조금 가라앉기는 했으나 설치기는 마찬가지였다. 농민군에 나갔던 사람들과 달주 가족과 연엽 등, 두령급 가족을 합쳐 200여 냉반 가둬두고 가난뱅이들은 거의 내보낸 다음 돈푼깨나 있는 부자들을 마구잡이로 끌어다가 돈을 우려내고 있었다. 그 바람에 고부에는 돈이 삐쩍 말라 고부 사람들은 다른 고을 친척들을 찾아다니며 돈 구하기에 정신이 없었다. 읍내 돈줄이던 빡보와 갓바치는 이용태한테 잡혀가서 곤욕을 치르고 나와 그날 저녁 둘이 다 약속이나 한 듯이 하룻밤 사이에 줄행랑을 놔버렸다. 그 바람에 돈줄이 말라버린 고부 사람들은 징징 울며 이웃 고을로 쏘다니고 있었다. 별산 영감이나 김진두, 이진삼 같은 사람도 되게 졸경을 치고 있었다. 별산 영감은 돈을 구해다 바치고도 손주 승종 때문에 지금 옥에 갇혀 있고, 김진두는 뭐라고 바른 소리를 한마디 했다가 지금 얼마나 두들겨 맞았는지 반송장이 되어 업혀 나와 미음도 못 넘기고 있었다. 그리고 정석남 동생을 죽인 보복으로 이용태가 오기창 친척들을 모조리 잡아들이고 가까운 친척집에는 불을 질러버리자 정참봉 아들과 정석남은 이용태를 찾아가 제발 잡아간 사람들이라도 내달라고 이용태한테 통사정을 했다는 소문이었다. 정참봉 아들은 충청도 어디로 과거 공부를 하러 갔다가 자기 아버지가 횡사를 당한 바람에 돌아왔는데, 자기 집 일

202

때문에 이용태가 너무 독기를 부리자 질려버린 모양이었다.

전봉준 일행이 순창 읍내에 가까워지자 미리 읍내로 갔던 오거무가 다시 돌아와 일행을 맞았다. 최경선이 그 여각 주인을 정말 믿을 수 있느냐고 다시 물었다.

"나는 역마살을 뱃속에서부터 타고난 놈이라 객짓밥 30년에 남은 것은 눈치뿐입니다."

오거무가 허허 웃으며 다시 장담을 했다. 달주는 기언은복과 함께 먼저 용배 집으로 달렸다. 용배 집은 읍내 들머리라고 했다.

그때 용배 집에서는 걸쭉한 잔치판이 벌어지고 있었다. 용배 찾은 것을 자축하는 잔치였다. 세 살 때 잃은 아들을 찾았으니 용배 식구들은 두말할 것도 없고 동네 사람들이며 근처 천주학 신도들까지 마치 자기 자식이라도 찾은 듯이 들떠버렸다.

널찍한 마당에 차일을 두 채나 치고 음식을 푸짐하게 차려냈다. 동네 사람과 천주학 신도들이 거진 백여 명이나 모여서 떠들썩하게 음식상을 받고 있었다. 술과 떡을 푸짐하게 하고 돼지까지 한 마리 눕혔다. 쑥국새가 피를 토하는 보릿고개 대마루판에 이건 갑자기 지옥에 극락이 펼쳐진 꼴이었다. 모기 다리처럼 빼빼 말라 기껏 나물이나 풀뿌리로 창자에서 바람소리가 나던 사람들이었다.

"여기는 술 안 따르냐? 그 훤한 얼굴 여기도 한번 내놔라."

저쪽에서 소리를 질렀다. 용배는 자리를 돌아다니며 술을 따르고 있었다.

"그놈 참말로 인물 한번 선하게 생겼네. 이 모진 세상을 혼자 뒹굴던 놈이 저렇게 의젓하다니 개천에서 용이 나도 크게 났구만."

"하느니 그 말인데, 얼굴 한 구석 구긴 데가 없단 말이여."

"되는 집은 가지나무에도 수박이 열리고 나갔던 강아지도 동무를 달고 들어온다등마는 이 집이 그 짝이구만."

술이 거나해진 사람들은 모두 잘된 곡식 추듯 용배 칭찬에 침이 말랐다. 한쪽에는 색다른 패가 앉아서 말없이 잔칫상을 받고 있었다. 홍계관 사당패였다. 용배가 고부 소식이 궁금해서 오늘 낮에 이웃 마을로 동학 접주 이사문을 찾아갔다가 마침 거기 와 있던 홍계관을 만났다. 이야기를 하다가 오늘 용배 집에서 잔치 베푼다는 말이 나오자 홍계관은 대번에 눈을 밝혔다. 그런 경사 자리라면 자기들이 가서 한판 놀아주겠다고 자청을 했던 것이다.

용배 집은 초가였으나, 사간 겹집으로 집이 널찍했고 행랑채도 의젓했다. 용배 어머니는 수더분한 중년 여인으로 용배 아버지와 함께 내외가 차근한 인상이었고 용배 형도 평범한 시골 청년이었으며, 누이동생은 성격이 활달하고 용모도 어지간했다. 어머니는 용배가 나타난 날부터 틈만 나면 용배를 곁에 앉혀놓고 많이 굶지나 않고 살았느냐, 어렸을 때 아이들한테 얻어맞지는 않았느냐, 요사이는 어디를 그렇게 쏘다녔기에 경천점에는 몇 달 동안이나 한 번도 들르지 않았느냐, 경천점 부모들 은혜는 일생을 갚아도 못 갚겠다, 용배 손도 만지고 발도 만지며 끝도 가도 없이 이야기를 하다 눈물을 짜다 했다. 누이동생은 전혀 딴판이었다. 오빠가 이렇게 헌칠하고 활달한 사람일 줄은 몰랐다고 오달져 못 견뎠다. 거지 신세로 얻어먹다 빌어먹다 세상 밑바닥에서 찌들대로 찌들어 남의 눈치나 슬슬 보며 배도는 어리병신일 줄 알았던 모양이다. 아버지나 형도 마찬가지였다. 어머니나 누이동생처럼 자잘하게 말은 하지 않았으나 그런 걱정으로 조마조마하기는 마찬가지였던지 입이 매양 함지박으로 벌어졌다. 시골에서 부모 밑에 다소곳이 붙박여 어리무던하게 자란 시골 젊은이들과는 달리 시원시원하고 활달한 용배가 대견스럽기만 한 모양이었다. 어머니는 그게 되레 본데없이 천둥벌거숭이로 잘못 자란 모습이 아닐까 걱정하는 눈치였으나, 아직은 잃었던 자식을 찾은 기쁨에 묻혀 그런 내색까지는 하지 않았다.

아버지는 할머니 묘부터 이장을 해야지 않겠느냐며 당장 성묘라도 가자고 서둘렀으나 어머니는 동네잔치부터 베풀자고 했다. 잔치 소리에 아버지는 고개를 갸웃거렸다. 모두가 굶네 먹네, 나물죽에 띄울 쌀 한 톨이 없는 사람들한테 떡에다 술에다 잔치를 벌이다니, 우리는 이렇게 먹고 사노라고 자랑하는 꼴이 되지 않겠느냐고 했다. 그러나 어머니는 그렇게 배를 곯고 사는 사람들한테 한 끼라도 배불리 대접하는 것이 얼마나 좋은 일이냐고 했다. 형이나 누이도 어머니 말에 맞장구를 쳤다. 아버지는 주린 배에다 기름기까지 너무 많이 먹으면 탈이 날 거라고 엉뚱한 걱정까지 했으나, 굶어도 그냥 굶은 것이 아니라 풀뿌리에 나물에 등겨까지 거친 음식을 먹은 사람들이라 그럴 염려는 없다고 했다. 아버지는 그래도 고개를 갸웃거리며 이웃 동네 큰아버지한테 가서 의논을 하고 오더니 그제야 허락을 했던 것이다.

이웃 동네 사는 큰집은 살림이 용배 집보다 더 포실했다. 큰집은 살림도 살림이지만 큰아버지가 순창에서 첫째 둘째 손가락에 꼽히는 유지였다. 신관 사또가 새로 부임해 오면 인사를 올 지경이라고 했다. 그것은 집안이 양반이라거나 인품이나 학식이 대단해서 그런 게 아니고 오로지 천주학 우두머리라는 유세 때문인 것 같았다.

그런데 며칠 전 용배는 *시집온 새댁 *반살미 대접받는 격으로 큰 댁에 가서 저녁 대접을 받다가 큰아버지가 엉뚱한 소리를 하는 바람에 깜짝 놀랐다.

"요새 전봉준란 놈 장단에 농투산이들이 겁 없이 우쭐거리는 모양인데, 행여 한물에 싸이잖게 조심들 혀. 이것들이 뜨건 국에 맛 모르고 설치는데 만약 순창 놈들도 설치면 나부터 가만있지 않겠다. 관에서 안 나서면 나라도 나서서 가만두지 않을터. 내가 나서면 나를 따라나설 사람이 천 명은 너끈하다."

농민들이 봉기하면 자기가 나서서 사람들을 모아 농민군들을 친다는 것이다. 용배는 어안이 벙벙했다. 집을 나설 때 큰아버지가 무슨 말을 하든 대거리하지 말라고 아버지가 당부했던 까닭을 알 만했다. 큰아버지 태도는 만만찮았으나 자기가 나서서 농민군을 친다는 소리는 허튼소리 같았다. 베네트 신부는 농민들이 봉기하든 양반들이 봉기하든 백성이 봉기하는 일에는 절대로 간여하지 말라고 엄한 영을 내렸다는 소리를 들은 적이 있었다. 큰아버지는 말하는 것부터 잘잘 째는 게 아버지와는 생판 달리 거드름이 몸에 배어 있었다. 용배하고 이야기를 하면서도 말끝마다 양대인 양대인, 양대인이 아니면 말을 엮지 못했다. 용배는 대번에 비위짱이 뒤틀렸으나 모처럼 찾은 가족들 앞에서 그런 내색을 할 수는 없었다. 그러나 큰아버지하고 자기 사이에 언젠가는 한바탕 만만찮은 풍파가 일 것 같았다.

큰아버지도 지금 안방 마루에서 상을 받고 있었다. 그가 늘 거느리고 다니는 사람들 대여섯 명과 상을 받고 앉아 거기서도 웃음소리가 요란스러웠다.

잔치판이 무르익어 웃음소리들이 한창 호들갑스러워질 때였다. 홍계관 패가 북, 장고를 챙겨들고 자리를 잡아 앉았다.

— 징징징.

사물이 한바탕 요란을 떨어 판을 잡았다. 홍계관이 부채를 들고 앞으로 썩 나섰다.

"사람 모이는 속은 호도엿장수가 먼저 알고 신명속은 광대 놈들이 먼저 아는 법이라, 우리 광대 놈들이 천 리 밖에서 이 집에 경사 났다는 소문을 듣고 불원천리 달려왔더니마는, 과연 경사치고는 경사 중에 경사로다. 세상에 신명에 떠서 사는 광대 놈들이 이런 신명나는 잔치판에서 한판 안 놀 수가 있나? 있는 재주 없는 재주 몽땅 털어서 신명풀이를 한번 해보는디, 쉬이, 이리 길을 하나 주욱 내주시오. 쉬이잇!"

홍계관이 부채로 차일 밑을 주욱 그었다. 가운데 앉은 사람들이 후닥닥 일어나 상을 들고 자리를 옮겨 앉았다.

"잃었던 자식이 헌헌장부로 절로 커서 찾아들었으니 이 댁 안방마나님, 바깥어른 날고 싶고 뛰고 잡은 심사가 똑 이러겄다."

홍계관의 말이 떨어지기가 바쁘게 땅재주꾼이 저쪽에서 후닥닥 뛰어나오며 땅에 손을 짚고 온몸을 홀쩍홀쩍 서너 바퀴 거푸 뒤집었다. 다시 뒤로 돌아서서 이번에는 네 팔다리로 몸을 수레바퀴 돌리듯 옆으로 돌렸다.

"아따, 참말로 팔자로 노네."

물구나무를 서서 공중으로 뻗은 두 발을 모았다 벌렸다 익살을 부렸다. 등을 땅으로 향한 채 네 발로 걸어가다, 선 자리에서 팔짝 뛰어 몸을 뒤집다, 한참 재주를 부렸다.

"야 이놈아, 밑천 떨어졌으면 저리 비켜라, 버나거사 나가신다."

버나재비가 접시를 돌리며 나왔다. 한 손으로는 막대 위에 접시를 돌리고 또 한 손에는 접시를 예닐곱 개나 들고 있었다. 막대 끝에 접시를 돌려 입에 무는가 하면 접시를 돌려 막대를 발등에 얹었다.

"아이고, 떨어지면 어쩔거나, 조심해라 조심해라. 이놈아 니가 접시를 떨굴까 바지직바지직 애가 타는 꼭두쇠 놈 심사를 아느냐 모르느냐? 이놈아, 조심해라."

홍계관 익살에 모두 웃었다. 접시를 돌려 댓가지를 무릎 위에까지 얹었다. 모두 조마조마한 표정으로 구경을 했다. 버나재비 재주 가락이 끝나자 줄을 걸었다. 작자도 익살을 부리며 신나게 재주를 부렸다. 좌중은 재주 가락에 취하고 술에 취해 얼굴에 있는 구멍이라고 생긴 구멍은 다 열어놓고 있었다. 줄타기가 끝났다. 이내 홍계관이 나섰다.

"이 광대 놈은 소리를 한마디 하는디, 우리 광대 놈들은 부지거처로 동서남북 조선 팔도를 거칠 데 없이 돌아댕기는 놈들이라 소리라면 새 소리 닭 소리 안 들은 소리가 없는데, 그런 소리 가운데 아무리 들어봐도 모를 소리가 한가지 있습디다. 여러 어른들도 다 들어보셨을 것이오마는, '가보세 가보세 을미적 을미적 하다가 병신 되면 못 가리', 이 소리요. 가자고는 하는데 어디로 무엇을 하러 가자는 소린지 이놈의 소리가 대가리는 없는 소리가 꼴랑지만 요란스럽그 만이라. 새댁보고 절간에 불공드리러 가자는 소린지, 화엄사 스님보고 섬진강으로 은어회 추렴을 하러 가자는 소린지, 통 알 수가 없소 그랴."

홍계관은 시치미를 떼고 한참 너스레를 떤 다음 소리가락을 내질 렀다.

그 어디를 가자느냐, 그 어디를 가자느냐, 가자는 이 없 더마는 그 어디를 가자느냐, 상산사호 네 노인이 바둑을 두러 가자느냐, 술 잘 하는 이태백이가 술 마시러 가자 느냐.

"조오타!"

좌중은 요란스럽게 추임새를 넣으며 대번에 노래에 빨려들었다. 홍계관은 소리가락이 웬만했다. '가보세 가보세'는 요사이 여러 가 지 비결과 함께 그럴 듯하게 떠돌고 있는 소리였다. 금년이 갑오년 이고, 명년이 을미년이며, 내명년이 병신년이므로, 이 세 해머리 간 지를 그럴 듯하게 엮은 소리였다.

일행과 함께 술잔을 나누고 있던 정성배는 얼굴이 굳어졌다. 용 배 형이 큰아버지 정성배 쪽으로 눈을 힐끔거렸다. 용배도 큰아버지 를 힐끔거렸다. 다른 사람들은 넋 나간 사람들처럼 홍계관의 재담과 노랫가락에 취해 있었으나 정성배와 그 일행만 얼굴이 굳어 있고, 용배 식구들은 불안한 표정으로 그쪽을 힐끔거리고 있었다.

이태백이 같은 한량이 술친구가 없어서 우리 같은 촌놈들한테 술 마시러 가자고 했을 이치도 없고, 상산사호 노인들이 장군명군밖에 모르는 우리보고 바둑 두러 가자고 했을 까닭도 없고, 가만있자, 시방 보릿고개가 영광 이당재 넘기보다 가파른 대마루판이라 흥부가 즈그 성님 집으로 곡식 얻으러 가자고 했으께라? 옳거니 그러면 거그를 한번 가보는디, 흥부가 즈그 성님 집에를 조심조심 굽신굽신 들어가서 쌀을 못 주었거든 보리라도 한 말 주고, 그것도 못 주었거든 찬밥이라도 한 덩어리 주라고 했겄다. 놀부가 이 말을 듣더니, '응 네가 그렇다니 보리나 몇 말 타 갈라느냐?' '아이고, 성님, 보리는 곡식이 아니오리까. 댓 말 주십시오.' '여봐라. 그 동편 곳간 문 열고 그 앞전에 박달방맹이 둘 해논 놈 이리 내오너라. 한놈 식힐 놈 있다.'

식힐 놈이라는 소리에 폭소가 쏟아졌다. 폭소 속으로 홍계관은 잘 익은 *수리성이 소나기 퍼붓듯 자진모리 가락으로 튀어나갔다.

어따 이놈아, 강도놈아, 나의 말을 들어보아라. 볏말이나 주자한들 *천록방 가리노적 묏산 끌로 쌓았는데, 너 주자고 노적 헐며, 쌀 되나 주자 한들 삼대청 큰 *두지에 가득가득 들었는데, 너 주자고 두지 헐며, 돈냥이나 주자한들 옥당방 용목궤에 *쾌를 지어 넣었는데, 너 주자고 쾟돈 헐랴. 식은 밥이나 주자 한들 새끼 난 암캐 두고 너 주자고 개 굶기며, 쩌경이나 뭉근겨나 양단간에 주자 한들 궂은방 우리 안에 떼 되야지 들었는데, 너 주자고 돌 굶기랴. 잘 살기도 내 덕이요, 못 살기도 네 팔자라. 먹고 굶고 네 복이라. 쾟돈이 녹이 나고 곡식이 썩어나도 너 줄 것 없으니, 이놈 퇴퇴 물러나거라. 콱.

자진모리 가락이라 단숨에 내지르고 숨을 발랐다.

"예끼 못된 놀부 놈 같으니라고. 허허. 가자고 요란을 떠는 소리가 기껏 이런 데를 가자고 했을 이치도 없겠지라? 그러면 그런 소리하고 요새 동무해서 돌아댕기는 '갑오지수는 갑자지미'란 비결하고 맞대놓고 한번 생각을 해보께라. 비결 말이 나왔은게 말인데, 요새는 별일이 콩나물 깃듯 하는 세상이라 이런 것도 시변을 타는가, 이 비결도 사람매이로 장개를 가서 마누라를 떡 얻어부렀습디다그려. 여태까지 '천리연송 일조진백'이라는 소리는 외짝으로 달랑 혼자 홀애비로 돌아댕기등마는, '갑오지수는 갑자지미'라는 비결이 나오자마자 '천리연송은 일조진백이요, 갑오지수는 갑자지미라'고 찰떡같이 찰싹 달라붙어부렀은게 이것이 장개를 가서 마누라를 얻은 꼴 이제 뭣이겠소?"

홍계관은 '찰싹' 하고 부채를 손바닥에 탁 때리며 부챗살을 접었다. 모두 큰소리로 웃었다. 용배 형은 연신 큰방 마루에 앉아 있는 정성배를 불안한 눈으로 힐끔거렸다. 다른 사람들은 정신없이 웃었으나, 정성배하고 같이 상을 받고 앉은 패거리만 웃지 않고 술잔을 돌리고 있었다. 좌중 가운데서도 정성배를 힐끔거리는 사람들이 있었으나, 눈치를 채지 못한 홍계관은 재담과 소리가락이 흐드러졌다.

"그런게 '갑오지수는 갑자지미'란 소리는 갑오년 금년 운수는 갑자년 꼴랑지란 소린데, 대가리래도 선찮을 판에 꼴랑지라고 한게 그것도 껄쩍지근하고, 갑자년이면 지금부터 꼭 30년 전, 그런게 사람으로 치면 부러진 환갑인디, 어째서 금년이 하필 그 갑자년 꼴랑지냐, 이러고 세상 사람들이 한참 동안 모두 고개가 지리산가리산이등마는, 요새 귓속말로 속댁이는 소리가 있습디다그려. 꼴랑지는 꼴랑진데 그 꼴랑지가 그냥 꼴랑지가 아니고 끝장이란 소리다. 갑자년에 일어난 일이 금년에 끝장이 난다는 소리다. 그라면 갑자년에 일어난 일이 먼 일이간데 금년에 끝장이 난단 말이냐, 이러고 다그치면 그다음 소리는 모두 귓속말로 쥐 소금 먹는 소리로 속댁이는구만이라. 나도 그 소리를 듣기는 들었소마는, 그 소리는 듣고 입을 딱 봉하고 있어사제 당최 다른 데다 옮길 소리가 아닙디다. 나도 입을 딱 봉하고 있을란게 그 소리가 먼 소린지 나한테 아무도 묻지 마시오잉."

홍계관은 한껏 겁먹은 표정으로 부채를 내두르며 고개를 절레절레 저었다. 좌중은 다 알고 있다는 듯 벙글벙글 웃고 있었다. 마루에 앉은 정성배는 눈살이 꼿꼿해지며 홍계관을 노려봤다. 곁에 앉은 사람들이 정성배한테 괘념 말라며 웃는 것 같았다.

그때 용배 등을 치는 사람이 있었다. 용배가 놀라 뒤를 돌아봤다. 용배는 깜짝 놀랐다. 달주였다. 기얼은복도 뒤에서 웃고 있었다.

"어디서 오냐?"

용배가 달주 두 손을 잡으며 얼싸안을 듯 반겼다.

"장군님 모시고 왔다. 참말로 잘했다."

달주도 손을 마주 잡고 흔들었다.

"신수가 훤하구나."

기얼은복이 벙글거렸다.

"부모님한테 인사는 이따 하고 저리 가서 술부터 한잔 하자."

용배는 두 사람을 한쪽으로 데리고 가며 상을 하나 가져오라고 손짓을 했다. 두 사람은 용배 집을 아주 쉽게 찾았다. 달주와 기얼은 복은 읍내가 가까워지자 아무나 붙잡고 이러이러한 사연으로 잃었던 아들을 찾은 집이 있다는데 그 동네가 어느 동네냐고 했더니 그 사람은 대번에 활짝 웃으며 바로 저 동네라며 오늘 잔치 베푼다는 말까지 했던 것이다. 서울서 박서방 찾는 셈치고 물었던 것인데, 원체 희한한 일이라 그만큼 널리 소문이 난 것 같았다.

홍계관 너스레는 한창 기름이 오르고 있었다.

"하여간에 무엇이 끝장이 나는지는 모르겠는데, 끝장이 나면 좋아서 춤을 출 사람이 있다는 비결도 있더만이라. 춤출 사람이 누구냐 하면, 이재궁궁을을利在弓弓乙乙, 덕을 볼 사람들은 궁궁을을이다. 궁궁을을인데 그 사람들이 좋아하기를 얼마나 좋아하냐 하면 똑 요렇게 좋아하겠다."

홍계관이 부채를 탁 접으며 소리를 내질렀다.

어하 둥둥 내 사랑 어하 둥둥 내 사랑. 저만큼 가거라 뒤
태를 보자. 이만큼 오너라 앞태를 보자, 아장아장 걸어라
걷는 모습을 보자. 방긋 웃어라 웃는 모습을 보자……

홍계관이 《춘향전》가운데 〈사랑가〉를 흥겹게 뽑았다.

"이렇게 좋아할 사람이 누구냐? 이것이 또 아리송한디, 궁궁이라면 저 사물판에 궁궁 장구잽이께라?"

홍계관이는 이 소리를 가지고 또 한참 너스레가 흐드러졌다. '궁궁을을'이 누군가, 그것은 이와 비슷한 다른 비결부터 한번 보자고 했다. 임진왜란 때는 '이재송송利在松松'이라는 비결이 나돌았고, 홍경래란 때는 '이재가가利在家家'라는 비결이 나돌았는데, 그런 비결이 나돌 때도 당시 사람들은 지금 사람들처럼 그게 무슨 소린지 몰랐다는 것이다. 그런데 지나고 보니 임진왜란 때는 이여송李如松이가 와서 난리를 평정했으므로 '송송'이 맞았고, 홍경래란 때는 그 해 겨울이 어찌나 추웠던지 피난을 간 사람들은 얼어 죽거나 무진 고생을 했는데, 피난을 가지 않고 집에 있는 사람들은 고생을 하지 않았으므로 역시 '가가'가 맞았다는 것이다. 그러면 요사이 나돌고 있는 비결 가운데 '송송'과 '가가'에 해당하는 '궁궁을을'이 무엇이냐 이것인데, 그것은 약할 약弱의 파자破字라는 소리가 제일 그럴 듯하다는 것이다.

"약한 것이 무엇이냐, 강아지냐, 아니지라. 병아리냐, 아아니지라. 그라면 송충이냐, 지렁이냐, 파리냐, 아니지라우, 아니지라우. 그런 것들은 아무리 약하고 못나고 하찮아도 제 먹을 것은 다 찾아 먹지라우. 그러면 제 먹을 것도 못 찾아먹는 어리병신이 있단 말이냐, 있지라우. 있고 말고라우. 답답하다 그것이 무엇이냐."

아뢰옵나이다. 아뢰옵나이다. 백성 민民자로 아뢰옵니다.

홍계관은 이 대목을 중모리가락으로 길게 늘여 뺐다.

"그런게 무엇이 끝장이 나는지는 모르제마는 하여튼지 간에 금년에 끝장이 나는디, 끝장이 나면, 얼씨구 좋고, 좀도나 좋다, 춤을 추는 사람들은 백성이란 소리구만이라. 백성이 이렇게 좋아서 춤을 추면 그런 신명난 판에 남원 광한루 옆에 춘향이 어매 월매가 가만히 있을 수가 있나? 이몽룡이 어사 출도하여 변학도 다스리듯, 이번에는 백성이 어사 출도를 하여 골골마다 쇠다리에 진드기 끼듯 박혀 있는 수령 놈들을 몽땅 작살을 내고, 한바탕 놀아보는디⋯⋯."

홍계관이 부채를 탁 접으며 《춘향전》에서 춘향 어머니 월매가 넉살을 떨고 나오는 장면을 내지르려는 순간이었다.

"이노옴!"

저쪽에서 느닷없는 고함이 터져 나왔다. 정성배가 자리에서 벌떡 일어서며 고함을 질렀다. 좌중이 깜짝 놀라 그쪽을 봤다. 홍계관도 놀라 정성배를 건너다봤다.

"광대면 광대답게 재주나 피울 일이지 어디 와서 그런 무엄 방자한 아가리를 놀리느냐, 이놈아!"

정성배는 토방으로 내려와 발에 신을 꿰며 얼굴이 시뻘겋게 악을 썼다.

"이놈, 곤장 맛을 보아야 정신을 차리겠느냐?"

정성배는 삿대질을 하며 고래고래 악을 썼다. 홍계관은 느닷없는 호령소리에 몽둥이 맞은 꼴로 정성배를 건너다보고 있었다. 좌중도 모두 넋 나간 꼴이었다.

"고정하십시오. 저는 이 댁 경사 자리에 흥을 돋우고자 세상에 떠도는 소리를 주워다 재담으로 엮었을 뿐이옵니다."

홍계관이 침착한 목소리로 말했다.

"무엇이 어쩌고 어째? 이 무엄 방자한 놈, 곤장 맛을 보지 못해 환장했느냐?"

정성배는 홍계관 턱에다 대창 내지르듯 삿대질을 하며 고함을 질렀다. 같이 술을 마시던 사람들도 다가와서 숨을 씨근거리고 있었다. 용배 아버지는 곁에서 안절부절 어쩔 줄을 몰랐다. 홍계관은 사태를 알아차린 듯 한껏 표정을 가다듬고 의젓하게 나왔다.

"곤장 맛을 못 봐 환장한 사람이 어디 있겠습니까? 허나 기왕 곤장 말씀을 하셨으니 말씀입니다마는, 곤장은 항상 힘센 사람 손에 있는 줄로 아뢰오니 세상 돌아가는 물정 잘 살피시며 명철보신하시기 바랍니다. 그럼 이 무엄 방자한 광대 놈은 이만 물러갑니다."

홍계관은 껄껄 웃으며 돌아섰다. 사당패 패거리가 따라나섰다.

"저 때려죽일 놈, 내 결단코 저놈을 관가에 발고해서 물고를 내고 말리라."

정성배는 고래고래 악을 썼다. 동네 사람들도 모두 자리를 털고 일어섰다.

"허허, 천주학쟁인가 서양 놈 똥갠가 유세 한번 걸걸하네."

"한배 새끼도 아롱이다롱이 있듯마는, 이 집 형제는 동생을 성님 삼아사 쓰겠구만."

동네 사람들이 비아냥거리며 대문을 나섰다.

8. 전봉준, 백마에 오르다

초열흘달이 제법 밝았다. 전봉준 일행이 순창 읍내로 들어섰다. 오거무가 앞장을 섰다. 그 여각은 오늘밤은 다른 손님은 전혀 받지 않는 등 전봉준을 맞이하려고 정성을 쏟고 있다고 했다. 여각 주인은 전에 순창 군아 수형리를 지내다가 지금은 그만두고 여각을 내고 있는 김경천金敬天이라는 사람인데, 사람이 듬직하다고 했다. 이속 가운데서도 형리를 지냈다는 것이 꺼림칙했으나 오거무는 10년 단골이라며 몇 번이나 안심하라고 했다.

일행은 김경천 여각에 들어 여장을 풀었다. 여각이 깨끗하고 오거무 말대로 다른 방에는 아무도 손님을 받지 않은 것 같았다. 좀 만에 순창 두령 댓 명이 찾아왔다. 이사문, 김용술, 양희일, 오동호 등이었다. 순창은 남원, 임실과 함께 동학 교세가 어느 고을 못지않게 드센 곳이었다.

"어째서 하필 읍내다 자리를 잡았습니까? 웬일인지 지금 벙거지들이 거리에 설치고 다닙니다."

순창 접주 이사문이 조심스럽게 말했다.

"그래요?"

최경선이 놀라며 밖으로 나갔다. 밖에서 눈을 굴리고 있는 김확실을 불러 잘 살피라고 일렀다. 달주와 기얼은복은 아직 오지 않고 있었다.

"나는 지금 영광, 함평, 무안을 지나 나주, 광주, 담양, 곡성, 옥과를 다녀오는 길입니다. 모두 제대로 되어가는 것 같습니다. 여기 형편은 어떠시오?"

전봉준이 차근하게 물었다. 밥상이 들어왔다. 밥상이 그들먹했다. 닭고기를 넣은 미역국에 명태무침까지 올랐다. 순창 두령들은 어리둥절한 표정이었다. 전봉준은 이 여각 주인이 특별히 마음을 쓴 것 같다고 들자면서 먼저 숟가락을 들었다.

"여기도 농민들 기세가 만만치 않습니다마는, 요사이 우리 고을 형편은 다른 고을하고는 달리 인심이 상당히 가라앉아 있는 편입니다. 듣고 계시겠지만, 여기 군수 이성렬이란 이가 요새 수령치고는 별종이라 백성 신망을 크게 얻고 있습니다. 백성을 뜯어먹지도 않을 뿐만 아니라 전에 꼬여 있는 *환자 같은 것도 바로잡으려고 애를 쓰고 있습니다."

"듣고 있습니다마는, 생각보다는 나은 사람이구려."

순창 군수 이성렬은 이사문 말마따나 요사이 수령치고는 별종이었다. 백성 늑탈은커녕 동네를 돌아다니면서 뒤주까지 벌려 백성 형편을 낱낱이 살펴보며 휼미와 환곡을 적절히 풀었다. 수령들이 백성을 늑탈하는 것은 제 뱃속도 뱃속이지만, 위에다 돈을 바쳐 자리보전을 하자는 것인데 저런 사람이 어떻게 자리를 보전할까, 백성이 엉뚱한 걱정까지 할 지경이었다. 나라꼴이 제대로라면 너무도 당연한 일이었으나, 요사이 수령치고는 상상도 할 수 없는 일이라, 이성렬 소문은 전라도 일대에 쫙 퍼지고 있었다.

"그래도 나설 사람들은 나설 것 같습니다마는, 군수가 앞장서서 막기로 하면 여간 난처하지 않을 것 같습니다."

"세상은 지금 겨울이 가고 봄이 오는 것과 같습니다. 이것이 대세입니다. 모닥불 하나로 겨울을 녹일 수 없듯이 이성렬 같은 수령 한 사람이 대세를 막을 수는 없습니다."

"무슨 말씀인지 잘 알겠습니다. 그런데 듣자니 원평과 무장에 몰려 있는 고부 사람들이 오늘 낼 사이에 고부로 쳐들어간다는 소문이 있는데 어떻게 된 것입니까?"

"고부로 쳐들어가는 것이 아니고 거기 피해 있는 고부 사람들만 우선 무장으로 옮길 작정입니다. 고부 사람들이 한번 움직여서 기세를 보이고, 무장에 가서는 밥이라도 제대로 먹게 할 작정입니다. 고부 사람들이 삐삐 마른 봄에 남의 집에 곁붙이로 너무 고생을 하고 있습니다. 그리 옮기려는 계획은 두령들만 알고 있으니 그리 아십시오."

두령들이 고개를 끄덕였다. 전봉준은 지금 고부 사람들을 무장으로 옮길 치밀한 계획을 짜놓고 있었다. 김도삼은 원평에서 금구 사람들 도움으로 고부 사람들과 긴밀하게 연통을 하고 있었으며 정익서는 무장 두령들 도움으로 고부 사람들이 얹혀 지낼 동네를 물색해서 준비를 하고 있었다.

"그럼 봉기는 언제쯤 할 것입니까?"

"원평으로 가서 손화중, 김개남 두령들 의견을 들어보고 작정하겠소. 전체 봉기는 빨라도 지금부터 예니레쯤 뒤가 될 것 같소. 그렇게 알고 준비들을 합시다. 이제부터 무장으로 자주 사람을 보내 이쪽 사정을 알려주시오."

전봉준은 나서겠다는 사람들은 한 사람 한 사람 치부를 해서 일어날 수 있는 수를 미리 방불하게 예상을 해야 할 것이라는 등 세세한 지시를 했다. 중요한 이야기들이 끝나자 두령들이 자리에서 일어섰다. 여기는 두령들이 모두 듬직했으므로 특별히 문제될 만한 일은 없었다.

"읍내는 눈이 많습니다. 아까 벙거지들 설치는 것도 마음에 걸립니다. 어떻게 이 집에 드셨는지 모르겠습니다마는, 이 집 주인부터가 믿을 사람이 못 됩니다."

이사문이 귓속말로 속삭여놓고 나갔다. 전봉준이 두령들을 배웅하고 들어오자 오거무가 여각 주인 김경천을 데리고 들어왔다.

"장군님, 인사 받으십시오. 이 집 주인이온데, 장군님 한번 뵙기가 평생소원이었습니다."

오거무가 연방 벙글거리며 김경천을 소개했다.

"김경천이라 하옵니다. 평소에 장군님을 하늘같이 우러러 존경을 하고 있었사온데 이렇게 뵈옵게 되니 이런 영광이 없사옵니다."

김경천이 전봉준 앞에 너부죽이 절을 하고 나서 사뭇 고개를 주억거렸다. 자기는 여기 순창 이속으로 있다가 그만두었다고 자기소개를 한 다음, 자기 고향은 담양과 정읍의 경계 어름인 복홍면 피로리라고 했다.

"피로리라면 나도 몇 번 지나다닌 적이 있습니다."

전봉준이 말했다. 그때 술상이 들어왔다. 통닭이 온새미로 올라 있고, 대구 찜이 그들먹했으며 날렵한 백자 두루미병이 한결 정갈해 보였다.

"아까 저녁도 폐가 많은데 무슨 술상까지?"

전봉준은 좀 뜻밖인 듯했다.

"밥 위에 떡이라고 주무실 자리니 차근하게 한잔 드십시오."

전봉준은 고맙게 들겠다고 했다. 술이 한 순배씩 돌았다. 쏘다니는 걸 팔자로 타고난 오거무는 여기저기 단골 여각이 많을 터인데 김경천과도 단골손님으로 이럭저럭 의기가 투합하여 친해진 것이 아닌가 싶었다. 오거무는 원체 색을 밝히는 작자라 그 사이에는 틀림없이 여자가 끼여 있을 것 같기도 했다. 술잔이 돌았다.

"장군님 한번 뵈올 기회를 오래 전부터 고대하고 있었사옵니다. 장군님을 뵙고자 한 것은 주제넘게 이런 술이나 한잔 대접하자는 것이 아니옵니다. 전부터 장군님께 드리려고 마련해논 것이 한 가지 있사옵니다."

김경천은 전봉준한테 정중하게 말하고 나서 문을 열었다.

"뭘 하고 있냐, 어서 끌고 나오너라."

저쪽에다 대고 소리를 질렀다.

"가요."

엉뚱하게 외양간 쪽에서 누가 소리를 질렀다. 중노미인 듯한 아이가 말을 한 필 끌고 나왔다. 온몸이 백설같이 하얀 백마였다. 마당 가운데다 말을 세웠다.

"장군님을 드리려고 고르고 골라서 마련한 것이옵니다. 마음에 드실지 모르겠습니다. 저도 귀동냥으로 들어 말을 좀 아옵니다마는 준마 중에서도 준마인 듯합니다."

전봉준을 비롯한 일행들은 얼빠진 표정으로 말과 김경천을 번갈아 보았다. 저 말을 선사하겠다는 것인데, 이런 엄청난 선물을 하다니 얼른 실감이 가지 않는 것 같았다. 초열흘 달빛 아래 눈같이 하얀 자태를 뽐내고 있는 백마는 마치 금방 하늘에서 신선이 타고 내려온 말같이 환성적인 모습이었다.

"잠깐 한 번 타보시지요."

"내가 이렇게 큰 선물을 받아도 되겠소?"

전봉준은 아직도 실감이 가지 않는지 둥그런 눈으로 김경천을 보고 있었다.

"장군님 높으신 뜻을 존경하는 충정에서 바치는 것이옵니다. 저 백마를 타시고 하늘을 날듯이 천하를 누비시며 광제창생의 크신 뜻을 마음껏 펴시기 바랄 뿐이옵니다. 비록 미천한 이속 출신이오나 도탄에 허덕이는 백성을 건지고 기울어가는 나라를 구하시려는 장군님의 높으신 뜻에 감동하는 마음이야 어찌 신분의 귀천이 있겠사옵니까?"

김경천은 말이 청산유수였다.

"고맙소. 아직까지 백성을 위해서 별로 한 일이 없으나 굳이 백성을 들먹이니 앞으로 백성을 위해서 더 일을 하라는 격려로 알고 기

꺼이 받겠소."

전봉준은 껄껄 웃으며 잔을 기울인 다음 자리에서 일어섰다. 마당으로 내려가 말곁으로 갔다. 말고삐를 넘겨받으며 갈기를 쓸어주었다. 중노미가 안장을 얹었다. 전봉준이 사뿐 말 위로 올라앉았다. 말이 걸음을 떼어놓기 시작했다. 천천히 마당을 한 바퀴 돌았다. 방향을 바꿔 돌았다. 김확실이 대문간 쪽에 사천왕처럼 서서 이쪽을 보고 있었다.

"장군님 태우실라고 맞춰온 말 같네."

오거무가 감탄을 했다. 말 위에 올라앉자 전봉준 다부진 풍모가 한층 의젓하고 날렵해 보였다. 김경천 말마따나 전봉준을 태우고 하늘이라도 날 것 같이 환상적인 모습이었다. 전봉준은 한참 만에 말에서 내렸다. 갈기를 쓸어주고 방으로 들어왔다. 얼굴에 함박웃음이 꽃봉오리 같았다.

"고맙소이다."

전봉준은 만족스런 표정으로 김경천한테 거듭 치하를 했다.

"장수 나고 용마 난다는 말이 헛말이 아닌 것 같습니다. 어디서 저런 기막힌 말을 구했소?"

최경선이 물었다.

"방금 최두령님께서 말씀하신 속담이 바로 제 대답이올시다. 하늘이 녹두장군 전봉준 장군님을 내셨는데, 땅이 어찌 용마를 내지 않겠습니까? 하늘이 이 나라에 장군을 내시자 이번에는 땅이 화답하여 저 말을 낸 것 같사옵니다. 제가 한 일이라면 이 세상에 나와 주인을 찾고 있는 저 말을 끌어다가 주인께 드린 것뿐입니다."

김경천 말에 모두 고개를 끄덕이며 유쾌하게 웃었다. 김경천은 생기기는 그렇잖아 보였으나 말하는 게 여간내기가 아니었다. 자리는 금방 즐겁게 무르익었다.

"장군님, 존 세상 되거든 저 작자한테 이 고을 이방 자리나 한 자리 맡겨주십시오. 저 작자가 저렇게 마음이 깊고 손이 큰 줄은 저도 미처 몰랐습니다."

오거무는 자기가 김경천을 소개한 게 기분이 좋은 모양이었다.

"장군님께서 허락을 하신다면 존 세상을 기다리기 전에 지금부터 당장 장군님 곁에서 거들고 싶습니다. 산가지 주무르는 셈속으로는 저도 웬만큼 문리가 트인 사람입니다. 그런 일에 손이 부족하시거든 언제든지 불러주십시오."

"고맙소. 그런 작심까지 하셨다면 두 손 들어 맞아들이지요. 전쟁은 총칼만 가지고 하는 것이 아닙니다. 솜씨 따라 할 일이 너무 많습니다. 김처사 형편 닿는 대로 언제든지 오십시오."

"여각은 전부터 마누라가 맡아왔습니다. 볼일 몇 가지 봐놓고 바로 찾아가겠습니다."

이 여각은 그의 첩이 맡아 운영을 하고 있었으며 그는 농사철이면 피로리 본가에 가서 *감농을 하다가 예사 때는 여기 와서 지냈다.

그때 아까 여기서 나갔던 순창 두령 한 사람이 숨을 헐떡거리며 들이닥쳤다.

"큰일 났습니다. 벙거지들이 사람을 잡아가고 야단났습니다. 남사당패라는데, 몇은 잡고 몇은 놓쳤다고 읍내가 발칵 뒤집혔습니다."

모두 놀란 눈으로 김경천을 봤다.

"너무 염려 마십시오. 우리 집까지는 뒤지지 못할 것입니다. 제가 알아보고 오리다."

김경천이 염려 말라면서 태연하게 밖으로 나갔다. 모두 눈을 둥 그렇게 뜨고 밖을 내다보고 있었다. 김경천은 수형리를 지냈다니 스스로가 무슨 음모를 꾸민 것이 아니라면, 이 집까지 뒤지지 못할 것이라는 그의 말은 흰소리가 아닌 것 같았다.

"달주가 염려되는걸."

최경선이 말했다. 그때 달주하고 기얼은복이 용배를 앞세우고 들어왔다.

"벙거지들이 사람을 잡아갔다는데 어찌된 일인가?"

최경선이 다급하게 물었다.

"풀려났습니다. 아무 일도 아닙니다. 안심하십시오."

용배가 어색한 표정으로 말했다. 용배는 방으로 들어와 전봉준과 최경선한테 인사를 했다.

벙거지들이 홍계관 패를 잡아갔던 것인데 용배가 수습을 하고 오는 참이었다. 용배는 자기 큰아버지가 잔치판에서 난장판을 벌이자 상판을 으등그리며 노려보고 있었으나, 홍계관이 여유 있게 물러가자 창피한대로 이만하기 다행이다 싶었다. 그런데 달주와 기얼은복을 부모한테 인사를 시킨 다음 저녁을 먹고 이리 오는 참인데 느닷없이 소동이 벌어지고 있었다. 용배는 입을 앙다물고 자기 큰아버지 집으로 달려갔다. 숨을 씨근거리며 집 앞에 이르자 사촌형이 달려나오다 용배와 마주쳤다. 자기 아버지가 발고한 것이 아니고 같이 갔던 패거리가 발고를 한 것 같다며, 그들을 내놓으라는 자기 아버지

쪽지를 가지고 관아로 가는 참이라고 같이 가자고 했다. 같이 관아로 달려갔다. 정성배의 쪽지를 받아든 수교는 용배한테까지 코가 땅에 닿게 절을 하며 홍계관 일행을 당장 풀어주었다. 정성배 위세를 실감할 수 있었다.

다음날 날이 새자마자 최경선은 어서 떠나자고 서둘렀다. 그는 여기 두령들 귀띔도 있고 해서 어제저녁 김확실과 함께 뜬눈으로 밤을 새우다시피 하다가 무사히 밤을 넘기자 벼락같이 서둘렀다. 일행은 곧바로 아침밥을 먹고 순창 읍내를 떠났다. 전봉준은 백마를 타고 자기가 탔던 나귀는 김확실한테 물려주었다. 백마 위에 오른 전봉준은 전혀 다른 사람이 되어버린 것 같았다. 옷이 날개라더니 말은 옷 따위와는 비교가 되지 않았다. 요사이 한창 비결풀이가 기승을 부리자 정감록도 한몫 끼여 진인 정도령 이야기가 새삼스럽게 요란스럽게 나돌고 있는데 진인 모습이 저게 아닐가 싶을 지경이었다. 김경천이 하필 백마를 선사할 생각을 한 것도 그런 소리에서 감이 잡혔던 게 아닌가 싶었다. 어제저녁 하늘이 영웅을 내고 어쩌고 호들갑을 떨었던 소리로 미루어 김경천 의취를 짐작할 수 있었다. 전봉준이 백마를 타자 전봉준 모습뿐만 아니라 일행의 모습까지 완연하게 달라졌다.

김경천과 용배는 멀리까지 나와 배웅을 했다.

"자네는 돈속으로만 노는 *구리귀신인 줄 알았더니 이렇게 크게 노는 대목도 있구만. 하기야 셈속으로 치더라도 그루를 앉히려면 크게 앉혀야지."

전봉준한테 인사를 하고 돌아서는 김경천을 붙잡고 오거무가 수

226

작을 걸었다.

"에이, 사람."

"하여간, 존 세상 되면 순창 이방 자리는 떼어 논 당상이고, 잘하면 귀빠진 고을 수령 자리도 하나 넘볼 수 있을 것 같네."

"허허, 저 사람이 사람을 우습게 보는구만."

"어제 저녁에는 여러 사람 속에 얽히는 바람에 잠자리를 공쳤네마는 담에 올 때까지 고년 누구한테 함부로 내돌리지 말게."

"연놈이 천생 연분이더만."

두 사람은 한참 음충맞게 히히덕거리다가 헤어졌다.

"그 사람 고맙기는 한데 선물이 너무 크지 않은가?"

전봉준이 곁으로 오는 오거무를 내려다보며 말했다.

"저 작자가 밑이 넓기는 좀 너른 작자입니다마는, 제 사날로 바친 것인게 너무 마음에 끼지 마십시오. 작자가 바라는 것이 있다면 기껏해야 순창 아전 자리밖에 더 있겠습니까? *불강아지란 놈 평생소원이랬자 기껏 부뚜막 무상출입이지요."

오거무 말에 전봉준은 허허 웃었다.

"수형리라 했는데 언제 물러났소?"

최경선이 물었다.

"얼마 안 됐습니다. 이 고을 사또 이성렬은 성깔이 대쪽 같기로 소문이 난 사람인데, 산송에 끼여 설치다가 이성렬한테 밉보며 떨려난 것 같습니다."

최경선은 이성렬한테 밀려났다는 말에 눈살을 모으며 고개를 갸웃거렸다.

"오처사는 먼저 원평으로 가시오. 가서 김도삼 씨더러 오늘 저녁 백산에다 봉화 올릴 준비를 하라고 전하시오. 그렇게만 전하면 알게요."

전봉준이 오거무에게 말했다. 오거무는 알겠다며 휑하니 내달았다. 역시 오거무 걸음걸이는 언제 보아도 희한했다. 꼭 물거미처럼 스르르 미끄러져 가는 것 같았다.

"그 작자 아무래도 께름칙합니다. 두 목소리 쓰는 놈 믿지 말라는 말이 있는데 그런 것도 그렇고."

전봉준은 대수롭지 않게 듣는 것 같았다. 두 목소리 쓴다는 건 김경천이 건뜻하면 귓속말로 속삭이는 것을 보고 하는 말 같았다. 저 뒤에서 달주는 용배하고 아직도 이야기를 하고 있었다. 용배는 연엽 문제 때문에 그렇지 않아도 신부를 기다리고 있는데, 아직 한양에서 오지 않아 애가 탄다고 했다. 신부가 돌아왔다면 여기서도 이틀이면 소식을 들을 수 있다고 했다. 그러나 내일이라도 짬을 내서 자기가 전주에 한번 가보겠다고 했다.

"느릅나무 그놈이 큰 부조 하네. 그런 것이 남아 있는 것 보면 이런 산골이 평지보다 숭년을 덜 타는 모양이여."

하학동 장일만은 아내가 나물죽에다 느릅나무 가루를 넣고 있는 것을 오달지게 건너다보며 이죽거렸다.

"껍질이 그렇게 탐스런 느릅나무는 첨 봤소. 이런 데는 산이 깊은 게 나물도 탐스럽고 그런 나무뿌리도 탐스럽디다."

장일만 내외는 담 밑에 솥을 걸고 죽을 쑤며 모처럼 한가했다. 산매댁은 취나물 죽에 느릅나무 가루를 넣으며 휘휘 저었다. 아이들은 *부삽 주변에 올망졸망 둘러앉아 누에만큼씩 굵은 콧물을 훌쩍거리며 침을 삼키고 있었다.

금구 금산사 골짜기 암자 아래 동네였다. 고부에서 도망친 장일만 식구들은 거기 방 한 칸을 얻어 온 식구가 들었다. 이웃집에는 김덩실 가족이 들어 있었다. 두 집 다 방이 단칸이었으므로 장일만과 김덩실은 작은 암자에 가서 잤다. 암자에는 강쇠, 김천석 등 하학동 사람들과 도매다리, 상학동 등 여러 동네서 홀몸으로 도망쳐온 사람들이 여남은 명 박혀 있었다.

"찰기가 찹쌀가루 같소. 그런 것이 또 없으께라?"

"그런 것이 쉽간대? 어쩌다가 그런 것이 하나 거그 남아 있었제."

장일만이 곰방대를 빨며 가볍게 튀겼다. 그제께 칡을 캐러 가던 장일만은 동네 뒤 밭둑을 지나다가 눈이 번쩍 뜨였다. 몽당한 느릅나무가 잔가지에 잎을 피워 올리고 있었다. 줄기는 진즉 잘려버리고 잔가지도 해마다 꼴 베는 아이들 낫에 훑여 *끄텅만 남아 있었다. 그게 칡보다 실속이 있을 것 같았다. 장일만은 대번에 괭이질을 하기 시작했다. 뿌리를 캐낸 다음 밭둑은 더 단단히 쌓아주면 말썽이 없을 것 같았다. 뿌리가 생각보다 굵었고, 잘못 찍어 괭이밥으로 묻어난 껍질이 여간 탐스럽지가 않았다. 장일만은 뿌리가 상하지 않게 조심조심 괭이질을 했다. 밭 언덕이라 캐기도 쉬웠다. 웬만큼 흙을 허물어낸 다음 다리통만한 뿌리를 붙잡고 힘을 주었다. 쉽게 끝부분이 끊어지며 뽑혀 나왔다. 웬만한 나무 모탕만 했다. 장일만은 가슴을 두근거리며 실없이 주변을 두리번거렸다. 밭둑을 단단히 쌓아놓은 다음 느릅나무 뿌리를 짊어지고 호랑이라도 한 마리 잡은 듯 벙글거리며 집으로 달렸다. 물이 올라 껍질도 저절로 벗겨졌다. 수제비 뜨듯 껍질을 잘게 잘라 푹 삶아서 말렸다. 빻아놓으니 가루가 함지박 전두리가 치면했다.

"찰기가 찹쌀가루 같길래 조깨 덜어와봤소."

산매댁은 한 됫박 떠가지고 오랜만에 환한 얼굴로 주인네 집에 인심부터 썼다.

"살림에는 눈이 보배라등마는 어떻게 그것을 보셨더라요? 우리는 날마다 지나다녀도 못 봤는데, 횡재를 해도 큰 횡재를 하셨네."

주인 여자가 호들갑을 떨었다.

"너댓 끼니는 잊어불겠소."

산매댁은 느긋한 표정이었다. 우선 아이들 먹이는 것도 마음이 달덩어리 같았지만, 그동안이라도 주인네 눈치 안 보게 되어 그것이 더 마음이 놓였다. 산매댁은 김덩실 집에도 조금 덜어다 인심을 썼다.

"얼른 줘! 배고파 죽겠구만."

한 놈이 소리를 질렀다.

"가만있어. 뜸이 더 들어사 먹어."

"배고픈디."

오늘은 아이들 투정소리도 한껏 활달했다. 산매댁은 이내 죽을 펐다.

"워매 찰진 거. 밀가루보다 더 찰지네."

산매댁은 죽을 뜨며 오달져 못 견뎠다. 여태 나물만 삶아대던 판에 나물에 찰기가 엉기자 못 보던 것 본 것처럼 반색을 했다.

230

"식휘감시로 찬찬히 먹어. 입 덴다잉."

산매댁은 아이들한테 죽그릇을 안길 때마다 똑같은 소리를 했다. 아이들이 죽사발을 하나씩 안고 걸픽지게 먹어댔다.

지난 원평 장날은 내외가 나물 한 짐, 땔나무 한 짐씩을 이고 지고 가서 겨우 쌀 한 됫박을 팔아다 나물죽에 시늉으로만 넣었으나 이틀도 못 갔다. 그런데 느릅나무 뿌리 하나가 쌀 두어 되 요량은 너끈했다.

"아이고, 아부지."

죽을 먹다 변소에 간 여섯 살배기가 우는 소리로 아버지를 급하게 불렀다.

"저놈 자석이 또 막혔구나."

죽그릇을 비우고 곰방대를 빨고 있던 장일만이 혀를 차며 일어섰다. 장일만은 돌담 사이에서 붓 길이만한 대꼬챙이를 챙겨들고 변소로 갔다.

"똥이 안 나와."

아이는 *부춤돌에서 내려와 엉덩이를 치켜들고 오만상을 찌푸리며 돌아보고 있었다.

"이놈 새꺄, 그렇게 송구를 먹을 적에는 잘 씹어 먹으라고 않디?"

장일만은 아이 엉덩이를 왼팔로 안으며 대꼬챙이를 가져갔다. 아이가 힘을 썼다. 얼굴이 시뻘겋게 힘을 쓰자 똥구멍에서 똥부리가 밋밋이 나왔다. 꼬챙이로 부리를 헐어냈다. 아이는 죽을상을 지으면서도 울지는 않았다.

나무에 물이 오르자 아이들은 밥숟갈만 놓았다 하면 부엌칼이나 낫을 챙겨들고 산으로 달려가서 송기를 발라먹고 진달래꽃을 따먹었다. 송기를 너무 많이 먹으면 어른들도 똥구멍이 막혀 찢어지기 십상이었다.

고부에서 피난 나온 사람들은 원평과 태인, 정읍, 그리고 저쪽 무장과 고창, 흥덕 등지로 연비연비 친척이나 친지를 찾아갔다. 그러나 당나귀 뒷다리보다 빼빼 마른 보릿고개, 더구나 지금은 보리가 아직 배동도 하지 않고 있는 보릿고개 대마루판이었다. 시골 사람들 살림이란 어디를 가나 너나없이 그만그만한 애옥살이 살림, 자기들도 굶다 먹다 하는 판이라 그런 집에 얹혀 있기가 바늘방석보다 더 괴로웠다. 장일만처럼 찾아갈 만한 친척도 없는 사람들은 무작정 이런 데로 굴러와서 박혔다. 그러나 친척집에 찾아간 사람들보다 마음 하나는 편했다.

들녘보다 산골에 박힌 사람들은 그래도 좀 나은 편이었다. 산나물이 많았고, 땔나무도 한 짐씩 짊어지고 장에 내갈 수 있었다. 닷새 장을 기다려 나물 한 짐 나무 한 짐씩을 이고지고 가면 쌀 한 됫박씩은 구해 올 수 있었다. 제 몸뚱이 부려 그런 마련이라도 할 수 있다는게 다행이었다. 퍼런 나물 속에서 쌀알 구경은 동동주에 쌀구더기보다 어려웠지만 그래도 끼니 명색은 이어갔으므로 굶어죽을 것 같지는 않았다. 장일만은 이 집 까대기에 들어 일곱 식구가 겨우 이슬을 가리며 겨우겨우 입에 풀칠을 하고 있었다.

암자에 있는 사람들은 모두 홀몸으로 피해온 사람들이라 그들은 그들대로 날마다 가족 걱정이 태산 같았다. 그런 일에 태평스런 사람은 강쇠뿐이었다. 아이들이 없으니 무자식 상팔자에다 든든하게 한군데 믿는 데가 있기 때문이다. 강쇠네는 꼭 감역 집이 아니더라

232

도 그 염치에 그 넉살이면 흥부네 집에 가서도 온 밥그릇 차지하고 나설 사람이었다.

여기저기 흩어진 고부 사람들은 허기진 창자를 붙안고 긴긴 하루하루를 원수같이 보내면서 백산에 봉화 오르기만 눈이 빠지게 기다리고 있었다. 밤이면 밤마다 백산만 건너다보았고 실없이 낮에도 백산을 건너다보며 눈을 밝혔다. 이용태를 쳐서 원수 갚음도 갚음이지만, 지난 정월 봉기 때 그릇그릇 퍼주던 허연 쌀밥이 눈앞에 어른거려 지레 입안에 군침이 괴었다. 목숨이야 기왕 내놓은 목숨, 죽을 때는 죽더라도 원 없이 먹다 죽으면 죽어도 한이 없을 것 같았다.

백산에 봉화가 오르면 고부 사람들은 바로 원평으로 모여라. 황톳물 들인 1자 3치 수건을 쓰고, 6자 6치 대창에 짚신 3켤레를 차고 밥그릇과 국그릇에 숟가락 하나씩을 차고 와야 한다.

치수까지 자세하기 지시를 한 게 한결 든든하게 느껴졌다. 갖가지 비결이 나도는 판이라 그런 것도 그럴 듯한 비방이 아닌가 싶었고, 바로 그것은 승리를 뜻하는 비방같이 느껴졌다.

"갑시다."

울타리 너머로 김덕실이 소리를 질렀다. 암자로 자러 가자는 것이다. 장일만은 곰방대를 빨며 느긋한 표정으로 자리에서 일어섰다. 나물만 먹으면 속이 헛헛하기가 뱃속에서 바람소리가 나는 것 같았는데 오늘은 속이 든든하자 걸음걸이도 한결 의젓했다. 동네 골목을 들어서자 김덩실이 바지말기를 까고 오줌을 철철 갈겼다. 장일만도 덩달아 앞을 깠다. 그때 저쪽으로 동네 젊은이들이 지나가다가 킬킬거렸다. 그런 소문이 어떻게 났는지 장일만이 양물 잘라버렸다는 소문이 여기까지 난 것이다.

"오줌 눌 때 손잡이도 없겠네."

"절간에 가서 중질이나 해사 쓰겠구만."

장일만은 이런 소리쯤 이제 이골이 나버렸다. 그들이 암자로 들어설 때였다.

"봉화 올랐다!"

마당으로 들어서던 두 사람은 깜짝 놀라 뒤를 돌아봤다. 저 멀리 백산에 봉화가 타오르고 있었다. 방에 있던 사람들이 모두 뛰어나왔다.

"와, 크다."

봉화는 엄청나게 컸다. 봉화 크기에 모두 입을 벌리며 탄성을 질렀다. 무서운 경계를 뚫고 어쩌면 저렇게도 봉화를 크게 마련했는지 마치 커다란 집에 불이 붙은 것 같았다. 봉홧불은 손짓이라도 하듯 커다랗게 타오르고 있었다.

"어서 갑시다."

벌써 젊은이 하나가 창을 챙기며 소리를 질렀다.

"오냐, 이용태 너 한번 죽어봐라."

강쇠도 입을 앙다물며 마루 밑에서 대창을 꺼냈다. 젊은이들은 수건을 쓰고 짚신과 대창을 챙겨들며 제정신들이 아니었다. 봉홧불이 그 크기만큼 큰소리로 어서 오라고 소리쳐 부르는 것 같았다. 젊은이들은 누렇게 황톳물 들인 수건을 머리에 질끈질끈 동여맸다. 1자 3치 황톳물 들인 수건에 6자 6치 대창이었고, 짚신 3켤레씩이었다.

"뭣하고 있소? 어서 갑시다."

새 신에 신들메를 단단히 맨 김천석은 땅에 발을 디뎌 볼을 바르며 장일만한테 소리를 질렀다.

"낼 가제, 멀라고 지금 가?"

장일만이 한가한 소리로 튀겼다.

"멀라고 낼까지 지달러라우, 달도 있고 엎지면 코달 덴데."

"코달 덴게 낼 가제, 시방 가서 잠은 어디서 잘 것이여?"

"잠이 문제요? 낼 올 사람은 낼 오시오."

장일만은 내일 아침에 식구들하고 같이 가겠다고 했다. 봉홧불을 보자 거의가 땅가뭄에 소나기 만난 푸성귀처럼 팔팔 살아났다. 그때 강쇠가 자기 또래 젊은이한테 뭐라 열심히 속삭이고 있었다.

"당신도 갑시다. 이참에는 고부 사람들만 일어나는 것이 아녀. 금구 사람도 일어나고 전라도 사람들이 다 일어난게 같이 갑시다. 거기 가면 날마다 쌀밥으로 배가 터지요."

"나는 금구 사람도 아닌데라우."

그는 큰절 불목하니였다. 여기 심부름 왔다가 늦어 자고 가려던 참이었다.

"금구 사람이라고 어디가 패 박혔소? 절에 불목하니로 있다가 나왔다고 하면 참말로 잘했다고 치사가 땅이 꺼지요. 절간에 골 박혀 있어봤자 맨날 나물죽에 일만 뼈 빠지제 별 조화 있간데라우. 농민군 나가면 하여간 끼니마다 허어연 쌀밥이 배가 터지요, 배가 터져."

강쇠가 허어연을 길게 빼며 속삭였다.

"에이 여보시오. 이 빼빼 마른 봄에 어디서 쌀이 나서 그 많은 수가 쌀밥에 배가 터진단 말이오?"

불목하니는 가당찮은 소리 말라는 듯이 픽 웃었다.

"당신이 몰라서 그래. 지난 참에 고부서 일어났을 적에 어쩐 줄 아시오? 쌀밥이 이만한 밥그릇에다 꾹꾹 눌러서 한 그릇씩이여. 여자들은 배가 터지게 먹고도 집으로 두 그릇 시 그릇씩 퍼갔소. 한번은 또 으쨌는 줄 아요. 소를 잡아서 미역국에 또 배가 터져부렀소."

강쇠는 두 손으로 밥그릇 크기와 눌러 담는 시늉까지 했다.

"히히히."

불목하니는 시답잖은 소리 말라는 투로 웃었다. 자기를 데리고 가려고 꼬드기는 줄 아는 모양이었다.

"허허. 환장하겠네. 나는 한양 가본 사람인데, 한양 안 가본 사람이 한양 가본 사람을 이길라고 하요잉. 내가 멋 얻어먹을라고 당신한테 거짓말 하겠소? 피양 감사도 지 싫으면 마는 것인게 안 갈라면 마시오."

강쇠가 홱 돌아섰다.

"가만있으시오. 밥도 밥이제마는 전쟁판인데 깐딱하면 죽을 것 아니오?"

"그런 것은 걱정도 마시오. 지난 참에 나도 첨에는 겁을 먹었는데 전쟁이나마나 애기들 장난도 아닙디다. 대창질 연습이나 하고 밤에 파수나 서는 것이 일인데, 그런 것도 하기 싫은 사람은 밥 하는 데서 장작 패고 물 질러오고 그런 일만 해도 되요."

"오매, 장작 패고 물 질러오고 그런 일만 해도 밥을 줘라우? 그런 일이라면 나한테 맽기락 하시오. 누가 혹시 나를 묻거든 금구 사람이라고 당신이 말을 잘 해줘사 쓰요잉."

"그런 것은 한나도 걱정 말고 따라오기만 하시오."

"그런데 나는 대창도 없고 수건도 없는데?"

"대창은 가다가 대밭에서 대 하나 잘라갖고 꺾으면 대창이고, 수건은 있는 수건에 황토 한 주먹 집어서 물에다 훌렁훌렁하면 되지라잉."

"그럼 갑시다."

강쇠는 불목하니를 달고 달려갔다.

9. 대창 든 사람들

원평에서는 전봉준과 김도삼, 최경선, 김덕명, 송태섭이 백산 봉홧
불을 건너다보고 있었다. 모두 한동안 말없이 봉홧불만 건너다봤다.

"몇 명이나 모일 것 같소?"

전봉준이 김도삼한테 물었다. 벌써 여러 사람한테 똑같이 묻는
소리였다.

"2천 명은 넘을 겁니다. 금구 사람도 1천 명 가까울 것 같습니다."

곁에 있던 송태섭이 끼어들었다. 고부 사람들뿐만 아니라 금구
사람들도 모이라 한 것이다. 이용태가 어떻게 나올지 모르기 때문에
그에 대처도 할 겸 계젯김에 금구 사람들도 도원을 한번 해보기로
한 것이다. 여기는 김덕명, 송태섭, 조준구 영향이 절대적인 곳이라
동학도나 농민들 기세가 어느 곳보다 드셌다.

"2천 명?"

전봉준은 입속으로 조용히 뇌었다. 내일 모이는 수가 그만큼 중요했다. 적어도 2천 명은 모여야 우선 이용태 기세를 꺾어버릴 것 같고, 그 정도는 모여야 다른 고을에 미치는 영향도 그만큼 클 것 같았다. 김개남과 김덕명도 얼마나 모일 것인가에 관심을 쏟고 있었다.

"더 모였으면 모였지, 그 밑으로는 안 내려갈 것입니다."

송태섭이었다. 전봉준 입에서 으음하고 신음 비슷한 소리가 비져나왔다. 2천 명, 말만 들어도 전봉준은 숨이 가빠올랐다.

"제발 2천 명만 모여라."

전봉준은 두 손을 마주잡으며 입 속으로 뇌었다. 지금 농민들은 이용태한테 이를 갈면서도 겁에 질려 있었다. 이용태의 무지막지한 서슬은 고부봉기로 한창 기세가 오르고 있던 전라도 농민들 기세를 하루아침에 뒤집어버렸던 것이다. 농민군 기세에 눌려 쩔쩔매던 감사까지도 지금은 이용태 기세에 덩달아 놀아날 만큼 엄청난 역전이었다.

다음날 아침 원평에는 사방에서 농민군들이 모여들고 있었다. 더구나 오늘은 원평 장날이라 장꾼들과 함께 구름처럼 모여들었다.

"아이고 춥다. 아주마이예, 와 이리 춘교? *보리누름에 선 늙은이 얼어죽는다카드마는 추위 한번 무섭네예. 막걸리 한잔 주이소. 텁텁한 갱상도 막걸리를 마셔야 속이 확 풀리지 않겠는교?"

이싯뚜리가 경상도 사투리를 제법 그럴싸하게 흉내 내며 주막으로 들어섰다.

"민두령님 어소이소. 흥덕 민두령님이 오셔야지 이야기도 화끈하지예."

주모는 걸쭉한 경상도 사투리로 이싯뚜리를 맞았다. 이싯뚜리는 요사이 민두령으로 통했다. 민회 패 두령을 줄여서 부른 호칭이었다.

"술국이 팔팔 끓었네예. 훌훌 마시쇼. 막걸리도 거냉을 했은게 추위가 확 풀리끼고마예."

지난겨울부터 여기에 술집을 내고 있는 경상도 여자였다. 금산사 골짜기 용화교인가 무슨 신흥 종교 신도라는 것 같았다. 이따금 허드렛일 하는 여자한테 술집을 맡기고 술청을 비울 때가 있었는데, 그때는 거기 가는 듯했다. 그는 20년 전 이필제 난을 들먹일 정도였고 또 그만큼 농민군에 호의를 보이고 있었다. 성격이 쌉쌉하고 활달해서 제법 술손이 꾀었다.

"어이, 춥다."

농민군 한패가 또 들어왔다. 예닐곱 명이었다. 그들도 머리에 황톳물 들인 수건을 쓰고 길쭉한 대창에 옆구리에는 짚신을 세 켤레씩 차고 있었다.

"이리들 앉으시오. 대창은 저리 놉시다."

저쪽 사람들이 자리를 내주었다. 대창은 모두 한 솜씨로 맞춰 깎은 듯이 길이와 모양새가 *일매졌다. 그때 별동대 젊은이가 주막으로 들어섰다. 누런 수건 쓴 사람들이 꽁꽁 언 몰골로 젊은이 뒤에 옹송그리고 서 있었다.

"이 집은 자리가 으짜요, 여남은 사람 더 받아야겠는데?"

"걱정 마이소. 봉노에도 더 앉을 거로구마요."

"밥표 잘 챙기시오잉. 아무리 밥을 많이 내놨어도 밥값 셈할 때는 밥표가 말한게, 그것 없으면 말짱 헛장사요."

별동대원은 대구댁한테 소리를 질러놓고 나갔다.

"이런 일에 헛장사 참장사가 어딨노? 대창 들고 나가는 사람은 누고, 그런 사람들한테 헛장사 참장사 가리는 사람은 또 누꼬? 내사 헛장사 참장사 안 가릴 낀게 많이들 잡수이소."

밥표는 댓가지를 젓가락 길이로 가느다랗게 깎아 끝에 노란 치자물을 들여 표시를 했다. 도소에서 주막과 여각, 그리고 여염집에 밥을 맡기면서 이 밥표를 받고 밥을 주도록 한 것이다. 도소에 들러 이 밥표를 타면 아무 집에나 들어가 밥을 먹을 수 있었다. 모두들 걸펀지게 밥을 먹었다. 나무껍질 풀뿌리에 배에서 바람소리가 나고 똥구멍이 찢어지던 사람들이었다.

"자네는 고생이나 크게 안 했던가?"

밥을 먹고 난 사람들이 숭늉 그릇을 들며 그제야 정신이 난 듯 곁사람에게 물었다.

"아이고 말도 말게. 태인 우리 진외가로 피했는데, 워매 나중에는 어떻게 알았던가 우리 동네 사람들이 둘이나 찾아와부렀네그랴. 체면이 말이 아니데마는 어짤 것인가? 밥술이나 먹고 사는 집이길래 얼굴에다 쇠가죽 뒤집어쓰고 꿍꿍 참고 지냈구만."

사내가 걸쭉하게 너스레를 떨자 모두들 허옇게 웃었다.

"아무리 쇠가죽을 뒤집어써도 끼니때만 되면 맘이 쪼들래서 사람 상하겠등만. 아이고, 그놈의 끼니때는 어쩌면 그렇게도 날래 돌아오는지 원수도 그런 원수가 없등만."

모두 따라 웃었다. 비슷비슷하게 지내온 사람들이었다.

"이 양반들은 못 보던 사람들이네."

"그 동네 사람들인데, 우리하고 그 집 사랑방에서 친해져갖고 시방 같이 왔네. 그 동네 사람들이 다섯인게 우리보다 더 많어. 동무 따라 강남 간다듬마는, 살다본게 동무 따라 농민군 나오는 사람도 있더만."

술청 안 사람들이 와 웃었다.

"사랑방에서 저 사람들이 농민군 나갈 채비 하길래 우리 골에서도 나오락 할 줄 알고 우리도 대창도 깎고 신도 삼고 수건에 황톳물도 들이고 다 채비를 해놨제 어쨌더라요? 그런데 고부 사람들은 나오락 하는데 우리 골에서는 소식이 없잖소. 그래서 떡 본 짐에 지사 지내자고 동무 좋겠다 운김에 싸여서 나와부렀소."

사내가 익살을 떨었다.

"태인서도 금방 일어난다고 소문은 떠들썩한데 두령들 일하는 것이 고부 사람들한테 대면 당당 멀었소. 고부 사람들은 대창을 깎아도 여섯 자 여섯 치를 한 치도 안 틀리게 깎아라, 수건도 그냥 수건이 아니라 한 자 시 치에서 한 치도 더덜이가 없이 딱 맞게 짤라갖고 황톳물을 디래라, 짚신도 시 커리를 삼아서 옆구리에 차라. 영을 내려도 이렇게 앞뒤가 반듯하고 사개가 딱딱 맞게 영을 내리는데, 태인 두령들은 앉은뱅이 투구 쓰듯 나간다고 소문만 내제 아직 아무 소리가 없소. 태인 두령들 지다르고 있다가는 뱃속에 든 손주 놈하고 한 꾼에 나오게 생겼글래 나와부렀소."

모두 웃었다.

"그래도 태인은 나간다는 소리나 있는 모양이오. 우리 익산은 법손가 도손가 눈치 보느라고 그런 소리도 없소. 그래서 우리는 첨부

242

터 두령들 젖혀놓고 백산에 봉홧불 오르기만 기다리고 있다가 뛰어
나왔소."

모두 그쪽을 봤다. 그들도 고부 사람들처럼 황톳물 들인 수건에
긴 대창을 들고 있었다.

"우리는 동무나 따라나왔는데, 당신들은 평지돌출이그만이라. 나
기는 당신들이 난 사람들이오. 갱상도 아짐씨, *상두술에 낯 내더라
고 저이한테 뜨끈한 국 한 그릇 더 주시오."

태인 사내는 말 인심이 흐벅졌다.

이때 도소에서는 준비가 한창이었다. 들판에 오색기를 수십 개
내세우고 한쪽에서는 두령들이 올라가 말할 단을 쌓고 있었다. 기는
거의가 지난번 고부봉기 때 휘날렸던 창의기였다. 어디다 간수해 두
었던지 그 기를 모두 간짓대 끝에 높이 매달았다. '보국안민' '탐관
진멸' '오리징치'. 오색으로 찬란한 창의기가 떠오르는 아침 햇빛을
받아 색색으로 선명하게 나부끼고 있었다. 기를 본 고부 사람들은
감회가 새삼스러운 듯 눈시울을 적셨다.

금구 풍물패가 여러 패 판을 벌이며 기세를 돋우고 있었다. 밥을
먹은 사람들은 모두 풍물패 주변으로 몰려들었다. 농민군들은 지금
도 사방에서 구름같이 모여들고 있었다.

"이용태 배때기를 그냥 이로코 칵."

젊은이들은 이를 악물고 대창으로 허공을 찔렀다. 그러나 오늘
고부로 쳐들어가지 않고 무장으로 간다는 것을 일반 농민군들은 모
르고 있었다. 고부로 쳐들어가지 않고 무장으로만 가는 데는 몇 가
지 이유가 있었다.

첫째, 고부 사람들이 먼저 일어나 기세를 보여 다른 고을 사람들 봉기를 재촉하기 위한 것이었다. 이용태 만행이 하도 무섭게 소문이 났으므로, 고부 사람들부터 일어나서 이용태 기를 꺾으면 그 영향이 금방 다른 고을로 울려갈 것 같았다. 무장은 손화중 근거지로 원평 못지않게 동학과 농민들 기세가 드센 곳이므로 그 기세를 업고 거기서 봉기를 준비할 참이었다. 오늘 금구 사람들도 모이지만 그들은 화호나루까지만 같이 갔다가 돌아오기로 했다. 이용태가 어떻게 나올지 몰랐으므로 그에 대비하는 한편 고부 사람들에 섞여 기세를 보이자는 것이었다.

둘째, 당장 고부로 쳐들어가서 작살을 내자는 사람도 있었으나, 군아에는 농민군과 가족들이 붙잡혀 있으므로 그럴 수가 없었다. 고부 사람들은 독이 오를 대로 올랐으므로 1천여 명만 모여도 역졸들 짓밟기는 문제가 아니었으나, 이용태가 가족과 농민군을 볼모로 버틴다면 농민군들은 쳐들어갈 수도 물러설 수도 없는 곤경에 빠지게 될 판이었다.

셋째, 고부에서 피해 나온 고부 사람들이 너무 굶주리며 고생을 하고 있으므로 그들을 방치할 수가 없었다. 무장으로 옮겨 몇 동네에 분산, 식량을 나누어 주며 밥을 얻어서 제대로 먹도록 할 참이었다. 전쟁에 임하는 전투력으로 생각하더라도 너무 굶주리면 제대로 힘을 쓰지 못할 것 같았다. 고부 농민군들은 언제든지 최선봉에 설 사람들이었다.

농민군은 계속 몰려들었다. 대창 든 사람들뿐만 아니라 가족도 전부 따라왔다. 고부 사람들 몰골은 말이 아니었다. 거의가 얼굴이 누렇게 떠 있었다. 거지보다 더 비참한 꼴로 모두 허위허위 더운 김을 내뿜으며 몰려오고 있었다.

고부 두령들은 거의 무사했다. 송대화, 김이곤, 장특실, 그리고 김달주, 정길남, 김승종, 장진호, 김장식 등 모두 얼마 전 모습 그대로였다. 조망태와 정왈금 등 몇 사람만 아직도 옥에 갇혀 있었다. 절에 있던 장진호는 여기 소식을 듣고 곧바로 달려왔다. 순심을 그대로 절에다 두고 혼자 온 것이었다.

새참 무렵에는 모여든 사람들이 가족까지 3천여 명이 훨씬 넘을 것 같았다. 대창 든 농민군만 1천5백여 명은 될 것 같았다. 지금도 계속 몰려들고 있으므로 조금만 더 있으면 농민군은 2천여 명에 육박할 것 같았다.

풍물패는 여남은 패가 판을 벌이고 풍물채로 이용태 대가리라도 치듯 풍물이 깨져라 두들겨댔다. 오랜만에 그들먹하게 밥을 먹은 농민군들은 얼굴이 불콰하게 화기가 돌고 풍물 소리에 차츰 신명이 살아났다. 풍물판으로 뛰어들어 대창으로 칼춤을 추며 판을 휘젓는 사람도 있고, 무작정 판으로 뛰어들어 엉덩이를 우쭐거리는 사람도 있었다.

송대화가 단으로 올라섰다. 풍물을 그치라고 했다.

─ 징징징.

"모두 깃발 밑으로 모이시오."

송대화가 소리를 질렀다. 농민군들은 모두 깃발 밑으로 나오고 가족들은 저만치 뒤로 섰다. 농민군은 2천 명이 너끈할 것 같았다. 맨 왼쪽 깃발 밑에는 별동대, 그 다음은 배들 안통 사람들, 그 다음은 고부 동편 사람들, 그 다음은 서편 사람들, 그리고 마지막 깃발 밑에는 금구 사람들과 다른 고을 사람들이었다. 금구와 다른 고을 사람들 부대가 제일 많았다.

머리에 황톳물 들인 수건을 쓰고 같은 크기의 대창을 들자 지난번 고부봉기 때와는 또 달리 그만큼 질서가 있고 힘이 있어 보였다. 아침 햇살을 받아 한가하게 나부끼는 창의기 밑에 모여든 농민군들은 스스로의 모습에 그만큼 힘이 솟는 것 같았다.

그때 저쪽에서 두령들이 왔다. 맨 앞에 전봉준을 앞세우고 김덕명과 최경선, 김도삼, 정익서 등이 나오고 있었다. 바로 뒤에 백마가 따랐다. 농민군과 가족들은 백마를 보자 웅성거리기 시작했다. 하룻밤 사이에 백마 소문은 파다하게 퍼져 어느새 그럴 듯한 이야기까지 꾸며져 나돌았다. 전봉준이 순창 어느 산 밑을 지나는데 해가 벌건 대낮에 느닷없이 천둥소리가 나더니 저 백마가 히힝 울며 달려와 전봉준 앞에 멈췄다는 식이었다.

"전봉준 장군 만세."

"녹두장군 만세."

느닷없이 만세 소리가 쏟아졌다. 뒤에 서 있는 가족들은 지레 흐느끼기 시작했다. 전봉준이 단 위로 올라섰다.

"여러분 그동안 고생 많이 하셨습니다. 이제 안심하십시오. 우선 지금부터 배는 곯지 않을 것입니다. 이제 끼니 걱정은 노십시오."

가족들은 그만 통곡을 터뜨렸다. 농민군들 눈에도 눈물이 줄줄 흘러내렸다.

"금구나 태인 등 다른 고을에서 나와 주신 여러분 감사합니다.

여러분, 천하 인심은 이제 모두 우리한테로 돌아섰습니다. 오늘 우리 봉기를 시발로 전라도 사람들이 모두 일어설 것입니다. 우리는 이 썩은 세상을 바로잡을 의군義軍들이며 그 의군들 가운데서도 우리는 선봉입니다. 그러나 오늘 우리는 당장 고부로 쳐들어가는 것은 아닙니다. 우리는 백산을 지나 무장으로 갑니다. 만약 이용태가 우리를 공격하면 두말할 것도 없이 한달음에 짓밟아버리겠지만 그렇지 않으면 무장으로 가서 전열을 가다듬으며 다른 고을 사람들이 나설 때까지 기다릴 것입니다. 고부 사람들은 이 길로 달려가서 이용태를 치고 싶을 것입니다마는 조금만 참아주십시오. 군아에 갇혀 있는 가족들을 다치지 않게 하려면 성에 차지 않아도 순리로 일을 풀어야 합니다. 이용태는 우리가 치지 않아도 제절로 무너집니다."

농민군들은 오늘 고부로 쳐들어가지 않는다는 말에 웅성거리기 시작했다. 그러나 이미 웬만큼 소문이 난 사실이라 거세게 항의하는 사람은 없었다.

"우리가 제대로 싸우려면 전라도 사람들이 더 많이 모여야 합니다. 그때까지 조금만 참아주십시오. 만천하 백성이 모두 힘을 합쳐 마음껏 싸울 때가 며칠 남지 않았습니다. 그리고 금구 분들과 다른 고을에서 오신 분들은 이용태가 어떻게 나오는가 보아서 다음 행방을 결정하겠습니다. 조금만 참고 있다가 그때 마음껏 무찌릅시다. 감사합니다."

전봉준이 손을 번쩍 들며 말을 맺었다. 박수가 쏟아졌다. 전봉준은 단에서 내려왔다. 다른 고을 사람들은 조금 맥 빠진 것 같았으나 전봉준 말에 납득하는 것 같았다. 송대화가 단으로 올라갔다.

"우리는 크게 두 패로 나누어 가겠습니다."

별동대와 배들 사람들이 먼저 가고 나머지는 조금 뒤에 떠난다는 것이다. 점심은 가다가 중간에서 먹겠다고 했다. 농민군들은 지금도 계속 몰려들고 있었다. 모두 늦참한 상주 제청에 뛰어들듯 땀을 뻘뻘 흘리며 달려들었다.

선발대가 출발했다. 창의기를 앞세우고 별동대가 앞장을 서고, 백마를 탄 전봉준이 최경선 등 다른 두령들과 함께 호위병을 거느리고 출발했다. 배들 사람들이 그 뒤를 따르고 그 다음에 가족이 따랐다. 누런 수건을 쓰고 창의기를 휘날리고 가는 농민군 모습은 고부 봉기 때하고는 전혀 달랐다. 더구나 백마를 탄 전봉준을 중심으로 앞뒤로 늘어선 농민군 모습은 한층 환상적인 분위기를 자아냈다. 백마 이야기가 신비롭게 꾸며질 법도 했다.

행군을 하는 사이 고부로 스며들었던 정탐병들이 와서 역졸들 동정을 보고했다. 이용태는 역졸들을 세 패로 나누어 한 패는 읍내를 지키고 나머지 두 패는 천치재와 운학동 쪽에 진을 치고 있다고 했다. 고부로 쳐들어갈 것에 대비하고 있는 것 같았다.

농민군들은 미리 여러 동네에 점심을 시켜놨다가 먹고 다시 깃발을 휘날리고 풍물을 치며 기세 좋게 화호나루로 향했다. 고부에 가까워지자 농민군들 얼굴이 굳어지기 시작했다. 동진강둑 저쪽으로 백산이 아스라하게 보였다.

"이용태 그놈이 역졸 끌고 안 오냐?"

멀리 자기 동네를 건너다본 배들 안통 사람들은 새삼스럽게 피가 끓어올라 대창을 휘둘렀다. 만석보 근처와 백산에서 기세를 올렸던 것이 불과 열흘 전이었다.

"나는 역졸 놈들 열 놈 배때기에다 맞창을 못 내면 내 성을 갈아 버릴 것이다."

"남의 눈에 눈물을 내면 내 눈에서는 피가 나는 법이다. 두고 보자, 그동안 많이 처먹고 기다려라."

고부 사람들은 이를 악물며 한마디씩 했다.

오늘과 내일 일정은 두령들 몇 사람만 알고 있었다. 고부 사람들이 가는 목적지는 무장과 영광 경계인 동음치면이었다. 거기는 바로 법성포 근처였다. 두령들은 무장으로 간다고만 했을 뿐 구체적인 목적지가 거기라는 것은 아직 극비였다. 원평에서 거기까지는 2백여 리나 되었지만 거기는 무장과 영광 경계이므로 양쪽 고을을 적당히 넘나들면서 관의 주목을 피하기가 그만큼 유리했고 동학도들도 많아 고부 사람들이 의탁하기도 그만큼 수월할 것 같았다.

오늘은 열이틀이라 달이 있고 내일은 고창 장날이므로 두령들은 그 두 가지를 이용해서 움직일 계획을 미리 치밀하게 세우고 있었다. 오늘 고부 사람들은 화호나루를 건너 백산을 지나 흥덕까지만 행렬을 지어 기세를 올리며 가고 금구와 태인 등 다른 고을에서 온 농민군들은 화호나루까지만 갔다가 역졸들 공격이 없으면 돌려보낼 참이었다. 달이 있으므로 금구나 태인 사람들도 달밤을 이용해서 돌아갈 수가 있고, 고부 사람들도 달밤을 이용해서 오늘 밤 늦게까지 흥덕과 고창 경계 어름까지 가서 잘 수가 있었다. 고부 사람들은 내일은 모두 대창을 버리고 뿔뿔이 흩어져 장꾼들 속에 끼여서 고창까지 갔다가 역시 장꾼들 틈에 끼여 동음치면으로 빠지게 할 참이었다. 동음치면은 무장 관내이므로 거기 머물자면 무장 현아부터 자극해서는 안 되기 때문에 무장 관내에 들어서면서부터는 알게 모르게 조심조심 스며들 수밖에 없었다. 그러니까 원평에서 기세를 올리고 가던 농민군은 하룻밤 사이에 흥덕에서 감쪽같이 사라져버리는 꼴이 될 판이었다.

바로 이날 새벽, 금산 농민군이 제대로 봉기를 했다.

"모두 들메끈을 단단히 매시오. 지금부터 무작정 군아로 쳐들어갑니다. 군아로 쳐들어가면 바로 내사로 들이닥쳐 인정사정 두지 말고 군수를 잡읍시다."

모두 신들메를 단단히 매며 숨을 죽였다. 달이 넘어가고 날이 희부옇게 새고 있었다. 황방호와 박성삼도 금산 사람들 틈에 끼여 숨을 죽이고 있었다.

"갑시다."

금산 사람들은 대창을 들고 정신없이 읍내로 내달았다. 천 명도 넘었다. 바람같이 군아로 들이닥쳤다. 파수 섰던 벙거지들이 깜짝 놀라 도망쳤다. 농민들은 무서운 기세로 내사로 쏠려 들어갔다.

"민영숙 나온나."

농민들은 방문을 박차고 들어갔다. 방 안은 텅텅 비어 있었다.

"이 도둑놈이 없네."

내사에는 찬모만 발발 떨고 있었다. 농민들은 찬모를 윽대기고 내사 문을 있는 대로 벼락을 치며 방마다 뒤졌다. 그러나 군수 민영숙은 종적이 없었다. 농민들 움직임이 심상찮다는 것을 알고 미리 피해버린 것 같았다. 꼭 지난 정월 고부 사람들처럼 닭 쫓던 개꼴이 되고 말았다.

"아전 놈들 집에 숨었을지 모른다. 아전들 집을 전부 뒤지고 아전들도 모두 잡아들여라."

농민들은 아전들 집을 집집마다 샅샅이 뒤졌다. 아전들을 잡아내며 집 안을 이 잡듯이 뒤졌으나 민영숙은 없었다. 군수 민영숙을 놓친 농민들은 제정신이 아니었다. 농민들은 다시 아전들 집을 휘지르고 다니며 닥치는 대로 살림을 부수고 패고, 이방 김원택이 집에는 불을 질러버렸다. 부자 김지호 집에서도 불길이 솟았다. 맵짠 도조로 소작인들을 울리고 관을 업고 돈을 미끼로 갖은 행패를 다 부리던 작자였다. 박성삼이 꿈에도 못 잊는 길례가 그 꼴이 된 것도 따지자면 김지호 때문이었다. 길례 아버지가 잡아놓은 묏자리에 엉뚱한 트집을 잡아 산송을 거는 바람에 길례 집 살림이 거덜이 났고, 결국 차행보 수작에 걸려 길례가 방필만 노리개첩으로 들어갔던 것이다.

농민들은 읍내를 쓸고 다니며 장교와 나졸들을 찾아 걸리는 대로 두들겨 팼다. 여기저기서 불길이 솟아올랐다. 금산 농민들은 지난번 고부 농민들보다 훨씬 거셌다. 고부 사람들은 아전들이나 장교들을 무작정 패지도 않았고, 더구나 집에 불을 지른 일은 없었다. 농민들은 점심때까지 읍내를 휩쓸었다.

농민들은 옥에 갇힌 사람들을 전부 방면하고 읍내에 도소를 차렸다. 군수 민영숙과 이방 김원택이 늑탈한 조목을 낱낱이 적어 방으로 붙였다. 그 곁에는 전봉준, 손화중, 김개남 이름으로 각 고을에 보낸 통문도 나란히 붙어 있었다. 여기 도소에서 작성한 방에는 곧 전라도 모든 고을이 봉기한다고 쒸어 있었다.

겁에 질려 문을 꽁꽁 잠그고 있던 읍내 사람들은 점심때가 훨씬 지나서야 한 사람씩 눈알을 뒤룩거리며 거리로 나오기 시작했다. 모두 방 앞에 몰려서서 방을 읽었다.

"오매, 그런게 시방 전라도 농민들이 전부 일어나는구만."

"일판은 제대로 벌어지는구나."

금산 농민들이 미리 일어난 것은 민영숙의 횡포가 너무 심했기 때문이었다. 민영숙은 이용태 기세를 업고 동학도들을 마구잡이로 잡아들이고 무지막지하게 두들겨 팼다. 금산 농민들은 전봉준이나 다른 두령들이 움직이는 것으로 보아 전라도가 금방 일어날 것 같았으므로 기왕 일어설 것 미리 일어나서 우선 민영숙의 기를 꺾고 옥에 갇힌 사람들을 구해내자는 생각이었다. 전라도가 모두 일어날 때까지 기다리고 있다가는 우선 옥 안에 있는 사람들이 맞아 골병이 들 판이었다.

금산 불길은 다음날 곧바로 진산으로 옮겨 붙었다. 진산서는 황방호와 박성삼이 앞장을 섰다. 진산 사람들 기세도 만만찮았다. 당장 어제 금산에서 일어난데다 금방 전라도 모든 고을이 일어난다는 바람에 너도나도 대창을 들고 나섰다.

전봉준의 영을 받고 전라도 북부 지역 형편을 살피러 여러 고을을 돌고 있던 김갑수와 왕삼, 막동은 마침 가는 날이 장날이어서 어제는 금산 봉기를 구경하고 오늘은 진산으로 왔다. 그들도 농민군들 속에 끼여 휩쓸려 다녔다.

진산 농민들은 점심참 때 관아로 쳐들어갔다. 여기는 고을이 금산보다 작았으므로 농민들도 500여 명밖에 되지 않았다. 기세 좋게 아문으로 쏠려 들어가던 농민들이 아문 앞에서 무춤 멈추었다. 벙거지들 3,40명이 창을 꼬나쥐고 아문에 버티고 있었다. 그 곁에는 평복을 한 장정들도 20여 명이 몽둥이를 움켜쥐고 있었다.

"오매, 저것들은 방학주 똘마니들 아녀?"

농민들이 속삭였다. 김갑수 패는 깜짝 놀랐다. 벙거지들 곁에 평복을 한 젊은이들은 방학주 똘마니들이었다. 농민들은 벙거지들보다 그자들한테 겁을 먹는 것 같았다.

"저놈들이 천하에 못된 왈패들이오. 저놈들부터 쳐 죽입시다."

황방호가 앞으로 나서며 소리를 질렀다.

"죽여라!"

젊은이들이 대창을 꼬나잡고 악을 쓰며 내달았다. 벙거지들과 왈패들은 창과 몽둥이를 들고 그대로 버티고 있었다. 기세가 만만찮았다. 앞서 내닫던 젊은이들이 또 무춤했다. 뒤따르던 농민들은 소리를 지르며 뒤에서 밀어붙였다. 벙거지들 쇠창과 대창이 엉켜 드잡이판이 벌어졌다. 방학주 똘마니들은 사정없이 몽둥이를 휘둘렀다.

"야, 오늘은 저것들을 전부 죽여버리자. 하나도 살리지 마라."

방학주 똘마니들을 노려보고 있던 김갑수가 표창을 뽑아들며 왕삼과 막동한테 말했다.

"한번 죽어봐라."

왕삼과 막동은 이를 앙다물며 표창을 뽑아들었다. 세 사람은 왈패들 쪽으로 갔다. 표창이 날았다. 왈패들 셋이 얼굴을 싸안고 나동그라졌다. 연거푸 표창을 던졌다. 방학주 똘마니들 대여섯 명이 나동그라졌다. 김갑수는 곁에 떨어진 대창을 주워들었다. 그때 벙거지들이 도망치기 시작했다. 세 사람 모두 대창을 주워들고 들이닥쳤다. 군아 마당에서 다시 난장판이 벌어졌다. 김갑수 패는 방학주 똘마니들만 찾아 정신없이 대창을 휘둘렀다. 세 사람 대창이 물레 살 돌듯 했다. 대둔산에서 거의 날마다 신물이 나게 익힌 봉술 솜씨였다. 머리가 터지고 비명이 쏟아졌다. 벙거지들과 방학주 똘마니들은 쥐구멍을 찾아 동헌 뒤란으로 도망쳤다. 뒷담에는 미리 사다리가 걸쳐 있었다. 네댓 개였다. 벙거지들이 줄줄이 타고 올라갔다. 작자들은 미리 도망칠 마련을 해놓고 버텼던 것 같았다.

"저놈들 다 죽여라!"

황방호가 소리를 질렀다. 대창이 날았다. 거의 빗나가고 하나가 등에 꽂혀 뒤로 나동그라졌다. 작자들은 다람쥐처럼 사다리를 타고 담을 넘어가버렸다. 농민들이 사다리를 타고 올라갔으나 벌써 저만치 도망치고 있었다.

"군수 놈 죽여라."

농민들은 내사로 들어갔다. 여기 군수도 도망치고 없었다. 어제 금산서 터진 다음이라 짐작했던 대로였다. 옥문을 열었다. 3,40명이나 갇혀 있었다. 박성삼 아버지도 나오고 염소수염도 나왔다. 얼마나 경을 쳤는지 몰골들이 말이 아니었다. 붙잡은 나졸들을 대신 옥에 가두었다.

나졸들은 죽은 사람은 없었으나 방학주 똘마니들은 3명이 죽고 7

명이 중상이었다. 모두 피를 쏟고 있었다. 머리가 험하게 터진데다 농민군들 거친 발길에 짓밟혀 말이 아니었다. 나졸들도 중상자가 여남은 명이나 되었다. 농민들도 가슴이 찔려 목숨이 위태로운 사람이 있었다. 김갑수 패는 널브러진 방학주 똘마니들 모습을 살피고 다녔다. 표창 맞은 놈들이 둘이나 죽어 있었다.

"아전 놈들도 전부 죽이자."

농민들은 읍내 아전들 집으로 내달았다. 웬만한 사람들은 아전들 집을 다 알고 있었다. 가족이나 친척들이 죄 없이 잡혀가면 돈을 갖다 바치느라 뻔찔나게 드나들었기 때문이다. 아전들도 전부 달아나고 없었다. 집 안을 샅샅이 뒤졌다. 그러나 금산처럼 불을 지르지는 않았다. 황방호와 박성삼이 미리 말렸기 때문이다.

"뒤지동 방필만 집으로 가자."

"가자."

황방호와 박성삼은 농민들 앞장을 서서 뒤지동으로 달렸다. 농민군들은 새로 악이 받치는 것 같았다. 김갑수 패는 농민군들 뒤에 한참 떨어져서 따라갔다. 일행이 산굽이를 돌아갈 때였다.

"여보시오, 나 쪼끔 봅시다."

김갑수 패한테 소리를 지르는 사람이 있었다. 뒤를 돌아봤다.

"나 모르겠소?"

발을 삐었는지 부축을 받고 가던 사내였다. 그도 머리에 수건을 동여매고 손에는 대창을 들고 있었다.

"누구시오?"

김갑수가 물었다. 작자는 대답하지 않고 빙긋 한번 웃었다. 웃음에 싸늘한 냉기가 흘렀다.

"나는 대둔산 저쪽 말로은 사는 하대두란 사람이오. 재작년에 새 터 밑에서 내 묏되아지 괴기 생각 안 나요?"

하대두는 여전히 싸늘하게 빙글거리며 뇌었다.

"아, 그때 뵌 분이그만이라. 잘 계셨소?"

김갑수가 깜짝 놀라 반색을 했다. 왕삼과 막동도 하대두를 알아 보고 고개를 까딱하며 웃었다.

"뵌 분이라니? 나 같은 촌놈한테 어째서 그렇게 말이 곱다요?"

하대두는 붙잡는 손이라도 뿌리치듯 싸늘하게 빈정거렸다.

"그때 되아지 괴깃값은 받았제마는 한 가지 물어볼 것이 있소. 바쁘제마는 따질 것은 따지고 갑시다."

하대두는 차근하게 나왔다. 흥분한 농민군들은 연달아 그들을 앞질러 달려갔다. 김갑수 패는 웃는 얼굴에 주먹이라도 맞는 꼴이었다.

"물어볼 것이 뭣이냐 하면, 당신들 사는 길속하고 우리가 사는 길속하고는 사는 길속이 서로 한참 다르요. 그런데 어떻게 되아서 당신들이 우리하고 시방 이렇게 한통이 되았다요?"

하대두는 제법 가닥을 추려 차근하게 따졌다. 여전히 냉랭한 표정이었다.

"못된 수령이나 방가 같은 놈들을 작살을 내부러사 우리 백성이 편히 살 것 아니오?"

김갑수는 어색하게 웃으며 곧이곧대로 대답했다. 냉랭한 표정에 마음이 쓰이는지 김갑수 말씨는 여간 공손하지 않았다.

"그래라우? 허허."

256

하대두는 혼자 한참 웃었다.

"우리같이 못난 백성 뜯어먹고 살기로는 당신들도 관가 놈들하고 마찬가지 아니께라? 우리는 시방 방필만 집에 돈 뺏으러 가는 것이 아니고라, 그놈 버릇 고치러 가요. 서로 길속이 이렇게 다르요. 길속이 다른게 난중에 서로 헷갈리지 말고 당신들하고 우리는 장을 따로 봅시다. 오늘 장은 우리가 벌린 장인게 우리가 볼라요, 당신들은 날짜를 따로 잡아서 따로 장을 보시오."

김갑수는 무슨 말인가 했다가, 한참만에야 가닥이 잡히는 듯 어리둥절한 표정이었다. 처음에는 농을 좀 진하게 하는 게 아닌가 했으나 그게 아니었다.

"우리도 날 때부터 그런 길로 난 사람들이 아니오. 당신들하고 똑같이 농사지어 먹고 살다가 부자 놈들하고 관가 놈들한테 못 견디고 튀어나온 사람들이오. 그런게 당신들이나 우리나 다를 것이 없지라우."

김갑수가 웃으며 말했다.

"여보시오. 다를 것이 없다니, 그런 뻔뻔스런 소리를 어디서 하고 있소? 당신들도 손끝에 찬물 안 묻히고 불쌍한 백성 욱대겨서 뺏어먹고 살기는 관가 놈들하고 마찬가지가 아니고 뭣이여?"

하대두가 깡 고함을 질렀다. 김갑수가 난처한 듯 허허 웃었다. 왕삼과 막동이 눈알을 부라리며 주먹을 쥐었다.

"관가 놈들하고 다르지라우. 그 작자들은 아무나 욱대겨 먹지마는 우리는 부자 놈들이나 욱대겨 먹은게 관가 놈들하고 다르잖소?"

김갑수는 연신 웃으며 대답했다.

"뭣이 어쩌? 지난번에는 칼 들고 내 되아지 괴기를 뺏을라고 했는데, 그람 나도 부자 놈인게 뺏을라고 했소? 남의 소작에 목구멍을 얹고 사는 내가 부자란 말이오? 허허. 대둔산 묏되아지가 들으면 웃다가 아가리 찢어지겠구만잉. 여보시오, 산에 사는 미물이제마는 묏되아지 아가리 사정을 생각하더라도 그런 소리는 하지 마시오."

하대두는 혼자 크게 웃었다. 김갑수는 몽둥이라도 한 대 맞은 꼴이었다. 왕삼이와 막동이는 숨을 씨근거리며 하대두를 노려봤다.

"저 사람은 우리 동네 사람 이바지짐도 털었소."

하대두를 부축한 사내가 막동을 가리켰다.

"저런 개새끼."

막동이 대번에 상판을 으등그리며 앞으로 성큼 나갔다.

"임마."

김갑수가 막동 등짝을 쳤다.

"미안합니다. 그것은 나중에 따지고 오늘은 힘을 합쳐서 방가 놈 혼쭐부텀 냅시다. 우리는 황방호 두령도 아는 처지요."

김갑수가 고개를 숙였다.

"내 말 더 들으시오. 괴기는 썩어사 맛이고 말은 해사 맛이더라고, 할 말은 해서 개탕을 칩시다. 나는 진산 사람이 아니고 고산 사람이라 황방호 씨가 누군지도 모르요. 방가 잭인들이 일어선다고 방가 잭인들은 전부 오라고 기별이 왔글래 이라고 왔소. 그란게 시방 우리는 잭인들이 지주한테 소작 따지러 가는 참이오. 그런데 당신 같은 사람들하고 같이 얼려 댕기더라고 소문나면 우리는 나중에 먼

꼴이 되겠소? 당장 여그 우리 둘이도 당신들 얼굴을 아는데, 당신 얼굴 아는 사람이 한둘이겠소?"

김갑수는 어리둥절했다.

"저런 촌놈의 새끼가 보자보자 한게 너무하네."

왕삼이 눈알을 부라리며 하대두 앞으로 다가갔다. 김갑수가 왕삼한테 눈알을 부라렸다.

"멋이여, 촌놈의 새끼라고? 그려, 우리는 촌놈들이다. 우리는 촌놈들인게 칼 들고 우리 것 뺏어먹을 때는 뺏어먹어라. 먹는데, 오늘 같은 날은 방필만한테 우리가 따로 볼일이 있어서 간게 느그덜은 우리하고 한물에 싸이지 말라고 했다. 나는 촌놈이라 잘 모르겠는데, 으짜냐, 내 말이 틀렸냐?"

하대두는 오금을 꼭꼭 박아 내쏘았다. 그는 이놈들 여기서도 행패를 부리려면 한번 부려보라는 배짱이었다.

"알겠소. 먼저 가시오."

김갑수는 걸음을 멈추며 처참한 표정으로 말했다.

"고맙소."

하대두는 힐끔 한번 뒤를 돌아보고 절뚝거리며 갔다.

"저런 자식을 가만두잔 말이여?"

왕삼과 막동이 코를 씩씩 불었다. 김갑수는 다시 혼자 허허 웃었다. 이런 봉변은 여태까지 처음이었다. 그러나 하대두 말은 사실이었고, 그들한테 자기들은 칼 들고 설치는 한낱 화적일 뿐이었다. 그날만 하더라도 임군한과 김덕호가 나타나서 돼지고기 값을 치렀지, 하대두 말대로 자기들은 화적질을 하려다가 못 했던 것이

다. 김갑수는 두 사람을 데리고 주막으로 들어가며 또 씁쓸하게
웃었다.

소작인들은 모두 방필만 집으로 몰려갔다. 몽둥이로 살림을 작살
을 냈다. 방학주 형 방세주는 이미 도망쳐버렸고 방필만만 있었다.
농민들은 살림을 몽땅 두들겨 부숴버렸다. 문짝도 모두 작살을 내고
놋이며 장광이며 닥치는 대로 때려 부쉈다. 방필만은 그동안 폭삭
늙어 반송장 꼴로 마루에서 떨고 있었다. 가족들은 헛간 앞에 몰려
떨고 있었다. 황방호와 박성삼이 말리자 한참만에야 농민들은 기세
가 조금 수그러들었다.

"차행보 잡았다."

저쪽 골목에서 고함소리가 터졌다. 농민들이 몰려오는 것을 보고
옆집으로 숨었다가 붙잡힌 모양이었다.

"에라, 이 때려죽일 놈."

차행보가 끌려오자 농민들은 우르르 달려들어 몽둥이로 후려갈
겼다.

"치지 마시오!"

황방호가 고함을 질렀다. 차행보를 끌어다 토방에다 꿇어앉혔다.
방필만도 끌어내려 차행보 옆에 앉혔다. 두 사람 다 사색이 되어 발발
떨었다. 방필만은 정신이 나간 사람처럼 눈알만 멀뚱거리고 있었다.

"차가 너 이놈, 묻는 대로 대답하지 않으면 단매애 패쥑이겠다."

황방호가 침착한 소리로 을러멨다.

"관가에서 이번까지 두 번이나 동학도들을 잡아다 가두었다. 동
학도 가운데서도 이 집 작인만 골라다 가뒀다. 방학주하고 네놈 수

작이지?"

"나는 상관이 없소."

"저 때려쥑일 놈, 아가리를 찢어버려."

"저 사람들 서슬 뵈냐 안 뵈냐? 단매에 골통이 빠개진다. 방학주가 그 많은 소작인들을 한나한나 어뜨코 안단 말이냐?"

"나보고 일일이 물어보길래 대답만 해줬소."

소작인들은 저놈 죽이라고 연방 악다구니를 썼다.

"작년에 소작 농간을 부려 소작을 떼어 옮긴 것이 몇 필지냐?"

열두어 필지라고 했다.

"여태까지 소작을 입갑으로 낚아온 새큰애기는 몇이냐?"

여남은 사람 된다고 했다.

"여남은만 되어? 저놈 때려 죽여."

군중은 이를 갈았다.

"며칠 전 배재 밑에서 방학주 똘마니들이 둘이나 죽었다는데, 그 사람들이 고산 복골 처녀를 데리고 오다 죽었다는 소문이다. 그것은 어뜨코 된 일이냐?"

황방호 말에 군중은 조용해졌다.

"나는 모르는 일이오마는, 복골 처녀라면 전주 근처 어디로 피해 가서 산다는 소문을 들었소. 거기 가서 데려오다가 누구한테 변을 당한 것 같소."

차행보는 떠듬떠듬 말했다.

"대번에 패죽일 텐게 이 대목 똑똑히 대답해라. 그놈들을 죽인 것이 누구 같냐? 애먼 사람 덤태기 씌우지 말고 바른 대로 말해라."

황방호가 몽둥이를 차행보 코앞에다 들이대며 을러멨다. 황방호나 박성삼으로서는 꼭 따지고 넘어가야 할 일이었다. 들어보니 그 일이 일어난 게 자기들이 배재를 넘어올 무렵 같았기 때문이다. 자칫하면 자기들이 언걸을 입을지도 모를 판이었다.

"나도 군아 장교들을 따라가 봤는데, 죽은 사람들 모가지하고 얼굴에 표창 맞은 자리가 있습디다. 농사꾼들이 한 짓은 아닌 것 같소."

"표창? 그럼 누가 한 짓이란 말이냐?"

"그야 알 길이 없소마는 표창을 그렇게 쓰는 솜씨라면 보통 사람들은 아닌 것 같다고 합디다."

차행보는 곧이곧대로 말하는 것 같았다.

"작년에 농간부린 소작은 도로 돌려줄래, 어쩔래?"

"그것은 내가 맘대로 하는 일이 아니오. 나는 시킨 대로 심부름이나 하는 사람인게 그것은 저이한테 물어보시오."

차행보는 방필만을 가리켰다. 황방호는 방필만한테 뭐라고 하려다 말았다. 심하게 닦달을 했다가는 겻불처럼 잦아져버릴 것 같아 상대하고 싶지 않은 모양이었다. 황방호가 차행보한테 무어라 말을 하려고 할 때였다.

"할 말이 있소."

저 뒤에서 누가 소리를 질렀다.

하대두였다. 황방호가 앞으로 나와서 말을 하라고 했다. 하대두가 절뚝거리며 앞으로 나왔다.

"나는 고산서 온 이 집 잭인이오. 우리는 소작 일만 따질라고 왔등마는, 이렇게 살림까지 뿌쇠분게 오기는 왔어도 영판 거북살스럽소."

"뭣이 어쩌?"

군중 속에서 꽥 악을 썼다.

"그렇게 겁나면 돌아가!"

사내 하나가 *얀정머리없이 내질렀다.

"어서 돌아가!"

곁에서 덩달아 소리를 질렀다. 여기저기서 악다구니가 쏟아졌다.

"일판이 그렇다는 것인게, 그렇게 말을 막을 것이 아니라 따질 것
은 조단조단 따집시다. 내가 하고 잡은 말은 뭣이냐 하면……."

하대두는 말꼬리에 힘을 박아놓고 잠시 뜸을 들였다. 말머리를
붙잡고 군중을 내려다보고 있었다. 배짱이 어지간했다.

"작년하고 재작년하고 양년에 우리 같은 산골 동네는 잔등 하나
로 먹고 못 먹는 구메농사였소. 논에서 검불만 긁어 들인 사람들이
태반인데 그런 줄을 뻔히 암시로 차씨 저 사람이 와서 도지를 저재
작년 예대로 내라고 해서 걷어갔소. 차행보 저 사람한테 만중 앞에
서 한번 물어봐 주시오. 그런 짓을 저 방생원이 시킨 일인가, 차씨가
제 사날로 그런 농간을 부렸는가 알아봐 주시고라, 아까 작년에 소
작을 이리저리 떼 옮긴 것이 여남은 필지 된다고 했는데, 우리 동네
도 아까 그런 억지 도지 못 물겠다고 버티다가 소작이 다른 데로 넘
어간 사람이 있소. 그런 것도 전부 제대로 발라줄 것인가 안 발라줄
것인가 그 대답도 이 자리에서 똑떨어지게 들읍시다."

모두 조용하게 하대두 말을 듣고 있었다. 처음에는 시비를 걸고
나온 것 같아 발끈했으나, 사실은 제일 실속 있는 것을 묻는 바람에

모두 귀를 쫑그렸다.

"저 사람 하는 소리 들었지? 검불만 긁어 들인 논에서 도지 물린
것부터 대답을 해!"

황방호가 차행보를 보고 다그쳤다.

"저도 그것은 무리한 짓이라고 생각해요. 모두 발라잡아서 그런
논에서 받아들인 도조는 도로 돌려주고, 떼어 옮긴 소작도 발라 드
리겠소."

차행보가 다급하게 말했다.

"니가 이 집 주인이냐? 주인한테 말을 해갖고 주인 허락을 맡아서
말을 해얄 것 아녀!"

군중 속에서 소리를 질렀다. 개새끼 소새끼 험한 악다구니가 쏟
아졌다. 차행보는 허리를 굽혀 방필만 귀에다 대고 뭐라고 한참 속
닥였다. 겁에 질린 방필만은 정신없이 고개만 끄덕였다.

"그러라고 했은게 염려 마시오."

차행보가 염려 말라고 다짐을 했다.

"저 늙은이 끼고 농간을 부린 놈이 바로 저놈이다. 저놈부터 죽여
버려!"

"죽여라."

여남은 명이 소리를 지르며 우르르 몰려나왔다.

"이러면 안 돼요."

황방호가 그들을 가로막으며 소리를 질렀다. 사람들은 황방호를
밀치고 몽둥이를 휘둘렀다. 차행보는 마루로 뛰어올랐다. 몽둥이가
차행보 다리를 향해 날았다. 차행보는 제자리에서 팔짝 뛰어 몽둥이

를 피했다. 거듭 몽둥이가 날았다. 차행보는 안방으로 뛰어 들어갔다. 반쯤 부서진 채 열려 있는 방문을 얼른 닫아버렸다. 농민들이 마루로 올라가서 문을 잡아당겼다. 열리지 않았다. 안에서 문고리를 걸어버린 것 같았다. 문을 박찼다. 문짝이 부서졌다.

"뒷문으로 내뺐다. 쫓아라."

마당에 가득 찼던 농민들이 우르르 뒤란으로 몰려갔다. 차행보는 벌써 섶나무 벼늘에 발을 버티고 담을 뛰어넘고 있었다. 사람들이 창을 던졌다. 창 하나가 차행보 옆구리에 맞았다. 차행보는 담 밑으로 나가떨어졌다. 농민들이 담을 넘었다. 사정없이 대창을 찔렀다.

"죽이지 마시오."

박성삼이 담을 넘어가며 악을 썼다. 그러나 벌써 차행보 몸뚱이에는 대창이 세 개나 꽂혔다. 목에도 꽂힌 자국이 있었다.

집에서는 다시 살림을 짓부수기 시작했다. 농민들 가운데 여남은 명이 유독 정신없이 날뛰었다. 방필만은 토방에 고양이처럼 쭈그리고 앉아 발발 떨고 있었다. 정신은 이미 저승에 가버리고 몸뚱이만 남아 있는 것 같았다. 저쪽에서 살림을 부수던 사람들이 이쪽으로 몰려왔다.

"이 못된 늙다리야, 너부터 죽어라."

사내 하나가 몽둥이를 휘둘렀다.

"가만있어!"

황방호가 악을 쓰며 방필만 앞으로 뛰어들었다.

"그렇게 공자 맹자 날라면 멀라고 일어나자고 했소?"

몽둥이를 추켜올렸던 사내가 삿대질을 하면서 황방호한테 악을 썼다.

"이런 늙다리 죽여봤자, 송장 치고 살인만 낸단 말이여."

황방호도 맞받아 고함을 질렀다. 저쪽에서 또 한 사람이 달려오며 방필만을 향해 몽둥이를 치켜들었다. 황방호가 또 몸으로 막았다.

"아이고, 우리가 잘못 온 것 같네."

대문께서 구경하고 있던 하대두가 고개를 절레절레 저으며 같이 온 사람들을 데리고 돌아섰다.

"방학주랑 아들놈들은 눈 뻔히 뜨고 펄펄 살아 있는데, 저렇게 설건 드려 노면 으짤라고들 저러까? 우리가 잘못 와도 크게 잘못 왔그만."

하대두는 고추 먹은 소리를 하며 절름거리는 발을 바삐 옮겼다. 한참 가다가 뒤를 돌아봤다. 방필만 행랑채에 연기가 오르고 있었다.

10. 함성은 강물처럼

"전주 관속들도 시방 야단이네요. 금방 난리가 일어난다고 밤이면 관속들 피난 보따리가 솔래솔래 성문을 나간다는구만요."

조병갑 첩 매선이었다.

"오매, 관속들이 피난을 가라우?"

유월례가 놀라 물었다. 매선이 살림살이를 찾으러 온 것이다. 그는 어제 와서 여기 행수기생 집에서 자고 왔다고 했다.

"엊그제 전주에서는 도깨비불이 수백 개가 산봉우리를 저녁 내내 휘젓고 다녔는데 그것이 난리가 날 조짐이라고 합디다. 난리가 날라면 헛것부터 그렇게 발동을 한대요."

매선이 짐을 챙기며 연방 씨월거렸다. 자기도 봤는데 도깨비불이 수십 개가 금방 하나로 합쳐지는가 하면 삽시간에 수백 개가 되어 산지사방으로 흩어지고 그런 난리가 없더라는 것이다. 그 뒤부터

전주 사람들은 지금 밤이면 무서워서 밖을 못 나간다고 호들갑을
떨었다.

"나는 전주 감영 행수기생 집에 있소. 혹 간에 전주 올 일 있으면
찾아오시요잉."

매선은 떠나면서 인사치레가 깍듯했다. 그는 난리가 난다더라고
입으로는 무서운 소리를 하면서도 건뜻하면 깔깔 웃고 천하태평이
었다. 매선이 떠난 다음 호방이 점심을 먹으러 왔다. 유월례는 매선
이 살림을 찾아갔다는 말을 하고 전주 관속들이 피난을 간다더라는
이야기를 했다.

"허!"

호방은 먼지 날리는 소리로 웃었다. 웬일인지 호방은 얼굴이 몹
시 어두웠다.

"고부 사람들은 무장으로 가서 무장 사람들하고 합쳐갖고 금방
이리 쳐들어온다는 소문입니다."

유월례는 호방 밥상머리에 앉아서 겁먹은 표정으로 말했다.

"걱정할 것 없어."

호방은 대수롭지 않게 대답했으나 표정은 전 같지 않았다. 유월
례는 홍덕댁한테서 읍내 사람들이 숙덕인다는 소리를 모두 듣고 있
었다. 이번에 고부 사람들이 나서면 전라도는 두말할 것도 없고 조
선 팔도 농민들이 전부 일어날 것이라는데, 더구나 이번에 전봉준이
타고 간 백마는 예사 백마가 아니라는 것이다. 전봉준은 지난번에
여기서 해산을 하고 바로 지리산으로 들어갔다가 엊그제야 나왔는
데 그 백마는 지난여름 지리산에서 천둥번개가 치면서 바위 속에서

튀어나온 말이라는 것이다. 그 말이 바위 속에서 튀어나와 울고 다니자 지리산 도승이 먹이고 있다가 전봉준이 나타나자 이제야 비로소 임자가 나타났다고 건네줬다는 것이다. 지금 읍내 사람들은 이제 세상은 제대로 뒤집힐 거라며 그때는 관속붙이들은 살아남을 사람이 없을 거라고 떵떵 을러멘다는 것이다.

"이방 나리 댁도 어젯밤에 어디로 피난 봇짐을 보낸 것 같다고 하요. 그런 소리 들은게 손에 일이 안 잽히요."

그것도 홍덕댁이 전해 준 소식이었다.

"나도 앞뒤 다 재고 있은게 걱정 말어."

호방은 밥상을 물리며 가볍게 웃었다. 그때 대문에서 다급하게 부르는 소리가 났다. 홍덕댁이 쫓아나갔다. 나졸이었다. 어사가 호방을 급히 찾는다는 것이다. 호방은 대통에 담배를 우겨넣다 말고 벌떡 일어나 허겁지겁 뛰어나갔다. 근심스런 눈으로 호방 뒷모습을 보고 있던 유월례는 방으로 들어가서 호방이 물린 상을 차지하고 앉았다.

"욱!"

숟가락을 들던 유월례는 갑자기 헛구역질을 하며 입으로 손이 갔다. 유월례는 다시 한 번 어깨를 들썩이며 토하려다 말았다. 얼른 숨을 발라 쉬며 부엌 쪽 지게문을 봤다. 아침에 이어 두 번째였다. 유월례는 넋 나간 모습으로 그 자리에 앉아 있었다. 만득이 얼굴이 떠올랐다. 미륵코를 정성스럽게 갈아 사발을 내밀며 아들을 낳으면 이름을 미륵이라 짓자고 하던 만득이 얼굴이 덩실하게 떠올랐다. 만득이는 저녁밥만 먹고 나면 곰방대에 담배를 태물고 미륵코를 가는 것이 일이었다. 코를 떼어왔던 운주사 미륵이 떠올랐다. 유월례 눈에 눈물이 맺혔다.

"아이고."

유월례는 깜짝 놀라 다시 부엌문을 보고 나서 치맛자락으로 눈물을 훔쳤다. 상을 들고 부엌으로 나갔다.

동헌 방으로 들어서던 호방은 깜짝 놀랐다. 이용태 앞에 웬 40대 여인이 한 사람 앉아 있고, 이용태는 얼굴이 몹시 상기되어 있었다. 여인은 싸늘한 눈으로 호방을 쏘아보았다. 여인은 엷은 하늘색 치마에 하얀 *숙고사 저고리가 날아갈 듯 정갈했다. 호방은 어리둥절한 표정으로 여인과 이용태를 번갈아 보았다. 여인이 어사 앞에 당돌하게 앉아 있다는 것도 놀라운 일이지만, 자기를 쏘아보는 눈이 안하무인이었다.

"이주호 감역댁 부인이십니다."

이용태는 굳은 얼굴로 말했다. 호방은 다시 한 번 놀라 감역댁을 보았고, 감역댁은 당신 잘 만났다는 표정이었다.

"부인께서 감영에 다녀오신 것 같습니다. 순상 각하께서 호위병을 달려보냈소. 여기서 얼마 전에 감영에 올린 보장에 의문이 있답니다. 감사가 보내신 친서요. 이것부터 읽어보시오."

이용태는 편지를 내밀었다. 호방은 편지를 받아 훑어봤다. 내용은 짤막했다. 이주호 감역댁 일은 양대인이 특별히 관심을 가지고 있는 일인즉 그 점 깊이 유념하여 말썽 없이 조처하라는 내용이었다. 감역댁이 타고 온 가마를 호위하고 온 장교 편에 보내온 편지였다. 이주호는 전주로 의원을 찾아갔다는 말을 들었는데, 감역댁이 남편을 데리고 갔다가 신부를 만난 모양이었다.

"지난번 우리 집에서 일어난 일 보장을 호방께서 쓰셨다지요?"

감역댁이 호방을 보며 물었다. 말소리는 차근했으나 만만찮은 결심을 하고 온 것 같았다.

"내가 썼다기보다도, 그렇지요. 쓰기야 내가 썼지마는 모두 들은 말을 썼을 뿐입니다."

호방은 좀 당황하다가 이내 배짱을 가다듬은 것 같았다.

"그 보장을 보니 지난번 우리 집에 들어와서 분탕질친 사람들하고, 이번에 감역 나리를 구타한 사람들이 우리 작인들이라 하셨더군요. 그 작인들이 어디 사는 사람들이고 이름이 뭣이지요?"

감역댁은 야무지게 다그쳤다.

"소문이 그렇게 떠돌고 있길래 그대로 썼습니다."

호방은 능청스럽게 발라맞추었다.

"어디 사는 누구인 줄도 모르는데 소문이 그러길래 소문만 듣고 그렇게 쓰셨구먼요. 알겠습니다. 그 보장은 호방 나리가 소문만 듣고 썼지, 작인들 이름도 성도 모르더라고 순상 각하께 말씀드리겠습니다."

감역댁은 호방을 쏘아보며 매듭을 지어놓고 이번에는 이용태한테로 얼굴을 돌렸다. 그는 이용태한테 무슨 말을 하려다 말고 곁에 놓고 있던 보자기를 끌렀다. 무얼 꺼냈다. 은장도였다. 감역댁은 은장도를 쑥 뽑았다. 이용태와 호방은 깜짝 놀라 윗몸을 뒤로 젖혔다. 둘이 다 눈이 튀어나올 것 같았다. 여차하면 후닥닥 도망이라도 칠 자세였다.

"이것은 보시다시피 은장도입니다. 저는 소문이 아니고 이 은장도를 들고 우리 집 아이가 겪은 일을 말씀을 드리겠습니다."

두 사람은 튀어나올 것 같은 눈으로 감역댁을 보고 있었다. 감역댁 말소리는 차근했다.

"그날 우리 집에 침노한 사람들은 틀림없이 역졸들이고, 수는 20여 명이었습니다. 겁탈하려고 대드는 역졸한테 우리 아이는 이 장도를 휘둘렀습니다. 그 역졸은 이 칼에 왼쪽 어깨를 찔려 크게 상처를 입고 도망쳤습니다."

감역댁은 은장도를 이용태 앞에 내밀며 말했다. 두 사람은 넋 나간 사람처럼 말을 듣고 있었다.

"그리고 다른 역졸 하나는 여기 지금 잡혀와 있는 연엽이라는 처녀를 겁탈하려다가 그도 역시 혼이 났습니다. 그 소문은 지금 고부에 쫙 퍼졌고 그 역졸이 누구인지 역졸들은 다 알고 있습니다. 제가 어사 나리께 원하는 것은 한 가지뿐입니다. 그 역졸 두 사람을 찾아주십시오. 저는 그 사람들을 데리고 감영으로 가겠습니다."

감역댁은 말을 뚝 잘라 아퀴를 지으며 어사를 똑바로 건너다봤다. 이용태는 몽둥이 맞은 사람처럼 멍청하게 감역댁을 보다가 호방한테로 눈을 돌렸다. 호방도 벼락 맞은 꼴이었다.

"음, 그러면 그 못된 놈들이 나를 속였단 말이오?"

이용태는 문지방 곁으로 엉덩이를 한걸음 홀쩍 옮겨 앉으며 방문을 벼락 쳤다.

"게 아무도 없느냐?"

이용태가 버럭 소리를 질렀다. 문 앞에 있던 통인이 질겁을 했다.

272

장흥 장교들을 전부 불러오라고 고함을 질렀다.

"어사또 나리!"

그때 호방이 침착한 목소리로 이용태를 불렀다.

"뭐요?"

이용태는 호방을 잡아먹을 듯이 노려봤다. 이 일은 나한테 맡기라고 장담이 땅이 꺼지더니 기껏 이것이냐는 표정이었다.

"역졸들이 그랬을 리가 없사옵니다. 감역 나리께서 다녀가신 뒤에 어사또 나리께서 그렇게 불호령을 내려 이 잡듯이 조사를 하고 쥐 잡듯이 닦달을 하셨지마는 그런 자는 없지 않았사옵니까? 여기서 순상 각하께 올린 보장을 부인께서도 보셨다니 말씀입니다마는 역졸들 가운데는 결단코 그런 짓을 한 자가 있을 리 없사옵니다. 역졸들이 죽지 못해 환장을 했다면 모르거니와 양반 댁을, 항차 감역 나리 댁에 들어가서 감히 그런 짓을 하겠사옵니까? 더구나 3백 리 밖에서 온 장흥 역졸들이 감역 나리 댁에 무슨 억하심정이 있어서 제 죽을 짓을 하겠습니까?"

호방은 단호하게 말했다. 감역댁은 잠시 멍한 눈으로 호방을 건너다보고 있었다. 호방은 이용태를 향해 말을 계속했다.

"보장에도 올렸듯이 그 뒤에 감역 나리께서 봉변을 당하신 곳이 태인 지경이온데, 봉변을 당한 바로 그 근처에는 감역 댁 소작이 있사옵고 거기에는 그 소작을 버는 작인들이 살고 있사옵니다. 그 작인들을 닦달하면 그날 감역 나리를 해친 범인을 잡을 수가 있을 것입니다. 그 범인들만 잡으면 지난번에 그 댁에 가서 분탕질친 자들도 틀림없이 드러날 것이옵니다. 일에는 순서가 있는 법이오니, 태인 사또 나리로 하여금 그 범인부터 잡아내도록 하는 것이 두 사건 범인을 잡아내는 순서인 줄로 아옵니다."

호방은 시치미를 뚝 따고 능청을 떨었다. 절대로 역졸들 소행이라고 인정을 해서는 안 된다는 뜻을 거의 노골적으로 드러내고 있었다. 호방은 이런 새빨간 거짓말을 왼눈 하나 끔쩍하지 않고 주워섬기고 있었다. 억장이 무너지는지 가쁜 숨을 씨근거리고 있던 감역댁은 이내 숨을 발라쉬며 차근한 목소리로 입을 열었다.

"그러하옵니까? 그러면 저는 저대로 우리 집에 온 역졸을 잡아내야 하겠사옵니다. 그날 저녁 그자들 말씨 하나만 보더라도 그자들은 틀림없이 여기 사람들이 아니었습니다. 그러한데도 터무니없는 억지소리를 하고 있으니 거짓말을 밥 먹듯 하는 저런 흉칙한 사람하고는 더 말을 하고 싶지 않사옵니다."

감역댁은 야무지게 말했다.

"거짓말을 밥 먹듯 하다니, 그런 방자한 말이 어딨소?"

호방이 버럭 소리를 질렀다.

"당신은 고부 삼흉에다가 고부 삼적으로 고부천지에서 호가 난 사람이오. 저기 길가에 가서 지나가는 사람 아무나 붙잡고 당신 행실을 한번 물어볼까요?"

감역댁은 싸늘하게 웃으며 잔뜩 깔보는 표정을 지었다.

"허허, 이런 오만무례한!"

호방은 숨을 씨근거렸다.

"반가의 부인한테 오만무례라니, 아전 터수에 그런 오만무례하고 방자한 말버릇을 어디서 배웠소?"

감역댁은 앙칼지게 쏘아붙였다.

"허허, 반가의 부인을 몰라뵈서 죄송합니다. 허지만, 백 가지로 알아보아도 그날 저녁에 그 댁에 역졸들은 결단코 들어가지 않았소. 하하."

호방은 무슨 생각을 하는지 갑자기 태도를 바꾸어 껄껄 웃었다. 네깟 년이 아무리 앙탈을 부려도 너 같은 계집 하나쯤 문제가 아니라는 태도였다.

"웬 웃음소리가 그렇게 요란스럽소?"

이용태가 호방을 노려봤다.

"사또 나리, 저런 흉칙한 자하고는 더 혀 달아 말을 하고 싶지 않사옵니다. 범인이 역졸들이 아니라니 어사또 나리께 범인을 잡아달라는 말씀도 부질없는 말씀인 줄 아옵니다. 저는 이대로 감영으로 돌아가서 그날 저녁 우리 집에 온 사람들이 역졸이 틀림없으니 감영에서 나서서 범인을 잡아내달라고 하겠사옵니다. 어사또 나리께 한 가지 청이 있사옵니다. 보장에는 그들이 역졸이 아니라고 했사온데, 제가 역졸이라고 하려면 증인이 있어야 할 것이옵니다. 그날 저녁 저희 집에 같이 있던 사람들을 증인으로 데리고 가고자 하옵니다. 부안댁이란 분 모녀하고 연엽이라는 처자하고 강쇠네란 여자올시다. 이 네 사람이 모두 옥에 갇혀 있사온데 저하고 동행하도록 조처해 주시기 바라옵니다."

그때 장교들이 모였다고 통인이 아뢰었다.

"잠깐!"

이용태가 감역댁더러 잠깐 기다리라 해놓고 밖으로 나갔다.

"역졸들 가운데는 지난번 이주호 감역 댁에 침범한 놈이 없다고 했는데, 역졸들이 틀림없이 침범했다는 발고가 다시 들어왔다. 양반 댁을 침범한 무엄 방자한 놈들이 있다면 살아남지 못하리라. 당장 그놈들을 샅샅이 찾아서 대령하라."

이용태가 악을 썼다. 장교들은 홍두깨 같은 소리에 멍청하게 이용태를 건너다보고 있었다. 이용태는 무얼 꾸물거리고 있느냐고 거듭 악을 쓰며 발로 마룻장을 굴렀다. 장교들은 몽둥이 맞은 표정으로 슬금슬금 돌아섰다.

"지난번에도 철저히 조사를 하였지마는 다시조사를 하겠소. 감히 양반 댁을 침노한 놈이 있다면 내가 당장 목을 벨 테니 그리 아시오."

이용태는 단호하게 말했다. 그러나 감역댁 표정에는 동요가 없었다.

"저이는 그런 일이 결단코 없다고 단언을 했사옵니다. 아까 그이들을 동행하도록 조처하여 주시기 바라옵니다."

감역댁은 네놈들 수작을 다 알고 있다는 듯이 냉랭한 목소리로 거듭 채근했다.

"그야 어렵지 않으나……."

이용태가 말꼬리를 끌며 호방을 힐끔 보았다.

"그 사람들을 보내더라도 따로 보내야지 증인을 같이 보낼 수는 없는 법이옵니다."

호방은 태연하게 말했다. 이용태가 오히려 당황하는 표정이었다.

"끝까지 후무리자는 수작이군요. 그러면 한 가지만 더 말씀드리고 물러가겠사옵니다. 그날 우리 집에 침범한 역졸들은 스무남은 명이었습니다. 하늘을 가렸으면 가렸지 그 일은 못 가릴 것입니다. 감사 나리 영도 먹히지 않는다면 이제 조정에다 상소를 올리겠습니다. 두고 보십시오."

감역댁은 장도를 쥐어 보이며 자리에서 훌쩍 일어났다. 이용태는 멍청한 표정으로 일어서는 감역댁을 보고 있었다.

"조정에 상소를 해보았자 없었던 일은 없었던 일일 뿐이오."

호방은 껄껄 웃었다.

"그런 흉측한 웃음을 언제까지 웃는가 두고 봅시다."

감역댁은 이를 악물고 호방을 노려보며 문을 열었다. 이용태는 어떻게 해야 할지 얼른 판단이 서지 않는 듯 호방과 감역댁을 번갈아 보다가 자리에서 일어나서 감역댁을 따라나왔다. 감역댁은 뒤도 돌아보지 않고 마당 한쪽에 있는 가마로 갔다. 가마꾼들이 달려오고 호위하고 온 벙거지들도 달려왔다. 금방 가마가 떴다. 이용태는 어리둥절한 표정으로 가마 뒤를 보고 있다가 돌아섰다.

"염려 노십시오. 제가 다 마련이 있습니다."

호방은 자신만만하게 말했다.

"양대인을 앞세워서 이번에는 조정에다 상소를 할 모양인데 마련이 있다면 무슨 마련이 있다는 게요?"

이용태는 새삼스럽게 겁이 나는지 시퍼렇게 호방을 쏘아보며 다그쳤다.

"내일쯤 저 여자가 말한 계집들을 제가 감영으로 데리고 가서 대처를 하는 것이 좋을 것 같사옵니다. 그 계집들이 있는 소리 없는 소리 할 것이 틀림없사오니 문초를 할 때 제가 지켜보면서 임기응변을

하겠습니다. 그 여편네가 아무리 설쳐보았자 부잣집 울안에서 햇볕
한번 제대로 쬐지 못한 콩나물이 아니오니까? 또 양대인이란 작자들
은 그자들이 남의 나라 물정을 얼마나 알아 무얼 따지겠사옵니까?
저한테 맡기시고 마음 푹 노십시오."

호방은 자신만만했다.

"조정에다 상소를 한다지 않소?"

이용태는 제정신이 아니었다.

"감영에 가서 대처만 잘 하면 조정에 상소를 해도 염려할 것이 없
사옵니다. 저를 믿으십시오."

호방은 여유 있게 웃으며 달래듯 말했다.

"하여간 잘해보시오."

이용태는 고개를 갸웃거리면서도 그 길밖에 없겠다고 생각하는
모양이었다.

"순상 각하께 지금 바로 보장을 올리는 것이 좋을 것 같사옵니다.
이주호 부인이 여차저차 얼토당토않은 억지소리를 하는데, 그것은
전혀 가당치 않은 소리라고 하신 다음에, 또 여차여차한 일로 증인
을 보내달라고 해서 소원대로 내일 증인을 보내겠으니 잘 알아보시
라고 쓰시지요. 그 계집년이 전주 당도하기 전에 발 빠른 놈을 보내
는 것이 좋을 것 같습니다."

이용태는 보장도 호방이 알아서 써 보내라며 거듭 잘해보자고 등
가지 두드렸다.

"이제 일판은 거진 파장이 가까웠지."

이용태 앞에서 나온 호방은 무슨 생각을 하는지 싸늘한 웃음을

날리며 작청 자기 방으로 들어갔다.

그동안 호방은 보부상 행수 정꿀병을 통해 무장 쪽에 거의 날마다 첩자를 놓아 고부 농민군 움직임을 염탐하고 있었다. 심상치 않았다. 고부 사람들은 영광과 무장 경계인 동음치면 당산리를 중심으로 그 근처 동네에 분산되어 날마다 이리저리 사람들이 오가고 부산하게 움직이고 있다는 것이다. 고부 사람들은 두 고을에 걸쳐 있으므로 양쪽 관아에서도 서로 자기 관내가 아니라고 간섭을 하지 않는 것 같다고 했다.

고부 사람들을 동음치면에 머물도록 한 것은 절묘한 착상이었다. 무장 현감 조명호는 고부 사람들이 거기 머물고 있다는 보고를 받고 처음에는 깜짝 놀랐으나 그들은 거기만 머물고 있는 것이 아니고 영광 쪽 동네에도 머물고 있다고 하자 그는 대번에 고개를 끄덕이며 애써 안심하는 표정이었다.

"그 작자들이 영광에 머물면서 우리 고을에도 넘나드는 모양이구만. 그랬으면 그랬지."

영광 군수 민영수도 역시 같은 보고를 받았으나 조명호와 똑같은 소리를 하며 시치미를 떼고 있었다. 그들이 거기 머물고 있다고 선불리 감영에 보장을 띄웠다가 그들을 치라는 영이 떨어지는 날에는 천하의 전봉준을 상대로 싸움을 벌여야 할 판이었다. 나중에야 문책이 아니라 삼수갑산을 가는 한이 있더라도 지금은 모르쇠로 가만히 있는 것이 백번 나을 것 같았다. 더구나 무장 현감 조명호는 지금 해주 판관으로 전임 발령이 나서 후임이 오기만 기다리고 있는 참이었다.

전봉준과 손화중을 비롯한 고부와 무장 두령들은 이런 약점을 환히 꿰뚫어보고 장소를 그리 정했던 것인데 예측이 너무도 정확하게 들어맞고 있었다. 이용태는 그들이 어디로 갔는지 숫제 관심조차 두지 않고 있었다.

감영에 보장을 써 보낸 호방이 다음날 부안댁 모녀와 연엽, 그리고 강쇠네를 데리고 전주로 향했다. 호방은 고부를 떠나기 앞서 오늘 새벽 유월례부터 가마에 태워 전주로 보냈다. 영저리 집으로 보낸 것이다. 부안댁과 연엽 등 네 여자는 역졸 다섯 명이 앞뒤로 *계호를 하며 가고, 호방은 나귀를 타고 한참 뒤떨어져 갔다.

"우리를 감영으로 데리고 가서 볼모로 삼자는 것이 아닐까유."

연엽이 부안댁한테 낮은 소리로 속삭였다.

"글쎄 말이여."

부안댁은 애달픈 소리로 받았다.

"저한테 은반지가 하나 있고, 은자가 스무남은 닢 있네유. 오늘 저녁에 역졸들한테 인정을 쓰며 한번 구슬려볼래유."

"도망치게? 될까?"

"무슨 수를 쓰든 써야 할 것 같네유. 우리 목숨도 목숨이지마는, 우리가 볼모로 잡혀 있으면 농민군들 은신이 그만큼 어렵잖겠어유?"

"한번 구슬려보세. 나한테도 은자가 몇 닢 있네."

부안댁은 역졸들을 힐끔거리며 속삭였다. 연엽은 이 얼마 동안은 별로 시달리지 않고 편히 지냈다. 이용태 방에만 넣으면 자결을 해버리겠다고 독기를 피우자 그게 먹혀든 것 같았다. 원평에 이르렀다. 호방은 깨끗한 여각을 잡아 들었다. 여장을 풀자마자 호방은 연

280

엽과 부안댁을 자기 방으로 불렀다. 웬일인가 하고 두 사람은 조심스럽게 호방 방으로 들어갔다.

"먼 길에 고생이 많습니다. 내 말 잘 들으시오. 모두 오늘 저녁에 여기서 피하십시오. 농민군은 금방 무장서 다시 일어납니다. 전주에 갔다가 농민군이 일어나면 네 분은 두말할 것도 없이 볼모가 되어 생명이 위태로울 것입니다."

호방은 낮은 소리로 속삭였다. 두 사람은 느닷없는 소리에 어리둥절한 표정으로 호방을 건너다봤다. 호방은 지금 자기가 그들을 전주로 데리고 가는 경위를 간단히 설명한 다음 말을 이었다.

"지금은 증인으로 가지마는 전쟁이 일어나면 대번에 볼모가 될 것입니다. 이주호 쪽에서 양대인을 넣어 빼내려고 할지 모르겠습니다만, 전쟁이 일어나면 양대인 힘으로도 어찌할 수가 없을 것입니다. 무사하시려면 오늘밤 여기서 피하는 길밖에 없습니다. 저녁에 네 분이 자는 척하고 계십시오. 밤이 이슥했을 때 번을 서고 있는 역졸들을 모두 내 방으로 불러들여 술을 마시겠습니다. 그때 슬쩍 빠져나가십시오."

부안댁과 연엽은 아직도 어리벙벙한 표정이었다. 호방 입에서 이런 소리가 나오리라고는 상상도 못한 일이었다.

"어렵게 생각할 것 없습니다. 털어놓고 말하면, 나도 이럴 때 전봉준 장군하고 별동대 대장한테 은혜를 베풀어놓고 싶을 뿐입니다."

호방은 가볍게 웃었다. 그러나 두 사람은 쉽게 얼굴이 펴지지 않았다. 이 작자가 하도 호가 난 흉물이라 이것도 무슨 흉계가 아닌지 가늠이 잡히지 않았다.

"나도 속살은 농민군 편입니다. 나중에 들으면 아실 것입니다마는 그 사이 전봉준 장군하고는 내통이 있었습니다. 두 모녀와 규수께서 그만큼 편하게 지내신 것도 다 내가 손을 쓴 탓입니다. 안심하시고 여기서 나가 피하실 데나 미리 생각해 두고 기다리십시오. 오늘 저녁에는 달이 있습니다. 이 근처에 아는 사람이 없으면 무작정 멀리만 피해서 아무 집에나 들어가십시오. 고부에서 피해온 아무개 누구라고 하면 어느 집에서나 모셔 들여서 숨겨줄 것입니다."

호방은 진지하게 말했다. 부안댁과 연엽은 아직도 긴가민가하는 표정이었다. 호방은 어제 감역댁을 대했던 태도와는 전혀 딴판이었다. 감역댁한테 그렇게 대한 것은 이주호 같은 작자는 어떤 세상이 되어도 별로 무한양 것이 없다는 배짱인 것 같았다.

"밤에 이 집에서 나가실 때는 신고 오셨던 신은 그 자리에 그대로 두시고……"

호방은 말을 멈추고 봇짐을 당겨 끈을 풀었다. 미투리 네 켤레가 나왔다. 부안댁과 연엽은 깜짝 놀랐다. 그러고 보니 호방은 미리 치밀하게 계획을 세우고 온 모양이었다. 호방은 미투리를 건네며 안심하고 피하라 했다. 두 사람은 고맙다고 고개를 숙인 다음 미투리를 치마 속에 감추고 밖으로 나왔다.

다음날 아침이었다. 역졸들이 다급하게 호방을 깨웠다.

"여, 여자들이 도망쳐버렸습니다."

겁먹은 역졸들이 다급하게 소리를 질렀다.

"뭣이?"

호방은 대번에 벼락같이 소리를 지르며 뛰어나갔다. 방이 텅텅 비

282

어 있었다. 토방에는 여자들 신만 네 켤레가 얌전하게 놓여 있었다.

"어느 패가 번을 설 때 도망쳤느냐?"

호방이 고함을 질렀다. 어느 패가 설 때 도망쳤는지 모르겠다는 것이다.

"이놈들, 분명히 야료속이 있구나."

호방은 고래고래 호령을 하며 역졸들을 모두 꽁꽁 묶었다. 호방은 역졸들을 묶어놓고 이용태한테 편지를 썼다. 역졸들 가운데 누가 그 여자들한테 매수를 당한 게 분명하므로 이놈들을 전주로 끌고 가서 철저히 문초를 하여 그들이 도망친 경위를 순상 각하께 소상히 아뢰겠거니와, 이주호 부인이 원하는 증인이 제 발로 도망쳐버렸으므로 우리한테는 되레 잘된 일 같으니 너무 염려 말라는 말로 끝을 맺었다. 호방은 편지를 들려 파발꾼을 급히 고부로 쫓은 다음 맹꽁이처럼 묶은 역졸들을 앞세우고 커엄 큰기침까지 하며 전주를 향했다.

3월 20일. 굴치재 아래 이쪼르르 집에서는 새벽부터 장에 갈 준비가 한창이었다. 오늘은 무장 장날이었다. 여기는 고창이었으나 무장읍도 거리가 방불했으므로 여기 사람들은 무장장도 봤다.

"잘 삶아졌다."

초롱불을 든 어머니가 방금 솥에서 건져낸 취나물 줄기를 손가락으로 으깨보며 만족스런 듯이 말했다. 이내 어머니가 취나물을 반대기로 뭉쳐 물을 짜내기 시작했다.

"빛깔도 참말로 곱네."

이쪼르르 누님 딸매기가 거들며 말했다.

"데칠 때 소금기 한다는 소리는 어디서 들었냐? 소금이 이런 조화까지 부리는 줄은 꿈에도 몰랐다. 이런 것 하나를 보더래도 사람은 죽을 때까지 배워도 다 못 배우고 죽어."

취나물을 데칠 때 소금을 조금 넣어 데치면 빛깔이 한결 팔팔하고, 빛깔이 오래간다는 소리를 딸매기가 어디서 듣고 왔던 것이다. 나물은 장바닥에다 벌여놓고 더위에 한나절만 지나면 누렇게 빛깔이 바래 애가 달았다. 그런데 빛깔이 남보다 오래가면 그만큼 손님을 더 끌 수가 있을 것 같았다.

"죽 끓었겠다. 어서 퍼라."

어머니는 나물 짐을 *간동그리며 채근했다. 날이 부옇게 샜다. 작은 방에서 이쪼르르가 눈을 비비며 나왔다. 어머니와 이쪼르르는 개다리상에 겸상을 하고 딸매기는 그냥 마룻바닥에 죽그릇을 놓고 앉았다. 어머니와 딸매기는 한 그릇씩이고, 이쪼르르는 두 그릇이었다. 반찬은 배추 봄동 무침하고 묵은 김치 두 가지였다.

"쌀을 조깨 더 넣제 그랬소?"

이쪼르르가 죽그릇을 내려다보며 상판을 찡그렸다. 명색이 죽이었으나 죽이 아니라 숫제 나물국이었다. 나물 사이에 쌀알이 간혹 몇 알 보일 뿐이었다.

"그냥 묵어라. 봄동 맛이 꿀맛일 것이다. 그래도 우리는 몸이 성한 게 이만치래도 곡기 구경을 한다. 한몰댁은 한몰 양반이 나무 한 짐도 못 내다 폰게 사흘째 곡기라고는 구경도 못하는 모양이다. 오늘 취나물 갖고 가면 쌀 한 됫박이라도 폴 것이다."

284

어머니가 이쪼르르를 달랬다. 아까부터 모녀는 취나물 취나물이었다. 금년 들어 취나물을 제일 많이 뜯은데다가 소금기로 비방까지 써서 데치기도 제대로 데쳤기 때문이다. 어제 고창장에서도 취나물을 제일 많이 내다 재미가 쏠쏠했다. 더구나 오늘은 덤으로 고사리까지 두 반대기가 얹혔다. 딸매기가 전에 꺾었던 짐작이 있어 소요산 산자락 산딸기 숲으로 들어갔더니 따뜻하게 햇볕을 받고 있는 양지갓 마른 덤불 속에서 고사리가 탐스럽게 고개를 내밀고 있었다. 아기 손같이 부드럽고 탐스런 고사리가 덤불 속에서 수줍게 손짓을 하는 것 같았다. 고사리가 한 군데 너무 많이 몰려 있어 마치 도둑질이라도 하는 것같이 가슴이 뛰었다. 숲속을 샅샅이 *더트고 나자 바구니 밑이 치면했다. 며칠 전에도 조금 꺾기는 했으나 한 재기가 못되어 취나물 속에 섞여버렸는데 오늘은 두 반대기가 실했다.

"배추동 맛이 으짜냐?"

이쪼르르 어머니는 아들 앞에 놓은 배추동 무침을 한입 맛보며 아들을 쳐다봤다. 이것도 장에 내가면 돈이라 쌀 한 톨이라도 더 팔자고 한 주먹만 뜯어다 무쳐 이쪼르르 앞에만 놓은 것이다. 모녀는 시어빠진 묵은 김치에다 먹고 있었다.

"장 보고 나서는 미역 한 가닥 사갖고 느그 두째누님 조깨 들여다볼란다. 몸도 선찮은 것이 나도 하필 빼빼 마른 봄에 애기를 낳는구나. 설움설움 해도 부른배 고픈 설움보다 더한 설움이 없는데 그 살림에 먹기를 제대로 먹겠냐 으짜겠냐? 이럴 때 닭이래도 한 마리 있었으면 사둔네한테도 낯이 서겠는데……."

마루 끝에는 씨암탉이 알을 안고 있었다. 장닭은 이쪼르르 아버지 제사 때 메 한 그릇만 달랑 지어놓을 수 없어 그때 없애버리고 말았다. 실은 둘째딸이 지난여름 태기가 있다고 할 때부터 그리 몫을 지어 뒀던 것인데, 그걸 없애버린 게 지금 와서는 가슴을 찍고 싶게 후회스러웠다. 어머니 볼에서 주르르 눈물이 흘러내렸다. 어머니는 아들이 볼세라 벌레라도 털듯 얼른 치맛귀로 눈물을 훔쳤다.

"내가 오늘 나무를 한 짐 내가는 것인데, 논일에 눌려갔고 그 생각을 못했소."

누님 이야기가 나오자 이쪼르르가 입술을 빨았다.

"논일도 오죽이나 급하냐? 너는 논일에나 맘을 써라."

이쪼르르는 요사이 산다랑이 논 합배미를 하느라고 한 달 가까이 날마다 그 일에만 묻혀 있었다.

"오늘 동음치서는 고부 사람들이 들고일어난다던데 읍내는 쫑할란가 몰라?"

딸매기가 지나가는 소리처럼 말했다.

"아이고 또 으째서들 그래싸는지? 전봉준 그 양반은 웬만하면 굽히고 실제 관청에 맞서갖고 으짤라고 그로코 오기를 부리까? 우리 같은 사람들은 시상이 쫑해야 벌어묵고 살기가 편할 것인데, 또 들썩거린다고 해싼게 애가 타서 죽겄다."

어머니는 애가 타는 표정으로 푸념을 하다가 남은 죽을 아들 그릇에 덜고 숟가락을 놨다.

"잡수시오."

이쪼르르가 퉁명스럽게 소리를 질렀다.

"묵어라. 나는 감기고뿔인가 으짠가 입맛이 한나도 없다."

이쪼르르는 더 채근하지 않았다. 어머니는 거의 끼니마다 이랬고 그냥 들라고 우겨봐야 어머니가 그걸 도로 덜어간 적은 없었다. 딸매기는 벌써 죽사발을 강아지처럼 깨끗하게 핥고 나서 상물림만 기다리고 있었으나, 어머니는 그런 딸은 본채도 않고 두 번째 죽그릇을 헐고 있는 아들 죽그릇에다 자기 죽을 부은 것이다.

"요새 해싸는 소리 들어본게, 젊은이나 늙은이나 오기진 소리만 탱탱 하더라마는, 관에 맞서가지고 이긴 사람 못 봤다. 너는 귀도 봉하고 입도 봉하고 그런 소리 하는 데는 곁에도 가지 마라잉. 귀를 딱 봉하고 살어."

딱 소리가 다듬잇방망이질 헛 때리는 소리였다. 이쪼르르는 어머니 말에는 대꾸하지 않고 숟가락질만 하고 있었다.

"느그 큰매형인가 그 잭인도 내놀 것이라고는 아무것도 없는 사람이 그런 일에는 한 발이래도 남 뒤에 설까 그리 설친다고 해싼게 나는 시방 그 사람 걱정도 한 짐이다."

"그런 데 나간다고 다 죽는다요?"

이쪼르르가 밥상을 물리며 가볍게 웃었다.

"너 시방 고부 소문 못 들어서 하는 소리냐? 고부 소문 못 들어서 하는 소리여?"

어머니는 이쪼르르를 노려보며 눈에 시퍼렇게 날이 섰다.

"개 같은 놈들."

이쪼르르 입에서 욕설이 저절로 빚어나왔다.

"개 같으나 소 같으나 관에 맞서갖고 이긴 사람 못 봤어. 임술년 난리 때 이얘기 안 들어봤냐? 그때는 조선 팔도가 안 일어난 데 없이

다 일어나고, 세상이 농민군들 세상이 다 되아분 것 같더라마는 관에서 다시 심을 쓰고 나온게 하루아침에 비 맞은 흙담 무너지듯 무너지더라. 모두 곤장에 파지가 되아갖고 그 얼병으로 시난고난하다가 지 명에 죽은 사람 몇 안됐다. 못 이긴다. 못 이겨. 너는 행여라도 그런 소리 하는 데는 곁에도 가지 마라. 곁에도 가지 말어."

"알았은게 걱정 마시오."

이쪼르르는 가볍게 튀겼다.

"재작년에 삼례 갔을 적에는 어린 소가지에 아무 상도 모르고 따라간 것 같아서 가만뒀어. 지난 참에도 고부 간 것 내가 모른 중 아냐? 알고도 치부만 하고 있었어. 이번에 또 그런 데 나서기만 나서봐라. 내가 가만있을 성부르냐? 그때는 나도 나설란다. 나도 나가서 암말도 안하고 너만 따라댕길 것이여. 니가 밥 먹는 데 가면 나도 따라가서 밥을 먹고, 잠자는 데 가면 나도 가서 같이 잠을 자고, 뒷간에 가면 나도 가고……."

"킥킥."

어머니 말에 딸매기가 킥킥 웃었다.

"이것이 미쳤다냐? 어른이 힘들여서 말하는데 웃어? 다 큰 것이 그렇게 철딱서니가 없어갖고 어디로 시집을 갈래?"

어머니가 눈을 오끔하게 뜨고 안정머리 없이 잡쥤다. 딸매기는 몸뚱이를 밤송이처럼 쫄며 이쪼르르를 향해 눈을 찔끔했다. 이쪼르르는 허허 웃었다.

"아이고, 염려 노시고 장에나 댕개오시오."

이쪼르르가 웃으며 일어서자 어머니는 그런 데는 곁에도 가지 말

288

라고 두 번 세 번 종주먹을 대며 수건을 말아 머리에 얹었다. 이쪼르르가 함지박을 맞들어 이어주었다. 딸매기를 앞세우고 사립문을 나서던 어머니가 다시 돌아섰다.

"얼른 폴고 올 것인게 그리 알어라잉."

그때 집에 와서 없으면 가만 안 두겠다는 서슬이었다. 이쪼르르는 한숨을 푹 내쉬며 곰방대에 담배를 우겨넣었다. 그는 어머니한테 걱정 말라고 했으나, 이미 동네 친구 두 사람하고 농민군에 나설 준비를 단단히 해놓고 있었다. 고창도 벌써부터 나갈 만한 사람들은 연비연비 은밀하게 귀를 짜놓고 있으면서 나서라는 날짜만 기다리고 있는 참이었다. 고부 사람들이 준비한다는 소문을 들었을 때부터 수건도 황톳물을 들여서 숨겨놨고, 대창도 치수에 맞춰 깎아 두었으며 짚신도 삼아 두었다. 더구나 이쪼르르는 틈만 나면 짚신을 삼았다. 자기가 나간 다음에 어머니와 누님이 신을 신이었다. 벌써 모녀가 신을 짚신을 여남은 켤레 삼아 재어두었다.

이쪼르르는 담배 연기를 길게 내뿜으며 하늘을 쳐다보고 있었다. 자기가 세 살 때 홀로 된 어머니는 억척 하나로 딸 넷에 자기를 키워낸 것이다. 자기가 나선다면 같이 따라나서겠다고 으름장을 놓는 말이 허투루 하는 말이 아닐 것 같았다. 그러고도 남을 성미였다.

이쪼르르는 곰방대를 털며 삽과 곡괭이를 챙겨들고 집을 나섰다. 길에는 장꾼들이 허옇게 널려 있었다. 그는 장꾼들 속에 끼여 조금 가다가 길을 갈라섰다. 산자락 밑에 있는 논으로 들어섰다. 장구목처럼 허리가 잘록한 논배미가 헐려 있었다. 그 밑에 있는 다랑이하고 합배미를 하고 있었다. 보름 잡고 시작한 일이 한 달이 넘었는데도 아직도 열흘 일이 더 남았다. 아래쪽 논둑을 반듯하게 쌓고 위쪽 산자락을 뭉개서 그쪽으로 흙을 져다 붓고 있었다. 제대로 일을 마치면 실하게 3평은 늘어날 것 같았다. 전에 아버지가 이 일을 하려다가 못하고 세상을 떠났다는 말을 들은 뒤 여남은 살 때부터 깐에는 벼르고 별러오던 일이었다. 전답이라고는 이 자작논 서 마지기에 소작 닷 마지기하고 밭은 산비탈에 황토밭 닷 마지기가 전부였다. 밭은 비올 때 들어가면 황토가 숫제 수제비 모태 꼴로 진득거릴 지경이어서 미역이라도 심으면 다래 명색이란 게 기껏 아이들 공깃돌 모양새였다. 소작논도 푸석돌 반지기에 그나마 천둥지기라 낟알을 걷어 들이는 해보다 검불 타작만 하는 해가 더 많았다. 산비탈에 붙었지만 그래도 이 논 서 마지기가 전답 꼴이 방불했다. 아버지 대부터 봄이면 두벌 세벌 풀을 쳐다 우겨넣어 숫제 손발로 비벼서 논을 만든 셈이었다.

이쪼르르는 어제 파다 둔 바윗덩어리 밑에다 곡괭이를 내리찍었다. 산자락에 물린 이 바위만 굴려 내리면 일이 여간 한갓지지 않을 것 같았다. 깊이 박혔는지 아직도 자위가 뜨지 않았다. 이쪼르르는 자리를 더 넓게 잡아 곡괭이를 찍었다.

"오늘도 가재 많이 잡았냐?"

한참 곡괭이질을 하고 있는데 한동네 친구가 지게를 지고 오다 핀잔을 주었다. 매양 곰 가재 뒤지듯 바윗덩어리만 잡고 씨름을 한다는 소리였다. 눈이 그렇게 생겨 별명이 퉁방울눈이었다. 이쪼르르는 곡괭이질을 하던 손을 멈추고 허리를 폈다. 퉁방울눈은 고의춤에서 담배쌈지를 빼들며 차근히 논두렁에 앉았다. 이쪼르르도 곡괭이를 던지고 허리에서 수건을 뽑아 땀을 닦으며 곁으로 갔다.

"한 대 펴봐라. 우리 할아부지 담배통에서 한 우큼 집어왔다."

퉁방울눈은 담배쌈지를 내밀었다. 그때 읍내 쪽에서 젊은이 서너 사람이 바삐 다가오고 있었다. 이쪼르르와 퉁방울눈은 곰방대에서 담배 재던 손을 멈추고 그들을 보고 있었다. 맨몸인 게 장꾼 같지 않았다.

"오늘 동음치서 고부 사람들이 어쩐다등마는 혹시 거그 가시오?"

퉁방울눈이 일어서며 물었다.

"그라요. 오늘 고부 사람만 어짠 것이 아니오. 무장 사람도 일어나고 다른 골 사람들도 웬만한 사람들은 다 가요."

"워매, 그래라우?"

퉁방울눈이 이쪼르르를 돌아봤다.

"가까운 데 사람들이 왜 그렇게 깜깜하요? 오늘 몰려든 수가 만 명은 될 것이라요. 고부로 쳐들어가서 이용태랑 역졸 놈들 씨를 말려불고, 그 길로 전주 감사 놈도 작살을 내고 한양으로 쳐들어가요."

사내가 지레 이를 악물며 큰소리를 쳤다. 퉁방울눈은 그러지 않아도 큰 눈이 더 커졌다.

"그람, 어째서 대창도 안 들고 수건도 안 썼소?"

"수건은 여깃고 대창은 대 토막 하나 구해 깎으면 대창이지라."

사내가 뒤 고의춤에서 누런 수건을 쭉 뽑아 보이며 가던 길을 그대로 재촉했다.

"우리 골에서는 모이란 소식 없는데라우?"

이쪼르르가 소리를 질렀다.

"우리 홍덕도 마찬가진데 가고 잡은 사람은 먼저 가도 상관없소."

사내들은 바람같이 내달았다.

"우리도 이러고 있을 일이 아니다. 가서 구경이래도 하고 오자."

퉁방울눈이 담배 재던 손을 멈춘 채 눈알을 뒤룩거렸다. 이쪼르르는 파다 둔 바윗덩어리를 보며 잠시 망설였다.

"에라, 한번 가보자."

이쪼르르가 벌떡 일어섰다. 여기서 당촌까지는 30여 리였다.

그때 무장 현아에서 현감 조명호는 동음치에 갔다 온 장교 보고를 듣고 있었다.

"난군들이 다른 데로 움직일 것 같습니다. 깃발을 내걸고 풍물까지 치고 있습니다. 수는 5천 명도 넘을 것 같습니다."

장교가 숨을 헐떡거리며 아뢰었다.

"5천 명? 그 5천 명이 어디로 움직인단 말이냐?"

현감은 소스라치게 놀라며 거푸 물었다.

"고부로 쳐들어갈 모양입니다."

"이리 쳐들어올 것 같지는 않더냐? 다시 가서 어디로 가는가 자세히 살펴라. 너는 난군들 뒤를 따르고 여기는 나졸들을 보내 알려라."

현감은 장교를 쫓아버렸다. 조명호는 지난 13일 고부 농민군이 이리로 몰려온다는 말을 듣고 하마터면 그 자리에 주저앉을 뻔했다. 바로 그 이틀 전인 3월 11일 황해도 해주 판관으로 전임 발령을 받고 후임이 오기를 기다리고 있는 참이었다. 그러지 않아도 멀잖아 전라도에 난리판이 벌어질 것 같아 후임이 당도하면 부리나케 사무인계를 하고 선 자리에서 그대로 돛달아 붙이려던 참인데 날벼락이 떨어진 것이다. 떡심이 탁 풀려 온몸이 내려앉을 것 같았다. 그런데 기세 등등하게 행군해 온다던 농민군이 다음날은 뿔뿔이 흩어져서 영광 쪽으로 가고 있다는 것이다.

'아이고, 한울님.'

조명호는 두 손을 모으고 제발 무장을 지나 다른 데로 가주십사, 두 손을 모으고 빌었다. 농민군들은 영광 쪽으로 계속 가다가 영광과 무장 경계에서 여러 동네로 흩어졌다는 것이다.

"그러면 무장 경계를 벗어난 것이나 마찬가지구나."

우선 감영에 보장을 올리지 않아도 될 것 같아 가슴을 쓸었다. 선불리 감영에 보고를 했다가는 영락없이 그들을 치라는 영을 내릴 터였다. 이용태한테 당하고 가슴에서 불이 나고 있는 고부 사람들을 건드리다니 호랑이 앞에 웃통 벗고 말지 그런 어리석은 짓을 누가 한단 말인가? 죄는 도깨비가 짓고 벼락은 고목이 맞더라고 자칫하다가는 애먼 놈 옆에 벼락을 맞아도 날벼락을 맞을 판이었다. 그날부터 조명호는 날마다 하루해를 원수같이 저물리며 후임이 오기만을 목이 빠지게 기다리고 있었다. 제발 내가 떠날 때까지만 조용해달라고 빌며, 나중에는 농민군한테 뒷구멍으로 비단도 보내고 쌀도 보내면서, 똥마려운 강아지 바장이듯 앉았다 섰다 부접 못했다.

그런데 여태 가만히 있던 농민군이 5천 명이나 모여 움직일 기세를 보인다니 미칠 지경이었다. 그렇게 많이 모였다면 감영에 보장을 쓰지 않을 수 없는데, 그들이 당장 고부로 쳐들어가면 모르거니와 무장 관내서 충그리며 사람을 모아들이는 날에는 큰일이었다. 한참 고개를 갸웃거리고 있던 조명호는 갑자기 눈을 밝혔다. 감영에 보장을 쓰되 문책이 떨어지지 않도록 중요한 부분은 애매하게 얼버무리자는 생각이었다. 그는 지필묵을 가져오라고 벼락같이 호령을 했다.

이달 16일부터 본현 동음치면 당산리에 수상한 무리들이 모이기 시작하여 요사이는 수천 명으로 불어났는데, 종적이 수상하여 이속과 장교를 보내 수탐한즉 그들은 이 고을 사람이 아니고 거개가 다른 고을 사람이라 한다. 처음에는 100여 명에 불과했으나, 16일부터 18일 사이에 밤낮 사방에서 모여 1천여 명에 달하였다. 당산 마을은 영광과 법성 접경지대인데 그들은 법성 진량면 용현리 대밭에서 대를 베어 죽창을 만들었으며, 한편으로는 조총과 괭이, 낫, 가래를 빼앗아가기도 하고 동학과 감정이 좋지 않은 사람을 잡아다 구타하기도 했다. 그리고 이웃 마을 석교촌 안덕필 집을 습격하여 쌀 60석을 뺏고 그 집을 부쉈으며, 같은 마을 송경수 집에 몰려가서 살림을 부쉈다. 이 때문에 그곳 백성이 흩어지고 있다고 한다. 이속과 덕망가를 보내 회유하기도 하고 공문을 보내 해산을 권했으나 곧 다른 지역으로 옮기겠다고 할 뿐 움직이지 않고 있는데, 그 기세가 어느새 수천 명으로 불어나 무력으로는 물리칠 수가 없다. 그들은 대오를 짜기도 하고 흩어지기도 하며 장비를 정리하는 기색도 보이나 어느 곳으로 갈지 탐지하기 어렵다.

조명호는 대충 초를 잡고 나서 다시 읽어내려갔다. 덕망가를 보내고 공문을 보냈다는 것은 멀쩡한 거짓말이었다. 그러나 그 사람들이 고부 사람들이라고는 하지 않고 다른 고을 사람들이라고만 했으며 장비를 정리하는 기색이 보이지만 어디로 갈지 행방은 모른다고 능청을 떨었다. 이 보장은 농민군이 출발했다는 보고가 들어왔을 때 띄우고 농민군들이 무장 경내를 벗어나는 것이 확실할 때 그들이 어디로 갔다는 보장은 그때 띄울 참이었다. 보장을 늦게 띄웠다는 문책을 받더라도 그들을 치라는 영을 받는 것보다 백번 나았다.

그때 이쪼르르와 퉁방울눈은 숨을 헐떡거리며 당산리 들판에 당도했다. 조그마한 고개를 넘어 당산리에 당도한 두 사람은 입을 떡벌렸다. 사방이 야산으로 빙 둘러싸인 당산리 앞 조그마한 들판이 농민군으로 가득차버렸다. 두 사람은 고갯마루에 서서 한참 동안 내려다보고 있었다.

여기저기 때깔 고운 비단 깃발이 공중에 한가하게 나부끼고 있었다. 풍물패도 농기를 앞세우고 여남은 패가 들판을 휘젓고 있었으며, 농민군들은 무더기 무더기 몰려 있었다. 깃발은 원평에서 날리고 온 듯한 헌 깃발에 새로 만든 깃발이 섞여 있었다. 새 깃발이 훨씬 더 많았다. 인仁, 의義, 예禮, 지智, 신信 다섯 자를 깃발 하나에 한 자씩 대문짝하게 써서 늘어뜨린 것도 있었다. 순천, 전주, 영광이라 고을 이름을 쓴 깃발도 있었다. 벌써 그런 고을에서도 온 것 같았다. 풍물패가 두레 일할 때처럼 '농자천하지대본' 농기와 영솔기를 앞세우고 신나게 판을 잡고 있었다.

"지난번 고부 때보담 훨씬 많은 것 같다."

퉁방울눈이 감탄을 하며 들판으로 갔다. 두 사람은 지난번 고부 봉기 때도 장에 가는 척 지게를 지고 두 번이나 가서 밥도 얻어먹고 구경을 한 적이 있었다.

"저 깃발 만든 비단은 누가 보낸 중 아시오? 무장 현감 놈이 보냈다요. 무장 현아만 쳐들어오지 말라고, 뒷구멍으로 저런 비단도 보내고 쌀도 100섬이나 보냈다요."

두 사람이 들판으로 가는데 뒤에 따라오던 사내가 묻잖은 말을 했다. 그도 구경꾼인 것 같았다. 이쪼르르와 퉁방울눈은 이리저리 돌아다니면서 구경을 했다. 한 군데서는 짚으로 *제웅처럼 사람 형상을 만들어 세워 놓고는 창 솜씨 자랑을 하고 있었다. 제웅 가슴에는 '이용태' 라고 씌어 있었다.

"하여간, 나는 이용태 가슴팍에다 똑 이렇게 꽂을 것인게 내 솜씨 한번 잘들 구경해."

사내 하나가 20여 보 거리에서 이용태를 향해 대창을 겨누었다. 창을 던졌다. 바로 가슴에 꽂혔다.

"와!"

곁에 섰던 사람들이 환성을 질렀다.

"나는 더도 말고 역졸 열 놈 모가지에 대창을 꽂는데, 꽂아도 꼭 이렇게 꽂겠다."

사내는 여유 있게 자세를 잡아 대창을 홱 던졌다. 바로 얼굴 옆으로 빗나갔다.

"히히."

구경꾼들이 웃었다.

"다시 한 번 던질 테여. 이래뵈도 밤잠 안 자고 익힌 솜씨여."

창이 빗나간 사내가 다시 자리를 잡아 섰다. 곁에서 한 번씩만 던지라고 소리를 질렀다. 사내는 한 번만 더 던지겠다고 기어코 우기며 창을 던졌다. 목에 제대로 꽂혔다. 모두 와 웃었다. 사내는 의기양양하게 대창을 뽑았다.

"내 솜씨 한번 봐잉. 대창은 이렇게 땡기는 것인게 잘들 보라 이 말이여."

이번에는 키가 껑충한 사내가 자세를 잡았다. 대창이 날았다. 대창이 얼굴에 박혀 대창 끝이 머리 뒤로 푹 나갔다. 함성이 터졌다.

농민군들은 너도나도 시새워 솜씨 자랑을 했다. 거개가 고부 사람들 같았다. 그동안 대창 던지는 연습으로 울분을 풀었던지 솜씨들이 어지간했다.

"자네도 왔어?"

누가 이쪼르르 어깨를 툭 쳤다. 이쪼르르는 깜짝 놀라 돌아봤다. 어디서 본 듯한 얼굴이었으나 얼른 기억이 나지 않았다.

"내 이름이 땅쏘내기라면 알겠어?"

"워매, 여그서 만나겠그만잉."

이쪼르르는 땅쏘내기 손을 덥석 잡았다. 전에 삼례집회 때 이름 과거에 나가 차상을 한 젊은이였다. 이쪼르르는 그때 과거에 나간 일로 얼굴이 알려져 간혹 이렇게 알은체하는 사람이 있었다.

"영광 산다든가 그랬는데, 시방 농민군 나왔어?"

"영광도 금방 일어나는데, 우리는 먼저 왔구만. 고부 사람들 거들어 줄라고 힘꼴이나 쓰는 젊은이들만 한 30명 먼저 왔어."

"우리는 구경 왔구만."

"거 먼 소리? 나올라면 제대로 나오제 어째서 구경이여?"

이쪼르르는 고창 사람들도 금방 일어날 거라고 얼버무렸다.

"점심은 먹었어?"

금방 왔다고 하자 땅쏘내기는 그들을 데리고 장막 쪽으로 갔다. 땅쏘내기는 밥표라며 젓가락만한 댓가지 두 개를 얻어다 주며 밥을 먹고 아까 그리 오라고 했다. 장막 안에서는 여남은 명이 밥을 먹고 있었다. 점심때가 지났으나 사람들이 계속 모여들고 있으므로 오는 족족 밥을 주는 모양이었다. 여자들이 수십 명 일을 하고 있었다. 이쪼르르와 퉁방울눈은 밥을 받았다. 하얀 쌀밥이 감투무더기가 덩실했다. 국도 그릇이 철철 넘칠 지경이었다. 밥그릇을 들고 자리를 찾는 사이 지레 입안에 군침이 한입 괴었다. 밥은 잡곡 하나 섞이지 않은 쌀밥이고, 국도 나물을 푸짐하게 넣은 된장국이었다.

두 사람은 정신없이 밥을 퍼넣었다. 이쪼르르는 이렇게 하얀 쌀밥을 먹어본 지가 언제였던지 기억이 아득했다. 지난 추석 때 한번 먹어봤을 뿐 설에도 먹지 못했다. 정신없이 밥을 우겨대고 나자 뱃구레가 그들먹했다. 나물죽은 아무리 먹어도 속이 바람 먹은 개구리 속같이 헛헛했는데, 쌀밥을 먹고 나자 제대로 속이 찬 것같이 든든했다. 두 사람은 화색마저 훤하게 피어났다.

그들은 다시 땅쏘내기를 찾아갔다.

"우리 고창도 일어난다고 소문은 있는데 아직 안 일어나는구만. 우리도 영광 사람들 속에 끼면 안 될까?"

이쪼르르가 땅쏘내기한테 은근한 소리로 물었다.

"그려 그려. 우리 패로 들어와. 대창은 대 많은게 깎으면 되고 수건은 내가 얻어다 주께."

땅쏘내기는 도소 쪽으로 달려갔다. 이쪼르르는 자기가 농민군 나간 줄 알면 어머니는 펄펄 뛰겠지만, 어차피 한 번 겪을 일, 고창 사람들이 일어날 때 졸경을 치르니 미리 이런 데로 비집고 들어갔다가 나중에 고창 사람들이 나서면 그쪽으로 옮길 참이었다.

영광서 땅쏘내기 패가 먼저 온 것은 이싯뚜리를 정점으로 한 각 고을 민회 패가 먼저 움직이기로 했기 때문이다. 그들은 이번에 각 고을을 돌 때 동학 두령들이 앞장서지 않는 고을은 민회 패가 앞장서서 일어나고, 동학 두령들이 앞장서는 고을은 모두 동학 두령들 휘하로 들어가기로 했다. 그리고 그런 고을 민회 패는 전봉준 장군이 고부를 칠 때 먼저 가서 거들자고 했던 것이다. 그래서 민회 패가 드센 순천, 전주, 영광 젊은이들이 30명에서 50명씩 먼저 달려온 것이다. 그런 고을들은 따로 기를 만들어 자기 고을을 드러내고 있었다. 조금 있으면 흥덕과 광주도 올 것이라고 했다.

농민군들은 계속 모여들고 있었다. 그런데 저녁 새참 때가 가까워졌으나 두령들은 나타나지 않았다. 고부 사람들은 점심 먹을 때부터 어서 쳐들어가지 않느냐고 두덜거렸으나 도소에서는 아무 소식이 없었다.

그때 영광 쪽에서 풍물패가 광주라고 쓴 깃발을 앞세우고 한껏 신나게 풍물을 두드리며 몰려오고 있었다. 그들이 온다는 소식을 듣고 풍물패가 마중을 나가 맞아오는 모양이었다. 광주민회 패는 50여 명이었다. 그들도 황톳물 들인 수건에 대창과 화승총을 메고 당당하게 군중 속으로 들어왔다. 군중은 박수를 치며 함성을 질렀다.

그때 최경선과 송대화가 나타났다. 논두렁에 흙을 쌓아 마련한 단으로 올라갔다. 풍물을 그치고 징을 울리라 했다.

— 징 징 징.

단 앞으로 인, 의, 예, 지, 신을 한 자씩 쓴 깃발 다섯 개가 적당한 간격을 잡아 맨 앞에 섰다. 대창을 든 농민군들이 자기 깃발을 찾아 모여들었다.

'인' 자 기 아래는 달주가 거느린 고부 별동대, '의' 자는 이싯뚜리가 거느린 민회 패, '예' 자와 '지' 자 깃발은 송대화와 김이곤이 거느린 고부 일반 농민군 두 부대, 마지막 '신' 자는 무장 농민군이었다. 한 부대가 5,6백 명쯤 되었으므로 도합 3천여 명이었다. 무장 사람들은 이 근방 사람들 일부만 모인 것이다.

모두 황톳물 들인 수건에 화승총이나 대창을 메고 줄을 지어 섰다. 휘황찬란한 깃발 수십 개가 하늘에 꼬리를 휘날렸다. 장관이었다. 동네 사람들이 몰려나와 구경을 하고 있었다. 구경꾼도 엄청나게 많았다. 그 가운데 고부 사람들이 반은 되었다.

'동도대장東徒大將'이라 쓴 기를 앞세우고 전봉준을 비롯한 두령들이 나왔다. 두령들 뒤에는 전봉준의 백마를 비롯해서 말이 스무남은 마리 따르고 있었다.

"쳐들어가자. 가서 역졸들 다 죽이자."

군중이 악다구니를 썼다.

"저 백마구나."

백마를 처음 본 군중이 웅성거렸다.

"전봉준 장군 만세."

"녹두장군 만세."

농민군들은 대창을 치켜들며 함성을 질렀고 꽹과리도 기승을 부렸다. 두령들은 전봉준을 중심으로 단 양옆으로 섰다. 전봉준, 손화중, 최경선과 강경중, 송경찬, 송문수, 송희옥, 손여옥 등 이웃 고을 동학 거두들이었다. 김개남과 김덕명은 보이지 않았다.

"아따, 참말로 말이 희어도 꼭 눈매이로 회구만잉."

전봉준의 백마를 처음 본 사람들은 벌린 입을 닫지 못했다. 백마 소문은 세상에 쫙 퍼져 요사이는 오나가나 온통 저 백마 이야기였다.

"오래 기다렸습니다. 이제 비로소 호남 농민군이 일어납니다. 지금부터 호남 농민군 봉기를 만천하에 포고하는 포고식을 거행하겠습니다. 전봉준 장군께서 우리가 봉기하는 까닭을 말씀드리고 포고문을 낭독하시겠습니다. 장군님을 박수와 풍물로 맞아주십시오."

전봉준이 한 손에 두루마리를 들고 단으로 올라섰다. 농민군들과 구경꾼들이 함성을 지르며 박수를 치고 꽹과리가 요란스럽게 울렸다. 여남은 패에서 울려오는 꽹과리 소리는 귀가 먹먹할 지경이었다. 전봉준은 그대로 서 있었다. 한참 만에 함성소리가 그쳤다.

"고부 농민군들과 가족 여러분, 그동안 고생이 많으셨습니다. 그리고 무장 농민군과 멀리서 여기까지 오신 다른 고을 농민군 여러분 감사합니다."

농민군을 둘러싸고 듣고 있던 가족들은 아까 전봉준이 나타날 때부터 눈물을 줄줄 흘리고 있었다.

"오늘 우리는 의로운 창과 칼을 들고 일어섭니다. 우리는 이 창과 칼로 도탄에 허덕이는 백성을 건지고, 기울어가는 나라를 바로잡을 것입니다. 그동안 우리는 혀를 깨물면서 원한과 통분을 참아왔습니다. 지금도 고부에서는 이용태가 갖은 만행을 벌이고 있습니다. 그러나 이런 만행은 고부 한 고을에서만 벌어지고 있는 만행이 아니올시다. 이 나라 어디서든지 벌어지고 있으며 그래서 조선 팔도 사람들이 지금 모두가 땅을 치고 있습니다. 당장 내일부터 각 고을 사람들이 우리처럼 창과 칼을 들고 일어날 것입니다. 여기 모인 농민군들은 먼저 고부로 쳐들어가서 잔악무도한 이용태와 역졸들을 쓸어버리겠습니다."

　"어서 갑시다. 역졸 놈들 찢어 죽입시다."

　"갈아 마십시다."

　여기저기서 악다구니가 터졌다. 전봉준은 잠시 말을 그치고 군중을 내려다보고 있었다. 농민군들은 창을 치켜들며 목이 찢어져라 악을 썼다.

　"그러나 우리는 버러지 같은 역졸들을 상대로 일어난 것이 아닙니다. 조병갑와 이용태, 그리고 조필영과 김창석 같은 조무래기들은 물론이요, 이 나라를 좀먹고 있는 민가 일당을 비롯한 썩은 권귀들을 몽땅 쓸어버리고 나라를 대의의 반석 위에 올려놓으려고 일어섰습니다. 우리가 지금 들고 나선 총과 창으로 나라를 깨끗이 하여 우리가 피땀 흘려 가꾼 곡식을 우리가 먹고, 우리가 손끝 짓무르게 짠 베로 우리 옷을 해 입으며 만백성이 모두 편하게 발 뻗고 사는 세상을 만들려고 일어섰습니다. 우리 의로운 깃발이 닿는 곳마다 의로움이 강물처럼 흘러갈 것입니다. 그러면 우리가 나서기 전에 만천하에 의로운 깃발을 들고 일어나는 우리의 뜻을 포고하겠습니다."

전봉준은 두루마리를 펴들었다.

"워매. 얼른 가제, 또 뭣을 읽을라고 저러까? 말로 다 해놓고 뭣을 또 읽어?"

"망건 쓰다 장 파허겄그만잉."

"이런 데 나와도 저런 것 조깨 안 읽었으면 젤 좋겠드라."

여기저기서 불만이 터졌다.

"진드거니 조깨 참고 들을 것은 들어!"

"들어봤자, 귀신 씨나락 까묵는 소린지 *도깨비 여울물 건너는 소린지도 모르는 소리 들어서 어디다 써?"

"이럴 적에는 으레껏 하는 일인게 아무리 바빠도 잠시 귀 열어서 내맡겨놓고 조금만 참세. 바쁘다고 초례청도 안 채리고 각시부터 보듬을 것인가?"

경황 중에도 모두 까르르 웃었다. 전봉준은 읽기 시작했다. 원문은 한문으로 되어 있었으나 방을 붙일 때 풀어쓴 것을 읽었다.

　세상에는 사람을 가장 중하다고 하는 것은 인륜이 있기
　때문이다. 군신부자는 인륜 가운데서 으뜸이니, 임금이
　어질고 신하가 곧으며 아비가 자식을 사랑하고 자식이
　효도한 연후에 집과 나라에 복이 미칠 것이다. (증략) 지
　금 나라 형편은 공경 이하 방백과 수령들이 모두가 나라
　의 위난은 생각하지 아니하고 자기 한 몸과 자기 가문의

유택만 꾀하여 지위와 봉록을 도적질하고 있으니, 백성은 집에 들어가면 즐길만한 생업이 없고 몸뚱이를 보호할 방책이 없다. (중략) 나라를 지탱할 인재가 없으며 상하의 분별 또한 다 무너져 팔도는 *어육이 되고 만민은 도탄에 허덕이도다. 수령들이 탐학하니 어찌 백성이 곤궁치 않으랴. 백성은 국가의 근본이라, 근본이 쇠잔하면 나라는 반드시 망하는 법이다. 우리는 비록 초야의 유민이나 나라의 위태로움을 앉아서 보고 있을 수가 없도다. 팔역이 마음을 합하고 수많은 인민이 뜻을 모아 보국안민을 위해 생사를 맹세하고 의로운 깃발을 높이 드노니 백성은 놀라지 말라. 모두 함께 태평세월을 빌고 임금의 덕화를 입게 된다면 천만다행이겠노라.

전봉준이 낭랑한 목소리로 읽었다. 농민군 열기에 비하면 인륜이니 효도니 임금의 덕화니 너무나 맥 빠진 소리였다. 그러나 유생들과 부자들을 건드리지 않고 되레 그들 지지를 받으려면 하는 수 없는 일이었다. 포고문을 작성할 때 이 점에 논란이 많았으나, 지금은 탐관오리들만 목표로 싸워야 한다는 주장이 우세했다.

"여기서는 각 진별로 발진을 합니다. 각 대장 영에 따라 움직여주십시오. 각 진이 가는 길은 조금씩 다를 것이며, 밥을 먹고 자는 곳도 다를 것입니다. 행군하는 것이 성에 차지 않으시더라도 대장의 영에 철저하게 따라주시기 바랍니다."

"당장 고부로 쳐들어가제 자기는 어디서 잔단 말이오?"

304

뚝배기 깨지는 소리가 터졌다.

"밤중이 열둘이라도 고부로 쳐들어갑시다."

거세게 악다구니가 쏟아졌다. 전봉준은 잠시 기다렸다가 다시 입을 열었다.

"한달음에 역졸들을 요절내고 싶은 심정은 우리 두령들도 똑같습니다. 그러나 바쁘다고 바늘허리에 실 매어 쓸 수는 없습니다. 토끼 한 마리를 잡는 데도 모는 사람 잡는 사람이 따로 있습니다. 우리 두령들끼리 의논한 바가 있으니 모두 성질을 조금 누그리고 두령들 영에 따라주시기 바랍니다."

전봉준은 조용한 목소리로 달랬다. 모두 당장 쫓아가지 못해 미치겠다는 상판들이었으나 악다구니는 더 터지지 않았다.

"젠장, 이러다가는 손주 턱에 수염 나게 생겼구만."

전봉준이 내려가고 최경선이 올라왔다.

"지금부터 발진을 합니다. 고부 별동대가 먼저 발진하시오."

풍물이 요란을 떨며 앞을 섰다. '인' 자 기가 앞서고 '보국안민' 기가 뒤따랐다. 그 다음에 '동도대장' 기가 나서고 백마를 탄 전봉준이 나섰다. 김도삼 등 두령들도 말을 타고 따랐고 그 뒤에 호위병들 30여 명이 따랐다. 다음은 '의' 자 기가 '광제창생' 기를 뒤에 달고 떠났다. '예' 자 기와 '지' 자 기가 떠나고 마지막 '신' 자 기를 들고 무장 농민군이 떠났다. 두령급들은 거의 말을 탔다.

행렬은 장관이었다. 전봉준이 탄 백마와 '동도대장' 기가 유난히 돋보였다. 파란 하늘에 휘황찬란한 깃발을 수백 개 휘날리며 들판을 질러가는 농민군 모습은 마치 죽었던 사람들이 녹음처럼 팔팔 살아

난 것 같았다. 백마를 탄 전봉준 모습은 색색이 아롱진 깃발 아래 한 층 신비롭게 느껴졌다. 요사이 이야기처럼 꼭 하늘에서 내려온 군사들같이 환상적인 분위기였다.

영광민회 패에 낀 이쪼르르와 퉁방울눈도 누런 수건에 대창을 메고 의기양양하게 가고 있었다. 고부 농민들은 지난번에 일어났던 사람들이 주축으로 새로 온 사람이 합세를 했다.

구경을 하고 있던 고부 농민군 식구들은 눈물을 줄줄 흘리며 멀어져가는 농민군을 보고 있었다. 그들은 농민군이 고부를 점령한 다음에 가기로 했다.

"양찬오하고 김한준은 어디 갔는고? 아침부터 안 뵈네."

하학동 김덩실이 김천석한테 물었다.

"오기창 따라간 것 같구만. 오기창은 이참에도 일판을 크게 한바탕 벌릴 모양이구만."

하학동 김천석이 웃으며 대답했다.

"오기창이 일판을 벌려?"

김덩실이 놀라 물었다.

"우리는 시방 오기창 몰이꾼이네."

김덩실은 점점 모르겠다는 표정이었다.

"갈재로 가서 목을 지킬 것 같네. 우리가 고부로 쳐들어가면 역졸들이 어디로 내빼겄어?"

"아까 전봉준 장군이 토끼 하나 잡는 데도 모는 사람이 있고 잡는 사람이 있다는 소리가 그 소린가?"

"이 사람아, 전봉준 장군이 그런 일을 맡겨도 하필 오기창한테 맡

기겠어? 어제 저녁 장춘동이 와서 몇 사람 모아 갔네. 이 일은 아무
도 모른게 아무한테나 입 벌리지 말게."

"아따, 그러면 옹골진 재미는 그 사람들이 보겠구만."

"오기창 성질에 역졸 놈들 작살을 내도 각단지게 낼 것이구만."

오기창과 최낙수는 자기들끼리 몰려다니다가 농민군들이 고부로
쳐들어간다는 말을 듣고 옳다구나 하고 자기들대로 계책을 세운 것
같았다. 그동안 장춘동 등 몇 사람만 몰려다닌다는 소문이었는데 그
수 가지고는 안 되겠던지 장춘동이 여기 와서 가족 잃은 사람과 집
이 불탄 사람들을 여남은 명 데려간 것이다. 장춘동이 속삭이자 양
찬오와 김한준도 두말없이 따라나섰다.

11. 고부 탈환

"전봉준이 이리 쳐들어오려고 무장에서 난군들을 모았단 말이냐? 너희 상것들 문자로 여드레 삶은 호박에 도래송곳도 안 들어갈 소리 작작해라. 그놈들이 아무리 지각없는 놈들이기로서니 그렇게 경을 치고도 감히 누구한테 대든단 말이냐? 얼마 전에는 원평에서 이리 쳐들어온다고 지레 겁을 먹고 야단법석을 떨더니 그때 그놈들이 감히 여기를 넘보기나 했더냐? 원평서 얻어먹다가 더 얻어먹을 수가 없으니까 다른 데로 갔던 것이다. 무장 쪽으로 가는 그놈들 행색은 모두가 다 죽어가는 거지꼴이고, 아녀자가 태반이더라고 너희들 입으로 말하지 않았느냐, 그런 놈들이 언제 힘이 나서 쳐들어온단 말이냐?"

장흥 장교 말에 이용태는 껄껄 웃으며 핀잔을 주었다. 장교는 어이가 없는지 이용태만 빤히 건너다보고 있었다.

"전봉준은 그때부터 무장에서 준비를 해왔다 하옵고, 모두 대창과 총을 들고 바쁘게 싸대고 있다 하오며 수가 3천 명도 넘는다고 하옵니다."

장흥 장교는 다시 용을 쓰고 말했다.

"그까짓 가마귀 떼 같은 것들이 설사 쳐들어온다 하더라도 하루 아침 해장거리밖에 더 되겠느냐? 강아지도 한번 기가 죽어노면 맥을 추지 못하는 법이다. 싸움에는 강아지나 사람이나 마찬가지다. 나는 급히 감영에 가봐야 할 일이 있다. 감사 나리하고 의논하여 조정에 장계를 올릴 일도 있고, 너희 놈들이 저질러논 이주호 집 사건을 제대로 발라야 한다. 양대인이 나섰으니 잘못했다가는 너희 역졸들 모가지가 날아가도 줄로 날아가게 생겼어. 신임 군수가 오늘이라도 올지 모르겠다. 그놈들이 쳐들어오거든 군수 영에 따라 그놈들을 대번에 짓밟아버리도록 하여라. 그까짓 강아지 새끼들 물리치기는 식은 죽 먹길 게다."

이용태는 한참 큰소리를 치더니 나중에는 엉뚱한 소리를 했다. 박원명 대신 새 군수가 발령이 나서 감영에 부임 신고를 하러 갔으므로 오늘 낼 사이에 올 것이라고 했다. 말을 마친 이용태는 한껏 거드름을 피우며 가마를 타고 훌쩍 전주로 떠나버렸다.

이용태는 이주호 집 사건을 내세우고 있었으나, 그 사건은 이미 오리무중에 빠지고 말았다. 증인들이 다 도망쳐버렸으므로 감역댁 말을 입증할 수가 없기 때문에 베네트 신부도 더 참견을 못할 것 같다고 호방한테서 기별이 왔던 것이다.

"허허, 난군은 금방 쳐들어온다는데, 무주공산이 되어버렸구만."

고부 아전들은 허탈한 표정이었다. 아전들은 무장에 모인 고부 농민군들 소식을 벌써부터 자세하게 듣고 있었다. 특히 은가들은 자기들대로 보부상을 놓아 농민군 움직임을 소상히 살피고 있었으며, 그 사이 이용태한테도 사실대로 꼬아올렸으나 이용태는 까마귀 떼니 강아지들이니 큰소리 탕탕 치며 코똥만 통통 뀔 뿐 제대로 챙겨들으려 하지도 않았다.

"큰일 났습니다. 농민군들이 무장에서 발진했습니다."

이용태가 떠난 얼마 뒤에 보부상이 정신없이 달려와서 농민군들이 깃발을 앞세우고 발진을 했다고 숨넘어가는 소리를 했다. 아전들과 장교들은 끈 떨어진 망석중이처럼 멍청하게 듣고만 있었다. 보부상 정탐꾼들은 저녁 늦게까지 달려왔다.

"난군들이 오늘밤은 고창에서 잘 것 같습니다. 천여 명이 깃발을 앞세우고 오다가 고창 경계 어름에 머물렀습니다. 그런데 이상한 데가 있소. 기세는 등등한데 걸음걸이가 천연보살이고, 여러 패로 나누어져 다른 데로 가는 패도 있는 것 같습니다. 소문만 이리 쳐들어온다고 내놓고 지난번처럼 다른 데로 옮기는 것이 아닌가 모르겠습니다."

모두가 비슷한 보고였다. 고부 이속들과 장흥 장교들은 모두 어리둥절한 표정이었다. 오늘 저녁에 쳐들어올 줄 알고 겁을 먹고 있는 참인데 도대체 갈피를 잡을 수가 없었다. 고부 이방은 정탐꾼들이 말한 대로 이용태한테 파발을 띄웠다.

장흥 역졸들은 제정신이 아니었다. 큼직큼직한 보따리를 하나씩 짊어지고 먹구름장 밑에 소금장수 졸밋거리듯 눈알을 번뜩이고 다녔다. 보따리는 가지각색이었다. 다듬잇돌 크기로 모양을 내어 진상 가는 꿀단지 동이듯 밤얽이로 단단히 죄어 간동하게 짊어진 사람, 칠칠찮은 여편네 갈파래 짐같이 엉성하게 뭉뚱그려 짊어진 사람, 숫제 고리짝을 홑이불로 싸서 바둑무늬로 가지런히 얽어 *황아장수 방물짐 지듯 짊어지고 나선 작자 등 가지각색이었다. 무슨 벌이라도 나왔다가 노다지판을 만나 단단히 한 짐씩 짊어진 꼴이었다. 역졸들은 이용태가 떠난 다음부터는 파수 설 때도 보따리를 짊어지고 파수를 서고, 밥을 먹을 때도 짊어지고 덤벙거렸다. 도무지 꼴이 말이 아니었으나 장흥 장교들은 신칙을 하지 않았다. 그들도 훔친 물건을 역졸들한테 맡긴데다가 보따리를 어디 한 군데 놔두면 서로 짐을 뒤져 물건을 훔치는 바람에 목침이 날아가 머리통이 깨지고 여간 시끄럽지가 않았다. 어제는 짐을 벗어놓고 잠깐 변소에 갔던 작자가 짐 뒤지는 놈을 붙잡아 머리로 면상을 받아버리는 바람에 앞니가 몽땅 나가고 한바탕 소동이 벌어졌다.

다음날인 3월 21일은 농민군 움직임이 더 종잡을 수가 없다는 보고였다. 농민군은 서너 패로 나뉘어 움직이고 있는데, 고창에서 잔 패는 그대로 거기 멈춰 있고, 다른 패는 흥덕 쪽으로 가기도 하고 부안 쪽으로 가기도 했다는 것이다. 고부 아속과 장교들은 도대체 무슨 속셈인지 알 수가 없어 고개가 지리산가리산이었다. 그러나 그들이 할 일이라고는 이용태한테 파발을 띄우는 일밖에는 없었다.

이용태한테로 달려갔던 파발들이 돌아오기 시작했다. 이용태는 그놈들이 쳐들어오면 한달음에 짓뭉개버리라고 큰소리만 치더라는

것이다. 고부 아전과 장흥 장교들은 꼭 도깨비에 홀린 것 같았다. 금
방 고부를 짓밟을 것 같던 농민군들은 엉뚱한 데서 딴전을 피우고
있고, 이용태는 한달음에 짓뭉개라고 허튼소리만 하고, 도대체 뭐가
뭔지 도무지 가늠을 할 수가 없었다.

농민군들이 이렇게 충그리고 있는 데는 까닭이 있었다. 첫째는
전주로 간 이용태가 고부로 오면 그를 사로잡자는 것이고, 둘째는
이용태가 오지 않을 경우는 역졸들이 제 발로 도망치도록 하자는 것
이었다. 이용태가 고부로 올 것에 대비해서 농민군들은 별동대를 풀
어 전주에서 오는 길에 매복을 시켜놓고 있었다. 농민군이 일어났다
면 면책을 받기 위해서도 이용태가 고부로 돌아올 것 같았고, 그는
오지 않으려 해도 조정에서 진압하라는 영을 내리면 할 수 없이 올
것 같았다. 원체 비겁한 자라 장흥에서 꾀병을 앓았듯이 무슨 수를
써도 오지 않을 것도 같았으나 고부는 이미 농민군 손에 들어온 것
이나 마찬가지였으므로 서둘 필요가 없었다. 이용태가 오지 않을 경
우는 역졸들이 제 발로 도망쳐버려야 불필요한 싸움을 하지 않고 옥
에 있는 가족들도 안전할 것 같았다. 그런데 이용태도 오지 않고 역
졸들이 도망도 치지 않고 있었다.

다음날인 3월 22일, 고부 군아 장교가 정신없이 전주로 달려가고
있었다. 농민군들이 내일은 줄포로 가서 조창을 부순다더라는 보장
을 가지고 달려가는 참이었다. 장교는 땀을 뻘뻘 흘리며 감영에 들
이닥쳤다.

"지금 모두 *한벽당 잔치판에 가셨습니다."

장교는 헐레벌떡 그리 쫓아갔다. 무슨 잔치인지 모르지만 이판에 한가하게 잔치판에 갔다니 어이가 없었다. 장교는 그리 달려갔다. 한벽당에서는 풍악소리가 낭자했다. 헐레벌떡 층계를 뛰어올라가던 장교는 무춤했다.

"뭐요?"

층계 양쪽에 선 나졸들이 소리를 질렀다. 시퍼런 삼지창이 양쪽에서 가새질러 앞을 막았다.

"고부서 왔소. 어사또 나리께 급한 보발이오."

"안 돼요."

장교가 퉁명스럽게 내쏘았다. 급한 보장이라고 숨넘어가는 소리를 했으나 장교는 안 된다는 외마디 소리만 내질렀다. 고부 장교는 지금 농민군들이 줄포 조창을 부순다고 악을 썼다.

"조창이고 사창이고 못 들어간다면 못 들어가는 줄 아시오. 이 자리에는 한양서 온 어사도 용납을 말라는 영이오. 이따 틈이 나면 내가 전해 드리리다."

무슨 잔치인지 모르지만 도대체 이런 급한 일에도 용납이 없다니 기가 막혔다. 장교는 멍청하게 서 있다가 다시 사정을 했으나 장교는 더 들으려 하지도 않았다. 장교는 하릴없이 층계를 내려왔다. 한벽당 아래 주막에는 벙거지들이 술에 취해 해롱거리고 있었다. 고을 수령을 배행하고 온 벙거지들이었다. 벙거지들 수로 미루어 근방 수령들이 여남은 명 모인 것 같았다. 도대체 다른 세상에 온 것 같았다.

고부 장교는 막걸리로 우선 타는 목부터 축였다. 그러나 아무리 생각해도 이러고 있을 일이 아니었다. 이런 중대한 소식을 가지고 와서 못 들어가게 한다고 어물어물했다가는 모가지가 날아갈 것만 같았다. 다시 올라갔다. 파수 장교한테 비대발괄, 있는 소리 없는 소리 다 주워섬기며 막걸리 값을 찔러주자 그때야 못 이긴 듯 길을 터주었다. 한벽당에 올라선 장교는 입이 떡 벌어지고 말았다. 풍악이 요란을 떨고 날아갈 듯 곱게 차려 입은 기생만도 20명이 넘었다. 한쪽에서는 춤에 노래에 신명이 나고, 한쪽에서는 골패판이 벌어지고, 또 한쪽에서는 기생을 끼고 웃음소리가 간드러졌다.

장교는 이리 기웃 저리 기웃 한참 동안 기웃거리다가 저쪽 골패판에 박혀 있는 이용태를 발견했다. 이용태는 불쾌한 얼굴로 골패짝에 눈을 박고 있었다.

"어사또 나리께 아뢰옵니다."

장교가 조심스럽게 아뢰었다. 이용태가 뒤를 돌아보더니 대번에 눈알을 까뒤집었다.

"뭣이냐?"

이용태는 버럭 소리를 질렀다. 허옇게 모로 뒤집힌 눈알이 금방 악이라도 쓰며 튀어나올 것 같았다.

"난군들이 내일 줄포 조창을 부순다는 소식이 들어왔사옵니다."

장교는 밤송이처럼 조그맣게 웅크리고 겨우 입을 뗐다.

"이 미련한 놈들아, 또 그런 것을 소식이라 가져오느냐? 조창이고 지랄이고 고부로 쳐들어오면 짓밟아버리라고 몇 번이나 말을 하더냐? 이제부터 짓밟아버렸다는 소식이 아니고 다른 소리를 가지고 와서 씨월거렸다가는 당장 모가지를 잘라버릴 것이다."

314

이용태는 악을 썼다.

"하오나……."

"어서 물러가지 못할까?"

이용태는 곁에 있는 큼직한 재떨이를 집어들며 벼락같이 소리를 질렀다. 금방 재떨이가 날아올 것 같았다. 장흥서도 아전인가 장교 얼굴을 재떨이로 박살냈다는 소문을 들은 적이 있었다.

"예. 예. 무, 물러가옵니다."

장교는 두 손으로 지레 재떨이를 막으며 한발 한발 뒷걸음질을 쳤다. 범 만난 놈처럼 이용태 얼굴과 손에 든 재떨이를 다급하게 번갈아 보며 한참 물러섰다.

"아이고!"

작자는 술동이에 발이 걸려 술동이를 안고 나가떨어졌다. 술을 뒤집어쓰고 나뒹굴었다. 장교는 경황 중에도 이용태만 보며 오뚝이처럼 발딱 일어났다. 휙 돌아서서 냅다 뛰었다. 한참 뛰다가 이용태부터 돌아보고 나서 옷에서 술을 털었다. 파수 섰던 장교가 웃으며 뭐라 핀잔을 주었으나 챙겨들을 경황이 없었다.

"와, 농민군이다."

3월 23일. 농민군들은 고부 경내로 진군을 하고 있었다. 동네 사람들이 소리를 지르며 뛰어나왔다. 전투대열이 아니라 열을 지어 행군을 하고 있었다. 풍물패를 앞세우고 깃발 수백 개를 휘황찬란하게 휘날리며 질서정연하게 읍내를 향해 행진을 하고 있었다.

고부 읍내 사정을 들은 전봉준은 전투태세를 갖추지 말고 그냥 고부로 행군을 하라고 영을 내렸다. 역졸들을 그냥 쫓아버리자는 계획이었다. 고부 농민군들한테 원한 풀 기회를 한번 주자고 우기는 사람도 있었으나, 그들을 포위라도 하여 맞붙어놓으면 궁한 쥐가 고양이 무는 꼴이 될 것이므로 그렇게 되면 이쪽 군사들도 그만큼 상할 것이고 더구나 옥에 갇혀 있는 가족의 안전이 더 큰 문제였다. 그런 쓰레기들한테 원한을 풀자고 군사들과 가족들을 다치게 할 수는 없었다. 맞붙어 싸울 만한 가치가 없는 쓰레기들이라는 생각이었다. 고부 사람들 반발이 만만치 않았으나 전봉준은 단호하게 결단을 내렸다.

"와, 저 흰말 탄 이가 전봉준 장군이다."

동네 사람들은 큰길 쪽으로 뛰어오며 소리를 질렀다. 전봉준 백마 뒤에는 말 탄 사람이 10여 명이 따르고 있었다. 백마는 갈색 말과 대조를 이루어 한층 돋보였다. 소문으로만 파다하던 환상적인 모습이 실제로 눈앞에 나타나자 동네 사람들은 벌린 입을 닫지 못했다. 색색으로 휘황찬란하게 휘날리는 창의기 밑에 백마를 타고 가는 전봉준 모습은 이 세상 사람 모습 같지가 않았다. 동네 사람들은 큰길로 정신없이 뛰어나오며 소리를 질렀다.

"오매 오매, 저 사람들이 어디서 이라고 오까?"

엊그제까지 역졸들이 험하게 설치던 곳에 농민군이 나타나자 고부 사람들 눈에는 그들이 마치 하늘에서라도 내려온 군사로 보이는 것 같았다. 농민군 행렬은 5리도 넘었으나 아직도 꼬리가 보이지 않았다.

"오냐, 역졸 놈들 맛 한번 봐라."

"이용태부터 잡아서 세거리에다 모가지를 달아매시오."

여태 움츠리고 있던 고부 사람들은 새삼스럽게 이를 악물며 주먹을 쥐었다. 동네마다 사람들이 허옇게 몰려나와 소리를 질렀다.

"전봉준 장군 만세."

"녹두장군 만세."

"이용태부터 죽이시오."

농민군들은 손을 흔들어주며 걷고 있었다. 물동이를 들고 나와 물을 떠주는 아낙네들도 있었다. 여기저기서 물을 받아 마셨다. 부인네들은 엉엉 울며 물을 떠주었다.

"오매, 내 새끼야, 어디서 이라고 오냐?"

어느 동네 앞에 이르자 동네 사람들이 갑자기 농민군 행렬로 뛰어들었다. 그 동네 농민군들인 것 같았다. 농민군과 가족이 한데 엉켜 통곡을 터뜨렸다.

"얼른들 갑시다. 저녁에 와서 만나시오."

두령들이 농민군 등을 두드렸다. 농민군들은 저녁에 오겠다고 눈물을 훔치며 열로 달려갔다.

"역졸들은 한 놈도 남지 않고 모두 도망쳤습니다."

정탐병들이 와서 전봉준한테 말했다. 전봉준은 알았다며 그대로 갔다. 색색으로 나부끼는 깃발은 푸른 하늘이 온통 내 세상인 듯 휘젓고 풍물소리는 땅덩어리를 떼메고 하늘로 올라가는 것 같았다. 농민군들은 전혀 서둘지 않고 그 걸음걸이로 행진을 하고 있었다. 이 동네 저 동네서 가족들이 농민군 행렬로 달려들어 눈물바다를 이루었다.

고부 읍내에 가까워지고 있었다. 저만치 복색 다른 사람들이 30여 명 몰려 있었다. 고부 이속들이라고 했다. 별동대 한 패가 달려갔다. 그들을 에워쌌다.

"역졸들은 전부 도망쳤습니다. 우리가 가족들은 모두 풀어주었습니다."

그들은 다급하게 말하며 허리를 주억거렸다. 벌써 알고 있는 일이었다. 풍물패와 별동대는 그들 앞을 그대로 지나쳤다. 전봉준의 백마가 그들 앞을 지났다. 그들은 크게 절을 했다. 전봉준은 간단하게 고개만 끄덕이고 지나갔다.

"전봉준 장군 만세."

"고부 농민군 만세."

읍내에도 수많은 사람들이 몰려나와 환성을 질렀고 가족들이 달려들어 통곡을 터뜨렸다. 가족들이 달려들자 농민군 행렬은 난장판이 되고 말았다.

"어째서 인자사 오요?"

갇혔던 가족들은 남편과 아들을 붙잡고 통곡을 터뜨렸다. 농민군 선두는 삼거리 아래 논으로 갔다.

"워매, 역졸 놈들을 고이 보내다니, 환장하겠구만잉."

농민군들은 새삼스럽게 이를 갈았다.

"오늘만 날이 아녀. 언제 몰려가든지 장흥으로 몰려가서 다 죽여부러."

"맞네. 서둘지 말고 놔두세. 즈그들이 내빼면 어디로 내빼겠는가? 잘 먹고 살 통통하게 찌고 있으락 하소."

"나는 언제 죽여도 그놈들 열 놈을 못 죽이면 성을 갈 것이다."

모두 입을 앙다물었다. 전봉준은 말에서 내려 옥에서 나온 가족들 손을 잡고 위로를 했다. 조망태와 정월금이 전봉준 곁으로 다가왔다. 둘이 다 해쓱하게 남의 얼굴을 뒤집어쓰고 있었다.

"고생했소."

전봉준이 조망태 손을 잡았다.

"고생은 쪼깨 했소마는 덕분에 나는 백 살까지 안 죽을 것 같소. 이번에 저승을 가도 험한 저승을 갔다 왔는데 염라대왕이 먼 염치로 나를 또 부르겠소?"

조망태는 경황 중에도 익살을 부렸다. 두령들이 모두 웃었다. 전봉준은 몰려드는 자기 동네 사람들 손을 잡고 반겼다. 모두 전봉준을 붙잡고 엉엉 울었다.

전봉준은 농민군들이 모이고 있는 들판을 돌아보며 고부 아전들을 불러오라 했다. 쫓겨난 놈들처럼 저만치 몰려 있던 아전들이 달려왔다. 호방을 제외한 아전들이 전부 달려와서 전봉준 앞에 굽실거렸다.

"향교하고 여각 등 농민군들이 들 만한 데는 모두 잠자리를 마련하고 밥을 짓도록 하시오."

전봉준은 마치 먼데 나들이라도 나갔다가 자기 집에 돌아온 사람 같았다. 영을 내린 다음 삼거리로 갔다. 송대화가 앞으로 나섰다.

"전봉준 장군님이 오십니다."

송대화가 소리를 질렀다. 모두 조용해졌다. 가족과 얽혀 눈물을 흘리던 사람들이 눈물을 수습하고 들판으로 모여들었다. 들판에 농민군과 가족들이 빽빽이 모였다.

"가족 여러분, 이렇게 늦게 와서 죄송합니다. 그동안 얼마나 고생들 하셨습니까?"

전봉준은 침통한 표정으로 입을 열었다.

"성질대로 하자면 곧바로 쳐들어와서 이용태와 역졸들을 모두 잡아죽이고 싶었습니다마는, 그렇게 하면 이용태는 여러분 목숨을 위협하며 버틸 것이 분명한 일이라 그럴 수가 없었습니다. 언젠가 이용태는 조병갑과 함께 여기 고부 삼거리에다 목을 달아맬 날이 올 것입니다. 그때까지만 분을 참고 저자들이 어질러놓고 간 뒷수습부터 합시다. 먼저 도소에서 할 일은 여러분이 당한 피해를 낱낱이 조사하는 일입니다. 빠짐없이 피해를 조사하여 집이 불탄 분들은 우선 끼니라도 끓이도록 해드리겠습니다. 그리고 한양으로 쳐들어간 다음에는 이용태가 불태운 집과 살림을 모두 조정에서 물어내도록 하겠습니다. 개가 사람을 물면 개 주인이 치료를 해주고 변상을 해야 합니다. 이 일도 똑같은 이치입니다. 이용태는 조정에서 보낸 어사이고, 그 어사가 죄 없는 백성을 죽이고 패고 집에 불을 질렀습니다. 한 푼도 에누리 없이 변상을 하도록 하겠습니다."

전봉준은 이 대목에서 목소리가 올라갔다. 군중은 웅성거리기 시작했다. 그럴 수도 있는 것인가 놀라는 표정들이었다.

"여러분, 죽은 사람 목숨을 살려내라고 할 수는 없지마는 죽은 사람한테도 그만한 보상을 하게 할 것이며, 불 지른 집도 살림도 모두 변상을 하라고 할 것이요, 이용태한테 여러분이 갖다 바친 돈도 전부 변상을 하도록 할 것이며, 여러분이 맞아 골병 든 피해도 변상하도록 할 것입니다."

전봉준은 주먹을 쥐며 결의를 보였다.

"옳은 말이오. 다 받아냅시다."

농민군들은 그제야 주먹을 휘두르며 악을 썼다. 거기까지는 생각
지도 않은 일이라 모두 멍청한 표정으로 듣고 있다가 잠에서 깨어난
사람들처럼 한참 뒤에야 소리를 질렀다. 가족들 사이에 비로소 활기
가 돌기 시작했다.

"역졸 놈들도 쫓아가서 패 죽입시다. 왜 그놈들은 안 쫓아가요?"

저 뒤에서 가족들이 소리를 질렀다.

"당장 쫓아갑시다."

군중이 거세게 악을 썼다.

"여러분, 역졸들은 강아지나 마찬가집니다. 누가 강아지를 풀어
사람을 물라고 했다면 강아지를 풀어논 주인을 닦달해야지 그 강아
지를 쫓아다니겠습니까? 역졸들을 풀어논 이용태와 조정을 닦달해
야 합니다. 여러분, 바로 모레는 전라도 농민군이 모두 백산에 모여
서 농민군대회를 열어 우리가 일어서는 대의를 천하에 다시 선포하
고 그때부터 제대로 전쟁에 들어갑니다. 지금 우리는 그 일이 바쁩
니다. 전주를 치고 한양으로 가서 조정에 버티고 있는 쓰레기 같은
상하 관속들부터 모두 쓸어냅시다. 우리 고부 농민군은 다른 고을
농민군 앞장을 서서 쳐들어갑시다. 가족 여러분, 지금까지도 너무
모진 고생을 하셨습니다마는 조금만 더 참고 고생을 합시다. 한양으
로 쳐들어가서 나라를 바로잡은 다음 다시 이 자리에 와서 여러분을
뵐 때는 여러분 고생이 열 배 스무 배로 보람이 나서 이 세상은 새

세상이 되어 있을 것입니다. 그때 이 땅에는 농민을 폭압하고 늑탈하는 관리도 없고, 불량한 지주도 없고, 큰기침하는 양반도 없을 것입니다. 그때까지만 참아주십시오. 그리고 오늘부터 군아에다 따로 도소를 차려 여러분이 피해 본 것을 조사하고 곡식도 나누어 드리겠습니다. 그 일은 김도삼 씨가 맡아서 하겠습니다. 김도삼 씨는 우리가 전쟁에 나간 뒤에도 여기 남아서 그 일을 볼 것입니다. 도소에서 무슨 일을 할 것인지 자세한 말씀은 김도삼 씨가 드리겠습니다." 가족들은 박수를 쳤다. 농민군과 가족들은 금방 공중에 붕 뜬 것 같았다. 처음에는 어리둥절하던 사람들이 팔팔 살아났다.

전봉준이 내려오고 김도삼이 올라갔다. 김도삼은 도소에서 할 일을 설명했다. 첫째는 당장 집이 불타버려 먹고 잘 길이 없는 사람들부터 식량을 나누어 주고, 둘째는 피해를 낱낱이 조사하고, 셋째는 그동안 쌓여온 환자며 여러 가지 병폐를 바닥에서부터 뜯어고치겠다고 했다. 수령이 오더라도 이 일은 그대로 할 것이니 오늘부터 당장 각 동네 집강이 나서서 일을 거들어달라고 했다.

"그리고 농민군들은 오늘은 별동대와 무장 사람 등 다른 고을 농민군을 제외하고는 가족들과 함께 집으로 가도 좋습니다. 밥은 지난번 봉기 때처럼 여기서 먹어도 상관없습니다. 집으로 가시는 분들은 모레 백산대회 준비도 해야 하니 내일 아침에는 일찍 나오십시오."

김도삼은 올 때 밥그릇을 잊지 말라는 등 자잘한 당부를 한 다음 해산을 시켰다. 모레 백산에서 여는 농민군대회는 전쟁에 들어가면서 농민군들의 결의와 단합을 다지는 대회였다. 무장에서 모였던 대회가 조정을 상대로 선전포고를 하는 대회라면, 이번 대회는 천하에

봉기의 명분을 다시 밝히고 결의를 다지며 만백성의 동참을 촉구하
는 대회였다.

농민군은 다시 가족과 만났다.

"몸은 괜찮으시오?"

장진호가 자기 아버지한테 인사를 했다.

"오냐, 괜찮다. 그런데 나는 징역 복을 타고나도 오지게는 타고난
것 같다."

텁석부리 장문식이 허허 웃었다. 그는 맨 처음에 잡혀가서 여태
옥에 갇혀 있었다. 어머니며 누이동생은 연방 눈물만 쏟았다.

"장대장 아닌가?"

누가 장진호한테 알은체를 했다.

"안녕하시오. 별일 없었소?"

장진호가 꾸벅 고개를 숙였다. 쟁우댁이었다.

"나는 별일이 없네마는 우리 순심이는 어디다 뒀는가?"

장진호를 보자 대번에 얼굴이 굳어진 쟁우댁은 냉갈령이 서릿발같
이 싸늘했다. 장진호는 난처한 표정으로 자기 부모들과 쟁우댁을 번
갈아 봤다. 텁석부리 내외는 덩둘한 표정으로 쟁우댁을 보고 있었다.

"부모님들이신게라우? 잘 만났소. 이야기 들었지라우? 나한테는
귀한 딸이오. 멀쩡한 남의 딸을 저 총각이 맘대로 차고 가부렀소."

쟁우댁은 참으려고 어지간히 애를 쓰는 것 같았으나 아직도 제대
로 화가 안 풀리는지 목소리가 싸늘했다. 장진호는 잔뜩 우거지 상
판이 되어 쩔쩔맸다.

"하여간 나중에 찾아갈 것인게, 그냥."

장진호가 두 손으로 쟁우댁을 밀어내는 시늉을 하며 통사정했다.

"어디 있는 중이나 아세. 시방 살기는 살아 있는가?"

"예. 하애간에……."

"하애간이 아니라 어디 있는가? 그것부텀 말을 하게."

"곡성 태안사에서 여승들하고 편히 있소. 낼 찾아갈 것인 게……."

장진호는 미치겠다는 표정이었다. 부모들과 쟁우댁 사이에 낀 장진호 상판은 말이 아니었다.

"찾아오는 것은 좋네마는 혼자 와서는 안 될 것이네. 사람 시삐 보면 큰코다칠 것인게 그런 중 알어. 내 말이 시방 먼 말인 중 알겄제?"

쟁우댁은 야무지게 뒤를 눌러놓고 팽글 돌아섰다.

"마지막으로 말씀드리는데, 한두 놈 죽이고 나자빠질 사람은 첨부터 나서지 마시오. 이것은 목숨이 왔다갔다하는 일인게 나자빠질 사람은 지금 빠지시오. 지금도 늦잖소."

오기창이 숲 속에서 좌중을 돌아보며 다그쳤다. 유독 김한준과 양찬오를 날카롭게 봤다. 모두 말없이 오기창을 보고 있었다. 장성 쪽으로 내려가는 갈재 중간쯤 잿길이 등성이를 감고 돌아가는 길이었다. 설만두도 끼여 있었다.

"여그까지 와갖고 새삼스럽게 엄발날 사람이 누가 있겠소?"

장춘동이 말을 가로막았다.

"여기서 고부는 50여 리요. 낮에 쳐들어갔는게 조금 있음 역졸들이 나타나겠소."

땅거미가 일고 있었다. 그동안 그들은 목란에서 한참 들어간 필심이란 산골 동네에 숨어 있다가 농민군들이 고부로 쳐들어갔다는 말을 듣고 이리 달려온 것이다.

"그러면 계책을 다시 말을 할 것인게 잘 들으시오. 역졸들은 여남은 명씩 떼를 지어서 올 것 같소. 우리는 여기 한 패, 저 아래 한 패, 두 패로 나누어 숨소. 역졸들이 오면 여그서 작살을 내는데, 욕심껏 한꺼번에 많이 죽일 생각 말고 한 패에 몇이 몰려가든 패거리 맨 뒤에 붙어가는 두세 놈씩만 작살을 내요. 어떻게 작살을 내냐 하면, 이 세 사람이 활로 쏘는데……."

오기창은 곁에 있는 활 든 사람들을 가리켰다.

"한 패가 이 길 아래로 지나가면 지나가라고 가만히 두었다가 젤로 꼴랑지에 붙어가는 놈들을 활로 쏘요. 활이 셋인게 셋이 한 사람씩 다 맞추면 좋고 다 못 맞춰도 상관없소. 그놈들이 활에 맞으면 제대로 맞은 놈은 소락때기를 지르잖겠소? 그러면 앞에 가던 놈들이 뒤를 돌아보다가 잔뜩 겁을 집어먹고 *우케 멍석에 참새 떼 날아가듯이 내빼겠지라. 그때 우리가 몽댕이를 들고 쫓아가서 활 맞은 놈들을 작살을 내요. 화살에 설맞고 내빼는 놈이 있으면 그놈은 저 아래 숨어있는 사람들보고 처치하라고 놔두고 나자빠진 놈만 작살을 내요. 작살을 낼 적에는 벼락같이 작살을 내서 벼락같이 시체를 언덕 아래로 내던져불고 벼락같이 도로 이리 올라와사 쓰요. 하여간 번갯불에 콩 궈먹듯 해사 쓰요."

오기창은 활 쏘는 시늉이며 몽둥이질하는 시늉이며 벼락같이 움직이라고 할 때는 달리는 시늉까지 했다. 모두 들고 있는 몽둥이에 힘을 주며 지레 숨을 씨근거렸다. 활 든 사람들도 활을 틀어쥐고 눈을 밝히고 있었다. 위쪽에 앉아 있는 설만두는 노상 재 꼭대기 쪽을 힐끔거리며 오기창 말을 듣고 있었다.

"역졸들은 도둑질한 짐을 한 짐씩 지고 올 것이오. 다급한 놈은 짐도 벗어던지고 내빼잖겠소? 그 짐도 길 아래로 모두 줏어던져야 하요. 짐 속에 뭣이 들었는지 그런 것은 상관 말고 모두 줏어서 길 아래로 내던져부시오."

"걸레 같은 놈들."

한쪽에서는 숨을 씨근거리며 이죽거렸다.

"하여간 뒤에 따라오는 패가 오기 전에 부리나케 일을 해사 쓰요. 뒤에 오던 패가 알아불면 일판은 그만이오. 그놈들이 오던 길로 내뺌시로 줄줄이 말을 해버릴 것인게 그때 우리는 손 터는 수밖에 없소. 설만두가 저그서 지키고 앉아서 뒤에 오는 패가 너무 가까이 온 성부르면 첨부터 손을 대지 말라고 할 것인게 그때는 손을 대서는 안 돼요."

"맞소. 뒤에 오는 패 짐작을 잘 하고 판을 벌려사 쓰겠소."

장춘동이 맞장구를 쳤다.

"자네는 꼼짝 말고 그쪽에 앉아서 위쪽을 잘 봐사 써. 알겠제?"

오기창은 설만두한테 다짐을 두었다. 설만두는 고개를 끄덕였다. 하학동 양찬오하고 김한준은 숨만 씨근거릴 뿐 거의 말이 없었다. 두 사람은 지난번에 역졸들한테 묶여갔다가 농민군에 나가지 않았다는 사실이 제대로 밝혀지고 얼굴을 아는 서원이 말을 잘 해주어

326

용케 풀려나왔다. 그러나 집에 돌아와서 어린 딸들이 역졸들한테 당했다는 말을 듣고 그때야 입을 앙다물고 무장으로 달려갔다. 거기가서 대창을 들고 서성거리다가 장춘동을 만나 두말 않고 이리 따라온 것이다. 여기 온 사람들은 거의가 가족들이 험하게 당한 사람들이었다. 그 가운데에도 뚝전 점박과 눈끔벅이 제일 이를 갈았다. 점박은 자기 어머니가 역졸들한테 끌려가다가 맞아죽었고, 눈끔벅은 자기 아내가 가족들 앞에서 역졸들한테 험하게 당하고 목매달아 자살을 해버렸다.

"오늘이 스무사흘인게 달은 밤중에 뜨겄소. 발 빠른 놈은 조금만 있으면 오겄소. 최생원은 저 아래로 가시오."

최낙수가 일어서자 여남은 명이 따라 일어섰다. 손에는 모두 굵직한 참나무 몽둥이를 들고 있었다. 참나무 몽둥이는 보통 나무보다 두 배는 더 단단하고 무겁기도 두 배는 무거웠다. 그들은 활 두어 바탕 거리쯤 아래로 내려가다가 숲속으로 들어갔다.

오기창과 최낙수는 정석남 동생을 죽인 다음 이용태가 너무도 무지막지하게 보복을 하는 바람에 한때는 완전히 풀이 죽어 꼼짝을 못했다. 친척들이 오기창과 최낙수를 죽인다고 이를 갈고 찾아다닌다는 것이다. 두 사람은 역졸들 피하랴 친척들 피하랴 안팎곱사가 되고 말았다. 그 바람에 두 사람을 따라나섰던 사람들도 거의 흩어져버리고 두 사람은 외로운 늑대가 되어 한숨만 쉬고 있었다. 동생과 조카를 잃은 것도 기가 막히는데 친척들한테까지 역적이 되다니 기가 막혔다. 고부 사람들이 무장으로 몰려간다는 소리를 들었으나 그리 갈 수도 없었다. 가서 합류하고 싶지도 않았지만, 간다 하더라도 친척들이 이를 갈고 있을 테니 맞아죽기 십상이었다.

그때 만난 것이 설만두였다. 그는 고부에서 흥덕 주막을 오가며 고부 소식을 물어나르고 있었다. 그 주막까지 설만두가 소식을 물어다 노면 오거무가 물어갔다. 오거무는 이따금 읍내를 들르기도 했으나, 너무 빈번히 들를 수가 없었으므로 그 사이에 설만두가 다리를 놔 주고 있었던 것이다.

"고부 농민군들이 금방 고부로 쳐들어가요. 그때 두 분이 크게 한 가지 할 일이 있겠습다."

설만두 말에 오기창이 무슨 일이냐고 눈을 밝혔다. 설만두 설명을 들은 오기창은 대번에 눈에서 빛이 났다. 오기창은 장춘동을 다시 끌어들여 무장으로 보내 사람을 모아 오라 했다. 장춘동은 김한준같이 험하게 당한 사람만 골라 끌어들였다. 그런 사람들은 대부분 두말없이 따라나섰다.

그때 재 꼭대기에서 장정들 둘이 바삐 내려오고 있었다.

"저것이 김치삼 아녀?"

자기 어머니가 역졸들한테 맞아 죽은 뚝전 점박이 속삭였다.

"같이 가는 놈은 주근깨구만. 저놈들이 어디로 내빼는구나."

장춘동이 다급하게 속삭였다. 날이 어두워지고 있었으나 똑똑히 알아볼 수 있었다. 여남은 명 눈이 대번에 쥐 본 고양이 눈이 되었다. 두 사람은 간동한 보따리를 하나씩 지고 바삐 내닫고 있었다.

"마수거리가 좋다. 쏘아!"

오기창이 활잡이한테 속삭였다. 두 사람이 산굽이를 돌아왔다. 활잡이들이 무릎을 꿇고 화살에 시위를 메겼다. 슛, 화살이 경쾌한 소리를 내며 날았다. 두 사람이 우뚝 섰다. 김치삼은 옆구리에 꽂히고 주근깨는 목에 꽂혔다. 김치삼은 화살을 쥐고 옆으로 버티며 이쪽을 쳐다보고, 주근깨는 화살을 쥔 채 숨을 헐떡이고 있었다.

"저승길이 바빴던 모양이구나. 저승에 가더라도 누가 보낸 줄이나 알고 가거라. 내가 오기창이다."

오기창은 빙긋이 웃으며 뇌었다. 뚝전 점박과 눈끔벅이 몽둥이를 으르고 있었다. 양찬오와 김한준도 핏발선 눈알을 뒤룩거리며 몽둥이를 으르고 숨을 씨근거렸다.

"살려주시오."

김치삼이 다급하게 소리를 질렀다.

"살고 잪냐? 그래라. 살아도 저승에 가서 살아라."

오기창은 허옇게 웃으며 가볍게 뇌었다. 주근깨는 고개를 튼 채 숨만 헐떡이고 있었다. 오기창이 고갯짓을 했다. 활잡이들은 얼른 화살을 뽑았다. 순간 몽둥이가 사정없이 날았다. 퍽퍽 머리통 깨지는 소리가 나고 외마디 비명소리가 났다. 두 사람은 금방 걸레가 되고 말았다. 장정들은 두 사람 다리를 끌고 언덕 쪽으로 갔다. 양쪽에서 시체 손발을 잡았다. 두어 번 굴러 저 아래로 내던졌다.

모두 언덕으로 재빠르게 올라붙었다. 소나기 마당에 멍석 치우듯 날래게 해치우고 올라왔다. 날이 어두워지고 있었다. 모두 말없이 재 꼭대기 쪽을 보며 귀를 쫑그리고 있었다. 양찬오와 김한준은 몽둥이를 꼬나쥐고 무슨 짐승 소리 같은 신음소리를 내고 있었다.

재 꼭대기 쪽에서 말소리가 나는 것 같았다. 모두 몽둥이 잡은 손에 힘을 주었다. 활잡이는 활에 살을 먹였다. 나무 그림자 사이로 흰

옷이 희뜩거렸다. 여남은 명은 되는 것 같았다. 가까이 왔다. 총총한 별빛 아래 사람 윤곽이 뚜렷하게 드러났다. 재를 넘자 한숨 돌리고 도란거리며 내려오는 것 같았다. 등에 짐을 짊어진 모양이 얼핏 보 부상 행렬 같았다. 행렬이 앞을 지나갔다.

"쏘아!"

― 쉿.

― 쉿.

― 쉿.

"아이고매!"

"워매!"

"왜 그래?"

한 사람은 등에 맞고 한 사람은 팔에 맞고 하나는 빗나간 것 같았 다. 앞에 가던 사람들이 다시 돌아와서 웅성거렸다. 또 화살이 날았다. 이번에는 화살을 겨누고 말 것도 없었다. 사람 무더기를 향해 화살 세 개가 한꺼번에 소리를 냈다. 오매 소리와 함께 후닥닥 도망쳤다.

"가!"

오기창이 소리를 질렀다. 우르르 쫓아내려갔다. 양찬오와 김한준 이 맨 먼저 뛰어내려갔다. 화살에 맞은 역졸들은 세 사람은 그 자리 에서 버르적거리고 두 사람은 비칠거리며 도망쳤다. 등에 화살을 맞 은 역졸은 손으로 화살을 잡으려고 뱅뱅이를 치고 있었다. 양찬오 몽둥이가 그 사람 머리를 향해 날았다.

― 퍽.

"윽."

잘 익은 수박이 몽둥이 맞는 소리가 났다. 김한준도 있는 힘을 다해서 몽둥이를 휘둘렀다. 픽픽 쓰러졌다. 퍽퍽 몽둥이 소리가 연달았다.

"싸게 싸게 치우시오!"

오기창이 소리를 질렀다. 몽둥이잡이들은 잽싸게 시체 손과 발을 잡아 언덕 아래로 내던졌다. 저 아래서도 비명소리가 났다. 설맞은 놈들을 최낙수 패가 작살을 내는 것 같았다.

"또 오요. 얼른 올라오시오."

위에서 설만두가 소리를 질렀다. 몽둥이잡이들은 잽싸게 짐 보따리를 주워 아래로 내던지고 족제비처럼 날렵하게 언덕으로 올랐다.

"몽둥이 휘두를 때는 소리를 못 지르게 대번에 작살을 내사 쓰요."

오기창이 낮은 소리로 속삭였다. 모두 숨을 죽이고 귀를 쫑그렸다. 이번에는 수가 많은 것 같았다. 20여 명이었다.

"좌, 이번에도 두 번씩!"

쉿, 쉿. 화살이 경쾌한 소리를 내며 날아갔다. 워매 하는 비명소리가 나고 무슨 일이냐고 웅성거렸다. 또 쉿, 쉿 화살이 날았다. 역졸들은 아까처럼 후닥닥 도망쳤다.

"갑시다."

쫓아내려갔다. 이번에는 네 사람이 버르적거리고 있었다. 퍽퍽 몽둥이 소리가 났다. 시체와 보따리를 아래로 내던지고 모두 제자리로 올라왔다. 벌써 세 번째라 일행은 도둑놈 손발 맞듯 척척 손발이 맞았다. 저 위에서 또 말소리가 나는 것 같았다. 가까이 왔다. 모두 숨을 죽였다. 이번에도 20여 명이었다. 모퉁이를 돌아섰다.

"뒤에 또 오요."

설만두가 다급하게 속삭였다.

"쏘지 마시오."

그 패는 그대로 보냈다. 다음 패가 왔다. 모퉁이를 돌아왔다.

"쏘아, 이놈들도 두 번."

화살이 날아갔다. 아까하고 똑같이 워매 소리가 나고 웬일이냐고 모여들고, 또 화살이 날자 우르르 도망쳤다. 몽둥이잡이들은 쫓아내려가고 퍽퍽 소리가 나고 시체를 내던지고 나서 모두 다람쥐들처럼 언덕으로 올라붙었다.

여남은 패를 작살냈다. 50여 명은 죽인 것 같았다. 아래 패도 20여 명은 죽였을 것 같았다. 몽둥이잡이들은 죽일수록 더 분이 나는 것 같았다. 양찬오와 김한준은 가쁜 숨을 씨근거리고 있었다. 특히 양찬오는 완전히 실성을 한 사람 같았다. 땀에 후줄근하게 옷이 젖은 양찬오는 얼굴에도 땀이 범벅이었다.

서너 패가 연달아 지나가더니 이번에는 백여 명이 한꺼번에 무더기로 지나갔다. 모두 내려다보고만 있었다. 떼를 지어 내려간 다음에는 한참 뒤가 끊겼다. 오래 기다렸으나 더 오지 않았다. 달이 떠오르고 있었다. 저쪽 산등성이에 달빛이 희미하게 비쳤다. 그때 저 아래서 무슨 소리가 나는 것 같았다.

"죽여라!"

악다구니가 쏟아졌다. 수백 명이 악을 쓰며 몰려오는 것 같았다.

"저놈들이 반격을 하자는 것인가?"

오기창은 자리에서 벌떡 일어섰다. 저 아래서 횃불이 수십 개 산굽이를 돌아오며 악다구니 소리가 하늘을 찔렀다. 역졸들은 계속 소리를 지르며 올라왔다.

"염려 마시오. 저놈들이 이 깜깜한 밤에 산속까지 쫓아오든 못할 것이오."

오기창이 침착하게 말했다. 정말 그럴 것 같았다. 그때 갑자기 등성이 아래서 함성이 쏟아졌다. 최낙수 패가 숨어 있는 곳이었다.

"죽여라, 죽여!"

함성이 쏟아지고 비명소리가 나는 것 같았다.

"최생원 패가 당한 것 같소."

장춘동이 다급하게 소리를 질렀다. 역졸 한 패가 뒤로 올라와서 포위를 하고 밑에서 쫓아올라왔던 모양이다. 한참 드잡이판이 벌어진 것 같았다. 쫓아가서 맞붙기에는 역졸들 수가 너무 많았다. 횃불이 한 군데로 몰려들며 함성이 쏟아졌다. 횃불이 이쪽으로 올라왔다.

"저쪽으로 피합시다."

이쪽도 포위했는지 모를 일이었다. 모두 숲 속으로 달려갔다. 그때 산으로 뛰어오르는 사람들이 있었다. 최낙수 패였다.

"둘이 잡혔소."

최낙수가 헐떡거리며 말했다. 횃불은 계속 위로 몰려왔다. 오기창은 일행들한테 여기 있으라 해놓고 혼자 한참 내려갔다.

"역졸 놈들은 들어라."

오기창이 느닷없이 소리를 질렀다. 산이 쩌르르 울렸다. 저 아래가 조용해졌다.

"역졸 놈들은 똑똑히 들어라. 이제 전라도 농민들이 전부 일어난다. 느그들은 고향에 돌아가서 밥 잘 묵고 잘 살고 있어라. 우리는 한양으로 쳐들어가서 조정을 싹 쓸어낸 다음에 느그들을 찾아갈 것이다. 장흥 역말 느그 동네로 찾아가서 문안을 드릴 것인게 그때 만나자. 그동안 잘 쳐묵고 묏자리도 하나쓱 잡아놓고 손이 성할 때 관도 짜놓고, 그라고 나서 저승고개가 몇 고갠가 그것이나 시고 자빠져 있거라. 알겠냐?"

오기창 목소리는 지난번 군아 뒷산에서 훼창할 때처럼 우람했다. 오기창은 계속 소리를 질렀다. 역졸들은 조용히 듣고 있었다.

12. 앉으면 죽산 서면 백산

"손님 오셨습니다."

장흥 이방언 집에는 손님이 한 사람 찾아왔다. 이방언은 강진 마량 근방에 갔다가 방금 돌아와서 늦은 점심을 먹고 상을 물리고 있는 참이었다. 남도 사람들은 북도 사람들보다는 한발 늦어 지금 한창 농민군을 모아들이고 있는 참이라 이방언은 보성, 강진, 해남 등지로 돌아다니며 그런 고을 동원 사정을 살펴보았다.

"아이고, 어서 오게."

강진 김한섭金漢爕이라는 유생이었다. 이방언이 젊었을 때 무릎을 맞대고 같이 공부를 하던 절친한 죽마고우였다. 그는 지금 학식과 문장으로 강진 사람들 추앙을 받고 있는 사람이었다.

"요새 자네가 몹시 바쁘다는 말을 듣고 나도 거들어 드리려고 찾아왔네."

"하하, 고맙네."

이방언이 껄껄 웃었다.

"상것들하고 상종을 해도 유분수지, 도대체 대창을 들고 상것들 앞장을 서서 그 대창을 누구한테 겨누자는 것인가?"

김한섭은 앉자마자 직설로 들이댔다.

"자네가 여기까지 발걸음한 까닭을 잘 알겠네. 만날 때마다 자네가 말을 많이 했으니 이번에는 내가 제대로 말을 할 차롈세. 조금 참고 들어주게."

이방언은 정색을 하고 차근하게 허두를 떼었다. 김한섭의 발걸음은 이것이 처음이 아니었다.

"들으나마나 백성 고통 타령이겠지."

김한섭은 시답잖은 소리 말라는 투였다.

"그게 아닐세. 지금 나라는 자칫하면 외국에 먹히네. 지금 우리나라에 쏟아져 들어오고 있는 외국 상품을 보게. 당장 여자들 길쌈만 하더라도 일본이 영국에서 가져다 팔고 있는 금건 때문에 우리나라 물레는 괴머리에 녹이 슬 판이네. 우리는 외국 사람들이 짜준 베로 편안하게 옷을 해 입고 여자들은 길쌈하느라 밤을 새우지 않게 되었으니 편한 세상이 된 것인가?"

이방언은 비근하고 간단한 길쌈을 예로 들어 외국 상품의 범람으로 길쌈 같은 수공업이 몰락해 가고 있는 경제적 위기부터 이야기를 시작했다. 일본의 급속한 성장과 몰락해 가는 청나라의 형편 등 국제정세를 설명하며 지금이 국가적으로 얼마나 심각한 위기인가를 역설했다.

"그래서 상것들이 대창을 들고 양반을 닦달하고 수령을 능멸하고 나중에는 조정에까지 몰려가서 임금까지 윽박질러야 그런 어려움을 벗어날 수 있다, 지금 이 말이렷다? 일이란 사람이 할 일이 따로 있고 개가 할 일이 따로 있어."

김한섭 말은 언제나 이런 식이었다. 이방언이 아무리 힘들여 말을 해도 이방언 말은 김한섭 귀에는 *토란잎에 빗방울이었다. 이방언 말은 제대로 챙겨들으려 하지도 않고 말끝마다 상것들, 상것들, 상것들이 아니면 말을 엮지 못했다. 김한섭은 일반 농민군들은 두말할 것도 없고, 두령들 전부를 싸잡아서 상것들로 몰아붙였다.

"너무 상놈 양반 따지지 말게. *전라도 참판이 충청도 혼반婚班만 못하다는 소리는 자네가 자주 쓰는 소리 아닌가? 전라도에서 반명을 내세우고 큰소리쳐봤자 호랑이 없는 골짜기에 토끼 유세밖에 더 되는가? 지금 세상은 그런 헌 망건이나 쓰고 큰기침할 때가 아닐세."

이방언은 여유 있게 말했다.

"그래 그게 헌 망건이면 상것들하고 얼려야 그게 새 망건이란 말인가?"

김한섭이 버럭 소리를 질렀다.

"지금은 나라가 결딴이 날 판일세. 임진왜란이나 병자호란 때 앞장서서 목숨 걸고 싸운 사람들이 큰기침하던 양반들이었던가? 상것 상것 하지마는 외국 놈들이 나라를 짓밟으면 나라를 지킬 사람은 바로 그 상것들일세. 더구나 자네나 내나 반명을 앞세우고 큰기침하지마는 외국 놈들이 나라를 짓밟으면 그놈들이 양반이라고 우리 앞에 문안드릴 줄 아는가?"

두 사람은 엉뚱하게 이야기가 반상 문제로 흘러 한참 입침을 튀겼다. 굳이 양반을 따지기로 한다면 전라도에서는 제대로 양반이라고 내세울만한 양반이 거의 없었다. 삼대가 벼슬을 못 하고 소위 백두白頭로 지내면 상민이 되므로 그런 식으로 엄격하게 따지면 거의가 삼대가 아니라 몇 삼대가 백두였다. 농민군 두령들 가운데도 양반이라고 내세우는 사람들이 있었으나 모두 상민이었다. 김개남이 도강 김씨라고 태인에서는 양반 행세를 했으나 제대로 따지면 그도 상민이고, 전봉준도 그 아버지가 고부 향교 장의를 지내기도 했지만 그 역시 상민이었다. 전봉준 직계 선대뿐만 아니라 천안 전씨를 통통 털어도 정조 이래 대과에 급제한 사람이 한 사람도 없을 지경이었다. 이방언도 인천 이씨라고 장흥에서는 양반 행세를 했으나 그 역시 마찬가지였다. 모두가 전라도에서나 통하는 양반이고 중인도 못 되는 상민에 불과했다. 동학도 두령들 가운데서 제대로 양반이라면 북접 서병학 하나가 겨우 양반이었고, 손병희가 중인이었으며 나머지는 최시형은 물론 손천민, 김연국 누구누구 할 것 없이 모조리 상민이었다. '상것'이 입에 붙은 김한섭도 마찬가지였다. 오로지 향교 출입하는 유생이라는 것 하나로 양반이라 내세우고 있었다.

"나라를 지키건 사직을 지키건 인간의 도리부터 지켜야지 도리를 어기고 천도를 어기는 놈들이 나라를 지키고 사직을 지킨다면 그런 자들이 온전하게 나라를 지킬 수 있단 말인가? 도대체 천도를 어겨도 방불해야지 상것들이 양반들한테 욕을 보이고 심지어 상감께서 보내신 수령들한테까지 대창을 들이대고 있으니 그놈들이 그 대창을 들고 한양로 쳐들어가면 그 대창을 누구한테 들이대겠는가? 자네는 입만 벌어지면 법도가 어떻게 무엇이 어떻고 난세 난세 하는데 천도보다 더 큰 법도가 어디 있으며 천도를 어기는 것보다 더 큰 난세가 어디 있단 말인가? 경서 줄이나 읽었다는 자네까지 상것들 앞장을 서서 대창 들고 설치고 있으니 도대체 이게 제정신으로 하는 짓인가?"

김한섭은 버럭버럭 소리를 질렀다. 법도를 바로잡고 세상을 고치더라도 양반들이 나서서 고쳐야지 상것들이 나선다는 것은 마치 개나 돼지가 나선 것과 조금도 다를 것이 없다는 소리였다.

큰소리가 나오자 집안사람들이 모두 겁을 먹고 사랑방 쪽을 보고 있었다. 두레 총각대방 이또실이 지나가다가 눈을 크게 뜨고 대문으로 들어왔다. 막동은 저쪽에서 김한섭이 타고 온 조랑말에 여물을 주고 있었다. 막동이 이또실 귀에다 속삭였다.

"강진 천도 나리가 오셨구만. 천도하고 상것 아니면 말씀을 못 엮는 그 양반 나리 말이여."

막동이 킬킬거리며 속삭였다. 방에서는 이방언이 말을 하는지 잠시 조용했다. 이내 김한섭 고함소리가 또 터졌다. 상것 소리가 유난히 크게 튀어나왔다.

"저 작자를 때려죽일 수도 없고……."

이또실이 주먹을 쥐며 상판을 으등그렸다. 여물을 먹고 있는 조랑말을 노려봤다. 조랑말은 안장을 진 채 여물을 먹고 있었다.

"음."

이또실이 무엇을 생각하는지 눈에서 빛이 번쩍했다. 밖으로 나갔다. 저쪽 탱자나무 울타리 쪽으로 갔다. 탱자나무에서 가시를 끊었다. 여러 개 끊어 지푸라기로 밤송이처럼 동그랗게 묶었다. 다시 이방언 집으로 들어왔다. 조랑말 곁으로 갔다. 여물 먹는 것을 구경하는 척 말 곁에서 서성거렸다.

"오늘 자네 말을 듣고 보니 새삼스럽게 백여 년 전 강진에 유배 왔던 다산 정약용이 생각이 나는구만. 그 사람은 가렴주구와 늑탈에 시달리는 백성 사정을 누구보다 괴로워하며 주자학의 공리공론을 비판하고 경세치용을 부르짖은 사람 아닌가? 그런 사람이 관북 지방에서 홍경래가 봉기하자 유배지에서 홍경래를 토벌하라는 격문을 써보냈다고 하더구만. 그 사람이 주자학을 비판했지만 그 사람의 근본 바탕은 그대로 주자학이라 백성 아우성보다는 주자 말씀이 더 크게 들렸던 걸세. 나도 경서에 조금은 귀가 열린 사람이네마는 지금 내 귀에는 백성의 아우성밖에 들리는 것이 없네. 나는 백성의 아우성을 좇아 그 처절한 아우성에 신명을 바칠 생각일세."

이방언이 단호하게 말했다.

"사람이 버려도 이렇게 버릴 수가 있단 말인가?"

김한섭은 기가 막혀 말이 안 나온다는 표정이었다.

"내 귀에는 백성의 아우성만 들리는데 어찌할 것인가? 내가 버린 것이 아니라 내 귀가 버려도 크게 버린 것 같네."

이방언은 껄껄 웃었다.

"두고 보게. 나도 백성을 일으켜 바로 자네가 일으킨 농민군부터 닦달을 하겠네."

김한섭은 입을 앙다물며 문을 박차고 나왔다. 막동은 얼른 말고삐를 끌러 대문 쪽으로 끌고 왔다. 이또실은 보이지 않았다.

"잘 가게."

이방언이 대문 밖에서 웃으며 인사를 했다.

"군사들 많이 모으게. 전쟁판에서 만나세."

김한섭이 이방언을 노려보며 조랑말 위로 홀딱 올라탔다. 순간 말이 후닥닥 뛰었다. 웬일인지 말은 네 굽을 놓고 미친 듯이 내달았다. 마치 총구에서 나간 총알 같았다.

"워, 워!"

김한섭이 고함을 지르며 말고삐를 바투 잡아당겼으나 소용없었다. 마치 벼락에라도 놀란 것 같았다. 말은 논을 가로질러 정신없이 뛰었다. 김한섭의 몸이 말에서 따로 놀았다. 금방 땅으로 곤두박일 것 같았다. 김한섭이 고함을 지르며 멈추려 했으나 어림도 없었다. 도랑을 건너뛸 때였다. 말이 도랑 언덕에다 대가리를 처박고 곤두박였다. 김한섭도 말에서 저만치 나가떨어졌다. 이방언이 쫓아갔다. 동네 사람들도 쫓아갔다. 김한섭은 크게 다치지는 않았는지 일어나서 다리를 껴안고 있었다. 말은 버르적거리다 일어나서 저만치 도망치고 있었다. 정신없이 내뺐다. 도랑가에 말안장이 떨어져 있었다. 사람들이 김한섭을 돌보는 사이 이또실이 말안장 곁으로 갔다. 안장 안쪽에 박힌 탱자 가시 뭉텅이를 슬쩍 뽑았다. 모두 김한섭을 일으켜 세웠다. 양쪽에서 김한섭을 부축하고 이방언 집으로 갔다.

"양반 놈 꼴 한번 좋다. 다리가 칵 부러져불제 삐기만 했어?"

이또실이 김한섭 뒷모습을 보고 중얼거리며 한손에 숨기고 있던 탱자 가시 뭉텅이를 도랑으로 던졌다.

3월 25일(양력 4월 30일). 백산에는 아침부터 사방에서 농민군이 모여들었다. 고을 이름을 적은 고을 기를 앞세우고 구름같이 몰려들었다. 모두 차림새가 비슷했다. 간동한 괴나리봇짐을 지고 머리에 황톳물 들인 수건을 쓰고, 비슷한 길이의 대창과 총을 들었으며 옆구리에 짚신을 차고 있었다. 화승총을 멘 사람은 다섯 명 가운데 한 명 꼴이었으며, 괴나리봇짐을 지지 않고 밥그릇만 수건에 싸서 옆구리에 찬 사람도 더러 있었다. 오는 족족 백산에 몰려 앉아 다른 고을 사람들이 올 때마다 소리를 질렀다. 조그마한 백산은 농민군으로 하얗게 더뎅이가 져버렸다. '앉으면 죽산竹山 서면 백산白山'이라는 소리는 이때 생긴 말이었다. 농민군들이 앉으면 대창이 위로 솟아 죽산이었고, 서면 사람들 옷 색깔로 백산이었다.

"무장 농민군 만세."

무장 농민군이 고을 기를 앞세우고 왔다. 풍물패를 선두로 창의기를 수십 개 휘황찬란하게 휘날리며 당당하게 들어오고 있었다. 이미 고창, 흥덕, 부안, 정읍, 태인 농민군들이 와 있었다. 풍물패가 나가서 풍물패 가락으로 인사를 한 다음 앞장서서 인도를 했다. 무장 사람들은 화승총이 다른 고을 사람들보다 더 많았다. 화승총을 멘 사람이 3명 가운데 1명꼴은 되었고 큼직한 천보총이나 회룡총을 짊어진 사람도 여남은 명이나 되었다.

"쌀을 많이도 짊어지고 오네."

농민군들은 눈이 둥그레졌다. 무장 농민군 뒤에는 쌀을 지고 오는 사람들이 50여 명이나 늘어섰다.

"아따, 개평꾼들도 많이 따라온다."

무장 농민군 뒤에도 가족들이 농민군 수만큼 따라왔다. 모두 남편이나 자식을 따라와서 밥을 얻어먹으려는 사람들이었다. 보리가 겨우 이삭을 빼물기 시작했으므로 아직도 풋바심이나마 하려면 좋이 보름은 더 기다려야 할 판이었다. 지난 고부봉기 때만 하더라도 설을 막 쇤 뒤라 지금보다는 나았다.

가족들은 거의가 한 가족 단위로 몰려왔다. 숫제 이불 보따리까지 이고지고 아이들을 업고 걸리고 왔다. 이불 보따리는 가족마다 가지고 왔다. 가족이 한둘이 아니므로 남의 집 헛간이라도 얻어 들어야 할 판이라 한데서 꽁꽁 얼며 지새울 수는 없기 때문이었다. 이불 짐에 놋요강을 얹어 오는 사람도 있었다. 잘 해야 남의 집 헛간이나 한뎃잠을 잘 사람들한테 요강이 필요할 까닭이 없었다. 집을 비워놓으면 손을 탈까 싶어 가지고 오는 것 같았다. 가난한 집에서는 시집올 때 해온 놋요강이 큰 재산이었다.

맨 뒤에는 좀 깨끗하게 입은 사람들이 따라오고 있었다. 사당패였다. 정관쇠와 거사들은 농민군 속에 끼였는지 보이지 않고 사당들만 보퉁이를 이고 왔다.

"저 뒤에 저 큰애기가 진산 박성삼이라고……."

길례를 보며 속삭이는 사람들이 있었다. 길례와 박성삼 소문은 무장에서부터 농민군 사이에 널리 나고 말았다.

"금구 농민군 만세."

농민군들은 대창과 총을 높이 치켜들며 소리를 질렀다. 무장에 이어 금구 농민군이 들어왔다. 무장과 금구는 김덕명과 손화중의 거점이라 환호소리가 더 컸다. 이어서 김제 농민군이 들어왔다. 고부 농민군만 아직 도착을 하지 않았다.

들판에 친 장막에서는 점심을 하느라 연기가 피어오르고 있었다. 장막은 어제 고부와 흥덕 농민군들이 쳤다. 장막은 차일 두 개를 칠 만한 크기로 여남은 채였다.

여기저기 수없이 꽂혀 있는 창의기에는 '보국안민' '광제창생' '척양척왜' 말고 '오만년수운대의五萬年受運大義' 등 새로운 내용이 나타나기도 했다. 황토색, 붉은색, 푸른색, 검정색, 흰색 등 다섯 가지 깃발은 거기 쓰인 소리를 그만큼 큰소리로 하늘 높이 외치듯 푸른 하늘에 꼬리를 길게 휘젓고 있었다.

어깨와 등에 글씨를 써 붙인 농민군도 있었다. '궁을弓乙' 혹은 '동심의맹同心義盟' 등이었다. '궁을'은 '이재궁궁을을'이란 비결이 나돌기 전부터 동학 부적이었다. 신령스런 부작이라 해서 영부靈符라 하기도 했다. 그런 글씨를 붙인 사람들은 주로 동학도들이었으나 동학도 아닌 사람들도 덩달아 붙이고 다녔다. '궁궁을을'이 무슨 뜻인가는 아직도 해석이 구구했으나, 그 깊은 뜻이 무엇이건 거기에 이로움이 있다니 좋은 것이 좋은 것 아니냐는 식으로 너도나도 붙이고 다녔다.

"고부 농민군이다."

저쪽에서 고부 농민군이 나타났다. 이쪽 풍물패가 신나게 풍물을 두들기며 마중을 나갔다.

344

"아따, 장관은 참말로 장관이다. 저 깃발이 몇백 개여?"

"역졸들한테 당하기는 험하게 당했어도 난 사람들은 고부 사람들이여."

농민군들은 감격에 넘치는 표정으로 한마디씩 했다. 만세소리가 하늘을 찔렀다.

"와, 백마다!"

전봉준을 태운 백마 모습이 나타났다. 농민군들이 갑자기 함성을 멈추고 백마를 건너다봤다. 백마에 대한 감탄은 어디서나 마찬가지였다. 모두 황홀한 눈으로 바라보고만 있었다. 백마가 가까이 왔다.

"전봉준 장군 만세."

"녹두장군 만세."

농민군들은 목이 찢어져라 함성을 질렀다. 백산에 촘촘히 박혀 앉은 농민군들은 대창과 총을 들어올리며 중구난방으로 만세를 불렀다. 전봉준은 말 위에서 손을 흔들어 답례를 했다. 농민군들 만세소리와 꽹과리 소리는 땅덩어리를 떠메고 하늘로 올라가는 것 같았다. 지진이라도 일어난 것 같았다. 마치 조용히 흐르던 강물이 갑자기 폭포가 된 것 같았고, 앉았던 호랑이가 일어서서 으르렁거리는 것 같았다. 함성 소리는 그칠 줄을 몰랐다.

전봉준 부대는 고부 사람들뿐만 아니라 여러 고을 사람들이 합쳐 있었다. 아직 본대가 도착하지 않은 광주와 순천 선발대인 민회 패와 나주 김만수 아버지 김일두가 거느리고 온 천민부대 50여 명, 황방호와 박성삼이 거느리고 온 진산 부대 역시 50여 명, 고창 은대정 집 겸인 모들뜨기가 거느린 전주 관노부대 30여 명, 그리고 김확실과 텁석부리가 거느린 양쪽 산채 졸개들 30여 명 등이었다. 산채 졸개들은 표 안 나게 여기저기 끼여서 왔다.

전봉준은 이내 말에서 내려 두령들과 한 사람 한 사람 인사를 했다. 모두 저쪽 장막으로 들어갔다.

이제 고을 단위로 한꺼번에 오는 사람들은 없었으나, 고을에서 늦게 나선 사람들이 여남은 명씩 계속 달려왔다. 풍물패가 여기저기서 판을 벌이고 있었다. 한 고을에서 서너 패씩 나와 30여 패가 정신없이 두들겨댔다.

들판에 모인 농민군은 만 명이 가까울 것 같았다. 구경꾼들도 엄청나게 모였다. 엿장수, 떡장수, 들병이들도 수십 명이 몰려들었고, 화주역쟁이까지 울긋불긋한 화주역 갈피를 펼쳐놓고 손님을 끌고 있었다. 풍물소리 속에서 엿단쇠 소리도 한몫 떠들썩했다.

"농민군 대장 사우 보게 됐다더니 얼굴이 훤하요."

장호만이 막치로 얽은 술막으로 들어서며 웃었다. 쟁우댁 술막이었다.

"도둑놈한테 뺏겼제 제대로 본 것이오?"

쟁우댁은 깔깔거렸다.

"말하는 것 본게 싫잖은 것 같구만."

"싫으나 좋으나 헌큰애기 되아부렀는데 으짤 것이여? 깔깔."

쟁우댁은 웃음소리가 요란스러웠다. 장진호 집에서는 순심을 며느리로 맞기로 하고 중매쟁이를 넣어 제대로 사성이 오갔다. 데릴사위를 얻으려던 쟁우댁은 앙앙 장진호를 잡아먹을 듯이 잡쥤으나 자기 말마따나 헌큰애기를 다시 무를 수도 없어 울며 겨자 먹기로 승

346

낙을 하고 말았다. 그 대신 자기는 저고리 하나도 해줄 마련이 없다고 몽땅 싸가라고 했다.

동진강 강둑과 화호나루 양쪽 길에는 사람들이 아직도 길을 가득 메우고 있었다.

그때 복색이 다른 노인들이 서너 명 나타났다.

"가만있자, 뒷몰양반이랑 우리 동네 노인들이구만."

홍덕 농민군 하나가 눈을 밝혔다. 곁에 있던 사람들이 모두 그렇다고 깜짝 놀랐다. 꾀죄죄한 두루마기에 허름한 갓을 쓴 노인들이 조그마한 보따리를 하나씩 어깨에 걸치고 왔다. 가난한 양반 지스러기들 같았다.

"저 사람들이 뭣 하러 올까?"

모두 고개를 갸웃거렸다. 나이도 그렇거니와 차림새부터가 농민군에 나오는 차림이 아니었다.

"아까 부안서도 저런 사람들이 인사닦음하고 가등만. 자기들은 나서지는 못하지마는 맘으로는 어쩐다고 인사가 흐드러지더라구."

그제야 모두 고개를 끄덕였다. 구경 겸 인사치레로 담배죽이나 마련해 가지고 오는 것 같았다. 고을마다 그런 사람들이 많았다. 가난한 양반 지스러기들은 어디서나 처신이 어정쩡하기가 쥐구멍에 들어간 벌 꼴이었다. 손발에 찬물 묻혀 농사는 지으면서도 당장 동네서는 두레에 들어갈 수도 없었다. 상소리를 밥 먹듯 하는 농사꾼들 속에 끼여서 같이 히히덕거릴 수가 없기 때문이었다. 두레에서도 나오라 하지 않았다. 서로 불편했기 때문이다. 그런다고 양반들 속에 낄 수도 없고 오나가나 *어정뜨기 신세였다. 그래서 아주 고향을 떠나 본색을 숨기고 상민 행세로 파탈을 하고 사는 사람들이 많았다. 그것이 외톨이로 사는 것보다 속편했기 때문이다. 그러나 고향을 뜨기도 어설픈 사람들은 이럴 때도 저렇게 어정쩡한 꼴이었다. 그들은 도소 곁으로 가서 안을 거렸다.

점심때가 가까워졌다. 최경선이 장막에서 나왔다. 백산 쪽에 쌓아놓은 흙 단으로 갔다. 고부 별동대가 최경선 곁으로 몰려들었다. 별동대는 어제부터 와서 오늘 대회 자리를 정리하고 있었다.

"풍물을 그치고, 모두 고을 기 밑으로 모이게 하게."

고부 별동대들은 날파람나게 움직였다. 영광, 고창, 무장, 홍덕, 부안, 정읍, 태인, 금구, 김제, 고부 등 고을 기들이 적당히 간격을 잡아 섰다. 풍물 소리가 그치고 농민군들은 자기 고을 기 밑으로 모여들었다. 미리 무장으로 와서 고부 농민군에 합류했던 금구와 무장 사람들도 자기 고을로 찾아갔다. 순천, 광주 같은 데는 아직 오지 않아 그곳 민회 패 젊은이들은 그대로 고부 부대에 끼여 있었다.

정백헌과 정길남은 고을기 아래로 영솔자들을 찾아다니며 고을별로 나온 수를 적었다. 지금도 개별적으로 달려오는 사람들이 많았으므로 대충 어림잡을 수밖에 없었다. 정백헌은 허리에 찬 먹통에 붓을 찍어 고을별 농민군 수를 적었다. 모두 8천여 명이었다.

좀 만에 두령들이 나왔다. 전봉준, 손화중, 김개남, 김덕명 등 50여 명이었다.

"저 사람이 손화중 장군이고 그 옆에가 김개남 장군이다."

"대차나 훤칠하게들 생겼네."

"그 뒤에는 금구 김덕명 장군인데, 그 옆은 누군지 모르겠구만."

348

농민군들은 그 사이 말로만 듣던 두령들을 보자 여기저기서 수런거렸다. 고을 두령들 뒤에는 김도삼, 정익서 등 전봉준 주변 사람들이 따르고 있었다. 순창 김경천도 끼여 있었다.

최경선이 두령들 앞으로 가서 몇 마디 주고받은 다음 단으로 올라섰다. 농민군들이 조용해졌다.

"오시느라고 고생들 하셨습니다. 우리는 오늘 보국안민과 척양척왜의 깃발을 들고 이 자리에 모였습니다. 우리는 며칠 전에 무장에서 우리가 일어서는 명분을 천하에 선포했습니다. 오늘은 그 결의를 다지는 대회입니다. 대회 진행은 먼저 그동안 두령들 사이에서 결정한 농민군 여러 임직을 발표하고, 총대장님 말씀을 들은 다음 우리의 결의를 다지는 격문檄文을 선포합니다. 그리고 우리가 내세우고 지켜야 할 바 명의名義와 약속約束 그리고 계령戒令을 채택하는 순서로 진행을 하겠습니다."

최경선은 목소리가 우렁찼다.

"먼저 오늘부터 우리 농민군을 맡아 지휘를 해주실 총대장과 그 아래 여러 임직들을 말씀드리겠습니다. 한 분씩 이리 올라오셔서 인사를 드릴 것입니다. 박수와 풍물을 울려 환영해주시기 바랍니다."

군중은 물을 뿌린 듯 조용해졌다.

"우리 농민군 맨 앞에 서실 총대장은 전봉준 장군님을 추대하기로 했습니다."

최경선이 큰소리로 말하며 전봉준을 돌아봤다.

"전봉준 장군 만세."

농민군들은 대창과 총을 추켜올리며 함성을 질렀다. 풍물 소리가

요란을 떨었다. 전봉준은 단으로 올라섰다. 함성 소리와 풍물 소리
가 하늘을 찔렀다.

"전봉준 장군 만세."

농민군들은 연거푸 소리를 지르며 공중에다 대창과 총을 휘저었
다. 전봉준은 그대로 서 있었다. 한참 만에 함성이 가라앉았다.

"감사합니다. 미거한 이 사람이 중책을 맡게 되었습니다. 여러 두
령들과 여러분 뜻을 받들어 일을 하겠습니다. 우리 모두 있는 힘을
다해서 싸워 나라를 지킵시다."

전봉준은 간단하게 인사를 하고 내려갔다. 농민군들은 다시 만세
를 부르며 대창과 총을 추켜들고 흔들었다. 그러나 함성 소리가 아
까보다 요란스럽지 않았다. 뭐라 제대로 말을 할 줄 알았는데 금방
내려가 버리자 조금 실망하는 표정들이었다.

"총관령에는 손화중 장군님과 김개남 장군님을 추대하기로 했습
니다."

두 사람이 같이 올라섰다. 농민군들은 두 사람 이름을 부르며 열
광적인 환성을 질렀다.

"감사합니다. 여러분 뜻을 받들어 전봉준 장군님을 모시고 성심
성의껏 일을 하겠습니다."

손화중이 말을 마치며 절을 했다. 손화중은 전봉준 장군님을 모
신다고 할 때는 손으로 전봉준을 가리키며 말했다.

"김개남올시다. 며칠 뒤에 한양로 쳐들어가 경복궁 뜰에서 승리
의 대회를 열 때까지 신명을 바쳐 싸웁시다."

김개남이 거쿨진 목소리로 시원스럽게 말했다.

"김개남 장군 만세."

농민군들은 목이 찢어져라 함성을 질렀다.

"그 다음으로 총참모에는 김덕명 장군님과 영광 오시영 장군님을 모시기로 했습니다."

역시 환호성이 쏟아졌다. 두 사람도 간단히 인사를 하고 내려갔다. 자리가 잠시 술렁거렸다. 오시영은 별로 알려진 인물이 아니라 오시영이 누군가 수군거리는 것 같았다. 오시영은 영광 오하영과 같은 집안으로 여태 오하영 밑에 가려 별로 알려지지 않았으나 만만찮은 지략과 의기가 있는 사람이었다.

"영솔장에는 불초 이 사람으로 정했습니다. 태인 최경선올시다. 저한테도 박수를 크게 쳐주십시오."

최경선이 웃으며 절을 하자 모두 웃으며 환호성이 쏟아졌다. 총대장 비서는 정읍 접주 송희옥과 정백헌이었다. 중요한 직임 소개가 끝났다. 정백헌은 과거 공부를 하던 사람으로 경리에 밝았으며 지난번 고부 봉기 때도 전봉준 곁에서 일을 했다.

농민군 전체 임직은 최경선이 소개한 대로였다. 그러나 총대장을 비롯한 총관령 등 임직들 권한은 그렇게 큰 것이 아니었다. 우선 총대장인 전봉준이나 부대장 격인 총관령 손화중이나 김개남도 각각 자기 부대를 독자적으로 거느리고 실제 전쟁을 할 때는 그 부대만을 지휘했다. 따라서 농민군 전체 조직은 총대장의 명령 한마디에 한 덩어리로 일사분란하게 움직이는 조직체계가 아니라 각 부대가 독자성을 가지면서 서로 협력하는 일종의 협의 체제라 할 수 있었다. 그러니까 총대장은 상명하복의 명령체계 맨 윗자리에서 명령 하나로 전체를 지휘하는 권한을 가진 것이 아니고, 협의기구의 의장 정도라 할 수 있었다. 총대장이 농민군 전체를 얼마만큼 장악하느냐는 오로지 본인의 지도력에 좌우될 수밖에 없었다.

"다음으로는 총대장 전봉준 장군님께서 인사 말씀이 있으시겠습니다. 인사 말씀을 하신 다음에는 만천하 백성에게 우리 농민군 뜻을 알리는 격문을 선포하시겠습니다."

전봉준이 두루마리를 들고 단으로 올라갔다.

"여러분, 너무도 반갑고 감격스럽습니다. 우리는 드디어 일어섰습니다. 기울어져가는 나라를 바로잡아 도탄에서 허덕이는 만백성을 구하고, 흉포한 외적을 물리쳐 나라를 건지기 위해서 우리는 이렇게 창과 총을 들고 일어섰습니다."

전봉준 말소리는 카랑카랑했다. 군중은 물을 뿌린 듯 조용히 듣고 있었다. 전봉준은 국내외 정세를 간단하게 말한 다음 말을 이었다.

"이 전쟁은 우리 두령들을 포함한 농민군 한 사람 한 사람이 얼마나 단단하게 뭉치느냐, 이것이 바로 승패를 가리는 가장 중요한 열쇠입니다. 요사이 이야기를 들어보면 마치 우리 두령들이 전쟁을 다 할 것같이 세상이 떠들썩합니다. 그러나 우리 두령들도 여러분과 똑같이 농민군 가운데 한 사람일 뿐이고 다만 앞장을 섰을 뿐입니다. 요사이 나에 대해서 세상에 나돌고 있는 소문을 나도 대충 듣고 있습니다. 나는 혼자 힘으로 세상을 뒤엎을 영웅도 아니고 도술을 부리는 무슨 이인도 아닙니다. 이 자리에는 우리 동네 사람들도 나와 있습니다마는 나도 여러분과 똑같이 농사도 짓고 훈장질도 하고 침도 놓고 묏자리도 잡던 사람이며, 여러분들과 똑같이 조병갑과 이용

352

태 같은 탐관오리에 분을 참지 못하는 평범한 사람일 뿐입니다. 내가 저기 타고 온 말도 소문처럼 하늘에서 내려오거나 바위 속에서 나온 말이 아닙니다. 어느 시골에서 풀을 뜯어먹고 똥오줌 싸며 자란 말입니다. 그 말을 순창 김경천 씨라는 사람이 저한테 선사를 한 것입니다. 그 사람이 바로 저기 있습니다."

전봉준은 두령들 속에 서 있는 김경천을 가리켰다. 사람들 눈이 김경천한테로 쏠렸다. 전봉준은 말을 계속했다.

"나는 지난 정월 고부봉기 때는 고부 사람들이 나더러 앞장서라고 해서 앞장을 섰으며 이번에도 여러분들과 두령들께서 나더러 앞장을 서라고 해서 이렇게 앞장을 섰습니다. 지금 나를 놓고 세상에 나돌고 있는 별의별 희한한 이야기는 따지고 보면 나더러 앞장서라는 소리를 세상 사람들이 그런 식으로 하고 있는 것이라 생각하고 있습니다. 두령들과 세상 사람들 뜻을 받들어 목숨을 걸고 여러분 앞장을 서겠습니다. 다시 말하거니와 이 전쟁은 무슨 영웅이 도술을 부려 이길 수 있는 전쟁이 아니라 어디까지나 대창과 총을 든 우리 한 사람 한 사람이 뭉쳐서 같이 싸우는 전쟁입니다. 기러기 떼도 한 떼가 몰려가려면 앞잡이가 있듯이 저나 두령들은 여러분 앞잡이일 뿐입니다."

전봉준은 담담하게 말했다.

"여러분, 탐관오리와 부호들 늑탈에 배를 곯고 고통 받는 바로 우리 식구들부터 굶주림과 고통에서 건지고, 우리 식구들하고 똑같이 도탄에 허덕이는 만백성을 건지기 위해 신명을 바쳐 싸웁시다. 싸워서, 고을마다 박혀 있는 탐관오리와 탐학한 부호들은 물론이요 조정

에 틀거지를 틀고 있는 권귀들을 명절날 마당 쓸듯이 구석구석 쓸어
내서 나라를 깨끗하게 합시다. 거듭 말씀드리거니와 이 전쟁에 이기
느냐 지느냐는 우리 한 사람 한 사람이 얼마나 서로 뜻을 단단히 합
쳐 굳게 뭉치느냐, 이것이 바로 승패의 열쇠입니다. 우리가 제대로
힘을 합쳐 싸우면 이 전쟁은 반드시 이깁니다. 우리는 이 전쟁에 이
겨 나라를 깨끗하게 한 다음에 우리 모두 한양 맑은 한강물에서 땀
을 씻고 아까 김개남 장군께서 말씀하셨듯이 경복궁 뜰에서 오늘처
럼 풍물을 잡고 승리를 자축하는 대회를 엽시다. 그때까지 우리 모
두 한 덩어리가 되어 싸웁시다."

전봉준은 주먹을 쥐고 흔들며 말을 마쳤다. 함성이 쏟아졌다. 풍
물 소리와 함성 소리가 하늘을 찔렀다. 뒤에 몰려선 구경꾼들이며
떡장수, 들병장수, 엿장수들도 박수를 치고 할머니들은 주룩주룩 눈
물을 흘리고 있었다.

전봉준은 두루마리를 들고 군중을 내려다보고 있었다. 한참만에
야 함성 소리가 잦아들기 시작했다. 전봉준은 두루마리를 폈다. 읽
기 시작했다.

격 문

우리가 의를 들어 이에 이름은 그 본의가 결단코 다른 데
있지 아니하고 창생을 도탄에서 건지고 나라를 반석 위
에다 올려놓고자 함이다. 안으로는 탐학한 관리들 목을
베고, 밖으로는 횡포한 강적의 무리를 구축하고자 함이
라. 양반과 부호 아래서 고통 받는 민중과 방백과 수령

밑에서 굴욕 받는 소리小吏들은 우리와 똑같이 원한이 깊
은 사람들이다. 조금도 주저하지 말고 이 시각으로 일어
서라. 만일 기회를 잃으면 후회하여도 미치지 못하리라.

갑오년 3월 25일
호남창의대장소

　전봉준은 카랑카랑한 쇳소리로 한마디 한마디에 힘을 박아 읽었
다. 문장도 전봉준 목소리처럼 마디마디가 또실또실 힘이 있고, 내
용도 한마디 군더더기가 없이 명명백백했다. 그리고 무엇보다 글이
짧았다. 미주알고주알 늘여빼던 글과는 전혀 달랐다. 전쟁의 명분과
광범위한 참여를 군소리 빼고 알맹이만 차돌같이 단단한 소리로 드
러내고 있었다.
　소리는 아전들을 가리키는 것으로 아전들까지 포용하겠다는 뜻
이었다. 두령들이 격문을 검토하는 과정에서 이 점에 논란이 많았
다. 수령들 앞잡이가 되어 실제로 백성을 괴롭힌 것은 아전들이므로
당장 이 아전들부터 징치를 해야 한다는 주장과 그들은 수령들 손발
에 불과했으므로 그들을 포용을 하면 농민군에 들어와서도 손발 노
릇을 할 것이라는 주장이 팽팽히 맞섰다. 그들이 수령들 손발 노릇
을 한 것은 사실이지만 대부분은 수령들한테 원한이 쌓여 있으므로
농민군이 포용을 하면 거의가 농민군 쪽으로 붙어버릴 것이며 그때
는 수령들이 허수아비가 되고 말 것이라고 했다. 그래도 반대하는
사람들이 많았으나 전쟁에는 적을 줄이는 것이 가장 중요하다고 전

봉준이 설득하자 마지못해 따랐다. 이 격문은 널리 붙이기로 하여 지금 수백 장 방으로 써놓고 있었다.

"다음에는 손화중 장군님께서 우리가 싸우는 동안 근본으로 삼아야 할 4대명의와 4대약속을 선포하시겠습니다."

손화중이 올라갔다.

"방금 격문에서 밝힌 바와 같이 우리는 나라를 건지고 외적을 쫓아내어 천하에 대의를 떨치자고 목숨을 걸고 일어선 의로운 군사입니다. 우리 의군은 어디를 가든지 의롭게 싸워야 하고 의롭게 처신해야 합니다. 그것을 네 가지 조목으로 나누어서 '명의'라 이름을 붙였습니다. 그리고 이 명의를 바탕으로 우리가 지켜야 할 일을 이 자리에서 약속을 해야겠습니다. 그 '약속'도 크게 네 조목으로 나누었습니다. 이 네 가지 명의와 네 가지 약속을 바탕으로 또 우리가 지킬 '계령'을 열두 개 조목으로 나누어서 초를 잡았습니다. 이런 것은 우리 두령들이 정한 것이 아니올시다. 우리 두령들은 초를 잡았을 뿐입니다. 이것을 결정하는 것은 여러분입니다. 내가 읽을 것이니 들어보시고 좋으시면 좋다고 박수를 쳐주십시오. 여러분의 그 박수로 초안은 명의와 약속으로 결정이 되겠습니다. 다시 말씀드리면 우리한테는 아무도 이래라저래라 할 사람이 없습니다. 두령들도 여러분들에게 이래라저래라 할 수 없고, 조정 대신도 임금도 이래라저래라 할 수 없습니다. 모든 것은 우리 전부가 뜻을 모아 결정을 합니다. 명의와 약속 초안은 제가 읽고, 계령 초안은 김개남 두령께서 읽겠으니 좋으시면 좋다고 박수를 쳐주십시오."

손화중은 말을 마치고 손에 든 두루마리를 펴들었다.

4대 명의

1. 쓸데없이 사람을 죽이지 않고 물건을 부수지 않는다
   不殺人不殺物.

2. 충성과 효도를 다하고 나라를 건지며 백성을 편안하게
   한다 忠孝雙全 濟世安民.

3. 일본 오랑캐를 쫓아내어 조정을 깨끗이 한다
   逐滅倭夷 澄淸聖道.

4. 한양으로 쳐들어가서 권세 부리는 자들을 전부 소탕한다
   驅兵入京 盡滅權貴.

"좋으시면 박수를 쳐주십시오."

"좋소."

농민군들은 좋다고 함성을 지르며 박수를 쳤다.

4대 약속

1. 적을 대할 때는 칼에 피를 묻히지 않고 이기는 것을 가
   장 큰 공으로 삼는다 每於對敵之時 兵不血刀而勝者 爲道功.

2. 비록 싸우더라도 되도록 인명을 상하지 않는 것을 귀
   하게 여긴다 雖不得已戰 切勿傷命 爲貴.

3. 언제나 행군할 때는 절대 사람과 물건을 해치지 않는다
   每於行陣 所過之時 切勿害人物.

4. 효제충신이 사는 마을은 그 주위 10리 안에서는 주둔
   하지 않는다 孝悌忠信人所居之村 十里內 勿爲屯住.

역시 박수가 쏟아졌다. '4대명의'는 농민군이 지켜야 할 행동강령과 전쟁목표라 할 수 있고, '4대약속'은 단속령이라 할 수 있었다.

다음에는 김개남이 올라갔다.

"여러분께서는 방금 우리 농민군 행동강령이라 할 '4대명의'와 '4대약속'을 결정했습니다. 이 명의와 약속을 제대로 실현하고 지키려면 세세한 준칙이 있어야겠습니다. 우리 스스로가 항상 마음에 끼고 스스로를 경계한다는 뜻에서 '계령'이라고 이름을 붙였습니다. 이 계령은 열두 가지 조목으로 나누어서 초를 잡았습니다. 우리가 박수를 쳐서 계령을 정한 다음에는 하나하나 잘 지켜서 의군으로서 우리 농민군 본분에 어긋나는 일을 하는 사람이 한 사람도 없어야 하겠습니다."

김개남은 종이를 펴들고 읽기 시작했다.

12개계령

아래 조목들은 의군으로서 농민군의 근본이다. 만약 어기는 사람은 우리 근본을 살리기 위해서 부득이 옥에 가둔다 右條吾際之根本 若違令者囚之獄.

1. 항복한 사람은 대접한다 降者受待.
2. 곤경에 처한 사람은 구해 준다 困者救濟.
3. 탐학한 사람은 쫓아낸다 貪者逐之.
4. 순종하는 사람은 경복한다 順者敬復.
5. 도망치는 사람은 쫓지 않는다 走者勿追.
6. 굶주린 사람은 먹인다 飢者饋之.

7. 교활한 사람은 타이른다 奸猾息之.

8. 가난한 사람은 구제한다 貧者賑恤.

9. 불충한 사람은 쫓아낸다 不忠除之.

10. 거역하는 사람은 깨우친다 逆者曉諭.

11. 병자에게는 약을 준다 病者給藥.

12. 불효한 사람은 죽인다 不孝殺之.

역시 박수가 쏟아졌다. 어려운 처지에 있는 사람을 구제한다는 조항이 4개 조항이나 되었다. 전쟁을 하면서도 곤경에 처한 사람, 굶는 사람과 가난한 사람들, 병든 사람들을 구제한다는 것이다. 당장 백성 형편이 그만큼 비참했다. 지난번 고부봉기 때도 그랬지만 지금 당장 농민군 주변에 둘러서 있는 사람들은 얼굴이 누렇게 떠서 부황 든 사람들이 태반이었다. 여기 밥을 얻어먹으러 나온 사람들은 전부가 굶는 사람들이었다. 시래기죽이라도 끼니를 끓일 형편이면 체면상 이런 데 나와 얻어먹지 않았다. 당장 이런 사람들만 놔두고 농민군이라고 군사들만 밥을 먹을 수가 없고 아픈 사람도 농민군만 치료를 할 수가 없었다.

"이것으로 오늘 농민군대회를 마치겠습니다. 지금도 여러 고을에서 농민군이 몰려들고 있습니다. 오늘은 푹 쉬고 다음 영은 내일 아침에 내릴 것입니다. 그러면 저녁을 잡수시기 전에 풍물판을 한판 걸퍽지게 벌려 흥을 한번 돋궈봅시다. 각 고을 풍물패는 아무 데나 멋대로 판을 잡아서 멋대로 놀아보십시오. 어느 고을 풍물패가 제일 잘 노는가 한번 봅시다."

최경선 말에 군중은 환호성을 질렀다. 풍물들이 요란을 떨며 각 고을 군중을 달고 자리를 찾아 들판으로 흩어졌다.

이때부터 전주에 입성할 때까지 전라도에서 봉기한 지역은 북도 와 남도가 각각 17개 고을로 전부 34개 고을이었다. 34개 고을이 지 금 전부 모인 것은 아니고 전주 입성 때까지 계속 모여들었다.

◎ 녹두장군 8권 어휘풀이

가시 센 고기가 맛도 좋다 어느 한 부분이 특이하면 다른 부분도 마찬가지
    라는 말.

간동그리다 하나도 흩어지지 않게 말끔히 잘 가다듬어 수습하다.

간동하다 흐트러짐이 없이 잘 정돈되어 단출하다.

감농監農 농사짓는 일을 보살피어 감독함.

건등 볼썽사납게 공중에 높이 들어 올린 모양.

계호戒護 경계하여 지킴.

구리귀신 지독한 구두쇠를 낮잡아 이르는 말.

구새(가) 먹다 살아 있는 나무의 속이 오래되어 저절로 썩어 구멍이 뚫리다.

굴총掘塚 무덤을 파냄. 특히 남의 무덤을 불법적으로 파내는 일을 이른다.

까대기 벽이나 담 따위에 임시로 덧붙여 만든 허술한 건조물.

꼬느며 겨누며.

끄텅 끄트머리의 사투리.

남새 채소菜蔬.

낭자 쪽. 여자의 예장禮裝에 쓰는 딴머리의 하나. 쪽 찐 머리 위에 덧대어 얹
    고 긴 비녀를 꽂는다.

능수버들 봄바람 맞듯 아주 다정스럽고 살갑게 맞는 경우를 이르는 말.

더트다 무엇을 찾으려고 손으로 더듬다.

돌 진 가재요 산 진 거북이다   의지하고 있는 세력이 든든함을 이르는 말.

두렷거리다   눈을 굴리며 자꾸 여기저기 살피다.

두지   '뒤주' 의 잘못. '뒤주' 를 한자로 빌려 쓴 말.

드나나나   들어가거나 나오거나 늘.

드림전   온갖 피륙을 파는 가게.

마르다   옷감이나 재목 따위의 재료를 치수에 맞게 자르다.

마음은 걸걸해도 왕골자리에 똥 산다   마음씀은 남보기에 너그럽고 걸걸
    하나 왕골 자리에 똥 싸는 못된 짓을 한다는 뜻으로, 겉으로는 점잖은 체
    큰소리를 치면서도 실제로는 못난 짓만 함을 이르는 말.

명토   누구 또는 무엇이라고 구체적으로 하는 지적. '명토(를) 박다' 는 누구 또
    는 무엇이라고 이름을 대거나 지목하는 것을 뜻한다.

모태   안반에 놓고 한 번에 칠 만한 떡 덩이.

물레 말썽은 괴머리다   무엇이 탈이 났을 때 가장 빈번하게 탈이 나는 곳을
    이르는 말.

물장수 십년에 궁둥이짓만 남았다   오랫동안 애를 썼지만 남은 것이 변변
    치 않음을 뜻하는 말.

바라   '파루罷漏' 의 변한말. 조선 시대에, 한양에서 통행금지를 해제하기 위하
    여 종각의 종을 서른 세 번 치던 일을 파루라 한다.

반살미   갓 혼인한 신랑이나 신부를 일갓집에서 처음으로 초대하는 일.

반편   반편이. 지능이 보통 사람보다 모자라는 사람.

밥으로 패죽일 놈   여태 먹고 살아온 밥이 아깝다는 뜻으로 저주하는 말.

버커리   늙고 병들거나 또는 고생살이로 쭈그러진 여자를 속되게 이르는 말.

보리누름에 선늙은이 얼어 죽는다   늦봄에 혹심한 추위가 닥치는 경우를
    이르는 말. '보리누름' 은 보리가 누렇게 익는 철.

부삭   '아궁이' 의 사투리.

부춛돌 예전에, 뒷간 바닥의 좌우에 깔아 놓은 널빤지 대신 놓아서 발로 디디
    고 앉아 뒤를 보게 한 돌.

불강아지 평생 소원은 부뚜막 무상출입이라 시원찮은 사람은 바라는 것
    도 시원찮다는 말.

상둣술에 낯 내기 남의 것으로 제 체면을 세우거나 생색내는 경우를 빈정대
    어 이르는 말. '상둣술' 은 상주가 상여꾼에게 먹이려고 내는 술.

선손(을) 걸다 남이 하기 전에 앞질러 행동하다.

소삽하다 길이 낯설고 막막하다.

소종래所從來 지내 온 근본 내력.

수리성 판소리 창법에서, 쉰 목소리처럼 껄껄하게 내는 목소리. 선천적으로
    타고난 힘차고 윤기 있는 천구성에 약간 쉰 듯한 소리가 더해진 것이다.
    보통 판소리 창자가 천구성과 수리성을 겸했을 때, 으뜸의 청을 타고났다
    고 한다.

숙고사熟庫紗 삶아 익힌 명주실로 짠 고사. 봄과 가을 옷감으로 쓴다.

시집온 새댁 반살미 대접받는 격 따뜻하게 대접받는 경우를 이르는 말.
    '반살미' 는 신랑이나 신부를 혼인한 뒤에 일가 집에서 처음으로 초대하
    여 접대하는 일.

앗싸리 아싸리. '화끈하고 깨끗하게' 를 뜻하는 일본말.

앙감질 한 발은 들고 한 발로만 뛰는 짓.

얀정머리 '인정머리' 를 낮잡아 이르는 말.

어육魚肉 짓밟고 으깨어 아주 결딴낸 상태를 비유적으로 이르는 말.

어정뜨다 이쪽도 저쪽도 아니고 어중간하다.

언구럭 교묘한 말로 떠벌리며 남을 농락하는 짓.

영저리營邸吏 각 감영에 속하여 감영과 각 고을 사이의 연락을 취하던 벼슬
    아치.

영호英豪 뛰어나고 훌륭함. 또는 그런 사람.

오뉴월 닭이 여북해야 지붕 허비랴 너무 아쉬운 나머지 엉뚱한 곳에서 행여나 하고 궁색스레 무엇을 구하려함을 이르는 말. '허비다' 는 발톱 따위로 긁어 판다는 말.

우케 멍석의 참새 떼 같다 우르르 몰려왔다 우르르 몰려가는 모양을 이르는 말. '우케' 는 찧기 위하여 말리는 벼.

윤기倫紀 윤리와 기강紀綱을 아울러 이르는 말.

은성殷盛 번화하고 풍성함.

일매지다 모두 다 고르고 가지런하다.

잉깨지게 으깨지게.

자문自刎 스스로 자신의 목을 베거나 찌름. 또는 그렇게 하여 죽음.

작청作廳 군아郡衙에서 구실아치가 일을 보던 곳.

장마 도깨비 여울 건너가는 소리 물소리가 몹시 시끄러운 여울물을 건너며 도깨비들이 떠들어 대는 것에 빗대어, 무슨 말인지 알아들을 수 없는 소리를 소란스럽게 지껄여대거나 이치에 닿지 않는 말을 하는 경우에 비꼬는 말.

전라도 참판이 충청도 혼반婚班만 못하다 같은 양반이라 하더라도 전라도 양반은 타지에 가서 제대로 양반 대접받기가 어려움을 이르는 말로 그 스스로가 참판이라 하더라도 양반하고 혼사를 맺은 충청도의 상민만큼도 대접을 받지 못한다는 말.

제웅 짚으로 만든 사람 모양의 물건. 음력 정월 열나흗날 저녁에 제웅직성이 든 사람의 옷을 입히고 푼돈도 넣고 이름과 생년을 적어서 길가에 버림으로써 액막이를 하거나, 무당이 앓는 사람을 위하여 산영장을 지내는 데 쓴다.

지스러기 골라내거나 잘라 내고 남은 나머지.

천록방天祿方 이사할 때에, 방위를 보는 구궁九宮의 하나. 길한 방위로 친다.

초토사招討使 조선 시대에, 변란을 평정하기 위하여 중앙에서 임시로 보내던 벼슬아치.

춘치자명春雉自鳴 봄철의 꿩이 스스로 운다는 뜻으로, 시키거나 요구하지 아니하여도 자기 스스로 함을 이르는 말.

쾌 엽전을 묶어 세던 단위. 한 쾌는 엽전 열 냥을 이른다.

타울거리다 어떤 일을 이루려고 바득바득 애를 쓰다.

토란잎에 빗방울이다 주변 환경에 전혀 어울리지 못하는 경우를 이르는 말.

통리아문統理衙門 조선 후기에, 외교 사무를 맡아보던 관아. 고종 19년(1882)에 통리기무아문을 폐하고 설치하였다가 같은 해에 통리교섭통상사무아문으로 고쳤다.

통사通事 통역을 담당하는 사람.

하지 지난 장독에 골마지 같은 소리 해묵은 소리라는 말을 잔뜩 비꼬아 하는 말. '골마지'는 간장, 된장, 술, 김치 따위 물기 많은 음식물 겉면에 생기는 곰팡이 같은 물질.

한벽당寒碧堂 조선의 개국을 도운 공신이며 집현전 직제학을 지낸 월당 최담 선생이 태조 8년(1404)에 승암산 기슭의 절벽을 깎아 세운 누각. 전주 8경의 하나로 꼽힌다.

허룹숭이 일을 실답게 하지 못하는 사람을 낮잡아 이르는 말.

환자還子 환곡還穀.

황아장수 집집을 찾아다니며 끈목, 담배쌈지, 바늘, 실 따위의 자질구레한 일용 잡화를 파는 사람.

휫손 사람이나 일을 휘어잡아 잘 부리고 처리하는 솜씨.